내 아내의 모든 것

김연경 소설집
내 아내의 모든 것

펴낸날_2005년 2월 15일

지은이_김연경
펴낸이_채호기
펴낸곳_(주)**문학과지성사**
등록번호_제10-918호(1993. 12. 16)

주소_서울 마포구 서교동 395-2호 (121-840)
편집_338)7224~5   FAX 323)4180
영업_338)7222~3   FAX 338)7221
홈페이지_www.moonji.com

ISBN 89-320-1574-0

* 이 책은 대산문화재단의 2003년 '대산창작기금'을 받았습니다.

내 아내의 모든 것

김연경 소설집

문학과지성사
2005

차례

그 해 겨 울 은 따 뜻 했 네

내 아내의 모든 것

산산이 부서진 이름이여
허공 중에 헤어진 이름이여
불러도 주인 없는 이름이여
부르다가 내가 죽을 이름이여
— 김소월, 「초혼」 중에서

남편이 돌아오지 않고 있다.

아내는 서서히 혼란스러워졌다. 남편과 함께 저녁을, 아니 밤참을 먹어야 할 시간인데 남편이 없으니 아내는 멍하니 앉아 밥상만을 물끄러미 쳐다보고 있었다. 그러다가 자리에서 일어나 가방을 열고 학습지 뭉치를 꺼내 책상 위에 펼쳐놓고 뒤적여보았다. 이것도 오래가지 않았다. 얼마간 멍하니 있다가 남편의 속옷이며 양말을 정리하기 시작했지만, 이것 역시 거의 순식간에 끝나버렸다. 뭔가 새로운 일거리를 찾아야 했다. 다시 한참을 멍하니 있다가 아내는 여러 사람이 함께 쓰는 부엌으로 가서 일찌감치 끓여둔 김치찌개를 데웠다. 그리고 밥솥에서 밥을 펐다. 두 개의 수저, 두 개의 밥그릇, 찌개, 그리고 몇 가지의 밑반찬이 차려진 밥상 앞에서 또다시 넋을 놓았다. 언제나 아내가 그 좌표를 설정할 수 있는 범위 어딘가에 있던 남편이 아닌가. 급기야 아내는 방향 감각을 완전히 상실하고 말았다.

문득, 남편에게 전화를 해볼 수 있다는 생각이 들었다. 우선 휴대폰으로 연락을 해보았다. 꺼져 있었다. 이미 부질없는 짓인 줄 알지만 사무실로 전화를 해보았다. 아니나 다를까 아무도 받지 않았다. 방에서 나가 거실을 지나 현관문까지 가보았다. 막 들어온 옆방 사람과 마주쳐 괜히 어색해졌을 뿐, 남편은 오지 않았다. 아내는 다시 방으로 돌아왔다.

이 시간이면 언제나 여기에 있던 남편이 없어서인지, 방 자체가 굉장히 낯설어 보였다. 아내는 방문을 닫고 문 곁에 서서 방 안을 둘러보았다. 조그만 옷장, 남편이 보는 사진 관련 책자가 놓인 책상과 컴퓨터 책상, 그 옆에 초등학생용의 참고서 및 베스트셀러 소설 따위가 꽂힌 조그만 책장이 가구의 전부였다. 그 흔한 텔레비전도, 변변한 화장대도 없었다. 결혼식을 위해 장만한 정장을 차려입은 아내와 남편의 사진이 끼워진 자그마한 액자가 눈에 들어왔다. 오랜 연애 끝에, 아내가 남편과 함께 공부를 했던 소박한 대학 캠퍼스의 풀밭에서 부모님과 가까운 친구 몇 명을 불러다 놓고 반지를 교환한 것이 결혼식의 전부였고, 둘이 함께 가까운 바닷가로 가 일박을 하고 돌아온 것이 신혼여행의 전부였다. 그리고, 서로의 전 재산을 끌어 모아 월셋방의 보증금을 조금 마련한 뒤 여러 사람이 사는 집의 작은 방 한 칸을 빌렸다. 이로써 신혼살림을 차린 것이다. 가난하고 질박한 삶이었다. 하지만 아내와 남편은 모두 성실했으며 서로를 존중했다. 무엇보다도, 아내는 남편이 자기와는 달리 뭔가 새로운 것을 창조하는 일에 종사한다는 것을 늘 자랑스러워했다.

아내는 방바닥에 앉아 물끄러미 방을 둘러보았다. 남편이 찍은 사진들이 벽을 도배하고 있었다. 남편은 주말이면 사진을 찍으러 교외로 나가곤 했다. 해질녘 푸르스름한 들판에서 누런 소가 풀을 뜯고 있는 풍경, 검푸른 밤하늘에 빛나는 별들, 햇볕이 내리쬐는 거울 숲과 하얀 눈…… 남편은 대체로 사람이 등장하지 않거나 소품 정도로만 등장하는 풍경 사진에 초식 동물을 함께 넣어 찍는 걸 좋아했다. 특히, 소를 그렇게 좋아했는데, 고삐에 묶여 있으면서도 자신이 어딘가에 속박되어 있다는 의식이 전혀 없이 자유롭고 한가롭게 풀을 뜯고 있는 소를 보면 중생대 쥐라기의 초식 공룡의 부활을 보는 듯하다는 얘기를 하곤 했었다. 그 외, 남편은 아내가 기르는 화초들도 종종 찍어주었다. 하지만 남편이 가장 즐겨 찍던 대상은 역시 아내였다. 남편은 아내의 모든 표정, 모든 몸짓을 카메라에 담으려고 했다. 남편이 가장 아끼던 사진은 지금 방의 벽에 걸려 있는, 사랑을 나눈 뒤 흰색 와이셔츠만을 살짝 걸친 아내를 찍은 것이었다. 평소 아내의 얌전하고 겸손한, 약간은 겁먹은 듯한 몸가짐을 망가뜨리지 않으면서도 관능적인 모습이 배어나온다는 것이었다.

사진을 한참 바라보다가 시선을 방바닥 쪽으로 돌렸다. 딱히 허기를 느낀 것은 아니지만 밥상을 보니 뭔가를 해주어야 할 것 같은 생각이 들어 아내는 밥을 먹기 시작했다. 도대체 어디서 무엇이 잘못된 것일까. 아내에게는 남편의 한없이 지연되는 귀가가 지극히 '이상한' 일로만 여겨졌다. 마치 해가 서쪽에서 뜬다거나 20세기 한복판에 공룡이 나타나거나 하는 일처럼, 정상적인 맥락에서는 도저히 일어날 수 없는 그런 이상한 일로만. 아내는 밥을 입 안으로 떠 넣으면서, 어느새 다시 식어버린 김치찌개의 건더기를 건져 먹으면서 눈물을 흘리기 시작했다. 결국, 아내는 아무것도 먹지 못하고 눈물만을 쏟아부었다. 남편의 실종, 아니, 지연되는 귀가에 대해 아내가 보인 언어

적 반응이 '이상하다'였다면, 물리적 반응은 그저 하염없이 오열하는
것, 그것이었다.

　이렇게, 아내는 울다가 잠이 들었다.

　……이미 사위가 깜깜한 도시 변두리의 거리, 일이 예정보다 늦어
졌기 때문에 남편은 걸음을 재촉하고 있었다. 휴대폰의 건전지도 다
되었고 공중전화도 보이지 않았기 때문에 남편은 마음이 몹시 조급
했다. 그런데, 갑자기 남편의 뒤로 세 명의 시커먼 사람들이 나타났
다. 그들은 남편을 덮치면서 카메라와 렌즈를 뺏으려 했다. 남편은
자신의 몸보다도 더 소중한 그것을 뺏기지 않으려고 한사코 버텼다.
시커먼 사람들은 아주 거칠고 상스러운 욕을 하면서 남편을 걸어차
기 시작했다. 남편의 입에서는 피가 쏟아져나왔다. 남편과 남편을
에워싸고 있는 시커먼 사람들 사이로 칼날이 번득이는가 싶더니, 남
편은 둔탁한 비명을 뱉어내며 털썩 넘어져 곧 땅바닥으로 나뒹굴었
다. 카메라, 렌즈, 삼각대는 이미 시커먼 사람들의 손에 들어간 뒤였
다. 그들은 물건을 손에 넣고도 성이 차지 않는지 남편의 몸을 뒤지
기 시작했다. 남편의 지갑을 발견하고 그것을 열어 보더니 지금까지
보다 더 거칠고 상스러운 욕을 내뱉었다. 그들의 말대로, 현금은 고
사하고라도 잘난 카드 한 장 없었던 것이다. 그게 시커먼 사람들을
더 화나게 했는지, 그들은 다시금 남편을 마구 걸어차기 시작했다.
남편의 몸이 시뻘게졌다. 갑자기 한 사람이 남편의 손가락을 가리켰
다. 아내는 소스라치게 놀랐다. 그들의 결혼 반지였던 것이다. 시커
먼 사람들은 나이도 제법 든 놈이 한심하게 이런 14K 싸구려 반지나
끼고 다닌다느니 어쩌고 하면서 역시나 상스러운 욕을 뇌까리더니
남편을 한 번 더 걸어찼다. 남편은 더 이상 움직이지 않았다. 시커먼

사람들은 떠나갔다. 아내는 그들이 반지를 그대로 남겨둔 것이 다행이라고 생각하면서 남편을 향해 달려가기 시작했다. 하지만 제자리 걸음이었을 뿐, 단 한 발짝도 앞으로 나갈 수가 없었다. 남편의 몸은 싸늘하게 식어가고 있었고, 아내는 반대로, 고열에 시달리며 몸부림 치고 있었다…….

잠에서 깼을 때 아내는 자신이 왜 이런 악몽을 꾸었는지 이상하기만 했다. 어쨌거나 아내는 습관대로 세수를 하고 아침상을 차렸다. 밥 두 그릇을 푸고 수저 두 쌍을 챙긴 뒤 상을 방으로 가져왔다. 역시나 뭔가가 이상했다. 남편과 나란히 앉아 오순도순 아침을 먹어온 몇 년 이래 처음 있는 일인 만큼, 아내는 이 혼란을 어떻게 수습해야 할지 몰랐다. 잠깐 멍하게 있다가 밥상을 그냥 놓아두고 자리에서 일어났다. 그리고, 가볍게 화장을 하고 학습지를 챙겨 가방 안에 넣은 뒤 일터로 갔다. 오늘 저녁에는 필경, 남편이 자기보다 먼저 돌아와 있으리라는 예감이 들었다. 전날 회식이 있거나 야외 촬영이 있어 귀가가 늦어졌다면, 그 다음 날은 어김없이 일찍 들어와 남편이 직접 저녁을 준비하고서 아내를 기다리곤 했으니 말이다. 이런 생각을 하자 아내는 갑자기 즐거워졌다.

아내는 거의 아홉시가 되어서야 집으로 돌아왔다. 멀리서 보니 방에 불이 켜져 있었다. 아내는 가슴이 뛰기 시작했다. 이제야 남편이 돌아온 것이다. 분명 그럴 만한 이유가 있어서 어제는 못 돌아왔겠지만, 이번만은 아내도 가만히 있지 않기로 했다. 남들이 다 긁는 바가지도 한번 긁어보고, 남편 앞에서 어린애처럼 울어보고도 싶었다. 아내는 걸음을 재촉했다. 아니, 거의 뛰다시피 계단을 올라갔다. 한데, 뜻밖에, 시어머니가 현관 앞에 서 계신 게 아닌가. 시어머니는 무슨 안 좋은 일이 있었는지 얼굴이 퉁퉁 부은 채로 아내를 맞았다. 아내는 남편이 아직도 돌아오지 않았다는 사실을 곧바로 알아채고는 금세 실망했지만, 윗사람에게 그런 기색을 보이면 안 된다는 생각에 얼른 문을 열고 시어머니를 안으로 들였다.

시어머니는 방으로 들어서자마자 눈물을 쏟아냈고, 불쌍하고 박복한 것이라는 말을 몇 번씩 되뇌며 아내의 어깨를 쳤다. 어찌나 세게 쳤는지 아내는 어깨가 아팠다. 손을 들어 시어머니를 제지하고 싶었지만, 도대체 윗사람의 말이나 행동에 조금이라도 반항을 한다는 것 자체가 아내의 머릿속에는 없는 개념이었으므로 그저 묵묵히 참고만 있었다. 시어머니는 이어 곧 있으면 친정 엄마가 올 테니 함께 가도록 하라고 했다. 아내는 이 말에 아픈 것도 잊고 말았다. 조금만 있으면 남편이 올 텐데 도대체 어디로 간단 말인가. 그리고, 엄마는 왜 온단 말인가. 이사를 가라는 것인가. 하지만, 이사를 가버리면 남편이 어떻게 자기를 찾아올 것인가. 아내는 다시 혼란스러워졌다. 어제부터 계속 이상한 일만 일어나는 것 같았다. 얼마 지나지 않아 엄마가 왔을 때는 더 그랬다. 엄마도 눈이 퉁퉁 부은 채로 나타나서는 시어머니와 마찬가지로 아내를 툭툭 치면서 불쌍하고 박복한 것이라고 되뇌었다. 아내는 또다시 어깨가 아파왔다. 시어머니까지는 참았지만, 엄마의 '구타'만은 참을 수가 없어, 엄마에게 아프니 제발 그만 좀 때리라고 말했다. 그러자 엄마는 목청이 끊어질세라 꺼억-꺽 울면서 아내를 껴안았다. 무슨 일인지 시어머니의 울음소리도 더 커졌다. 아내는 모든 잘못이 지기에게 있는 양, 이러지도 저러지도 못하고 엉덩이만 들썩거렸다.

두 노파는 울음이 좀 잦아들자 함께 아내를 종용하기 시작했다. 아내는 도무지 이해할 수가 없었다. 어른들의 말이라면 좀체 거역을 하지 않는, 아니, 토 하나 달지 않고 그대로 따르는 아내지만, 이번만은 아내도 쉽게 양보를 할 수가 없었다. 오늘 밤에는 꼭 남편이 돌아오리라고 믿고 있었기 때문이다. 아내는 조심스럽게 자기 생각을 이야기했다. 그러자, 두 노파는 더 서럽게 울었다. 꼭, 하루아침에 사랑하는 남편이나 어린 자식을 잃은 젊은 아낙네 같았다. 아무리 설득을 해도 아내가 꿈쩍도 하지 않자 두 노파들은 서로 부둥켜안은 채 눈물을 뚝뚝 흘리며 떠나갔다.

아내는 마음이 편치 않았다. 자기가 정확히 무슨 잘못을 했는지는 알 수 없지만, 어쨌거나 모든 것이 자기 탓인 것 같았다. 하지만, 아내로서는 이것이 일생에 거의 처음 부려보는 고집이었고 나름대로 이유 있는 고집이었다. 어쨌거나 아내는 남편을 기다려야 했다. 언제든 남편은 꼭 돌아올 것이기 때문이다. 아내는 아침상을 들여다보았다. 싸늘하게 식은 밥 두 공기와 된장찌개가 소박하게 놓여 있었다. 아내는 또다시 혼자 밥을 먹기 시작했다. 분명 남편 없이 처음으로 혼자 밥을 먹은 건 어제부터였는데도 이미 여러 번이나 이런 일이 있었던 것 같은 착각이 들었다. 그럼에도 불구하고 혼자 밥상머리에 앉아, 아무도 손대지 않는 또 다른 밥그릇과 수저 한 쌍을 바라보고 있자니 한없이 이상하기만 했다. 아내는 반 공기 정도를 먹고 상을 치웠다. 어제처럼 그냥 잠이 들어준다면 좋으련만 정신이 참으로 말똥말똥했다. 아내는 학습지를 꺼내 내일 일을 준비했다. 한 시간도 지나지 않아 끝이 났다. 그런데도 잠이 통 오지 않았다. 도대체 남편이 없는 이 밤 시간을 아내 혼자 어떻게 보내야 할지 난감하기 그지없어 한참 동안 멍하니 책상 앞에 앉아 있었다. 책상 바로 옆에 있는 컴퓨터가 눈에 들어온 건 이때였다.

남편은 귀가하여 아내와 식사를 한 후면 언제나 컴퓨터 앞에 앉아 있었다. 언젠가는 초고속 인터넷인가 하는 것을 깐 적이 있는데 그 이후로 더더욱 오랫동안 컴퓨터 앞에 붙어 있는 것이었다. 남편을 저토록 붙들어 매놓는 것이 뭔가 싶어 아내가 조심스럽게 남편을 살폈더니 남편은 아내의 이마에 입을 맞추면서 전자 우편 주소를 만들어주었었다. 하지만, 남편이 보는 것을 옆에서 지켜보기만 했을 뿐, 자기 혼자 컴퓨터 앞에 앉은 적은 한 번도 없었다.

컴퓨터 앞 의자를 바라보고 있자니, 남편이 없으니 자기라도 저기에 앉아주어야 되겠다는 생각이 무의식적으로 들었다. 아내는 컴퓨터 앞에 앉아 파워 버튼을 눌렀다. 등 너머로만 봤건만 의외로 모든 일이 쉬웠다. 남편이 메모를 해서 모니터 앞에 붙여놓은 사이트 주소를 그대로 입력해보았다. 눈에 익은 화면이 떴다. 역시, 남편의 메모를 따라 아내는 자신의 아이디와 비밀번호를 쳤다. 여러 통의 편지가 와 있었는데, 모두 다 한 사람이 보낸 것이었다. 누가 보낸 것인지, 아내는 당연히 알 수가 없었다. 편지를 읽어봐도 통 감이 오질 않았다. 편지는 그다지 길지 않은 경어체의 의문문 하나와 사진 한 장이 전부였다. 문장 자체도 낯설었고 사진도 처음 보는 것이었지만, 아내는 이 편지와 사진에 왠지 모를 친근감을 느꼈다. 편지를 한 통씩 열어가는 동안 어느새 잠이 쏟아졌고 아내는 편안한 마음으로 잠자리에 들었다.

……칠흑처럼 검은 밤하늘에 아내가 별자리를 읽을 수 있는 마차부를 비롯한 수많은 별들이 반짝이고 있었다. 아내는 쪽마루 위에 누워 하늘을 올려다보았다. 지극히 평온한 상태로 별을 헤는데, 어느

별 하나가 유난히 더 밝고 크게 빛나고 있다는 느낌이 들었다. 혹시 저것이 편지에 씌어 있던 바로 그 별, 즉 '꿈꾸는 황금 사자별'이 아닐까, 라는 생각을 하며 아내는 몸을 일으켰다. 바로 그 순간, 별은 원래의 투명한 금강석 빛을 잃어버리고 금세 붉은 핏빛으로 변했다. 그러고는 점점 커다랗게 변하면서 아내에게로 다가왔다. 아내는 별이 떨어지는 것이라 생각했다. 아니나 다를까, 그 큰 별이 아내가 어린 시절을 보낸 허름한 시골집의 마루 위로 툭 떨어졌다. 그와 동시에, 시골집은 온통 새하얀 사각형의 싸늘한 공간으로 바뀌었고, 아내의 몸 바로 곁에 떨어진 별은 그저 검붉은 형체로 바뀌어 있었다. 아내는 깜짝 놀라면서 그 형체를 자세히 들여다보았다. 아주 오랜 시간이 지난 것 같았다. 이미 아내는 '별'에 대한 기억 자체를 잃어버렸다. 아내의 눈앞에는 별 하늘과는 아무런 상관이 없는 것 같은 풍경이 펼쳐지고 있었다. 피투성이가 된 남편이 이미 싸늘한 시체가 되어 병원 침대 위에 누워 있고, 그 옆에서 자신이 오열하고 있었던 것이다. 두 노파들은 아까 낮에 봤을 때보다 더 처절하고 동물적으로 울부짖고 있었다. 아내는 오열 끝에 피를 쏟아내기 시작했다. 그리고 정신을 잃었다. 정신이 들었을 때 아내는 햇볕이 따뜻하게 내리쬐는 병실의 침대에 링거를 꽂은 채 누워 있었다. 침대에서 일어났을 때는 남편의 피투성이 몸이 더 이상 보이지 않았다. 아내는 남편의 몸이 보이지 않아 다시 오열했다…….

왜 요즘 들어 계속 악몽을 꾸는지 이상했다. 하지만 여기에 집착하고 있을 여유가 아내에겐 없었다. 눈을 뜨면 곧 아침이었고 아침에는 출근 준비를 해야 되니 말이다. 오늘도 아내는 어김없이 아침상을 차렸고, 학습지 가방을 챙기면서 출근 준비를 했다. 한데, 옷을 입으면서 뭔가 이상한 점을 발견했다. 남편의 귀가가 지연되면서 이상한 일이 수도 없이 많이 일어났으므로 웬만한 일에는 놀라지 않는 아내였지만, 이건 좀 많이 이상했다. 몇 년 동안 입어온 청바지가 턱없이 짧아진 것이다. 무사히, 아니 넉넉하게 들어가는 걸로 봐서 살이 찐 것은 아니었다. 그렇다면, 다리가 길어졌단 말인가? 아내는 청바지를 입은 채 자신의 몸을 자세히 들여다보았다. 청바지를 항상 길게 입고 굽이 약간 높은 구두를 신었을 경우에도 청바지 자락이 바닥에 끌릴 듯 말 듯했는데, 웬일인지, 청바지의 끝이 복사뼈 한참 위로까지 당겨져 있었다.

아내는 살짝 밖으로 나가 거주자들이 함께 쓰는 거실의 거울에 자기 몸을 비추어 보았다. 확실히, 예전보다 길어 보였다. 그러고 보니, 세수를 할 때 욕실의 거울을 보면, 어느 때 같으면 코끝이 간신히 보일 듯 말 듯했었는데, 언젠가부터, 목선은 물론이고 쇄골까지도 어렵지 않게 보였다는 사실이 상기되었다. 한 가지가 발견되니 다른 이상한 징후들이 계속 눈에 띄었다. 머리카락, 손톱, 발톱 등 자랄 수 있는 모든 것이 정상적인 성장 속도를 위반하면서 현저히 자라 있는 것이 아닌가. 아내는 약간 당혹스러웠다. 하지만, 여기에 집착하고 있을 여유가 없었다. 보기에 좀 흉하기는 하지만 일단 다른 옷이 없으니, 이렇게 입고 출근을 하기로 했다.

일을 끝내고 집으로 돌아오는 길에 아내는 청바지와 블라우스 하나를 샀다. 새 옷을 입어보니 확실히 자기 몸의 변화를 알아챌 수 있었다. 아내는 조심스럽게 조용히 거실로 나와 커다란 체경에 비친 자신의 모습을 바라보았다. 분명 아내가 지금까지 보아온 자기 자신이었으나, 그럼에도 뭔가가 달랐다. 팔다리를 비롯한 몸 전체의 비정상적인 성장이 사람을 완전히 달라 보이게 만든 것이다. 아내는 한 가닥으로 묶었던 머리를 풀어보았다. 머리를 자른 지 얼마 되지 않았건만 머리카락이 어느새 팔꿈치 근처로까지 드리워져 있었다. 이상한 일이었다.

바로 그때, 거주자 중 한 명이 현관문을 열고 공동으로 쓰는 거실로 들어왔다. 아내에게 극히 일상적인 인사를 하고는 자물쇠에 열쇠를 꽂았다. 문을 열고 자기 방으로 들어갈 때는 아내로서는 이해할 수 없는, 동정이 깃든 짧은 시선을 보냈다. 그가 방으로 들어감과 동시에, 남자 친구와 동거를 하고 있는 옆방의 아가씨가 밖으로 나왔다. 아내는 갑자기 마음이 설레기 시작했다. 그래도 이 집 거주자 중에서는 아내와 가장 가깝게 지냈으며 주방이나 거실에서 우연찮게 마주쳤을 때는 아줌마들처럼 수다를 떨기도 했던 사이이니만큼 아내에게 어떤 변화가 일어났음을 꼭 알아줄 것만 같았던 것이다. 하지만 아가씨는 이상한 말들만 잔뜩 늘어놓아 아내를 혼란스럽게 했을 뿐, 아내가 기대했던 말은 전혀 해주질 않았다. 아내는 적잖이 서운했다. 거울을 보면 눈에 확 뜨일 정도로 변화가 생겼는데 어째서 주위 사람들은 이걸 알아채지 못한단 말인가. 남편이라면 금세 알아챘을 것이다. 남편은 언제나 아내의 몸의 아주 소소한 변화라도 금세 알아차렸고, 언제나 그에 해당하는 감정적 변화를 보여주었으니 말이다.

남편의 미소가 떠오르자, 다시금 남편의 귀가가 왜 이렇게 지연되고 있는가, 라는 계속 아내를 괴롭혀온 질문이 되살아났다. 여기에는 뭔가 그럴듯한 대단한 이유가 있을 것이다. 아내는 열심히 생각을 해보았다. 하지만 남편의 귀가가 지연되기 시작한 첫날부터 지금까지, 절대로 마땅한 이유를 발견해낼 수가 없었다. 그저, 막연히 남편에게 일어난 일과 현재 자기에게 일어나고 있는 이상한 일들 사이에 어떤 연관이 있으리라는 추측과 어쨌거나 언젠가는 남편이 돌아와주리라는 예감만이 있을 뿐이었다.

아내는 새 옷을 벗어 옷장에 걸어두고 편안한 옷으로 갈아입었다. 그리고 아침에 남은 음식으로 저녁 끼니를 때웠다. 이미 며칠이 지났건만 혼자서 밥을 먹는 것은 여전히 서먹하기만 했다. 저녁상을 치우고 설거지를 하고 나서는 책상에 앉아 내일 일을 준비했다. 한 시간도 지나지 않아 일이 끝나버렸다. 아내는 뭘 해야 할지, 무엇으로 남편이 없는 이 저녁 시간을 채워야 할지 난감해졌다. 남편처럼 담배라도 배워두었더라면 창가에 기대어 서서 담배라도 피우련만, 아내는 그저 책상 위에 멍하니 앉아 있을 뿐이었다. 다리가 어찌나 길어졌던지 예전 같으면 발끝이 방바닥에 간신히 닿았으나 이제는 책상 안쪽 판자로까지 다리를 뻗을 수 있을 정도였다. 책상과 의자 사이의 공간이 좀 협소하게도 느껴졌다. 그렇게 좀 오래 있자 허리가 저려와서 책상에서 일어나 방바닥에 몸을 뉘어보았다. 혹시나 하는 기대감에서였다. 하지만 잠도 와주질 않았다. 아내는 일부러 작정을 한 것도 아니고 무슨 생각이 있는 것도 아닌데 무심코 다시 일어났다. 그러고는 역시 무심코 컴퓨터 책상 앞에 앉아 컴퓨터를 켰다. 문득 한 가지 희망이 피어났다. 아내는 가슴을 졸이면서 전자 우편함을 열었다. 아니나 다를까, 편지가 와 있었다. 어제 아내가 읽은 편지들과 마찬가지로 의문문 하나, 그리고 사진 한 장이었다.

"한가롭게 풀을 뜯고 있는 소를 보신 적이 있으십니까?"

아내는 첨부 파일을 열어보았다. 이미 땅거미가 내릴 무렵, 한여름의 시골 풍경이었다. 조그만 시냇물이 흐르는 연두색의 풀밭 위에서

소 한 마리가 네 다리를 모은 채 온몸을 웅크리고 한가롭게 되새김질을 하고 있었다. 멀리, 소를 데려가려고 하는지 한 소년이 소를 향해 걸어오고 있었다. 원근법을 염두에 둔다고 하더라도 참으로 작은 소년이었다. 아내는 사진을 들여다보면서, 아마 소년이 소의 고삐를 잡고 소를 끌고 가는 것이 아니라, 소가 먼저 소년을 알아보고서 스스로 몸을 일으켜 소년을 향해 몸을 내밀 것이고 그러면 소년은 가뿐하게 소의 등에 오를 것이고 소년이 방향을 잡아줄 필요도 없이 소가 알아서 소년과 자기 자신을 집으로 인도하리라는 생각을 했다. 이런 상상이 아내를 몹시 편하게 만들어주었다. 아내는 전자 우편함을 닫고 불을 끈 뒤 자리에 누웠다. 아니나 다를까 곧 잠이 들었다.

……이날 밤 아내는 여느 때와는 달리 악몽이 아니라 그저 이상하기만 한 꿈을 꾸었다. 잠들기 직전에 본 풍경이 그대로 아내의 꿈속에 등장했다. 땅거미가 질 무렵이었고, 작은 시냇물이 흐르는 시골의 들판이었고, 소가 있었다. 하지만 소년은 보이질 않았다. 대신 저 멀리, 이 풍경을 카메라에 담으려는 사람이 보였다. 아내는 곧바로 남편을 알아보았다. 비록 온몸이 피범벅이었고, 카메라 때문에 얼굴이 보이지 말아야 되건만, 심한 구타로 인해 형체가 거의 일그러진 남편의 얼굴이 너무도 똑똑히 보였다. 아내는 당연히 남편을 향해서 달려갔다. 있는 힘껏 뛰었다. 하지만 아내는 그 풍경과 자기 사이의 거리를 절대로 단축시킬 수가 없었다. 아니, 꼭 눈앞의 사진을 향해 돌진하듯, 아무리 뛰어도 그 사진의 세계 속으로 들어가지지 않았다. 먼 거리에 있는 사물도 렌즈를 조절함으로써 가깝게 보이도록 할 수 있는 남편이 아내를 못 알아봤을 리 만무하건만, 남편은 아내에 대해 어떤 반응도 보이지 않고 풍경화의 점처럼 제자리에 박혀 있었다. 아

내는 갑자기 슬퍼졌다. 꿈속에서였지만, 혹시, 자기가 너무 길어져서 남편이 자기를 알아보지 못한 것이 아닌가라는 생각이 들었던 것이다. 하지만 이건 아무래도 있을 법하지 않았다. 수년간을 살을 맞대고 산, 서로의 몸짓과 선을 속속들이 알고 있는 사이가 아닌가. 아내는 눈물을 쏟으면서 계속 남편을 향해 뛰어갔다. 온몸이 땀으로 젖고, 무엇보다도 배가 고파왔다. 아내는 쓰러지듯 땅바닥에 엎드려 저 멀리 보이는 소처럼 풀을 뜯어먹으면서 되새김질을 하기 시작했다. 이상하게도 배가 불러왔고 힘이 솟는 듯했다. 아내는 다시 자리에서 일어나 뛰기 시작했다. 분명 제자리뛰기를 한 것이 아님에도, 눈앞의 풍경은 원래와 마찬가지로 아내로부터 까마득한 거리를 유지하고 있었고 아내 역시도 여전히 제자리에 있었다…….

……아내는 자명종 소리에 잠에서 깨어났다. 참으로 이상한 꿈이라는 생각이, 차라리 악몽을 꾸는 편이 나았을 것이라는 생각이 들었다. 이상한 일이라면 실제로 일어나는 것만으로도 족한데, 어째서 꿈에서조차도 아내의 머리로는 도저히 납득하기 힘든 이상한 일들이 일어나는가 말이다. 아내는 여느 때처럼 세수를 하고 옷을 입었다. 분명 어제 새로 산 옷인데 또다시 길이가 짧아져 있었다. 가볍게 화장을 하고 머리를 빗었다. 하룻밤 사이에 머리카락이 10센티미터는 더 자란 것처럼 느낌이 새로웠다. 그뿐인가. 분명 그저께인가 손톱을 깎았건만 다시 손톱깎이를 써야 할 만큼 손톱이 자라나 있었다. 발톱도 마찬가지였다. 하지만 아내는 더 이상 놀라지도 않았다. 그저 이것이 환각인지 아닌지를 확인하고 싶을 따름이었다. 그런데 이 소망은 아주 손쉽게 이루어졌다.

오후에 아내는 학습지를 보는 아이들 중 유난히 자신을 잘 따르는 빛나의 집을 찾았다. 아내가 현관으로 들어서기가 무섭게 빛나는 깜짝 놀라는 듯하더니 신기하다는 듯 아내의 몸을 이리저리 살피기 시작했다. 이상하다, 이상해. 빛나가 드디어 말을 꺼냈다. 아내는 잔뜩 긴장이 되어, 아니 기대에 부풀어 빛나의 다음 말을 기다렸다. 엄마, 엄마, 선생님이 어른이 됐어! 빛나는 어느새 아내에게서 몸을 돌려 제 엄마를 향해 달려갔다. 빛나의 엄마가 부엌에서 나와 아내에게 인사를 했다. 아내도 공손하게 몸을 숙였다. 한데, 빛나의 엄마는 빛나의 말에 전혀 주의를 기울이지 않았다. 빛나는 신대륙이라도 발견한 양 연신 신이 나서 떠들었다. 엄마, 선생님 좀 봐, 드디어 키가 크고 어른이 됐어, 어른이! 그러나 빛나의 엄마는 빛나에게 가벼운 질책을 하고는 곧 사라졌다. 수업 내내 빛나는 좀체 흥분을 가라앉히지 못했고, 아내도 마찬가지였다. 비록 어린애이긴 했지만, 하여튼 아내 자신이 아닌 누군가가 아내의 변화를 알아챘다는 것은 의미심장한 일이었다.

하루 일과를 마치고 집으로 돌아오는 길에 아내는 아직 문을 닫지 않은 보건소에 들러 체중과 신장을 재보았다. 체중은 그대로인데, 키는 놀랄 정도로 자라 있었다. 남편의 귀가가 지연되기 시작한 이후, 처음으로 마음을 달뜨게 하는 일이었다. 그래서 아내는 큰마음을 먹고 돈을 찾아 정장 한 벌을 샀다. 하지만 혼자 뭔가를 산다는 것이 너무 어색하고 낯설기만 했다. 그래서인지, 집에 돌아와 새 옷을 입고 거실의 거울 앞으로 나가 섰을 때는 눈물마저 흘러내렸다. 옷이건 밥그릇 하나건 뭔가 새 물건을 사면 항상 남편과 함께였고, 언제나 남편의 애정 어린 시선이 그녀를 좇았던 것이다. 아내는 말로 표현할 수 없는 허함을 느끼며 한없이 눈물을 쏟아냈다. 어찌나 울었는지 눈이 퉁퉁 부어 거의 완전히 붙어버렸다. 그래도 아내는 전자 우편함을 열어보는 것을 잊지 않았다. 역시, 어김없이 편지가 와 있었다.

"코스모스는 어떻게 사랑을 나눌 것 같습니까?"

그리고 청명한 가을 하늘을 배경으로 몇 송이의 알락달락한 코스모스가 하늘거리는 순간을 포착한 사진.

아내는 오랫동안 코스모스를 들여다보았다. 눈이 붙어버렸을 뿐, 감긴 것은 아니었고, 마찬가지로 잠이 든 것이 아니라 그저 눈을 뜰 수 없는 상태였을 뿐이므로, 의식은 아주 명료했다. 아내는 언젠가 남편과 함께 거닐었던 교외의 아스팔트 도로 가에서 가을바람에 하늘거리던 코스모스를 계속 바라보고 있었다. 갑자기 방문이 열리고 누군가가 들어오는 것 같은 느낌이 들었다. 눈을 떠서 확인을 하고 싶었으나, 너무 부어버린 눈은 좀체 떠지질 않았다. 눈조차 뜰 수 없는 상황인데도 아내는 전혀 공포를 느끼지 않았다. 방문을 안 잠갔던 가, 라는 의구심조차 일지 않았다. 그저 모든 것이 너무 자연스럽게 느껴졌다. 방 안으로 들어온 존재 역시 으레 그래야 한다는 듯 아내의 옆에 누웠다. 그리고 아내의 몸을 만지기 시작했다.

낯설면서도 동시에 너무도 익숙한 손짓과 몸짓이 계속하여 아내를 휘어 감는 동안, 어느 순간부터, 자그마한 방이 푸르스름함이 감도는, 어둠침침한 아스팔트 도로로 바뀌었다. 길가에는 아내의 눈이 감긴 이후에도 계속 아내의 눈앞에서 하늘거리던 코스모스가 화려하게 피어 있었다. 신기했다. 밤인데도 코스모스의 흰색, 진분홍색, 보라색 등이 선명하게 포착되니 말이다. 더 신기한 것은 아내 자신이 그 여린 코스모스들 틈에서 어떤 존재와 정사를 벌이고 있다는 사실이

24

었다. 아내는 '보리밭이나 갈대밭이라면 모를까'라는 생각을 언뜻 해 보았지만, 이 생각을 발전시킬 틈도 없었다. 자기도 모르게, 일말의 수치심도, 수줍음도 느끼지 못하고 한없이 절정을 향해 치닫고 있었던 것이다. 마침내 몸 전체가 뒤로 젖혀지는 순간, 아내는 어떤 존재와 정사를 벌이고 있는 자신의 몸뚱이 바로 위쪽에 피투성이가 된 한 남자가 널브러져 있는 것을 발견했다. 순간, 코스모스 꽃잎과 가느다란 줄기가 믹서에 갈리듯 갈가리 찢기기 시작했다. 아내는 자리에서 벌떡 일어났다. 이미 시체로 변해버린 코스모스 조각을 너울 삼아 덮고 있는 그 몸뚱어리, 그것은 바로 남편이었다. 아내는 너무 놀라 비명을 질렀다. 하지만 그건 그저 생각 속에서의 일일 뿐, 정작 목구멍 너머로는 어떤 소리도 새어나오질 않았다. 아내는 몸을 바로잡고 남편을 향해 손을 뻗었다. 하지만 그토록 가까운 거리인데도, 아무리 애를 써도 남편의 몸이 손에 닿질 않았다. 그렇게 아내는 막 동이 터오기 직전까지 푸르스름한 어둠이 깔린 아스팔트 도로 한 귀퉁이에 누워 있는 피투성이가 된 남편의 시체를 바라보았다. 뱃속에서 내장이 뚝뚝 녹아내리는 것이 느껴졌다. 그 순간, 남편을 만지고 싶다는 것보다 더 큰 욕망은 목청껏 비명을 지르고 눈알이 빠져라 울고 싶다는 것이었다. 아니 어서 빨리 눈을 뜨고 싶었다.

자명종이 울렸고 아내는 자리에서 일어났다. 두 눈이 퉁퉁 부어 절반밖에 떠지지 않았지만, 그래도 눈을 뜰 수 있어 행복했다. 아내는 여느 때와 다름없이 재빨리 몸을 움직여 출근 준비를 했다. 세수를 끝내고, 부은 눈을 감추기 위해 여느 때보다 좀 짙게 화장을 하고, 간단히 아침을 먹고 어제 산 정장을 입었다. 이상했다. 분명히 어제 산 것인데, 무엇 때문인지 기장이며 소매 길이가 다 짧아져 있었다. 꼭 사오 년은 지난 것 같은 느낌이 들어 피식, 웃음마저 났다. 일단은 수가 없기 때문에 아내는 볼썽사납긴 하지만 정장을 입고 출근을 했다.

저녁에 집에 돌아와서는 급한 일부터 했다. 내일 일을 점검하고, 컴퓨터를 켜서 전자 우편함을 열었다. 분명, 어제 하루, 편지를 확인하지 않았다고 생각했는데, 다섯 통이 넘는 편지가 와 있었다. 한결같이 여느 때와 다름없이, 하나의 의문문으로 이루어진, 그리고 한 장의 사진이 첨부된 편지였다. 한꺼번에 여러 통의 편지를 읽어서인지 여느 때보다 더 빨리 피로를 느꼈다. 아내는 이 피로감을 달가워하면서, 저녁도 먹지 않고 이불을 편 뒤 잠을 청했다. 속이 많이 쓰렸지만, 다시 일어나기가 귀찮아 그대로 누워 있었다. 속이 너무 쓰렸기 때문인지 느닷없이 아랫배에서 심한 통증이 느껴졌다. 아내는 신체의 각 부분은 서로 밀접한 관계를 가지고 있기 때문에 윗배의 통증이 아랫배로 전해진 것이라고 생각하며 잠을 청했다.

……아내는 아름다운 꿈을 꾸었다. 그렇게 기다리던 남편이 돌아와 있었다. 언제 돌아왔는지, 그 재회의 순간이 어땠는지는 생략되었지만, 하여간 아내가 눈을 떴을 때 남편은 아내의 옆에 있었다. 아내는 여느 때와 마찬가지로 아침상을 차리고 남편과 함께 아침을 먹고 서로 도와가며 출근 준비를 서둘렀다. 그리고 역시 여느 때와 마찬가지로 함께 집을 나섰다. 버스 정류장까지는 대략 오 분 거리였는데, 연애 시절부터 쭉 그래왔듯, 둘이 손을 꼭 잡거나 다정스럽게 어깨동무를 하고서 걸어 내려갔다. 아내의 버스가 먼저 왔다. 남편은 아내를 배웅했다. 아내는 남편이 보이는 쪽의 좌석에 앉아, 떠나가는 아내를 바라보는 남편을 계속 바라보고 있었다.

이미 남편이 보이지 않게 되었을 때 아내는 문득 이상한 생각이 들었다. 모든 것이 남편의 귀가가 지연되기 전과 똑같은데, 뭔가 석연치 않은 구석이 있었던 것이다. 아내는 이 수수께끼를 풀기 위해 무진장 노력을 했다. 아무리 머리를 굴려도 해답이 나오지 않자, 아내는 어린애처럼 울음을 터뜨렸다. 눈물이 흘러내렸고 아내는 끊임없이 눈물을 닦아냈다. 눈물이 흘러내릴수록 아랫배의 통증은 더 심해졌다. 더불어, 아내의 손끝에 닿는 눈물의 촉감도 변해갔다. 냄새도 달라진 듯했다. 뿐더러, 눈물이 아내의 눈과 얼굴, 목덜미를 지나 어느새 가슴, 허리, 아랫도리, 발끝까지 흘러내렸다. 아내는 울면서, 몸부림을 쳤다…….

눈물이 안구뿐만 아니라 몸 전체에서 흘러내리고 있다는 느낌이 들었을 때, 너무 괴로워 눈물을 훔칠 힘마저 없어졌을 때, 아내는 잠에서 깨어났다. 몸 주위가 흥건히 젖어 있었다. 온통 핏빛이었다. 아내는 뭔가 대단히 중요한 것이, 남편과 그녀의 관계에서 유일한 물리적 공유물이 될 수 있었을 존재가 지금 막 사라졌음을 예감했다. 하지만 이보다도 더 고통스러운 건 이제 막 풀린 수수께끼의 답이었다. 그렇다, 여느 때와 다름없이 함께 일어나 함께 출근을 했지만 아내와 남편은 결단코, 서로를 알아보지 못했던 것이다. 연속적인 두 가지 충격이 너무도 컸기에 아내는 정신을 잃고 말았다. 꿈도 없었다. 그래서 아내는 행복했다.

병원에서 돌아온 뒤에도 일상에는 변화가 없었다. 그저 몸의 일부분이었던 것이 떨어져나간 탓에, 비정상적으로 늘어나던 몸이 급격하게 줄어들기 시작했을 뿐이다. 하지만 아내는 별다른 걱정을 하지 않았다. 오히려, 최근 들어 아내가 겪은 여러 일 중 가장 자연스럽고 당연한 것이라는 생각이 들었다. 아내를 심란하고 혼란스럽게 만든 것은 다른 것이었다. 아내로부터 떨어져나간 것은 막 생겨나기 시작한, 아내와 남편의 분신만이 아니었다. 꿈이 없었던 깊은 잠 이후, 편지가 단절된 것이다. 아내는 남편이 돌아오지 않은 그날 밤보다 더 심한 충격을 받았고, 그때보다 더 심한 허함을 느꼈다. 그러는 동안 몸은 더 심하게 줄어들어 일도 계속할 수 없는 상태에 이르고, 결국 완전히 방 안에 칩거하게 되자, 언어의 섬세한 그물망을 피해 지나가는, 밑도 끝도 없는 서늘함과 허함이 아내를 갉아먹었다. 점차 줄어들던 아내의 몸이 이제는 거의 형체를 알아볼 수 없을 지경으로까지 축소되고 말았다. 아내는 자신의 몸이 완전히 소멸되기 전에 꼭 해보고 싶은 것이 한 가지 있었다.

아내는 바로 여행을 떠났다. 이미 인간의 형체가 아내를 떠났기 때문에 물리적인 난관은 전혀 없었다. 기차표를 살 필요도, 끼니를 때울 필요도, 숙소를 구할 필요도 없었다. 그저, 조용히 공간 이동을 하면서, 몸이 축소될수록 더 비대해져가는 기억 창고를 마지막으로 손질하면 되었다. 남편과 함께했던 공간을 다시 체험함으로써 그때의 시간들을 되살리는 것이었다.

여행에서 돌아왔을 때 아내는 더 이상 어떤 허함도 느끼지 않았다. 그리하여 거의 철저하게 무관심하고 차분한 상태에서 전자 우편함을 열었다. 아내가 여행을 하는 동안, 단 한 통의 편지도 와 있지 않았다. 슬프지도 서운하지도 않았다. 그저 무위를 달래기 위해 아내는 마지막으로 받은 편지를 다시 열어보았다. 그러고는 자기도 모르게 '답신'을 눌렀다. 왜 지금까지 단 한 번도 답장을 보낼 생각이, 다시 말해 자기 쪽에서 편지를 띄울 수 있다는 생각이 들지 않았는지 아내 스스로도 놀라웠다. 아내는 이미 형체가 거의 남지 않은 손가락을 힘들게 움직여 하나의 의문문을 만들었다.

"우리, 언제쯤 다시 만날 수 있을까요?"

어째서 자기가 '다시'라는 말을 썼는지, 이상하다는 생각이 들었다. 이 편지들의 발신인이 누군지 모르는 상태에서, 꼭 이전에 알던, 이전에 만났던 사람을 대하듯 말이다. 고개를 갸우뚱하면서 아내는 편지를 보냈다. 어쩐지 마음이 편해졌고, 그 상태에서 아내는 잠이 들었다. 여행 때문에 지치기도 했고 저 문장을 치는 데 많은 에너지를 소비하기도 했으므로, 꿈을 전혀 꾸지 않은 채 깊이 잘 수 있었다.

얼마나 많은 시간이 지났는지는 알 수 없었지만 아내가 눈을 떴을 때는 캄캄한 밤이었다. 아내는 정신이 들자마자 전자 우편함을 열었다. 답장이 와 있었다. 지금까지의 편지와는 달리, 의문문이 아니었고, 사진이 첨부되어 있지도 않았다. 아내는 끄트머리가 풀린 애잔한 문장을 하염없이 바라다보았다.

"공룡이 다시 나타날 때쯤……."

오랜만에 아내는 다시 눈물을 터뜨렸다. 지금까지 단 한 번도 아내의 머릿속에 떠오르지 않았던 '운명의 테러'라는 표현이, 지극히 소박하고 질박한 아내의 뇌리를 스치고 지나갔다. 아내는 더 이상 생각을 진척시킬 수 없었지만, 그럼에도 아내 자신을 남편으로부터 떼놓은, 남편을 지금까지도 집으로 돌아올 수 없게 만든 알 수 없는 힘에 대한 강한 분노와 억울함, 슬픔을 느꼈다. 아내라는 존재 자체가 눈물로 변하기라도 한 듯 온 방이 눈물로 가득 찼고, 동시에 아내 자신은 조그만 점으로 축소되어갔다. 아내는 악에 받쳐서라도 더 서럽게 울었다. 아내의 눈물이 방의 형체마저 소멸시켜버리고, 아내가 떠 있는 공간은 어느새 황혼 무렵의 시골 들판으로 변해 있었다. 아내는 하나의 점으로 변한 자기 바로 앞에서 되새김질을 하고 있는 소 한 마리를 보았다. 이미 더 울 수도 없는 상황이건만, 아내는 더 서럽게 울었고 더 많은 눈물을 쏟아냈다. 아무리 생각해도 이건 불가능한 일이다, 어디서 공룡이 나타나겠는가. 급기야 아내의 입에서는 동물적인 비명이 새어나왔다…….

  ……비명과 함께 눈이 떠졌다. 꿈이었던 것이다. 캄캄한 밤이었지만, 불을 켜놓고 잠이 들었던지, 방 안은 환하게 밝았다. 아내는 몸을 일으켜 창문을 바라보았다. 유리창이 거울로 변해 방 안 풍경을 반사시키고 있었다. 아내의 눈에 익은 소소한 물건들이 창문에 어리었다. 그런데 창문 아래쪽에서 어떤 물체가 점점 커지면서 중앙으로 올라오기 시작했다. 아내는 조금 전에 꿈에서 본 소가 아닐까 생각했다. 하지만 그것은 확대될수록 모양새와 색깔이 소와는 전혀 달랐다. 아내는 가슴이 두근거리는 것을 느끼며 이 생명체를 응시했다. '공룡이다, 공룡이 나타났다'라는 문장이 아내의 머릿속에 떠오른 바로 그 순간, 아내는 자기 몸에 와 닿는 가볍고 따사로운 손길을 느꼈다. 너무도 그리운, 너무도 익숙한 손길이었다. 아내는 고개를 돌렸다. 남편이 돌아와 있었다, 아내의 첫번째 악몽에서 본 모습 그대로, 피범벅이 되어서. 하지만 전혀 끔찍하지도, 안타깝지도, 슬프지도 않았다. 남편은 조용히 아내의 몸을 이끌고 이불 속으로 들어갔다. 아내는 자기가 이토록 작아져 거의 보이지도 않게 되었는데도 남편이 자기를 알아보았다는 것을 느낄 수 있었다. 남편은 이미 아내에게는 '몸'이라고 할 것이 남아 있지 않은데도 용케 아내의 몸을 되살려내어 어루만지고 사랑하기 시작했다. 아내는 살점이 떨어져나가고 뼈가 부서지고 온통 피투성이로 변한 남편에게 언제나 그러했듯 자기

를 온전히 내맡겼다. 그리고 자신과 남편의 살이 닿아지고 뼈가 녹아
드는 것을, 그들의 위태로운 몸들이 무한대의 시간 속으로 분해되면
서 흡수되는 것을 느꼈다.

  한없이 지연되던 남편의 귀가가 이제야 끝난 것이 아내는 너무도
행복했다.

드레스덴에서 온 엽서

아무도 준(Djung)에게 편지를 보내지 않았다.

랑손과의 관계가 완전히 단절된 뒤로는 말이다. 그럼에도, 준은 매일 두 번씩 우편함을 살폈다. 우편함이라고 해봐야 기숙사의 저 안쪽 엘리베이터 곁에 서 있는 탁자와 그 위에 붙박인 선반이 전부였다. 새로 도착한 우편물은 일단 탁자 위에 진열되었고, 날짜가 제법 경과하도록 주인이 나타나지 않으면 성(姓)의 첫 알파벳에 따라 칸막이가 되어 있는 선반에 차곡차곡 쌓였다. 준은 늘 탁자 위와 자기 성의 이니셜이 붙어 있는 L란을 함께 살펴보았다. 이제는 몹시 익숙해진, 주로 글자의 끝이 왼쪽으로 누운 필기체의 러시아어가 적힌 하얀색의 소박한 러시아 편지 봉투나 러시아에서 비교적 값이 싸고 길거리에서 손쉽게 살 수 있는, 커다란 장미 사진이 찍힌 극히 투박하고 요란한 엽서들, 그리고 중국어로 씌어진 엽서나 편지들 더미에서 드레스덴에서 온 엽서를 발견한 날도 그랬다.

누군가가 한번 들춰 봤는지 엽서는 글자가 씌어진 면이 위를 향하고 있었다. 흔히, 아래쪽 끝이 왼쪽으로 향하게 마련인 러시아어 필기체와는 확연히 구분되는 문자열이 우선 눈에 띄었다. 엽서를 좀더 자세히 들여다보았다. 독일 우표가 붙어 있었다. 발신인은 이곳의 주소를 글을 막 배우기 시작한 아이들처럼 조심스럽게 라틴 알파벳으로 또박또박 기록하고 있었다. 러시아어를 모르는 사람인 것이 분명했다. 준은 엽서를 들어 앞면을 보았다. 아름다웠다. 소박한 러시아식 흰 봉투도, 카드의 휘황찬란하고 촌스러운 사진도 아닌, 도시 풍경을 담은 청명한 수채화 한 점이었다. 사진의 아래쪽 왼편에는 'Dresden'이라는 글자가 필기체로 찍혀 있었다. 뒤쪽으로는 그다지 높지 않은 고색창연한 건물들과 간간이 뾰족하게 솟은 성들이 쭉 이어지고, 전면에는 강과 강나루가 아주 평화롭게 펼쳐지고 있었다. 어디선가 본 듯한 풍경이었다. 준은 엽서를 돌려 발신인과 수신인을 찾아보았다. '마리아 카르멘'이 독일의 드레스덴에서 '마리안 드 그랑데'에게 보낸 것이었다. 무의식적으로 방 번호로 시선이 옮겨졌다. 이 기숙사의 4층에 있는, 호텔과 여관의 중간쯤 되는 숙소의 어느 방이었다. 준은 한동안 수신인과 발신인의 이름을 번갈아 보다가, 엽서를 다시 돌려 드레스덴의 강과 건물의 풍경을 보았다. 사람이라고는 아주 작은 점 하나도 보이지 않는 고적하고 황량한, 오직 사물과 자연만이 존재하는 세계였다. 준은 이 수채화가 잘 보이도록 엽서를 탁자 위에 내려놓고 자기 방으로 갔다.

엽서는 이후에도 늘 그곳에 있었다. 혹시 엽서가 뒤집어져 있으면, 준은 드레스덴의 풍경이 위로 향하도록 위치를 바꿔놓곤 했다. 고적한 드레스덴은 준이 엽서를 처음 본 지 일주일 정도가 지난 뒤에야 어디론가 사라졌다. 카르멘의 엽서가 마침내 마리안의 손으로 들어갔으리라는 생각에 준은 왠지 모를 안도감을 느꼈다.

　우연한 기회에 준은 드레스덴을 다시 보게 되었다.
　눈이 연일 내려 모스크바가 어느새 눈 천지가 되어버린 어느 날, 기숙사로 돌아오는 길이었다. 준이 기숙사의 무거운 철문을 밀기가 무섭게, 기숙사 근처에서 그저 산책을 하는 듯싶었던 어느 젊은 남자가 준에게로 다가왔다. 그는 준에게 조심스럽게 이 기숙사에 사느냐고 물었다. 본능적으로 경계심이 생기지 않는 건 아니었으나, 미지의 아시아 여인을 대하는 태도가 워낙 공손해서 준은 반쯤 열린 문에서 손을 떼고 몸을 돌렸다. 눈이 안쪽 깊숙이 들어가고 볼에 살이 한 점도 없는, 몹시 여윈 자그마한 체구의 남자였다. 준이 그렇다고 대답을 하자, 러시아 남자는 준에게 엽서 한 장을, 이 기숙사에 머물고 있는 사람에게 전해줄 수 있겠냐고 물었다. 준은 그러겠다며 엽서를 받아 들었다. 드레스덴이었다.
　자기도 모르게 낮은 감탄이 새어나왔다. 이 엽서가 어떻게 그의 손으로 들어가게 되었는지를 물어보고 싶었으나, 준은 선뜻 말을 꺼내지 못하고 있었다. 남자는 준의 표정을 보자 "누군가가 저에게 부탁을 했는데, 아시겠지만, 이 기숙사에 살지 않는 사람은 안으로 들여보내주질 않아서요"라고 예의 그 공손한 어조로 말을 이었다. 기숙사 주위에 쌓인 눈처럼 하얀 얼굴 깊숙이 회색과 푸른색의 중간쯤 되는 투명한 눈이 무척이나 아름답게 반짝이고 있었다.
　준은 자신이 이 엽서를 이미 알고 있다는 내색은 전혀 하지 않은 채 엽서의 발신인을 읽었다. 그리고는 "여관에 묵고 있는 사람이군요"라고 덤덤하게 내뱉었다. "예……" 남자는 조용히 대답했다. "만약"이라며 준이 말을 꺼내기가 무섭게 남자는 "떠났다면 할 수 없죠"
라고 무심하고 차갑게 말했다. 준은 약간 난감해졌다.

"그럼, 제가 어떻게……?"

준이 말을 꺼냈다.

"엽서, 예쁘지 않습니까? 마리안이 떠났다면 아가씨가 그냥 가지
시죠, 그럼 부탁드리겠습니다."

남자는 바로 이렇게 대답한 뒤 몸을 돌렸다. 러시아어의 거친 열
한가운데에 대단한 양감을 가진 점처럼 박혀 있는 '마리안'이라는 발
음이 준의 귀에 남아 맴도는 동안, 준은 이미 눈밭으로 내려선 남자
의 뒷모습을 보고 있었다. 뭔가가 균형을 깬다는 느낌이 들었다. 준
은 오래도록 그가 절름발이임을 깨닫지 못한 채 발걸음을 내디딜 때
마다 왼쪽으로 처지는 삭정이 같은 몸뚱어리를 바라보고 있었다. 지
나치게 날카롭고 섬세한 곡선으로 이루어진, 잘록하게 들어간 허리
부분을 톡 치면 금세 바스러지고 말 것 같은 베트남의 몸체를 연상시
키는 그런 몸이었다.

기숙사로 들어와 자기 방에도 들르지 않고 준은 곧바로 4층으로
향했다. 문을 두드려보았으나 아무도 나오지 않았다. 곧바로 3층의
관리실로 향했다. 준이 엽서를 보이며 용건을 얘기하자 담당자는 격
자무늬 노트에 연필로 숙박인들의 이름과 국적이 기록된 숙박부를
무성의하게 들추는가 싶더니, 문득 뭔가가 생각난 듯, "그 프랑스 여
자 말인가요? 진작에 떠났죠"라고 대답했다. "어디로요?" 준의 질문
에 담당자는 황당하다는 듯 준을 쳐다보면서 "어디로 갔겠수? 프랑
스로 갔지"라고 말했다. "그럼, 이 엽서는……?" 그러자, 배불뚝이
중년 여자는 아름다운 눈을 가진 절름발이 청년과 마찬가지로 "아가

씨가 가지시구려, 엽서도 예쁜데"라고 대답하곤 고개를 돌렸다. 그 길로 준은 관리실을 나왔다.

카르멘의 엽서를 마리안의 손에 건네주는 기쁨을 맛보지 못해 서운했지만, 그건 잠시였다. 준은 오랫동안 엘베 강의 물결이 거무스름한 색채로 그려진 수채화에서 눈을 떼지 못했다. 아무래도 대단히 눈에 익은 풍경이었다. 준은 카르멘과 마리안은 잠시 접어두고 벽장을 뒤지기 시작했다. 반 시간도 지나기 전에 방 전체가, 책장에서 쏟아져나온 책들로 난장판이 되었다. 하지만 준이 기대했던 것은 나오지 않았다. 준은 책 더미 한 귀퉁이에 앉아 숨을 좀 돌린 뒤 책을 다시 정리하기 시작했다. 그런데 벽장 속 깊숙이 꽤 무게가 있는 책을 꽂다가 그만 실수로 어떤 책을 떨어뜨리고 말았다. 책이 바닥으로 떨어지는 순간, 책의 어느 페이지가 활짝 열리는가 싶더니 엽서 한 장이 떨어져나왔다. 준은 의자에서 내려와 엽서를 집어 들었다.

드레스덴이었다. 준은 엽서가 끼워져 있던 책의 맨 앞장을 펴보았다. 책을 산 날짜와 장소가 적혀 있었다. 거의 일 년도 더 전인 유학 초창기에 헌책방에서 우연히 책과 더불어 발견한 엽서였던 것이다. 20세기 초반에 출판되어 손만 대면 바스러질 듯 책장이 노랗게 삭아버린 책 자체와는 달리, 엽서는 대단히 훌륭하게 보존되어 있었다. 준은 방 안에 널브러진 책들을 되는대로 벽장 속으로 집어넣고 두 엽서를 나란히 책상 위에 올려놓았다. 카르멘의 엽서 귀퉁이가 좀 닳은 것만 제외하면, 똑같은 엽서 두 장이었다. 준은 뒷면에 아무것도 씌어지지 않은 엽서와 마리안에게 보내는 카르멘의 사연이 담긴 엽서를 번갈아 바라보았다. 카르멘은 영어를 주로 쓰되 독일어, 프랑스어, 스페인어를 섞어 쓰고 있었다. 국적이 다른 이 두 아가씨가 어떤 식으로 의사소통을 하는지 참 궁금한 일이었다. 준은 막 정리한 벽장의 앞 열에 꽂혀 있는 영어와 프랑스어 사진을 끼내 단어를 찾기 시작했다. 독일어와 스페인어로 된 부분은 해독할 수가 없었다.

그리운 마리안,

드디어 드레스덴에 도착했다. 와보니 실망이고 절망이다. 차라리, ……을 찾아 떠난 너를〔……〕네가 지금 모스크바에 있길 간절히 바라며. 마리안, 페테르부르크의 백야를 너와 함께 보기로 한 약속은 아무래도 지킬 수가 없을 거 같다. 올 겨울이 가기도 전에 나는 아마도〔……〕내일 '바르셀로나행 기차를 탄다. ……우리가 함께 드레스덴을 꿈꾸던 시절로 돌아가고 싶다.

너의 소중한 마리아 카르멘.

최소한 드레스덴은 아닌 어떤 곳에서 카르멘과 마리안은 '어린 시절'을 함께 보냈고 다름 아닌 드레스덴을 꿈꾸었던 카르멘과 마리안, 이미 성인이 되었을 두 소녀의 투명한 사랑 타령이라…… 투명한 사랑? 언젠가 한 번은 말한 듯한, 준의 뇌리에 깊숙이 박혀 있는 언어 조합이었다. 아주 잠깐, 카르멘과 마리안이 다시 만났을까, 라는 생각이 들었지만 곧 잊어버렸다. 독일어와 스페인어로 씌어진 부분이 도대체 뭘 의미하는 걸까? 이런 의구심도 그다지 심하게 들지는 않았다. 프랑스어로 씌어진 대단히 평범한 마지막 말 'Ta chère Maria Carmen'만이 오래도록 준의 뇌리를 떠나지 않았다. 우연히 되찾게 된 이 드레스덴 엽서의 뒷면에 어떤 사연을 적어 누군가에게 보내고 싶은 마음이 생겨났다. 하지만 삼십 년 묵은 기억의 창고를 아무리 헤집어봐도 고양이 새끼 한 마리 발견되지 않았다.

인터넷으로 신문을 보니 오늘 랑손의 최저 기온이 영상 19도였다.
모스크바는 난방이 무난하게 되는 기숙사 안도 이보다는 추웠고,
랑손의 만년 축축한 날씨와는 비교도 할 수 없을 만큼 건조했다. 창
밖을 보니 오늘도 여느 때와 마찬가지로 함박눈이 퍼붓고 있었다. 이
미 모스크바의 겨울을 몇 번이나 겪은 준은 이제 겨우 시작임을 알고
있었다. 겨울이 두려워지는 건, 고등학교를 졸업하기 직전 장학금 시
험에 통과하여 열일곱 살의 나이로 처음 모스크바에 도착한 그해와
다를 바 없었다. 마치 고향의 그 지겨운 폭우를 폭설로 바꾸어버린
것 같았다. 그 시절과 다름없이 겨울에는 최대한 집에 있는 시간이
많았다. 가을 학기가 끝나고 혼자 있는 시간이 많아지자, 애초에 준
의 처지를 고려하여 독방을 내준 기숙사 사감이 원망스럽기도 했다.
도대체 혼자서 뭔가를 하는 것이 체질에 맞지 않았다. 차라리, 한 방
에 두세 명이, 때로는 네 명이 공동 생활을 하던 그 시절이 좋았다.
그때는 해마다 룸메이트가 바뀌었다. 때로는 불과 이삼 개월을 사이
에 두고 룸메이트가 바뀌기도 했다. 방학을 맞아 집에 한번 갔다 오
면 언제나 새로운 방에, 새로운 룸메이트에 적응해야 했다. 어떨 때
는 준보다 나이가 열 살쯤은 더 많은 박사과정의 몽골 여자와, 어떨
때는 준과 연배가 비슷한 중국 여자와 방을 같이 쓰기도 했다. 아무
리 애써도 구개음화에 익숙해질 수 없었던 중앙아시아 출신의 여점
원과 한 방을 쓴 일도 있었고, 거의 단 하루도 남자와 관계를 가지지
않으면 안 되는 흑인 여자와 산 적도 있었다. 준과는 달리 베트남 여
자치고는 상당히 큰 키에 몹시 풍만한 몸을 가진 소녀와 오랫동안 한

38

방을 쓰기도 했다. 다 유학 초창기의 일이었다.

  모스크바 유학 시절, 그 아름다운 청춘의 한가운데에 튜히(Tjuxi)가 모스크바 벌판의 노란 민들레처럼 피어 있었다. 잠잘 때나 울 때나 먹을 때를 제외하면 단 일 분도 입을 다무는 일이 없을 만큼 수다스러웠고, 명랑하고 해맑게 깔깔대다가 아무런 이유 없이 순식간에 세상의 모든 고뇌를 자기 혼자 짊어진 양 슬퍼하곤 하던 종잡을 수 없는 소녀였다. 도저히 거짓말을 할 줄 몰랐으며 숫제 뭔가를 감추는 법을 몰랐던, 그래서 영원히 어른이 될 수 없었고 성숙한 여인의 매력을 지닐 수 없었던, 그 몸집과는 달리 영원히 천진난만하고 귀여웠던 아이. 튜히는 곧잘 변덕과 심술을 부리곤 했는데, 그것도 단계가 있었다. 아주 조금 화가 났을 때는 준에게 무척 심한 욕을 해대고 곧잘 물건을 집어던지고 그러다가 급기야 울음을 터뜨린 뒤 기절을 하곤 했다. 아주 심하게 화가 났을 때는 그렇게 말이 많고 표정이 풍부하던 아이가 하루 종일 그야말로 무표정한 얼굴에, 움직임 하나 없는 자세로 아무 말도 없이 책상이나 침대나 방바닥에 나무토막처럼 앉아 있곤 했다. 준은 튜히의 이 표정 없는 얼굴, 움직임이 없는 몸, 침묵으로 일관하는 입술의 삼위일체를 모스크바의 혹독한 눈보라보다 더 두려워했다.

  랑손이 영상 20도를 웃돌 시점, 모스크바는 영하 20도로 접어들고 있었다. 대륙에서 불어오는 찬바람을 지레 두려워하면서 준은 옷을 입기 시작했다. 두터운 스타킹 위에 코듀로이 바지를 입고 위에는 스웨터를 두 개 껴입은 뒤, 모스크바 대학 시절에 입었다가 오랫동안 랑손의 벽장 어디에 처박아둔 뒤 이번 유학길에 다시 챙겨온 낡디낡은, 그럼에도 여전히 따뜻한 패딩 코트를 입었다. 코트를 입기 전, 넓은 숄로 머리와 목을 덮는 것도 잊지 않았다. 신발 역시, 랑손에서는 구경도 할 수 없는, 두꺼운 가죽과 털이 무릎 바로 아래까지 올라오고 밑창이 눈길에도 넘어지지 않도록 투박스럽게 디자인된 것이었다. 끝으로, 검은 가죽 장갑을 끼고 여우털 모자를 머리 위로 푹 눌러 쓴 뒤 밖으로 나갔다. 2001년의 마지막 날, 준은 아주 하찮은 것이라도, 심지어 초콜릿 한 조각이나 땅콩 한 조각이라도 사고 싶었다. 비록 선물을 할 사람이 단 한 명도 없긴 했지만, 어떻든 오늘은 한 해의 마지막 날이다. 그리고 튜히의 생일 전날이기도 했다. 준은 기숙사에서 도보로 대략 삼십 분 정도 떨어진 백화점에 들러 머리핀 한 쌍과 속옷을 샀다. 튜히가 없으니, 오래전부터 그래왔지만, 모든 것이 다 준 자신을 위한 것이었다. 참으로 맹맹하고 무의미한 삶이라는 생각이 들어 약간은 우울하고 서글퍼졌다.

기숙사로 돌아오는 길에, 준은 며칠 전에 들은 공손하고 나지막한 목소리를 다시 들었다. 눈보라가 내리치는 가운데 바로 그 러시아 청년이 서 있었다. 오늘 같은 날 새해 인사를 할 수 있는 사람을 만난 것이 너무 기뻐, 며칠간 물어보고 싶었던, 아니, 얘기해주고 싶었던 엽서에 대해선 아예 기억도 못했다. 상대방 역시 이미 엽서 따위는 잊어버린 듯 밝은 얼굴로 새해 인사를 한 뒤 새해를 어떻게 맞을 건지 물었다. 준은 지인도 별로 없고 해서 그냥 여느 때와 다름없이 기숙사에 있을 거라고 대답했다.

"제 방에 오시죠. 친구들이 모여 맛있는 음식을 준비하고 할 텐데."

준은 최대한 공손하게 그의 초대를 거절했다. 친구가 없는 건 슬픈 일이지만, 나이 든 동양 여자가 러시아 대학생들 틈에서 뭘 할 수 있겠는가. 그도 그다지 고집을 부리지 않았다.

"전 이쪽 기숙사 1209호에 살아요. 이름은 사샤구요. 그쪽은……?"

준은 자기의 이름을 얘기하면서 "발음하시기 힘들 거예요. 남의 나라 이름이니까, 더군다나 동양인이니까"라고 덧붙였다. 사샤는 미소를 지으면서 간단히 자기 소개를 한 뒤 시간이 날 때 놀러 오라는 말을 빼먹지 않았다. 날이 이미 어두워졌지만, 사샤의 얼굴선을 선명하게 읽을 수 있었다. 불구나 다름없는 왜소한 몸과 다리와 현저하게 대조되는 대단히 아름다운 얼굴이었다.

준은 자기 쪽에서 방 번호를 얘기해준 뒤 사샤와 헤어졌다. 심하게 다리를 절면서 힘겹게 눈 더미 속을 헤치고 걸어가는 사샤의 뒷모습 위로 고풍스러운 건물과 엘베 강이 그려진 드레스덴 엽서가 슬그머니 떠올랐다. 지금이라도 그를 불러, 엽서를 전해주지 못했다는 얘기를 하고 싶었지만 그만 적절한 때를 놓치고 말았다.

혼자 사는 건 아무래도 사람으로서 못할 일이었다.

준은 구태여 돈 때문이 아니더라도 마땅한 룸메이트를 구해 같이 살고 싶었다. 나이가 아주 어린 예비학부 학생이나 학부생도 괜찮고, 국적도, 피부색도 상관없었다. 혼자서 내키지 않게 밥을 해 먹고 역시 내키지 않게 시간을 보내고 하는 것에 넌덜머리가 난 것이다. 때로는 밑도 끝도 없는 고독감이 밀어닥쳐, 차라리 남편과 살던 시절이 그리워질 정도였다. 하지만 이것은 그저 외로움이 종기처럼 곪아올라 터지기 직전에 이르렀을 때의 비명에 불과함을 준은 모르지 않았다. 준은 지난 삼 년 남짓의 결혼 생활에서 어떤 아름다운 기억도 갖고 있질 않았다. 오히려, 남편과의 적막한 결혼 생활이 둘이 사는 조화로운 삶에 대한 그녀의 마지막 희망을 완전히 앗아가버린 듯했다.

타인과 같이 살기 시작하면, 그것도 결혼이라는 안정된 울타리 안에 보금자리를 마련하면, 튜히와 보낸 대학 시절처럼 둘이 사는 아름다운 꿈을 다시 실현시킬 수 있으리라 막연하게 믿었지만 그건 대단한 오산이었던 것이다.

이십대 초반, 모스크바에서 대학을 졸업하고 베트남으로 돌아간 뒤 준은 어렵지 않게 일자리를 구했다. 수도에서 그다지 멀리 떨어지지 않은 랑손의 조그만 연구소에서 러시아어 교과서를 편찬하는 것이었는데, 무슨 대단한 성취감을 주는 일은 아니었으나 준은 나름대로 만족했다. 하지만 소비에트 붕괴 이후 베트남에서의 러시아어의 희소가치가 떨어지자 수입이 다소 줄어들었고, 박사학위가 없는 상태로 그 일을 계속하기도 힘들어졌다. 물론 학위 때문에 다시 모스크바로 온 건 아니었다. 오히려 하루 빨리 남편에게서 도피하고 싶었던 것이다. 남편은 준과 마찬가지로 말이 없고 타인과의 관계에서 일정 정도 확고한 선을 그어둔다는 점에서 차갑기 그지없었으나 어찌 보면 극도로 예의 바른 사람이었다. 소개로 만난 그와 일 년간 성실하게 연애를 한 뒤 준은 결혼을 했다. 두 사람 모두 이미 이십대 후반으로 접어들었고 사회적 기반도 어느 정도 잡혀 있었기 때문에 결혼을 하지 않을 수 없었다는 편이 맞을지도 모르겠다. 결혼을 한 뒤에도 준과 남편은 연애 시절과 마찬가지로 외교적 관계를 유지했다. 차이라면, 연애를 할 때는 충분히 피할 수 있었던 성 관계를 주기적으로 가져야 된다는 것뿐이었는데, 준은 부부라면 응당 있어야 하는 이 행위에서 인간관계의 어떤 특수한 일면을 전혀 발견하지 못했다. 삼 년간 그와 살면서 단 한 번도 불쾌한 일이 없었고, 서로에게 흐트러진 모습을 보인다거나 하는 일도 없었다. 그런데도 시간이 흐르면 흐를

수록 준은 어떻게든 남편과 공유하고 있는 이 공간을 벗어나고 싶다는 욕망이 절실해졌다. 연구소에서 준에게 모스크바 유학을 제의했을 때 준은 최후의 비상구를 찾은 양 기뻐했다. 남편이 아무런 반대도 없이 승낙하자, 준은 곧 짐을 챙겨 모스크바로 날아왔다.

그런데 준은 고독과 적막을 벗 삼아 감상과 낭만에 자기를 내맡기는 삶을 영위할 만큼 자기 중심적이지 못했다. 자신의 일 하나에서만 존재의 만족감을 얻기에는, 천성적으로, 타인을 갈망하고 또 배려하는 마음이 너무 컸던 것이다. 준은 자기를 믿고 자기에게 속내 얘기를 털어놓고 때론 눈물도 쏟아 부을 수 있는, 야심한 시간이나 이른 아침에 자기를 찾아와 배가 고프다며 먹을 것을 내놓으라고 보채곤 하는 가까운 친구가 있었으면 했다. 함께 먹을 것을 사러 다니고 함께 옷을 고르고 함께 화장도 하고 함께 목욕도 하고 그럴 수 있는 친구 말이다. 이런 마음이 간절할 때마다 준은 이미 서른을 넘겨버린 자신의 나이를 탓했다. 작년에 모스크바에 온 뒤로 자기 연배의 사람을 만나지 않은 것은 아니나, 그 누구와도 마음을 맞출 수가 없었다. 아니, 준의 입장에서는 언제나 그 누구와도 십대 소녀들처럼 가까운 관계를 유지할 준비가 되어 있었으나, 상대방들은 그렇질 못했다. 남편과의 관계에서와 마찬가지로 외교적 태도 이상을 유지할 수 없었던 것이다.

외로움의 한가운데로 다리를 심하게 절던 미소년같이 생긴 사샤가 떠올랐다. 준은 학부생이 사는 기숙사 건물로 향했다. 어린 소녀처럼 가슴을 두근거리며 준은 사샤가 사는 방문을 두드렸다. 삐거덕거리며 문이 안쪽으로 밀려 들어갔다. 준은 조심스럽게 비좁은 현관 안으로 들어갔다. 누군가의 집을 방문하는 것이 참으로 오랜만이었고, 그래서 더더욱 기뻤다. 러시아의 크리스마스가 시작되기 얼마 전이었다.

사샤는 준을 반갑게 맞아주었다. 차를 마셨고 평범한 얘기들이 오 갔다. 준은 자신이 타인과 더불어, 그것도 고작해야 세번째 만난 어떤 타인과 더불어 유쾌하게 얘기를 할 수 있다는 것이 즐거웠다. 사샤 쪽에서 스스럼없이 자신의 가족 얘기며 어린 시절 얘기를 털어놓는 것은 놀랍기까지 했다. 그는 멀리 흑해 근처의 '크라스노다르'에서 태어났다. 사샤의 아버지는 사샤가 태어나자마자 어디론가 떠났고 어머니는 이후 재혼을 했다. 사샤의 성 '수보로프'는 의부에게서 받은 것이었다. 친아버지에 관한 한, 사샤는 그를 스물두 해 평생 두 번밖에 보지 못했으니, 무슨 감정이란 것이 있을 리 만무했다. 사샤로선 얼굴도 기억할 수 없는 아버지가 떠난 뒤 어머니에겐 두어 명의 애인이 있었다. 그중 당시 상당히 젊었던 사샤의 어머니를 임신시킨 중년의 아르메니아 남자를 사샤는 지금도 몹시 증오했다. 의부에 관해서라면, 사샤는 자신에게 성(姓)을 준 것에 대한 고마움과 자신에겐 언제나 너무도 소중했던 어머니를 빼앗아갔다는 원망이 뒤섞인 양가적인 감정을 갖고 있었다. 의부 소생인 씨 다른 여동생은 한 푼의 에누리 없이 불편하기만 했다. 그러니, 사샤가 신체적 결함과 불 보듯 뻔한 재정적 부담을 무릅쓰고서 상대적으로 늦은 나이로 모스크바 유학을 감행한 것은, 준과 마찬가지로, 뭔가로부터 벗어나고 싶어서였을 것이다. 충분히 예상했던 대로, 집에서 부치는 돈이라곤 거의 없었고, 사샤는 학비와 기숙사비 면제 및 한 달에 5백 루블이라는 부실한 액수의 장학금만으로는 생활하기가 힘들어 수시로 아르바이트를 하고 있었다. 하지만 적은 시간을 투자하여 적당한 액수를 벌

수 있는 아르바이트 자리가 있을 리 만무한 데다가 신체적 결함 때문에 직업 선택의 폭이 좁아지는 건 당연했다. 얼마 전끼지 대형 슈퍼마켓에서 계산원으로 일하다가 지금은 그만둔 상태였다.

사샤의 얘기를 들으면서 준은 간간이 사샤의 방을 둘러보았다. 이 기숙사의 방이라면 준도 익히 알고 있었지만, 누추하기 그지없었다. 시간이 좀더 흐른 만큼, 준이 대학을 다니던 시절보다 훨씬 더 낡고 훨씬 더 영락해 있었다. 벽지 곳곳이 뜯겨져나갔고 벽장문도 망가져 닫히지 않았으며 심지어 방문도 자물쇠가 달려 있긴 했으나 제대로 작동을 하는지 의심스러울 정도로 문과 벽 사이가 많이 벌어져 있었다. 벽의 회칠이 이미 오래전부터 벗겨지기 시작한 건 말할 필요도 없었다. 그래도 바퀴벌레는 보이지 않으니 사샤와 그의 룸메이트 세료자는 대단히 깔끔한 아이들인 셈이었다. 지독히 가난하고 누추하지만 그래도 비참하고 초라해 보이지 않는 곳이었다.

그러다가 문득, 준은 아까 챙겨온 가방 속에 들어 있는 드레스덴 엽서 두 장을 생각했다. 사샤가 먼저 얘기를 꺼내주길 기다렸지만, 활기차고 화기애애한 대화 가운데서도 드레스덴은 단 한 번도, 실수로라도 새어나온 적이 없었다. 생각은 계속하면서도 결국 준은 아무 말도 꺼내지 못했다. 그저 자기의 방 번호를 다시 일러주고는 돌아섰다.

곧 크리스마스가 온다.

이 점에서 러시아는 이상한 나라였다. 12월 25일에 크리스마스 인사가 오가고 1월 1일이면 새해 인사가 오가고 그러다가 1월 7일이면 다시 크리스마스 인사가 오간다. 크리스마스에 관한 한 공식적 휴일도 12월 25일이 아니라 1월 7일이니, 하여간 크리스마스는 아직 지나지 않은 셈이다. 사샤가 준을 찾은 날은 마침, 크리스마스 이브였다.

"마침 커피를 마시려던 참인데, 마실래요?"

"그럼요."

준이 커피를 준비하는 동안 사샤는 준의 방을 둘러보았다. 여자 혼자 사는 방답게 아늑하고 조용하고 깨끗했다. 물건들이 화려하지는 않았지만 웬만한 것은 다 갖추어져 있었고 모든 것들이 제자리에 예쁘게 자리 잡고 있어 단정했다. 사샤와 준은 커피를 마시면서 지난번 사샤의 방에서와 마찬가지로 특별할 것 없는 얘기를 주고받았다.

"손님이 오니까 좋네요."

"왜 이리 비사교적이세요? 여기 온 지 일 년도 넘었다면서 이렇게 친구가 없으니."

"원래 사람을 참 좋아하는 성격인데, 나이가 드니 친구 사귀기가 힘드네요."

준이 말꼬리를 흐리며 미소를 지었다.

사샤가 그 정도는 예상했다는 듯한 표정을 짓더니 책상 쪽으로 시선을 돌렸다. 책상 쪽 벽지 위에 붙어 있는 두 장의 드레스덴 엽서가 자연히 눈에 들어왔다. 사샤의 시선이 드레스덴 위에 머물러 있는 것을 인지한 준은 아무 말 없이 사샤가 뭔가 말을 꺼내주길 기다렸다. 꽤 오랜 침묵이 흘렀고, 사샤가 드디어 입을 열었다.

"역시, 마리안은 떠났군요."

"그러니까 마리안과는 잘 아는 사이였군요."

"왜 그런 생각을 하시죠?"

사샤가 갑자기 싸늘한 기운이 감도는 목소리로 물었다.

"'마리안'이라는 이름을 아주 자연스럽게 발음하니까요."

준은 사샤의 이 발음 속에 어떤 전율마저 느껴진다는 얘기는 하지 않았다. 사샤가 준의 말에 아무런 대꾸도 하지 않자 준이 계속 말을 이었다.

"마리안은 어떤 사람인가요?"

"전형적인 프랑스 여자였죠."

"미인이었겠군요."

"영화에서나 그렇죠. 평범한 얼굴에 키도 별로 안 크고 몸매가 딱히 훌륭한 것도 아니고…… 국적도 다른 데다가…… 저와는 달리 유복한 집에서 자란 여자였는데…… 왠지 젊었을 때의 어머니를 연상시켰어요."

다시 침묵이 흘렀다.

"혹시, 카르멘도 아시나요? 이 엽서의 발신인 말이에요."

"마리안의 애인 말인가요?"

"예? 카르멘이 여자가 아니었던가요?"

준은 깜짝 놀란 듯 물었다.

"왜 그런 질문을 하시죠? 꼭 여자끼리는 애인 관계가 될 수 없다는 듯."

사샤는 이 말을 하면서, 거의 악의마저 깃든 시선으로 준을 쳐다보았다. 준은 더 이상 아무 말도 하지 않았다.

"그러고 보니 피아노가 있네요?"

사샤가 신기한 장난감을 발견한 소년처럼 웃으며 물었다.

"예, 전에 여기 살던 한국인 학생이 두고 간 듯해요."

"한국인과 일본인은 돈이 많으니, 불과 반년을 살아도 웬만한 건

다 갖춰놓고 살죠. 그나저나 칠 줄 아세요?"

준은 고개를 내저으면서 "피아노라도 칠 줄 알면 좋으련만……" 하고 말끝을 흐렸다.

또다시 대화가 중단되었다. 날씨가 험해서인지 들리는 건 오늘따라 유난히 잡음이 많은 라디오 소리뿐이었다. 꽤 긴 시간이 흐른 뒤 사샤가 드레스덴 애기를 다시 꺼냈을 때 준은 몹시 기뻤다.

"그러고 보니 드레스덴이 두 장이군요. 이건……?"

사샤는 사람이 손을 댄 흔적이 거의 보이지 않는 드레스덴 엽서를 가리켰다.

"책을 뒤지다가 우연히 발견했어요. 고서점에서 산 책인데, 누군가가 끼워둔 거겠죠, 아마."

"거참, 재미있군요."

사샤가 두 장의 똑같은 드레스덴 엽서를 바라보는 동안, 준은 드레스덴이 자기 손에 떨어진 순간부터 계속 머릿속을 맴돌던 질문을 기어코 내뱉었다.

"엽서, 가져가시겠어요?"

사샤는 준을 쳐다보지도 않고 조용히, 하지만 단호하고 짧게 "아니요"라고 대답했다. 그러고는 자기 쪽에서 바로 화제를 바꾸었다.

"크리스마스 때는 뭘 하실 건가요?"

"내일 말인가요?"

"예."

"우리에게 내일은 아무 날도 아닌걸요."

준은 다시 말끝을 흐렸다.

"저는 페테르부르크에 다녀올까 해요. 내일은 힘들고, 금요일쯤

에요."

사샤의 말에 준은 아무런 대답도 하지 않았다. '드레스덴'이라 명명했던 어떤 기억의 핏덩어리들이, 고름 덩어리들이 '페테르부르크'라는 이름을 듣는 순간 뱃속 저 깊은 곳에서 거역할 수 없는 힘을 갖고 목구멍 너머로 치밀어 오르는 것을 느꼈다. 드레스덴 엽서에 씌어진 이 단어를 발견한 순간부터 지금까지 간신히 꾹꾹 눌러온 것이 이젠 어떻게 제어할 수 없을 만큼 강하게, 준의 몸 속 깊은 곳에서 빠져나오기 위해 안간힘을 썼다.

사샤가 떠난 뒤 준은 잠깐 사샤에 대해 생각했다. 하지만 사샤는 곧 밀려나고 어느새 튜히가 그 자리를 점하고 말았다. 아무리 노력해도 소용이 없었다. 튜히와 함께한 시절이 기록된 페이지들이 베트남의 마냥 축축한 공기와 모스크바의 청명한 여름 공기를 버무려놓은 듯한 어떤 공간 속에서 붉고 노란 낙엽처럼 우수수 날리기 시작했다. 그러고 보니, 준은 그토록 꿈꾸었지만 단 한 번도 튜히와 함께 베트남에 있었던 적이 없었다. 이게 문득, 이상하게 느껴졌다. 준은 북쪽 랑손 출신이었고 튜히는 남쪽 사이공, 즉 호찌민 출신이었다. 1975년에 민족해방전쟁이 끝나지 않았다면, 준은 튜히라는 존재를 영원히 알지 못했을지도 모른다.

최근 들어 튜히가 유난히 자주 꿈에 보인다.

이건 드레스덴 탓인 듯하다. 하지만 튜히와 준의 삶에 몽상의 형태로라도 드레스덴이 잠입했던 적은 맹세코 단 한 번도 없었고, 준의 입장에서만 드레스덴에 대해 진지하게 생각해본 적이 거의 없었다. 준에게 있어 참으로 우연한 도시가 준의 삶에서 가장 필연적이었던 존재 튜히를 불러내다니, 준은 이 애매한 연상 작용이 다소간 혼란스러웠다. 하지만 지칠 줄 모르고 내리는 눈은 극히 평온하기만 했다. 바라보고 있었다.

꿈속에 등장하는 튜히는 한결같이, 준이 예뻐하고 좋아하던 그 모습 그대로였다. 말 많고 명랑하고 소란스럽고, 눈이 많이 쌓인 겨울이면 하루에 몇 번씩 넘어져 무릎이나 팔뚝에 늘 멍이 들곤 하던, 그리고 물을 마시거나 밥을 먹을 때 꼭 뭔가를 흘리곤 하던 천방지축 계집애 그대로. 심지어 베트남 사람치고는 놀라울 정도로 젓가락질을 못해서 '퍼(Pho)' 가닥을 수시로 떨어뜨리는 것도 여전했다. 분명이들에게 힘든 시간이 있었을 터인데도, 준의 꿈에 나온 튜히는 그들이 함께한 시간 중 가장 행복하고 기쁜 순간들만을 재현해냈다. 대단한 축복이었다.

준이 모스크바에 처음 왔을 때 튜히는 이미 석 달 전부터 예비학부에서 공부를 하고 있는 상태였다. 그들은 고등학교를 막 마친 어린계집애들이 그러하듯 금세 친해졌고, 반년쯤 뒤에는 비록 중국인 룸메이트가 한 명 더 있긴 했지만, 그래도 둘이 함께 있을 수 있었다. 다음 해에는 크기가 작은 방으로 옮겨 둘만의 삶을 시작했다. 진정으로 부산스럽고 활기 있고 행복한 삶이 시작되었다. 집에 가고 싶어서 둘이 함께 부둥켜안고 엉엉 우는 때도 적지 않았다. 베트남의 습기가그토록 그리웠던 것이다. 물론 튜히와의 삶에서 항상 행복한 일만 있었던 것은 아니다.

준이 막 1학년을 마칠 무렵, 준에게 반한 어떤 중국 남자애가 준과 튜히의 방을 찾아오기 시작했다. 튜히가 예의 그 성격대로 노골적으로 불만을 표시하자, 불편해진 중국 남자애가 준을 자기 방으로 데려

50

갔다. 이런 일이 잦아지면서, 튜히가 준에게 화를 내는 일도 잦아졌다. 그때마다, 튜히는 앞서 얘기한 약한 정도의 화풀이를 하곤 했고, 다음 날이면 모든 것이 다 좋아졌다. 그러다가 한 번은 중국 애의 방에서 이런저런 얘기를 하고 티브이를 보고 하느라 거의 새벽이 되어서야 방으로 돌아온 적이 있었다. 준은 불 꺼진 방으로 들어가, 조용히 옷을 벗고 침대에 누웠다. 튜히는 잠이 든 척했다. 준은 아무 말도 하지 않고 잠을 청했다. 다음 날 아침, 튜히의 침묵 시위가 시작되었다. 준이 아무리 노력을 해도, 튜히의 얼굴에 어떤 표정을 만들어낼 수가 없었고, 참새처럼 쉬지 않고 조잘거리다가 이제는 조개 껍데기처럼 닫혀버린 그 입을 열 수 없었다. 중국 남자애와는 그저 친구 사이라고 아무리 얘기를 해도 통하지 않았고, 살아 있는 민물고기를 사와 정성껏 요리를 해서 갖다 바쳐도, 망고를 몇 개씩 사와 깎아줘도 소용이 없었으며, 가뜩이나 모자라던 용돈을 모아 귀고리와 머리핀을 사다 줘도 반응이 없었다. 급기야 준은 포기를 했는데, 천만다행으로, 그와 동시에 준이 병이 나서 앓아눕고 말았다. 여름이 코앞에 닥쳤는데 심한 감기가 걸린 것이었다. 겸사겸사 생리까지 겹쳐 준은 사흘을 연이어 침대에 누워 있어야 했다.

마침내 튜히가 입을 열었다. 아니, 눈물을 터뜨렸다. 그 순간부터 튜히는 원래의 튜히로 돌아왔다. 준에게 감기약을 먹이고 뜨거운 국을 끓여주었다. 그리고 하루에 세 번씩 준의 등뼈와 관자놀이에 발잠을 발라 마사지를 해주었다. 이때부터 준은 일부러라도 감기에 걸리고 싶을 때가 많아졌다. 튜히는 우선 준의 상의를 모두 벗겼다. 그다음엔 준을 엎드리게 하고, 등과 어깨에 발잠을 바르고, 아주 부드럽게, 아주 천천히 등 전체를 마사지했다. 발잠이 등 전체로 퍼져나가는 것이 느껴졌다. 그러곤, 손가락에 힘을 주어 등뼈 마디마디를 세어가며 꼭꼭 누르고 마지막으로 거의 아프다 싶을 정도로 세게 어깨를 주물러주었다. 이 일이 끝나면 튜히는 처음과 마찬가지로 준에게 옷을 입혔고 준의 상체를 베개를 괴어준 뒤, 관자놀이 주변에 발잠을 바르고 등을 만질 때와 같은 악력으로 양쪽 관자놀이를 눌렀다. 그때마다 준은 튜히의 저 아기같이 조그맣고 포동포동한 손 어디에서 이렇게 매섭고도 날카로운 힘이 숨어 있는지 놀라곤 했다. 마사지가 끝나고 준을 다시 누일 때마다 튜히는 준의 이마에 뽀뽀하는 걸 잊지 않았다. 아무리 추워도 절대로 부르트지 않았던 튜히의 도톰한 입술이 이마에 닿을 때마다, 그리고 그 순간 튜히의 커다랗고 풍만한 젖가슴이 준의 상체를 살짝 스칠 때마다 준은 언제나 가슴이 설레곤 했다.

꼭 가보고 싶은 곳이 있었다.

아니, 죽어도 다시 가고 싶지 않지만 꼭 한 번은 가봐야만 하는 곳이 있었다. 지금이 바로 그때라는 생각이 너무도 절실했다. 준은 옷을 단단히 껴입고 밖으로 나갔다. 눈이 잔뜩 쌓여 무릎까지 푹푹 빠지는 길을 삼십 분 정도 걸어 전철역에 도착했다. 도중에 열차가 한동안 정차했기 때문에 한 시간쯤 뒤에야 콤소몰스카야 역에 다다를 수 있었다. 준은 밖으로 나가기 전에 잠깐 걸음을 멈추었다. 그 일이 있었던 후로 한 번도 이곳을 찾지 않았었고, 어떤 필요에 의해 이곳을 찾아야 했던 순간에도, 구태여 힘들게 다른 길을 택했었건만, 왜 하필 지금이란 말인가. 하지만 그녀는 이미 자동 승강기 위로 발을 내딛었고, 곧 레닌그라드 역이 나타났다. 러시아인들은 왜 출발역이 아니라 종착역의 이름을 따서 역 이름을 지었을까라는 하찮은 의문이 들었다.

졸업을 앞두고 준은 튜히와 함께 여행을 계획했었다. 경제 사정 때문에 유럽 여행을 떠날 수는 없었기에 소위 무박 2일로 페테르부르크를 다녀오기로 한 거였다. 함께 표를 끊은 뒤 여행 날짜를 손꼽아 기다리다가, 지금과는 달리 여름이, 즉 백야가 막 시작될 어느 화창한 날에 준과 튜히는 언제나처럼 손을 꼭 잡고 레닌그라드 역으로 나갔다. 자정이 멀지 않은 시간이었지만, 거리는 대낮처럼 환했다. 하지만 그날 준과 튜히는 페테르부르크행 기차를 타지 못했다. 불량배들의 무리 속에서 튜히와 준이 서로의 이름을 부르며 울부짖고 몸부림치던, 무엇보다도 튜히와 준의 운명을 일순간에 엇갈리게 만들어버린 그 순간부터 준은 페테르부르크라는 이름 자체를 증오하게 되었다. 준이 거의 인사불성이 된 채로나마 살아남은 건 그저 운이 좋았기 때문이었다. 경찰이 조금만 더 늦게 나타났다면 준도 죽었을 것이다. 삶이 있는 동안 영원히 지속되리라는 이 추악한 기억도 시간의 괴력 앞에서는 고맙게도 다 사라져버렸다. 아주 빈번히, 망각이라는 건 축복이었다.

준은 레닌그라드 역 안으로 들어가 페테르부르크행 티켓 두 장을 왕복으로 끊었다. 그리고 다시 전철을 탔다. 무자비하게 얼굴을 강타하는 눈보라를 맞으며 기숙사의 커다란 철문 앞에 도착했을 때, 준은 이제야 막 생각이 난 듯 발걸음을 돌렸다. 사샤는 집에 없었다. 준은 페테르부르크행 티켓 한 장을 사샤의 룸메이트 세료자에게 맡겨두고 자기 방으로 돌아왔다.

금요일, 사샤가 준을 찾아왔고, 둘은 함께 레닌그라드 역에서 기차를 탔다. 하루 종일 페테르부르크를 돌아본 뒤 아주 값이 싼, 두 개의 침대가 있는 방을 구했다. 준과 사샤는 양쪽 벽에 붙다시피 누워 서로를 바라보았다. 사샤는 준에게 마리안과 함께했던 시간을 얘기했다. 어린 시절, 우연한 기회에 의해 바르셀로나에서 일 년 정도를 보낼 수 있었던 프랑스 소녀와 스페인 소녀의 우정 같은 사랑, 혹은 사랑 같은 우정에 대하여. 준은 튜히를 생각했다. 모든 아픈 것들은 다 사라지고 아름다운 것만 걸러져서 앙금처럼 남아 있는 듯했다.

그날 밤, 준은 어느 때보다 깊이 잠이 들었고, 꿈속에서 다시 그녀가 좋아했던 튜히의 가장 일상적이고 평범한 모습을 보았다. 어느 때와 하나도 구분되지 않는 어느 날 저녁, 튜히가 토마토를 거의 으깨다시피 썰어서 계란, 통조림 옥수수와 함께 프라이팬에 볶고 있었고 한국제 고급 밥솥에서는 김이 모락모락 나고 있었다. 벽장이 좀 깊어 키가 작은 준이 까치발을 하고서 찬장으로 사용되는 벽장 안쪽으로 팔을 깊숙이 넣어 소스를 꺼내고 있는데, 등뒤에서 갑자기 튜히가 "밥 다 됐다!"라고 외쳤다. 가뜩이나 목소리가 크고 톤이 높은 튜히가 여느 때보다 더 심하게 소리를 지르는 바람에 ─ 아무리 사소한 것이라도 뭔가 기쁜 일이 있을 때면 튜히는 늘 이랬다 ─ 준은 카프카스산(産) 칠리 소스 병을 손에 쥔 채로 그만 벽장 쪽으로 엎어지고 말았다. 튜히가 자리에서 벌떡 일어나 준의 몸을 잡았고, 준은 몸을 추슬러 튜히 쪽으로 몸을 돌릴 수 있었다. 준을 껴안으며 튜히는 몹시 갖고 싶었던 장난감을 손에 넣은 순간의 아이처럼 활짝 웃고 있었다. 키 차이가 꽤 많이 났기 때문에 튜히의 품에 안기면 준은 늘 튜히의 젖가슴에 얼굴을 묻게 되었다. 뭔가 생각할 것도, 분석할 것도 없는 참으로 평범한, 그래서 아름다운 꿈이었다.

54

다음 날, 준은 모스크바행 기차를 타기 전에 사샤와 함께 묵었던 호텔에서 나와 핀란드 만으로 나갔다. 매섭고 싸늘한 바람 때문에 오래 있을 수가 없었다. 준은 빨리 결정을 하지 않으면 안 됐다. 그녀의 가방에서 두 개의 엽서가 나왔다. 하나는 "페테르부르크 어딘가에 있을 마리안에게, 바르셀로나행 기차를 탄 카르멘이"이라는 동화 같은 주소가 러시아어로 적힌 봉투였고, 하나는 봉투 없이 드레스덴의 건물과 엘베 강이 그려진 엽서 그대로였다.

　"베트남 말인가요?"

　"예."

　"라틴 알파벳을 쓰는군요. 뭐라고 쓴 거예요?"

　"튜히에게, 준이."

　"그게 다예요?"

　"예."

　"튜히는…… 누군가요?"

　사샤가 조금은 망설이며 물었다.

　"제 애인이에요."

　준은 간결하게 대답했다.

　"첫사랑이던가요? 베트남 남자라면 체구가 작았겠군요."

　"왜 튜히가 남자라고 생각하시죠? 마치, 여자끼리는 애인이 될 수 없다는 듯."

　사샤는 더 이상 아무 말도 하지 않고 준을 바라보았다. 그러고는 자기 손으로 엽서를 바다 쪽으로 던졌다. 준은 드레스덴에서 온 엽서를 그렇게 던졌다. 바람이 대륙에서 바다 쪽으로 불었기 때문에 두 장의 종이는 아주 빠른 속도로 수평선을 향해 날아갔다. 사샤와 준은 매서운 강풍 때문에 서로의 몸을 바싹 붙인 채 한동안 그 자리에 가만히 서 있었다. 두 장의 엽서가 물속으로 침몰하는 순간을 보지 못한 채, 두 사람은 모스크바행 기차를 탔다.

베트남과는 전혀 달리, 산이라곤 하나도 보이지 않는 광야를 여덟 시간 동안 달렸다. 사람의 발길이 닿지 않아 원 없이 쌓이기만 하는 눈을 바라보면서 준은 엽서에는 쓰지 못한 말들을 설원 위에 쓰기 시작했다.

……튜히야, 페테르부르크가 어떠냐 하면, 너무 춥고, 황량하고, 을씨년스럽다. 아무리 생각해도 베트남이 최고야. 나, 있지, 응, 퍼가 무진장 먹고 싶어. 내년 여름에 베트남에 가게 되면, 이번엔 꼭 성공적으로 만들어보자. 지난번처럼 떡을 만들지 말고, 응? …….

결코 주체가 드러나지 않으려는 시편

1. 당신의 시간 속으로

뭐랄까……, 소설을 쓰기 시작한 후, 사실상 거의 처음으로 소재 빈궁에 시달리고 있다. 아니, 여전히 수첩에 자잘한 메모를 하는 것으로 보아 소재가 영 없는 것은 아닌 모양인데, 컴퓨터 앞에 앉아 백지를 채워감에 있어 그 시작부터 막막함을 느끼니 뭔가 잘못된 것이 분명하다. 이건 참으로 새로운 현상이고, 새로운 사건이며, 새로운 고통이기까지 하다. 그 고통은 새로운 물질적 매체로 관심을 돌리게끔 하는데, 다름 아닌 담배다. 오 년 전 여러모로 아주 중요했던 선배(발길이 닿는다면 그의 자리를 짚어볼 수 있을지도 모른다)에게서 배운 이래, 간간이 입에 대곤 했지만 그다지 즐기지 않았던 담배가 어느새 삶의 조건처럼 되어버린다.

시커먼 매연이 풍풍 솟아나는 공장 굴뚝에 머리를 처박고 그 매연을 그대로 들이켜는 것과 같은 해악을 준다는 흡연(일단 이 설정, 비

유부터가 잔혹하기 이를 데 없다. 누군가가 이런 자세를 강요해서 어쩔수 없이 이런 자세를 취하게 된다면 아하, 얼마나 불안할 것인가, 밑도 끝도 없는 심연으로의 추락을 물리적으로 변형시킨 굴뚝 속으로의 하강을 체험해야 하지 않는가). 말하자면 '끽'연은 순간적으로나마 '무위'를 '(유/작)위'로 바꿔주는 듯한 환상을 불러일으켜, 그 환상이 깨질 무렵이면 다시 새 담배를 꺼내 물어, 의식의 막막함 속에서 숨 막혀 하다가 이제는 스스로가 뿜어내는 담배 연기 속에서 숨 막혀하며, 때때로 아무런 인과관계 없이 "거북아, 거북아 머리를 내어놓아라, 그렇지 않으면 구워먹으리"의 마지막 구절의 한자들을, 즉 '번작이끽야(燔灼而喫也)'를, 아마도 '끽'이라는 음절 때문에 하릴없이 읊조리곤 한다. 혹은 컴퓨터 속에 든 온갖 파일들을 시나브로 훑어보면서 시간을 죽이기도 한다. 뜻밖의 치명적인 실수도 없이 그저 때가 되어 천하무적(天下無籍—— 한자에 유의하라, 天下無敵이 아니다)이 되어버린 뒤, 남아도는 건 시간이요, 모자라는 건 돈인지라, 우연찮게, 파일 더미 속에 섞여 있는 당신의 낙서를 발견하여 그 속에서 한동안 배회하는 일도 있다.

고백하건대 뭐든 일이라 부를 수 있는 것, 손가락 하나를 움직이건 온몸 전체를 움직이건 간에 운동이란 것은 적(籍)을 잃어버림과 동시에 거의 제로에 가까워져서, 실상 숨쉬기 운동에 국한되어버렸다. 하여, 기억 없이, 대책 없이, 굶주림의 감각 없이 굶기를 잠자듯 하며, 꿈을 꾸면서 꿈의 기억을 지워버리고 어쩌다 생생하게 살아남아 있는 꿈속의 선연한 장면 역시 구태여 의식의 표면으로 끌어들여 정돈하기를 게을리 하여, 잠은 튼튼한 제도 안에 안일한 적(籍)을 가졌을 때보다 몇 배나 늘어나 잠자기를 숨쉬듯 하며, 그로부터 얻는 것은 팅팅하게 부어오른 누런 얼굴이요, 살이 빠져나가고 거죽만 남아 보기에도 딱하고 만지기에도 거북살스러운 몸뚱어리요, 얇고 투명한 시냇물의 바닥에 가라앉아 시냇물의 흐름에 따라 흐느적대는 찌그러진 은화와 같은 의식이다. 적(籍)의 상실이 방만한 수면이 부른 시간의 망각에서 비롯된 것일진대, 그 적(籍)은 곧 적(敵)으로 이어져, 적(敵)의 상실로, 그야말로 천하무적(天下無敵)으로 변하거나 천하에 모든 것이 적(敵)으로 변해버리는 지점에 이르고, 오뉴월 시골 장터의 엿가락처럼 늘어나버린 일상의 지리멸렬함 한가운데서 담배는 끊임없이 연기와 재로 화하고 사방 벽을 향해 무기력한 주먹을 내두르는, 자기 소모적 싸움이 계속된다. 사태가 이러하니, 가장 가까이 있는 당신이야말로 가장 확실한 적(敵)으로 탈바꿈해버릴 터. 하여, 당신이 감히 적(敵)이기를 거부한다 할지라도, 싸움은 지속되고 착하디착하고, 여리디여린 당신의 소박하고 은밀한 메모가 세상 밖으로 노출된다.

어째, 이건 선명하게 기억이 난다. 당신의 빛바랜 낡은 일기장 한 귀퉁이에 널려 있는 낙서 중 가장 구미가 당기는 녀석을 골라, 당신으로 하여금 직접 컴퓨터에 써넣도록 했던 것이. 약간 날려 썼음에도 불구하고, 그리고 오타와 비문이 한 줄이 멀다 하고 나옴에도 불구하고, 여전히 구구절절한 사연과 아담하고 깔끔한 필체와 쓸데없이 남발한 행갈이, 문단갈이로 비워져 있던 넓은 공간들이. 바스러져가는, 어그러져가는 기억의 타래를 바로잡기 위해 필사적으로 몸부림치듯, 당신은 날짜부터 착실히 기입하고 있다.

1995년 늦은 여름하고 이른 가을.

청하를 같이 하고 돌아온 지금, 「천국보다 낯선」 포스터를 뒤로, 여린 불빛 아래에 있다. 나는.

봉천, 신천, 홍대, 암사동 다시 신천, 이렇게 다섯 차례에 걸친 낯선 체험, 그리고 밤의 전화 통화. 이렇게 만나온 지금, 난, 무엇을 남기려 하고 있다.

그녀는 이름이 둘이다. 천수경과 천시은.

화요일 C&C에서의 청명하고 깔끔한 대화. 다소 혼란스러운 어떤 물음이나 의문의 시작을 알리고 있다.

나는, 사건의 형체를 그대로, 축축하게 적기보다는 일련의 건조한 기록을 남기고 싶다.(기록이라 불렸으면 한다.)

어떤 함몰의 서쪽을 남기고 싶지 않다.

그녀를 만나고 싶다는 충동은 '시은'이라는 이름에 있다. 그리고 진택이 보내온 생일 축하 카드. 우연하게 시은과 단독으로, 진택 없이 통화를 하게 되었는데 나는 당장 만나고 싶다고 했다. 그녀는 봉천동에 올 일이 있으니 그때 잠깐 보자고 했다.

그날은, 비가 많이 내리던 저녁이었다.

종아리 위까지 비가 튀겨 그녀의 청바지는 젖어 있었다. 프랑스 영화에서 흔히 볼 수 있는 고전적인 차양이 둥글게 쳐져 있었다. 그 모자가 그녀의 얼굴 전체를 가리고 있었다.

'일련의 건조한 기록'을 향한 바람에도 불구하고 당신은 빗물에 젖어 질퍽질퍽해진 말들을 남기고 있다. 당신의 글이 이러한 습기를 벗어나지 못하는 이유는 바로, 천수경과 천시은, 그 이름에 있다. 뒷문장을 보건대 대개 '시은'으로 불린 그녀는 화요일, 비에 흠뻑 젖은 청바지를 입고 얼굴 전체를 가린 모자를 쓴 채 당신을 기다리고 있었을 터. 당신과 시은의 만남에는 '진택'이라는 제삼의 인물이 개입되어 있음이 분명하고, 당신과 시은은 암묵적으로 그를 따돌린 채 밀회의 시작종을 울리려 한다. 당신이 방바닥에 엎드려(반드시 그러했을 것이다, 당신의 책상은 잡동사니와 세간으로 뒤덮여 입추의 여지가 없으니까), 이 글을 썼던 그날에 비가 왔는지 어떤지 알 수 없지만, 당신의 글 속의 사건이 진행되는 날에는 비가 내리고 있고 그녀의 모자가 그 비와 무슨 상관관계가 있으리라고 추정해볼 수 있다. 하지만 시간이 훨씬 지났을 때 당신이 친히 괄호로 묶어 달아놓은 말을 보면, 시은에겐 모자만이 해결해줄 수 있는 뭔가 치명적인 결함이 있는 것이고, 그 모자 속에서 세계를 훔쳐보는 듯한, 혹은 선망의 눈으로 슬그머니 올려다보는 듯한 우수에 찬 시선이 세 겹의 나이테를 지나 현재로 불려져나온다, '함몰의 서쪽'으로 넘어가지 않은 채, 아니, 서쪽으로 함몰되지 않은 채.

((모자의 둥근 차양으로 가려졌던 그녀의 얼굴이 드러났다. 어떤 꺼림칙함이 나를 휩싸고 돌았다. 지나치게 하얀 얼굴. 하얀 목.))

장애인. 하얀 피부. 두 가지 단서를 통해 시은의 상태를 점쳐보자면, 그녀는 분명 치유될 수 없는 신체적 결함을 타고났다. 그것이 하얀 피부, 즉 백색의 증상과 연결되는 걸로 봐서 (적어도 외적으로는) 썩 추한 느낌을 주는 것은 아닌 모양이고, 필경 당신은 그녀에게서 모종의 신비감이랄지, 애정이랄지, 연민이랄지 하는 빗물 섞인 감정을 경험했을 터, 빗물? 아니나 다를까, 창밖에서는 새벽의 시퍼런 어둠을 몰아내면서 굵은 빗줄기가 쏟아지는 소리가 들린다. 이렇게 한 밤이 지나고 한 날이 오는 순간을 어김없이 감지하지 않을 수 없는 지금, 잠 기운이 싹 달아나버렸지만, 지독한 무위에서 오는 헛된 피로함으로 시뻘겋게 충혈된 눈을 하고 어둠의 순간을 고스란히 관망해야만 하는 지금, 당신이 시은과 '청하'를 마시면서 뿜어냈을 담배 연기가, 당신의 겹쳐진 기록들이 하얀 안개 자욱한 풍경 속으로 스며 들어간다. 그리고 그녀와의 약속 장소(횟수로는 다섯번째 만남인)가 '청하'가 있는 공간 밖, 그러니까 비 내리는 거리가 아닌, 역사의 돌 지붕에 비 듣는 소리만 가득한 지하로 바뀐다.

고개를 숙인 채 나를 기다리고 있는 모습.
나는 지하도 계단으로 들어섰다. 우산을 접으며 그녀를 보았다. 두 발을 모아 선 그녀. 뭔가 위축된 그림자. 왜소한 어깨. 위험하게 흔들리는 그녀의 시선. 아마도 낯선 천국의 문을 두드리는 듯.
소강 상태인 나의 육체와 감정. 이러한 나는 분명 비상등을 찾아 헤매나 보다. 비상키는 어디에 있으며 보조키는 어디에 둔 것일까?
9월을 기다리자는 그녀의 음성. 미래를 약속, 장담하지 못하는 나.

시은의 병적 상황이 '왜소함'과 연결되는 것일까, 당신과 그녀의 결말이 그녀의 선천성 질환에서 비롯된 것일까, 절박한 상황에서 끝끝내 비상키를 찾지 못한 당신 자신의 '소강 상태'에서 비롯된 것일까, '9월이 오면' 하고 되뇌었지만 1995년 9월은 기다리던 그 9월이 아니었고 당신의 예감대로 약속의 땅은 결국 나타나지 않았던 것일까. 여하튼 시은과의 파국은 늦여름과 이른 가을 사이가 아닌, 완벽하게 싸늘한 겨울의 한가운데인 1월에 일어났고, 다음 해 그 시기에, 그러니까 1996년 여름이 가을에게 자리를 내주길 망설이는 그 시기에 당신에겐 새로운 만남이 있었고, 하여, 당신은 굵은 나이테의 딱딱한 옹이로 변해버린 시은과의 추억을, 그 당시와는 아주 다른 어조로 회상하고 있다.

((그렇다. 난 그때, 그녀와의 미래를 정말 장담하지 못했다. 처음 그녀의 몸을 보았을 때 난 놀라지 않을 수 없었다. 난 끔찍했다. 몸이 온통 하얬다. 머리카락과 음모까지도.))

하얀 몸, 하얀 머리카락, 하얀 음모…… '하얀'의 수식을 받는 세 개의 명사가 아무래도 모종의 색채를 띤다. 여름과 가을의 사이라는 계절적 상황을 고려해서, '몸'이란 단어는 손(장갑 따위를 끼지 않았을)이나 드러난 목덜미 정도로 해석할 수 있고 머리카락은 모자 밑으로 삐져나왔을 것으로 생각한다 할지라도, 음모는 당신과 시은 사이의 은밀한 관계를 재고시키지 않을 수 없기 때문에. 다시 말해 당신과 시은에게는, 어린애들이 '얼레꼴레리' 노래를 부르며 쫓아다닐 만한 모종의 사건이 있었다, 이 말이다. 그 사건 때문에 당신은 모든 문장에 '나'라는 일인칭 대명사에, 강조 보조사까지 달아 주체를 선명하게 명시한 것이 아닐까, 하는 의문은, 지금 현재 씌어지고 있는 바로 이 글에는 왜 '나'가 등장하지 않는가, 하는 의문으로 이어진다. 주체의 강박적인 명시는 주체의 강박적인 은닉(혹은 은닉에의 의지)과 동일한 것일진대, 따라서 당신의 선명한 주체는 마찬가지의 선명함으로, 그 주체를 지워버리려는 처참한 몸부림이 아닐까. 이 해체의 과정을 역으로 추적해보자.

어둠이 걷혀도 밝음은 아직 오지 않고 빗소리만이 더욱 요란해진 새벽 6시, 타자에 의해서는 (어쩌면 당신 자신에 의해서도) 도저히 정확하게 추체험될 수 없는 당신의 시간을, 이 글 밖의 사실의 도움을 받아 더듬어보자. 당신과 시은의 천국보다 낯선 만남은 이젠 향긋한 태고의 냄새까지 풍기지만 한때는 청신한 탄생의 기운이 그득했을 진택의 선물로 받은 그 종이 위에, 마찬가지로 천국보다 낯선 감동으로 서술되고, 다섯 번의 만남은 이후 그 수를 셀 수 없을 만큼 여러 번 지속되고, 급기야 당신은 시은과 처녀의 밤을 맞이하기에 이른다. 모든 처음은 '처음'이라는 그 자체로 위대하게 마련이고, 응당 위대해야 하고, 정녕, 당신과 시은의 처음 역시 지구상에 널려 있는 온갖 처음만큼의 위대성을 갖고 있었을 터지만, 그 처음의 위대성을 한순간으로 고정시키기 위해서인지, 그리고 상실로 인한, 상실된 것의 가치 인식을 드높이기 위해서인지, 당신과 시은에겐 두번째의 밤이 없다. (당신에 의해서, 그렇다고, 얘기된다.) 하여 당신은 늙어가는 노르스름한 종이 위의 '시은'이라는 이름이 그 종이와 더불어 희뿌옇게 변해가고, 마침내 새로운 이름의 생성과 동시에 '시은,' 그 이름은 기계 속에 화석처럼 붙박인다. 당신과 시은을 놀라게, 두렵게 만든 여관의 지저분한 담요 위의 선연한 피도, 천국보다 낯선 감각도, 파열의 순간도, 증오와 그리움으로 뒤척여야 했던 수많은 '그 후'의 시간들도, 모두 화석처럼 경질된다. (그렇다고, 당신에 의해서, 확증된다.) 하여 당신은 이 년 뒤 시은의 몸과 그 몸에 대한 시은의 지나친 (당신을 몹시 괴롭혔을 것이 분명한) 콤플렉스를 '끔찍함'으로 회상하면서, 서슴없이 (정녕 서슴없었을까?) '끔·찍·했·다'를 두드리고야 만다.

　시간은 지칠 줄 모르고 내리는 비의 흐름에 발맞추어 이미 '6'의 자리를 벗어난다. 계속되는 심문 앞에서 당신은 침묵으로 일관함으로써, 과거를 산뜻하게 재현해낼 유일한 수단인 언어를 무색하게 만든다. 이러한 당신에 대해서 저열하지만 죄스러울 건 없는 의심과, 고상한 듯하지만 실상 아주 싸구려인 이해와, 무척 고통스러워 보이지만 기실 속편하고 이기적인 동정이 복합적으로 끓어오른다. 이 모든 것은 당신이 시은과 몹시 가까웠음에도 불구하고 이별하게 된, 그 진부한 사건에서 기인한다. 새롭게 씌어지는 말과 함께 하얀 필터에 감긴 노르스름한 담배 입자가 회색빛 재의 앙금을 남기듯, 당신의 기억도 설사 용해되어버렸을지라도 모종의 침전물을 남기지 않았을까 싶은데, 비에 젖어버렸긴 하지만 어떻든 해가 뜨고야 만다. 커튼을 걷으니 어둠이 완전히 가신 거리는 우중충한 색채로 뒤덮여 있다. 아, 저 잡색들. 흰색이나 검은색같이 선명하고 절대적인 무채색이 아닌, 퍼렇고 뻘겋고 누런 색이 오묘하게 뒤섞인 도시 거리의 잡색들이 순수한 결정으로 남으려는 당신과 시은의 시간에 엉큼한 오점을 남긴다. 새벽이 지나고 아침이 와도, 대낮이면 무럭무럭 쏟아져내리는 잠은 코빼기도 보이질 않아, 당신의 시간 속으로 들어간 듯하지만 사실 당신의 시간 밖에서 당신의 시간 속을 엿보다가 궁극적으로는 당신의 시간 밖에서 헤매고 만, 제자리걸음식 여행을 끝내고자, 다른 파일을 불러들인다, 혹은 새로운 파일을 만들러 떠난다, 어디로든.

2. 당신의 시간 밖으로

어떤 세계로부터의 도피를 꿈꿀 때, 뭐랄까, 공간의 이동이 시간의 이동만큼 효율적인 건 아니지만 분명 손쉽긴 한 것이므로, 시간을 공간화해보면, 시은의 기억이 담긴 당신의 시간 밖으로 나와 서는 것이 가능해진다. 어디로 갈 것인가. 배낭 하나만 달랑 들쳐 메고 나선 걸음은 무작정 제멋대로 움직이는 듯싶더니, 변을 본 그 자리에 당도하고야 만다.

철이 든 이후 변은 변소에서 보지만 마음은 변 본 자리를 떠나지 못한다더니, 그것이 아니라, 언뜻 마음은 떠난 듯 확신하고 있었으나 이놈의 발이 어느덧 떠나버린 마음을, 그 마음이 애초에 떠나온 변 본 자리로 이끌고야 마는 것이다. 낯선 아이들이 새로운 변을 보느라 부산한 곳, 어쩌다 늙은이들이 유년의 흔적을 둘러보러 한두 번쯤 들르기도 하는 곳, 아직 적당한 변소를 찾지 못한 어른들이 여전히 죽치고 앉아 있는 곳. 철들기 전 싸질러놓은 생생한 변들이 보이질 않으니, 당신의 시간을 빠져나온 지금, 이 시간 속에서 새로운 똥을 싸질러야 할 것이 아니던가. 어느덧 시간이 지나 '변'이 '오줌'으로, '똥'으로 발음되어도 아무렇지 않은, 아니 오히려 시인이 왜 '똥'이라고 쓰지 않았던가, 자못 의심스러워지는 순간, 막 넘어선 당신과 당신 밖의 시간, 그 경계선에서 비가 주룩주룩 내리고 있다. 당신의 시간을 후줄근하게 적시면서 새벽 비는, 생기로운 변이 만들어지는 이곳의 바깥에서, 유리창 너머에서 지금도 쉼 없이 계속 흘러내리고 있다. 이 진공의 요람 속에서 아이들은 그것이 한 편의 황홀한 시인 줄도 모르면서 끊임없이 낙서를 갈기고, 목구멍 가득 술을 들이붓고, 음식물을 게워내고, 소탈한 웃음을 짓고, 농염한 눈물을 쏟아낸다 봄비가 내리는데 말이다.

"어, 병수 형이에요." 후배가 반가움으로 가득 차, 속이 터져 스펀지가 삐져나온 의자에서 일어나 창문으로 간다. 벽 하나의 삼 분의 이 이상을 점하고 있는 긴 직사각형의 유리창은 쉽지 않게 열린다. "너, 제대했니?" "잘사냐?" "신병수, 너, 여전하구나." "너도 그런데." "병수 형, 들어와요." "약속이 있어서 곧 가봐야 해." "복학했어?" "응. 언제 술이나 하자." 아이를 창가에 세워둔 채, 병수는 빗속으로 사라진다. 아이는 다시 속이 터진 의자로 와서 앉는다. 후배의 눈 아래로 아직도 잠 깨지 못하고 있는 돌이 뒹굴고 있고, 후배는 그 작은 돌 곳곳에 밑줄을 긋는다.

병수는 기다란 직사각형의 유리창 밖에, 분명 한 계단을 올라선 지점에 서 있다. 그는 그 자신이 싸질러놓은 시 꾸러미를 고스란히 짊어진 채 군대로 들어갔다. 초코파이와 요구르트 하나를 얻기 위해 세례까지 받는 여느 '군바리'와는 달리, 열심히 시 밭을 경작하다가, 책을 읽어서는 밭을 경작할 수 없다는 지고한 진리를 깨닫고서 다시 변본 자리를 보러 온 것이다. 아마도. 곧 이 방 여기저기에 구린내가 짙게 풍기는 그의 똥들이 한 무더기씩 생겨나리라. 후배 아이는 몇 번씩 정든 유곽을 넘나들고 유곽에서의 여정을 떠벌리고 유곽의 감상을 낙서장에 써내려간다.

정녕 봄이 오려는지, 비는 멈추질 않는데, 초점 잃은 커다란 눈을 두리번거리면서 항상 이방인인 양 문을 여는 덩치 큰 어른이 나타난다. 그렇다, 분명 그는 여전히 뭔가를 찾고 있다. 다시 말해 아직도 찾지 못한 것이다. 그렇지 않으면, 절대 변 본 자리를 다시 찾아올 이유가 없을 테니까. "밥 먹었냐?" "갑이 형 수업 마치면 함께 가려고요." "그래." 덩치 큰 어른은 아이의 맞은편에, 순희네 집 오막살이 옆에 만개한 살구나무처럼 덩그러니 자리를 잡는다. 그래, 정녕 봄이다! 후지의 몸이 혈색 좋은 살구꽃으로 변신했으니 봄이 아니고 무엇이랴. 한데 후지는 열매 맺는 기쁨이나 꽃 떨어지는 슬픔에 잠겨, 가야 할 때를 음미하는 것이 아니라 한없이 거친 숨결을 몰아 씩씩거리며, 굵은 뼈다귀 사이로 애처로운 바람만을 뿜어낸다.

"형, 그거 뭐예요?" "휴학하려고." "이번 학기만 다니면 졸업이잖아요?" "맞아." "웬만하면 다녀라." "웬만하지 않아서 못 다니겠다, 왜?" 후지는 그렇다. 입 꾹 다물고 뚱하니 앉아 있다가 어쩌다 한마디 할 때는 세상만사가 모조리 불만이라는 듯 툭툭, 떫은 말을 내던진다. 저의 말이 조만간 니체 옆에 꽂힐 책의 아포리즘이 될 것임을 알지 못하면서…… "아무리 그래도 그렇지, 고작해야 사 년인데, 네 번씩이나 휴학을 하니?" "난 짝수가 좋단 말야."

덩그런 막걸리 사발을 두 손으로 받쳐 든 채 연신 겁먹은 커다란 눈을 굴리며, 사발만을 내려다보는 후지가 하도 안쓰러워, 사발을 고스란히 내려놓고 노래만을 부르게 했던 까마득한 옛날. 후지는 그 누구도 들어보지 못한 희한한 가곡을 열창하는 것으로 '사발식'을 대신했다. 그리고, 얼마 지나지 않아 후지는 머리를 빡빡 깎고 입영열차를 탔다. 그 누구도 그의 모습을 직접 보지 못했지만…… 잘 모르겠어. 어떻게 이런 일이 있을 수 있는지. 전혀 공부가 되질 않아. 흥미가 없어. 이해하겠니? 철학책도, 소설책도 전혀 관심이 가질 않아. 음악도 마찬가지야. 전엔 오디오가 쉬는 때가 없었는데, 이젠 오디오가 돌아가는 때기 없어. 히히, 덕택에 집 안이 조용하지. 전환이 필요해. 이러다간 그냥 질질 끌려 다니다가 결국엔 바깥으로 내쫓길 것 같아. ……그리고 후지는 떠났는데, 어째 길이 잘못됐는지 그곳에서도 제대로 살지 못하고 지병이 도져서 '엉뚱한' 곳(과연 엉뚱한가, 녀석은 원래 사이코였는데 말이다!)으로 들어가 노란색 알약만을 먹다가 돌아왔다. 돌아온 지 한 달이 지나고서도 후지는 그 '뭔가'를 찾지 못한 게다.

"건강은 괜찮니?" "괜찮지가 않아. 병원에 가야 되는데 돈이 없어서 이러고 있어." "증세가 어떤데?" "지난번과 아주 다른 건 분명해." "정도가 심해?" "모르겠어." 아이는 책을 덮는다. "누나, 휴지 있어요?" 아이는 휴지를 호주머니에 쑤셔 넣고 담뱃불을 붙인 뒤 밖으로 나간다. "진짜 미친놈들도 많이 봤어." '미친놈'이라는 진단을 받은 후지가 '진짜 미친놈들'에 대해 얘기할 때, 아이가 들어와 휴지를 내려놓는다. 이번에는 속 터진 의자에 앉지 않고 후지 옆, 터질 속도 없는 딱딱한 철제 의자에 앉아, 어릴 때 상습적으로 당한 강간의 기억으로 괴로워하다가 죽은 어떤 여자가 주인공으로 등장한 「실화극장」 얘기를 하더니 "근데, 누나, 그 프로를 볼 땐 왠지 오줌이 마려워요"라고 말하며 씩 웃는다. 그러자 후지가 자리에서 일어난다. 녀석, 그 여자가 결국에는 미쳐서 자살해버렸다는 결말에 이르자, 오줌이 마려워진 게다.

"야, 비 한번 좋나게 온다." 커다란 손에 노트와 펜 하나를 든 갑이 형이 들어온다. "야, 밥 먹었냐?" "형 기다렸어요." "너는?" "저는 좀 자야겠어요." "씨발, 잠은 집에서 자야지, 밥이나 먹으러 가자." "야, 사이코, 넌 안 가냐?" 해서, 사이코, 즉 후지와 갑이 형을 비롯하여 커다란 나무들이 우르르 밖으로 몰려 나간다. 그들이 복도를 돌아 문을 열면, 조금 전 병수가 서 있던 그 계단이 나타난다. 이제 기다란 직사각형의 유리창 위로 애인지, 어른인지, 늙은이인지 분간이 잘 가지 않는 세 명의 남자들이 제각기 우산을 받쳐 든 채 긴 다리를 옮겨 놓는 장면이 찍힌다. 졸린 눈을 한번 길게 깜박이자, 그들은 이미 없어지고, 사각형 속엔 갈색 타일이 박힌 비스듬한 벽과 줄기차게 그어지는 빗줄기만이 남아 있다.

사람들이 떠나버린 방 안은 너무 고요해서, 흡사 풀을 잘못 먹어 설사를 하게 된 염소의 똥처럼 안타깝게 늘어지는 빗소리만이 낭랑하게 들린다. 여차하면 배탈이 난 소의 설사 똥으로 바뀔 기세인데, 밤을 꼬박 새서 토끼 눈처럼 빨갛게 된 눈은 겉으로만 곱게 감겼을 뿐, 속으로는 보랏빛이 감도는 흑백 필름 위에 현상된 몇 개의 피사체들을 끄집어내어 언젠가는 꼭 일어났었음이 분명하지만 기억이 잘 나지 않는 사건들을 낡아빠진 영사기로 돌려내고 있다.

"누나, 빵 드세요." 그들은 어느덧 비 내리는 직사각형 유리창을 지나, 방 안으로 들어왔고, 게슴츠레하게 뜬 눈 안에 들어온 직사각형 속엔 여전히, 회상 속의 동글동글하고 탄탄한 염소 똥에서 시작되어 상상 속에서 묽게 변해버린 염소 똥 같은 비가 내리고 있다. 소보루 조각들이 바늘처럼 혀끝을 자극하여 위 속으로 흘러 들어간다. 그리고 뜨거운 커피들의 김 위로, 담배 연기들이 피어오른다. 거북살스러운 빵을 잠시 제쳐두고 커피 잔을 집어 든다. 백오십 원짜리 자판기 커피가 혓바늘이 잔뜩 돋은 껄끔껄끔한 혀에 닿자 알싸하고 따끔한 쾌감이 인다. 커피가 입 안 곳곳으로 퍼져 허물이 벗겨져 허옇게 팬, 무언가에 긁힌 듯 날카롭게 헐어버린 입 안의 생채기를 자극한다. 온 방 안이 싱싱한 담배 연기와 커피향으로 가득 찬다.

누군가에게는 배설을 위해서 이 두 요소가 꼭 필요하다. 싱싱한 새 궐련을 입에 물지 않고는 변기에 앉을 수 없는, 설령 앉았다 할지라도 괄약근이 밖으로 오그라들기만 할 뿐(모순형용인 줄 알지만 밖으로 확장, 혹은 이완된다고 쓰자니 재미가 없어서 이렇게 쓸 수밖에 없다) 절대 똥을 밖으로 빼내지 않으려고 오기를 부리는, 그래서 꼭 담배가 필요한 누군가, 혹은 텅 빈 속을 진한 커피로 헹궈내고 위를 세척한 커피가 소장과 대장마저 말끔히 씻어내 급기야 직장 밖으로의 배설을 가능하도록 만드는 메커니즘을 오랫동안 유지해오고 있는 누군가, 그 '누군가'가 '누구'인지 막 생각이 났기에 마냥 모른 척, 지나가자니 찜찜한 구석이 있다. 어쩌자고 당신의 밖으로 나와서, 당신의 얘기를 끄집어내는가, 젠장. 전자의 '누군가'는 분명 당신이다. 이 생각에 머무르자니 숫제 짜증이 난다.

커피를 다 마시고 나면, 흔히 커피 액이 그 바닥의 가두리를 감싸고 있는 종이컵은 재떨이로 사용된다. 일회용, 경우에 따라선 다회용 재떨이로 종이컵만큼 좋은 것도 없을 터이다. 우유팩은 모양새가 영 마음에 들지 않기도 할뿐더러 재를 제대로 떨기 위해선 주둥이를 댔던 반대쪽 부분도 완전히 절개해야 하고, 그렇게 한 후라도 전체적으로 너무 길고 윗부분이 이미 침과 우유로 젖어 있다 못해 약간 찢어진 채로 너덜너덜하게 달려 있거나 볼썽사납게 뭉개져 있기 때문에 적합지 않다. 커피나 콜라가 담긴 캔은 뚫린 구멍이 너무 조그맣기 때문에 담배에서 떨어진 재는 대체로 그 구멍으로 들어가지 못하고 구멍 주위 은판에 널려 있기 일쑤며, 요사이 재활용률이 늘고 있는 탓에 이런 행위에 모종의 죄의식마저 가지게 된다. 하지만 재떨이로서의 캔은 나름대로 장점을 갖고 있기도 하다. 다름 아니라, 담뱃불을 끄지 않은 채로 담배꽁초를 캔의 구멍 속으로 일단 떨어뜨리고 살짝 흔들기만 하면 조금이나마 남아 있던 커피 액에 의해 지지직, 소리를 내며 불이 꺼진다는 것이다. 방 안에서 연거푸, 먹이 사슬처럼 연쇄적으로, 빗소리와 뒤섞여 지지직, 소리가 인다. 그러더니 하나둘 일어서기 시작한다. '아니, 너마저!' '그렇담, 나도!' 이런 은닉된 대화 속에서 한 둘은 떠나고 한 둘은 남고 또 다른 한 둘이 저만의 표정으로 방 안으로 들어선다. 자 이제, 오래도록 이 방 안에 죽치고 있던 자는 필수적으로 공간 이동을 해야 한다.

　해서, 또 다른 공간. 침침하고 꿉꿉한 복도의 끝이 보일 무렵, 두 계단이 마주치는 층계참에, 마주친 지 몇 개월이 지났는데도 그다지 변하지 않은 그가 있다. "잘 지내?" 그의 건들거리는 인사. 끄덕임. "커피 마실래?" 역시, 끄덕임. 해서, 두 잔째 커피를 마시게 된다. 복도 끝의 휴식 공간, 모든 것이 여기저기 널려 있다. 어쩌다 누군가가 정성스레 꽂아놓은 프리지어마저도 '널려 있음'의 범주를 벗어나지 못하는 곳. 그는 정확히 오 년 전, 4월을 한참 앞둔 그날, 당시엔 백 원이었던 자판기 커피 두 잔을 뽑아 들고 이곳으로 들어갔다. 그의 뒤를 졸졸 따라가던 뚱뚱하고 못생긴 신입생이 있었는데, 그 신입생이 바로, 그로부터 정확히 오 년 후, 백오십 원짜리 자판기 커피 두 잔을 뽑아 들고 얼굴과 상체가 긴 남자를 따라 이곳으로 들어가는, 그동안 세파에 시달려 바싹 말랐고 얼굴은 여전히 못생긴 그 여자다.
　"이놈의 의자는 언제나 이 모양이네요." "야, 조심해." "으악." "조심하라니까." "다 의자 때문이에요."

72

커피의 절반이 엎질러져 의자의 갈색 커버와 코트에 무정형의 얼룩을 남긴다. 그냥 보기엔 멀쩡한데 뒷부분이 완전히 푹 꺼졌기 때문에, 뒷부분을 겨냥하고서 엉덩이를 냅다 의자 전체에 내맡길 시에는, 두 다리가 번쩍 들리고 엉덩이가 의자 뒤로 푹 꺼져 거의 땅바닥과 맞닿을 지경이 되는 것이다. 이만저만한 낭패가 아니다.

"여기에 앉아." 판에 박은 예의. "얼마나 더 다녀야 돼요?" "좀 남았지." 냉소적인 대답. "머리가 많이 길었네요." "그때도 길었잖아?" 무심한 되받아치기. "물까지 들였네요." "예쁘냐?" 자조 섞인 농담. "이번에 입학한 여자애 중에 너 같은 애가 하나 있어." 뜬금없이 화제 전환. "어떤 점이 저랑 닮았어요?" "뭐 하러 우리 과에 왔냐고 물었더니, 옛날의 너랑 똑같은 대답을 하더라."

그의 말과 몰골에 대해 지금껏 지면에 직접 쓰기를 지연시켜온 맹하디맹한 웃음이 심심찮게 새어나온다. 이즈음에서 그에 대해, '현무'에 대해 뭔가 얘기를 하자면 이렇다. 아무리 짝사랑은 사랑이 아닐지라도 '사랑' 아닌 다른 무엇으로 대체할 것이 없기에 굳이 사랑이라고 이름 붙일 때, 긴 갈색 머리를 노란 고무줄로 대충 묶은 채 의자 위에 널브러지듯 앉아 있는 그는 짝사랑의 대상이었다. 그런데, 어째 인간 사이에 한번 설정된 구도란 좀체 바뀌질 않는지라 그는 여전히 여유만만, 오만불손, 유유자적이고, 그 옆에 앉아 있는 못생긴 후배는 썰렁한 말을 하거나 맹한 웃음만 지을 뿐이다.

"걔가 김현 책을 빌려달라더군." "그래서요?" 역시나 맹한 웃음. "다음 대사가 머릿속에 그려지더군." "그게 뭐였죠?" "왜 있잖냐, 오빠, 서울의 봄은 언제 와요? 이런 거."

널린 물건들이 들썩거릴 만큼 커다란 웃음. 서울의 봄은 언제 와요…… 이건 「5월의 노래」와 어울릴 법한 말이지만 정확히 오 년 전, 4월이 왔는데도 도무지 봄이 올 생각을 하지 않는 서울의 기나긴 겨울을 한탄하는, 남쪽 지방 출신의 못생긴 후배의 말로, 역시나 못생긴 선배는 심심찮게 그 말을 가지고 장난을 치곤 했다. 서울의 봄은 언제 와요, 언제 와요, 언제, 언제, 와요…… 정확히 오 년 후, 짝사랑은 그 말이 버젓이 달고 있는 '사랑'이라는 말의 존재에도 불구하고 여전히 사랑이 아님을 확실히 깨닫게 된 지금에도, 그 시절의 봄 타령은 가슴 설레는 구석이 남아 있었던 모양인지라, 머리털을 꽁지처럼 목덜미에 달고 있는 추락한 선배의 현실은 어느덧 시야에서 사라지고, 오 년 전 모든 것이 신화이기만 했던 그 시절이, 젊다 못해 너무도 어렸던 만 열여덟 살의 불안과 꿈들이, 막 스무 살이 되려는 위태위태한 몸부림이, 청포도 맺힌 여름밤 벌레 우는 뜰에 밀려드는 푸른 동해의 조수처럼 되살아나는 것이다.

분명 그가 "밥 먹을래?"와 같은 종류의 말을 한 듯하지만, 이곳에 오래 머물 순 없다. 지금 그 사람 이름도 기억하고(고작, 오 년 전인데!) 그 낯선 입술도 기억하지만(아무렴, 처음이었는데!), 그의 파란 소맷자락만 봐도 가슴이 달뜨고 감동이 샘솟던 기억도 선연하건만(당연히, 몽상가에 지하 생활자였으니까!), 무수한 파일 속에서 그의 이름이 파닥거리며 숨을 쉬고 있으련만(물론, 메모광이었으니까!). 그런데도, '그럼, 안녕, 한때 그리워했던 이여' 뒤에다가, '잘 있지 말아요' 따위를 붙여봐도 그 시절과 같은 서늘함이 일지 않는 것은 역시나, 아이는 이미 숲을 빠져나왔기 때문이고, 그 이후 아이는 어떻게든 어른이 되었기 때문이다. 이보다 더 아름다운 방황이 지천으로 피어나고 있을 것임을 알면서도 그렇게밖에 방황할 수 없었던 시절, 힘겹게 떠나봐야 그의 곁일 것임을 모르지 않았으면서도 떠남의 몸짓을 취할 수밖에 없었던 시절, 제기랄, 이런 시절들이 지났건만, 그 시절과 똑같아 보이는 비가, 기숙사 방에서 룸메이트 몰래 이불 속에서 흘렸던 눈물과 뒤섞여, 돌계단을 따라 흘러내린다. 우산을 받쳐 들고, 왜 요즘은 잘 울지 않을까, 라는 생각을 하면서 계단을 밟는다.

  첫사랑 — 비록 짝사랑이었으나 — 과 함께 그 곁을 지나가면서 감동해 마지않던 1993년 4월의 진분홍빛 진달래 덤불이, 나날이 쇠약해져가는 기억의 스펙트럼 위로 연속적인 무지개처럼 찬연하게 펼쳐지고, 마음이란 녀석이 괜히 소금물 몇 방울을 눈물샘 밖으로 쏟아내려 한다. 그런데 이상하게도, 감정이 극도로 고양된 이 위대한 순간에, 갑자기 진달래 덤불 곁에 쌓여 있던 악취 나는 쓰레기봉지 더미가 떠오른다. 바로 그 찰나, 은행 건물 옆 자그마한 언덕 위에는 갈색의 진달래 덤불이 조만간에 있을 만개의 순간을 기다리며 다소곳하게 서 있다.
  아들의 경제학적이고 경영학적인 성공을 꿈꾸었던 한 아비는 아들의 이름을 '현무'라고 지었는데, 이미 아비가 그 방면에서 누구 못지않은 성공을 이루어놓은 터라 아들은 아예 그 반대의 길로 접어들기로 작정을 한 것인지, 학교에 발을 들이민 지 구 년의 세월이 흐른 지금 졸업할 생각을 하는 것인지 마는 것인지, 예전의 습성대로 걸핏하면 수업을 빼먹는 것이다. 하지만 애타는 사람은 따로 있고 못생긴 어린 여자의 짝사랑이었던 그는 군역을 면제받은 몸뚱어리로 국경선을 넘나들며 이국 땅에서 방랑, 다시 학교로 돌아와서도 여전히 방랑의 포즈를 버리지 못할뿐더러, 개인적인 관심이 있어서 꼭 언급하자면, 여전히 그의 방랑에는 아리따운 아가씨들이 함께하는지라 그의 연애는 멸망 직전의 소돔처럼 성황리에 진행되고 있을 것이라고, 근거 없는 소문에 기대어 추측해본다. 그리고 오랜 습관에 힘입어 이를 득득 갈아보려는데, 세월이 너무 지나 감정도 식어버렸는지 어째 잘되지 않는다. 이미 녹슬어버린 '질투,' 그 두 글자.

한데, 어쩌자고 애초의 계획과 구상을 지나치게 벗어나면서까지 현무의 얘기가 지속되는 것인가. 현무는 분명 비 내리는 날의, 당신의 시간 밖으로 벗어나고자 한 가소로운 여정의 부분에 불과할 것인데 대답 받지 못한 사랑의 (일방적) 파기는, 지난날 지독하게 위계적이었던 어그러진 첫 키스의 기억으로부터의 (일방적) 해방이었으며, 그것은 현재, 무너진 우상인 현무의 초췌하고 쓸쓸한 이미지로부터의 (일방적) 일탈이 될 것이다. 만물유전의 원칙에 따라 현무도 자연스럽게 변한 것이고, 그 변화의 양상이 '쇠락'이나 '전락' 같은 말에 들어 있는 '落'인 것인데, 아무리 형편없이 쓰러져버린 것일지라도 우상은 우상인지라, 짝사랑의 주체는 짝사랑의 객체였던 그에 대해, 사랑의 완벽한 증발 혹은 (일방적) 배반에 대해 모종의 부조리한 변명을 하지 않을 수 없을 터이다.

그래서 지난날, 현무에 맞먹을 만한 대상을 찾아 헤맸으나 짝사랑도 사랑이고 모든 사랑은 사람의 일인지라 어째 뜻대로 되지 않아 첫사랑, 짝사랑의 기억 위에, 몇 번의 파행적 입술 닿음과 혀 놀림의 흔적만을 남긴 채 지금에 이르렀다, 라고 써야 할 판에 당신과의 말 못할 치명적인 일들이 고속 전철처럼 스쳐가니 (어쩌자고 이 새로운 파일에 당신이 이다지도 자주 등장하는가!) 거짓말을 할 수는 없는 터.

좌우간, 현무 자체를 지워버리려고 의식적으로는 애썼으나 무의식적으로는 더더욱 그에게 매달렸던 과거에, 여러 명의 남성들이 고유명사를 박탈당한 사물처럼 피어나던 그때에, 현무의 사라짐과 당신의 출현 사이에는 당시로서는 아주 컸으나 돌이켜보면 한낱 빗방울에 불과한 사건들이 있긴 있었다. 조금 전 기억 위에 슬쩍 칠해진 현무의 부스스한 몰골을, 의식적으로는 지우려고 애쓰는 듯 보이지만 기실, 당신의 불투명한 과거에의 환영으로부터의 도피를 위해서 현무와의 온갖 기억들을 끄집어내어 여전히 그에게 무슨 거대한 감정을 가지고 있는 양 미화하려고 버둥거리는, 간단히 말해, 여전히 그를 (짝)사랑하고 있는 양 믿고자 하는 속이 훤히 보이는 몸부림이 진행 중인 지금, 단정하게 차려입은 은행 여직원과 대면하여 실제적 거래를 하고 있는 바로 지금, 제삼의 존재가 등장한다.

멀쩡한 허우대를 멀쩡하지 않게 만들려고 작정이라도 한 듯 방만한 몰골로 돌아다니던 시인 지망생. 철수는 술병과 시집을 여자처럼 끼고 살았고, 오른쪽 이마에 몰랑해 보이는 시커먼 점이 있었고, 아마 그 때문에 빵모자 같은 것을 쓰고 다녔더랬다. 뜻밖의 출현. 지금 그가 여직원의 바로 뒤에 서 있는 것이 아닌가.

"잘 지내?" "철수 선배, 왜 거기 있어요?"

노란 고무줄로 염소 똥처럼 인색하게 묶고 다니던 머리채를 싹둑 잘라 젤까지 발라 넘긴 단정한 머리에, 지난날의 때 묻은 추리닝은 온데간데없고 옅은 에메랄드빛 양복을 멋지게 차려입은 채, 멀쩡한 허우대를 남김없이 과시하는 철수. 그는 자신이 '거기'에 있는 것이 너무도 당연하다는 듯 말한다.

"거기에 있다가 여기로 왔지."

해서, 여기의 거기는 거기의 여기가 되는 것인데, 상대방의 여기가 자신의 여기와 맞지 않을 때, 더군다나 그가 자신과 함께 여기를 공유했던 사람일 때 놀라지 않을 수 없을 터.

"정말이에요?" "그렇다니까." "설마, 은행에 취직한 거예요?" "뭐가 그리 이상해?"라고 하면서 철수는 바로 옆 여직원에게 "지난 토요일 전표에 이상 없죠?"라고 묻는다. 길고 튼튼한 다리를 움직여 한두 걸음 걸어가 다음 여직원에게 똑같은 질문을 던지는 그의 모습이 생경하기 이를 데 없어(그래도 허우대가 워낙 멀쩡하여 보기 좋긴 하다) "저 사람 정말 여기에 취직했어요?"라는 말이 불쑥 튀어나온다. "그럼요." 여직원은 왜 그런 걸 물어보는지 모르겠다는 듯한 표정을 지으면서 간결하게 대답한다. 전표 확인을 끝낸 그는 "커피 마실래?"라고 산뜻하게 묻는다. 물론, 그러고 싶다.

"비가 많이 오네요." "잘 지내?" "좀 쉴까 해요." "그래?" "예. 여기 있으면 돈, 얼마나 벌어요?" "많이." "많이, 얼마나요?" "많이, 많이." "결혼 안 해요?" "뭣 하러 벌써 하니? 너는?" "돈이 없는걸요." "나도 없어, 그래서 돈 벌고 있잖아." "돈 많이 벌어요?" "다시 시작할 수 있을 만큼." "뭘, 뭘 다시 시작한다는 거예요?" "포기한 그거 말야." "그게 뭔데요?" 그는 대답을 하지 않는다. 예전처럼 여전히 밀크커피가 아닌 블랙커피를 마시는 철수의 웃음소리가 몹시 거칠어진 빗소리에, 투박하게 섞어든다. 그래, 뭘 포기했지? 그가 뭘 포기했단 말인가? 지난날처럼 그에겐 사랑의 기술이 있고 사랑의 구체적 대상이 있고 술병과 책이 있다. 그렇다면, 그저 그의 외피가 바뀌었을 뿐이다. 그럼에도 확인하고 싶은 욕망이 생긴다. 다시 그 맑은 목소리를 내봐요, 다시 정든 유곽에서를 읽어봐요, 어서요, 그야말로 때늦은 사랑을 노래해보란 말이에요, 어서요, 어서, 어서…….

이미, 은행 안이 아니라 은행 밖이다. 내리는 비를 보고 우산을 켜지 않을 수가 있나, 해서 우산을 받쳐 들고 흥건히 젖은 시멘트 길을 걷기 시작한다. 애초의 뜻과는 달리, 터무니없이 많은 사람들이 나타나 텅 빈 파일을 채운다. 한 십 분을 걷고 나서는 빗줄기가 가늘어지는 듯싶어 우산을 접어버린다. 비 오는 날 버스 안은 좀체 견디기 힘든 곳이라 차라리 걸어가는 편이 나은 데다가, 몸에서 자꾸 열이 나고 있으니 열도 식힐 겸 찬물 세례를 받는 것도 나쁘지 않으리라. 사십 분가량, 그렇게 지칠 줄 모르고 내리는 비를 맞으며, 꺼질 줄 모르고 타오르는 몸뚱어리를 식히면서 걷는다. 그리고, 비를 흠뻑 맞은 지붕 밑에서 안락하게 숨쉬고 있는 집 속으로, 운이 좋으면 따뜻하게 데워져 있을 그곳으로 들어간다…….

3. 당신의 시간, 그 속에서

비 내리는 오후를 축축한 수면으로 보내고 눈을 떴을 때, 분명하다, 또 다른 파일이 시작되고, 동시에 벌레가 움직이기 시작했다. 그놈이, 바로 그놈이 기지개를 편 것이다. 언제부터였을까, 어쩌면 살갗에 닿는 비의 감촉이 점점 더 거칠어지고 점점 더 차가워지는 것이 분명한데 몸뚱어리는 오히려 열에 불타오르던 그때, 집 앞 100미터 전, 바로 그때, 그놈이 엄지발가락을 꼼지락거리기 시작했다. 그놈이 발을 뻗고 있던 지점은 뒤통수의 중앙을 기준으로 해서 오른쪽으로 45도가량 올라간 곳. 운이 좋아 뜻한 대로 잠이 와준 모양인데, 그동안에도 그놈은 발장난을 멈추지 않고 있었던 것이다. 그렇게 서서히 몸을 풀다가 마침내 본격적으로 운동을 시작한 것이다.

머릿속의 벌레. 이것이 그놈의 정체다. 애초 벌레 '들'이 되어야 했는지도 모른다. 행동반경이 상당히 넓은 한 마리의 벌레가 무자비하게 움직이는 것인지, 갓 부화한 누에나 구더기처럼 한 마리 한 마리는 그 움직임이 보잘것없을 정도로 작은 것들이 동시 다발적으로 움직이는 것인지 알 수 없으나 그놈 혹은 그놈들의 움직임은 가히 대단하다. 처음엔 그저 튼튼하기만 할 뿐 아주 무식한 발에, 마찬가지로 건장하고 우악스러운 발톱을 가진 놈이라 믿어 의심치 않았지만 시시각각 변하는 움직임의 섬세한 뉘앙스로 보건대 여간 간교한 녀석이 아니다.

머릿속의 벌레, 그놈은 수시로 나타나는데, 지나친 수면이나 그 반대로 턱없이 부족한 수면 뒤에 나타날 경우엔 뒤통수에서 비교적 얌전하게 손장난을 좀 하다가 슬그머니 사라진다. 하지만 두 끼를 연이어 굶고 두 갑의 담배를 거뜬히 해치우고, 넉 잔의 커피로 목을 축이고, 거기다가 다량의 노동을 했을 땐, 뭐 그리 할 일이 많은지 천방지축으로 움직인다. 대체로 시작은 뒤통수다. 목덜미에서 5센티미터 정도 올라간 지점, 아마도 연수나 소뇌가 위치했을 그 부분에서 그놈은 늘 하듯, 손발을 흔들어 풀고 허리와 몸통을 휘둘러 전신운동을 한 뒤 본격적인 작업에 들어간다. 한번 신이 나면 어느새, 정말 눈 깜짝할 사이에, 앞서 말한 45도 위쪽 지점으로 올라가 있다. 신기하게도 머릿속의 벌레는 그 이동의 순간을 포착할 수 없을 만큼 빨리, 여기에서 저기로 옮아가 있다. 말하자면 녀석은 발 빠른 동물처럼 기거나 캥거루처럼 뛰는 것도 아니고 박쥐처럼 나는 것도 아닌, 3차원적 공간의 운동 법칙을 초월한 자기만의 4차원적 이동 방식으로, 뒤통수와 옆통수 사이의 통로를 경유함 없이 바로 한곳에서 다른 곳에서 옮겨가는 것이다. 이렇게 한번 이동을 시작해버리면 그다음은 속수무책이다.

지금, 젖은 옷이 방 한구석에 구겨져 있고 발가벗은 몸뚱어리가 이불 속에서 신음하고 있는 지금, 녀석은 옆통수에서 한참 신나게 놀아나고 있는 것이다. 머릿속의 벌레가 모든 의식을, 모든 뇌를 점하자 몸뚱어리 전체는 작고 둥근 머리통으로 변해버린다. 말하자면 몸의 모든 부분은 다 사라지고, 벌레에게 점령당한 머리통 하나만 남아버린다. 머리통을 앞으로 기울여 목덜미를 움켜쥐자, 벌레는 잠시 숨을 돌리는지 조용하다. 머리통에서 손을 떼자 다시, 원기를 회복한 벌레는 활발하게 움직이기 시작한다. 메롱! '메'가 채 끝나기도 전에 녀석은 옆통수에서 뒤통수로 옮겨가 있다. 녀석은 네 개가 넘을 것이 분명한 발의 다섯 개가 넘을 것이 분명한 발가락을 각기 다른 모양새로 꼼지락거리면서, 머리통의 한쪽을 사각사각 긁어댄다. 그러더니 검은색이나 흰색일 것이 분명하고, 딱딱한 갑옷으로 덮여 있을 것이 분명하고, 거기다가 굵고 짙은 점액까지 뚝뚝 흘릴 것이 분명한 몸체를 머리통의 여린 표면에 갖다 대고, 딴에는 부드럽게 애무를 하느라 애쓰는지, 길게, 축축하게, 둔중한 압박을 가하면서 내리누른다. 아, 참으로 오랫동안 벌레는 고통스러운 애무를 지속시킨다. 머리통이 도저히 참지 못하고, 힘이 잔뜩 들어간 손가락으로 벌레가 있을 것이 분명한 지점을 억세게, 반복적으로, 인정사정없이 눌러댄다. 그러자 벌레는 더더욱 몸이 달아서, 이제는 방사 직전의 성기처럼 격렬하게 앞뒤 좌우 상하로 자신의 몸체를 흔들어댄다. 녀석의 방종한 움직임에 머리통 속의 뇌수는 그 딱딱한 석회질의 보호막에도 불구하고 머리통 밖으로 튕겨나와버릴 듯, 고통스러운 신음을 내면서 (몸을) 비틀기 시작한다. 머릿속 벌레의 혹독한 고문이 절찬리에 진행 중인 그때, 당신이 문을 열고 들어온다.

"무슨 일이니?" "나타났어. 다시 움직이기 시작했어. 정말 끔찍해." "옷은 왜 다 벗고 있어?" "다 젖었어. 어쨌든 모든 게 그놈 때문이야." "그놈?" "그놈이라니까. 이번엔 진짜 지독해." "아하, 머릿속의 벌레?" "웃을 일이 아냐." "아니, 머릿속에 든 벌레가 머리 밖으로 나오기라도 한 거야?" "추워." "감기 기운이 있구나. 따뜻한 물로 샤워를 하면 나아질 거야." "배고파." "씻고 나서 뭐 먹자."

여기서, 아니 당신의 출현이 명시된 지점부터, 머릿속 벌레와의 승산 없는 싸움(승자와 패자는 이미 결정되어 있다)은, 진지하게 가시화된 현실의 장으로부터 우화적으로 꾸며진 픽션의 장으로 떨어져버린다. 아니, 그 반대인가? 어쨌거나 이건 분명 떨어짐이다. 머릿속의 벌레를 '두통'으로 명명할 수 있고, 머리가 몸뚱어리의 일부로 되살아나 손발가슴어깨허리다리발가락 등과 동등한 지위에 놓이게 될 때, 말하자면 머릿속의 벌레로부터 고문을 당하고 있다는 피해망상에서 벗어나 건강한 현실의 의식을 되찾게 될 때, 머릿속의 벌레는 그 이전의 왕성한 생명력을 잃어버리는 것이다.

"벌레가 지금 여기에 있어. 막, 옆구리를 비벼대고 있어, 으……." "안 되겠다, 톱을 하나 사야겠어." "왜?" "내가 너를 몇 대 쳐서 기절시킨 다음, 머리를 멋지게 절개하는 거야." "히히. 그놈이 깜짝 놀랄 거야. 에취. 근데, 정말 벌레가 들어 있을까?" "매일 머릿속에서 벌레가 꿈틀거린다면서?" "맞아, 어떡해? 정말 벌레가 들어 있는 거야.

어, 어, 그새 옮겨갔어, 에취, 뒤통수야, 뒤통수."“많이 아파?"“녀석이 발뒤꿈치를 구르고 있어, 으…… 으…… 에, 에, 에취, 여기 좀 눌러줘."“괜찮아?"“너무 세게 누르지 마. 녀석이 죽을지도 몰라." “죽어버리면 차라리 좋지 않아?"“안 돼!"“히히, 왜?"“그러면 정말 머리통을 잘라서 놈의 시체를 꺼내야 할 거 아냐?"“에이구 이 정신 나간 계집애야, 기침까지 하면서 신났구나."“감기야, 감기. 어쩐지 이놈이 유난히 심하더라."“무슨 일 있었어?"“비 맞았어."“아예 작정을 했구나."“그래, 벌레랑 놀려고 작정을 했다, 왜?"“밥도 안 먹고 담배나 피우고 남 다 자는 밤엔 깨어 있고 병이 얼씨구나 하고 절로 온다, 절로."“누구 때문이야, 누구 때문이냐고?"“아, 아, 간지러워, 히히, 간지럽다니까, 이 벌레 같은 계집애야."그럼, 에로티시즘이, 아이의 항문에서 빠져나온 가늘지만 건강하고 그래서 예쁜 똥 덩어리처럼 쏙 빠져나가버린 사랑 타령은 여기서 그만두고, 본론 비스름한 것으로 돌아가보자.

당신이 와서 함께 샤워를 하고 밥을 먹는 동안에도 머릿속의 벌레는 여전히 움직이고 있는데, 당신과 노는 데 정신의 대부분을 소비하는지라 벌레의 시시콜콜한(그렇게 위대하던 것이 이젠 이렇게 전락한 것이다!) 움직임을 언어로 표현하려고 열을 낼 필요가 없다, 아니 그럴 수가 없다. 그렇담, 보다 시원으로, 당신의 시간 속으로, 메주 냄새 나는 당신의 골방으로, 당신의 묵은 파일 속으로 들어가볼까, 생각하지만 그것 역시 좀체 여유가 생기지 않는다. 아무래도 현재 당신에게선 과거 당신의 흔적을 쉽게 찾아볼 수가 없고, 또 어렵게 그것을 발견해내고자 하는 욕망도 좀체 생겨나질 않으니, 당신 곁에 있는 머리통 작은 여자는 두통이 좀 있긴 하지만, 또 두통 때문인지 그것과 무관한 것인지 연신 콧물이 흘러내리긴 하지만, '행복'이라는 단어를 쓰지 않을 수 없다. 해서, 하나의 낡은 파일과 하나의 새로운 파일 뒤에 만들어지고 있는 이 파일 속에는 앞선 것들과 '전혀' 무관한 '행복'이, 간밤의 '고독한' 엿보기와 하루 동안의 배회와 현재 벌레의 지분거림을 은총으로 소멸시킨다. 이렇게 이젠 행복에 대한 '꿈'이나 행복에 대한 '상상'도 아닌, 그저 '행복'이 현실에서 완벽하게 (완벽의 신화에 가깝게) 실현되고 있다.

짝사랑의 자기 탐닉적이고 자기 쾌락적인 가슴앓이의 고통이 사라지고 그 흔적마저, 그 맛 좋은 구린내마저 사라지고, 종내에는 와해된 우상처럼 볼품없어진 (짝사랑의) 대상의 풍경이 아무런 감흥도 불러일으키지 않는 시점에서, 짝사랑의 무수하게 엇갈리는 뾰족한 반(半)직선의 질주 속에서 뜻밖에 '우연히' 마주친 두 직선의 뾰족한 삼각꼴이 서로의 날카로운 부분을 녹여가며, 점차 평행선의 3차원적 공리를 뛰어넘어 하나의 유연한 선으로 변해가는 시점에서, 안개비 내리는 풍경 속의 하얀 이름 '시은'이 당신의 빛바랜 고색창연한 시간 한귀퉁이에 '낯선 천국'처럼 살아 있는 것이, 심리적으로 완전한 거리를 유지할 수 있는 미학적 감각만을 불러일으키는 바로 이 시점에서, ……
"움직이지 마" 빗소리, "그래, 넌 내 시간 속에 있는 거야" 두 몸의 가볍고 다정다감한 뒤척임, "너, 무슨 일 있었던 거 아냐?" "비를 좀 맞았다니까" "뭐 하러 밖에는 나갔니, 몸도 안 좋으면서" "아무튼, 난 너의 시간 속에 있는 거야. 난 말야 지금 이 순간을, 영원한 현재로 만들 거야" "불 끌까? 잘래?" "완전히 끄지는 마" 두 개의 형광등이 차례로 꺼지고 검은빛이 약간 감도는 주홍빛 백열등이 켜지자, 다시, 당신의 따스한 몸, 그 기운, 그 향내. "영원히 이렇게 널 쉴 새 없이 바라보고 있을 거야, 영원히……" 당신의 가벼운 토닥거림이 빗소리 위로, 머릿속 벌레의 기죽은 움직임을 영원히 잠재워버리려는 듯 온화하게, 단절적으로, 규칙적으로, 부드럽게 살아나기 시작한다.

젊은 그들, 봄날은 간다

나의 가자미 색시

스물세 살이오—三月이오—略血이다. [……]
錦紅이가 내 아내가 되었으니까 우리 內外는 참 사랑했다.
—이상, 「逢別記」 중에서

흔히들 꿈에는 색깔이 없다고 하는데 나는 정반대다.

아침에 눈을 뜨면 꿈 내용은 거의 생각이 안 나지만, 내가 꾼 꿈의 전체적인 빛깔만은 언제나 선명하게 남아 있다. 그 색깔은 각각 어떤 기분 상태나 예감을 이야기해주곤 한다. 가령, 고동색에 가까운 갈색은 대체로 뭔가 나쁜 것, 찜찜한 것, 불쾌한 것을 의미한다. 내가 그다지 좋아하지 않는 뭉크의 느낌이다.

검은색이 많이 들어간 회색은 적당한 정도로 우울한 것, 슬픈 것을 의미한다. 무엇 때문인지 헤세의 소설들이 이 빛깔과 연결되곤 한다.

하늘색에 가까운 밝은 파란색은 적잖이 들뜬 기분 상태, 희망, 다소간은 터무니없는 꿈 따위를 의미하는데 중학교 때 처음으로 사랑에 빠졌을 무렵 이런 빛깔의 꿈을 자주 꾸곤 했다.

좀 웃긴데, 짙은 노란색이나 레몬색, 미색, 아이보리색 등은 미세한 정도의 차이를 두고 지루한 것, 권태로운 것을 나타내준다. 시험 공부를 할 때마다 이런 색깔들이 자주 보이곤 했다. 특히, 수학 교과서나 문제집을 펴놓고 그 위에 엎어져 잠이 들었을 때.

보라색은 다분히 육감적인 것과 연결된다. 붉은색이 많이 가미되었다면 어떤 계기에 의해서건 성욕을 대단히 많이 느꼈다는 것인데, 포르노 잡지를 보았거나 포르노 사이트를 돌아다닌 날엔 꼭 이런 색 꿈을 꾸었다. 고동색 꿈보다 더 싫은 것이 이 보라색 꿈이다.

하지만 보라색에 파란색이 좀더 많이 섞여 들어가서 코발트블루에 가까워지면 전혀 다르다. 뭔가 서늘하고 서글픈 감정의 앙금이 오래도록 지속되는 빛깔이지만 그렇다고 전혀 불쾌하거나 찜찜하지는 않은 색깔이다. 나는 이 빛깔을 레오 카락스의 「소년 소녀를 만나다」 「나쁜 피」와 키에슬로프스키의 「블루」에서 보았다. 싫어하진 않지만 자주 꾸고 싶은 빛깔의 꿈은 아니고, 가끔은 마냥 파란색의 꿈과 혼동되는 일이 왕왕 있어 나의 감정 상태를 정확히 타진하기 힘들 때가 많다.

내가 가장 길몽으로 생각하는 꿈은 연두색에 가까운 초록색이다. 정확히는 초봄에 막 돋아나기 시작하는 각종 산나물들의 빛깔, 아직 추수기는 멀리 있는, 막 알곡이 맺히기 시작한 벼들의 빛깔, 한가로이 저녁 잠을 자고 있는 누렁소 한 마리 정도를 포옹할 수 있는, 조그만 개울을 하나쯤 끼고 펼쳐지는 비교적 넓은 풀밭을 먼발치에서 바라볼 때 눈에 들어오는 빛깔 말이다. 이 빛깔은 내가 이십여 년간 보고 듣고 느끼고 할 수 있었던 것 중 가장 좋았던 것만을 나타내준다. 그러니까 이것은 미야자키 하야오의 「이웃집 토토로」이고, 이상의 수필 「권태」이고, 정지용의 시 「향수」이고, 어쩌면 황순원의 「소나기」이기도 하다. 내가 좋아한 동요 「과수원길」 「나뭇잎배」 「노을」 등에도 이 빛깔이 들어 있다.

끝으로, 제일 중요한 것. 이 풀빛의 초록색은 나의 가자미 색시의 색깔이다.

*　*　*

"엄마, 나 모스크바에서 색시 구했어."

모스크바에서 일 년간의 어학연수를 마치고 집에 돌아와 짐을 풀기가 무섭게 내가 엄마에게 내뱉은 말이었다. 그때 내 나이 스물셋이었고, 조만간 군에 입대를 해야 했고, 대학을 마치려면 아직 일 년 반은 더 학교를 다녀야 되는 상황이었다. 아마 그래서인지, 엄마는 나의 말에 별달리 진지하게 응수하지 않으셨다. 어린 아들이 연애를 좀 했기로서니 그게 뭐 대수냐는 식이었다. 그저 예의상 질책 같은 것을 하실 뿐이셨다.

"공부하라고 외국 보내놨더니 연애나 하고 잘하는 짓이다, 엉!"

"아니야, 누나가 매일 나 공부시켰어."

"뭐, 누나?"

"나보다 여섯 살 많아."

엄마는 그제야 내 얘기에 관심을 기울이시면서 이래저래 묻기 시작하셨고, 나는 누나에 대한 얘기를 이래저래 늘어놓았다. 물론 누나가 언젠가 결혼을 한 적이 있다는 얘기는 하지 않았다.

"나이도 나이지만, 그런 여자가 너랑 결혼을 하겠다던?"

"아니."

나는 곧바로 단정적으로 대답을 했고, 엄마 역시 곧바로 응수하셨다.

"에라이, 이놈아! 샤워나 해."

엄마는 혼잣말로 "내 이럴 줄 알았지" 운운하시면서 더 물어보고 자시고 할 필요도 없다는 듯 거실로 나가셨다. 그러더니 곧바로 다시 내 방으로 돌아오셔서 사족을 다시는 걸 잊지 않으셨다.

"아니, 너는 어릴 때도 그렇고 왜 항상 너보다 나이 많은 여자만 좋아하냐? 골치 아프게."

이건 내가 중학교 때 국어 선생님을 쫓아다닌 일을 두고 하시는 말씀이셨다. 선생님이 결혼을 하고 난 뒤에도 나는 선생님의 아파트 앞에서 선생님의 얼굴이라도 한 번 보기 위해 죽치고 앉아 있곤 했다. 그러다가, 나더러 앞으로는 전화도 하지 말고 이런 식으로 자기를 부담스럽게 하지도 말라는 말을 들었을 때, 말하자면, 최후 통첩을 들었을 때 몇 날 며칠을 울었더랬다. 어찌나 서럽게 울었던지 참다못한 엄마가 고등학생인 아들에게 돈을 주면서 어디 가서 술이라도 먹고 오라는 말씀을 하실 정도였다.

"엄마가 그때 그랬잖아? 내가 국어 선생님만큼 좋아할 수 있는 여자가 나타나면 결혼하라고."

"이 철없는 것아, 결혼은 혼자서 하니? 아니, 그리고 군대도 안 갔다 오고 졸업도 안 한 마당에, 나 참 어이가 없어. 얼른 씻기나 해!"

나는 더 이상 아무 말도 하지 않았다. 이후에도, 누나에게서 전화 한번 오는 일이 없었으니 엄마로서는 나의 의기양양한 선언을 젊은 아들의 순간적인 열정 정도로 치부해버릴 법했다. 그렇다. 귀국한 뒤로 나는 누나의 소식을 전혀 알 수 없었다. 누나에게 전화가 없었기 때문에 고작해야, 힘들게 전자 우편 주소를 알아내서 편지를 쓸 수 있을 뿐이었다. 하지만 답장은 전혀 없었다.

6학년 여름 방학이었던 것으로 기억된다. 아빠는 할머니를 서울로 모셔오고 싶어하셨지만 할머니는 한사코 버티셨다. 6·25 때 할아버지를 잃고 홀로 아버지와 고모를 키워온 할머니의 말벗도 될 겸해서 아빠는 방학 때마다 나를 거창으로 보내셨다. 내가 서울에서 태어나 자란 아이답지 않게 시골을 좋아했고 어릴 때부터 형이나 동생과는 달리 "엄마 싫어, 나, 할머니한테 가서 살래"라고 떼를 쓰며 울어서 엄마를 화나게 할 정도로 할머니를 많이 좋아하고 따랐던 탓이었다. 할머니 역시도 바싹 마르고 신경질적인 형이나 전형적인 서울 애답게 세련된 동생보다 듬직한 덩치에 농사일도 잘하는 나를 더 좋아하셨다.

이뿐이 아니었다. 내 주위에 있는 모든 동물들, 메뚜기, 개구리같이 작은 것에서부터 산토끼, 꿩에 이르기까지 내 눈에 띄는 모든 동물들은 내 것이 될 만큼 나는 사냥을 잘했다. 낚시 솜씨는 더 훌륭했다. 연못에 잡은 잉어나 붕어는 주로 할머니의 보신용이 되었고 시내에서 잡은 가재는 얼큰한 된장국의 주된 재료가 되곤 했다. 이따금씩 파란 물통이 가득 찰 정도로 물고기를 잡아 오면, 할머니의 권유도 있고 하여 옆집 노부부를 찾아가곤 했다.

노부부는 할머니의 집 맞은편에 살고 있었다. 할머니 집 앞에 제법 큰 대나무 숲이 있고 그 숲을 살짝 돌아가다 보면 작고 오붓한 집 한 채가 서 있었다. 시골집이 다 그렇듯 대문이랄 것도 없이 싸릿대 몇 개를 엮어 세워둔 문 비슷한 것이 달려 있었다. 절대로 닫히는 법이 없는 문이었다. 식구가 적어서인지 집은 언제나 깔끔했다. 시골집에 흔히 있는 돼지, 염소 따위의 가축도 거의 없었다. 그저, 하는 일 없이 빈둥거리고 여기저기 똥이나 싸는 누런 똥개 한 마리와 한때는 제법 가축이 많았으리라는 짐작을 하게 해주는 커다란 외양간을 지키는 누렁소 한 마리가 다였다. 사실상 농사도 거의 짓지 않았기 때문에 여느 집 마당에 커다랗게 산처럼 쌓여 있는 거름더미도 없었다.

할머니 말로, 노부부는 젊었을 때 읍에서 정미소를 경영했는데 꽤 오래 전에 그 일을 정리하고 가재로 들어와 살기 시작했단다. 내가 그네들에겐 자식이 없냐고 물었을 때 할머니는 "모르겠구나, 있어도 다 커서 도회지로 나갔겠지"라며 말을 얼버무리셨다. 그 무렵 나는 모든 어린애들이 그렇듯, 한번 생겨난 호기심이 그 자리에서 충족이 되지 않으면 한동안 이걸로 이런저런 상상을 하다가, 다른 것에 호기심이 생기기가 무섭게 잊어버리곤 했다. 노부부의 아이에 대한 물음도 마찬가지였다.

한번은 커다란 잉어를 낚은 적이 있었다. 할머니의 권유도 있고 해서, 옆집으로 들고 갔다. 할머니보다도 할아버지가 더 기뻐하셨다. "우리 색시가 요즘 왠지 몸이 허해서……"라는 말씀을 하시면서. 그 '색시'라는 말이 유난히 귀에 와 닿았다. 뭔가 아름답고 따뜻하고 정겨운 말인 것 같았다.

그 다음 날, 할머니가 읍에 나가실 일이 생겨서 나는 혼자서 점심을 먹어야 했다. 식은 밥에 열무김치를 넣어 비벼 먹을까 생각을 하는데 옆집 할아버지가 나를 부르셨다.

"은철아, 니 옥수수 안 좋아하나?"

나는 당장 옆집으로 달려갔다. 툇마루에 할아버지와 같이 앉아 있는데 할머니가 삶은 옥수수를 소쿠리에 담아 내오셨다. 내가 그 뜨거운 옥수수를 쥐고 이빨이 빠질까 조심하면서도 게걸스럽게 먹고 있는 동안, 할머니는 "아이구, 뜨거버라"를 연발하시면서 옥수수 알을 떼어내고 계셨다.

"우리 신랑이 이빨이 안 좋아서 말이야. 나이가 들면 애가 된다더니……."

할머니가 옥수수 알갱이를 하나씩 떼어내시면 할아버지는 그야말로 어린애처럼 그 알을 하나씩 주워 드셨다. 정말로 나이가 제법 든 색시가 꼬마 신랑을 돌보는 것 같았다. 저런 식으로 하다가는 하루가 꼬박 지나야, 내가 지금 단 몇 분 만에 먹어치운 옥수수 하나를 다 먹을 수 있을 것 같았다.

옥수수 몇 개를 연거푸 해치워 배가 불룩하게 된 내가 물었다.

"할아버지, 할머니 좋아요?"

"거참, 이놈이, 좋으니까 같이 살지."

할아버지는 얼굴을 붉히시면서 웃으셨다.

"할머니는 할아버지 좋아요?"

할머니는 할아버지보다 더 발개지시면서 "안 좋으면 어떻게 같이 살겠노?"라고 하셨다.

"우리 은철이는 색시 없나?"

할아버지가 느닷없이 물으셨다.

"아이 참 할아버지도, 초등학생이 무슨 결혼을 해요?"

"아니, 여자 친구 말이다, 여자 친구."

"없는데요." 내가 트림을 하면서 대답했다.

"거참, 아는 훤칠하게 생겼는데, 아직 색시가 없나? 색시가 생기면 알게 될 기다."

그러면서 할아버지는 할머니의 얼굴을 한번 바라보셨고, 할머니는 굵은 주름 사이로 웃음을 머금으셨다. 내가 화장실을 가야겠다며 자리에서 일어났을 때에도 할머니는 여전히 옥수수 알갱이를 떼내고 있었고, 할아버지는 그것을 주워 드시고 있었다. 여름날 오후의 햇살이 할머니의 손에서 할아버지의 입으로 넘어가는 옥수수 알을 비추고 있었다.

어학연수차 모스크바에 도착한 뒤 필요에 의해서 몇 가지 검사를 받아야 했다. 나는 학교에서 정해준 시립병원의 주소가 적힌 쪽지를 들고 길을 나섰다. 원래는 여행사 측 직원이 동행해야 했으나, 그 사람에게 사정이 생겨 부득이하게 혼자 가야 했다. 가뜩이나 러시아어에 서툰 데다가 의학 전문 용어를 내가 알 턱이 없고 검사 및 진료 절차가 복잡하여 상당히 애를 먹고 있었다. 아무리 천천히 되풀이해도 내가 말을 제대로 못 알아듣자 결국엔 담당 여의사가 지방이 철렁거리는 팔로 책상을 탕탕 치면서 뭐라고 고함을 질렀다.

바로 그때, 간호사와 얘기를 하고 있던 몹시 작은 한 여자애가 내게 의사의 말을 우리말로 통역해주었다. 그제야 나는 기숙사 1층 매점에서 가끔씩 얼굴을 보이곤 하던, 별 생각 없이 베트남 애로 생각한 이 애가 한국인임을 알게 되었다.

"한국 사람인 줄 몰랐어요."

기숙사로 돌아오는 길에 지하철 안에서 내가 말했다.

"그런가요?"

여자애가 웃으면서 대꾸했다. 이렇게 우리는 인사를 트게 되었다. 기숙사에 도착할 때까지 나는 이 여자애가 실은 '애'가 아니라 나보다 나이가 좀 많은, 스물아홉이나 된 유학생임을 알게 되었다. 그런데도 말끝마다 커다란 웃음을 터뜨릴 때 커다랗고 동그란 두 눈의 끝이 죽 처지는 모양새가 꼭 너구리 닮은 어린애라는 생각만 들었다.

이후로 나는 시나브로 누나와 친해졌다. 누나도 그간 적잖이 적적했는지, 내가 찾아가면 귀한 시간을 뺏는다며 투덜거리긴 했지만 그래도 자기 쪽에서 반가워하는 것이 눈에 보였다. 나중에는 내가 좀 오래 앉아 있으면 그만 공부해야 하니 빨리 가라고 고래고래 소리를 지를 만큼 격의가 없어졌다. 종종 내가 음식을 해서 갖다 주면 먹기 싫다고 투덜대면서도 밥그릇을 다 비우고, 그러고 나서는 나 때문에 돼지가 될 거라며 눈을 흘기기도 했다.

그 무렵, 누나는 논문 자격 시험을 치기 위해 러시아어와 철학 수업을 듣는 것, 전공과 관련 있는 강의 두 개를 청강하는 것, 그리고 고서를 사기 위해 서점을 도는 것을 빼면 어디에도 가지 않았고 친구도 통 없었다. 자기 방의 네 벽에 갇혀서 담배 두 갑과 커피 대여섯 잔으로 살고 있었던 것이다. 하지만, 누나의 생김새나 행동거지는 이런 엄격하고 건조한 생활을 하는 사람답지가 않았다. 너무 작았고, 너무 귀여웠다. 사람이 아무 이유 없이 귀여워 보이고 어려 보이면 사랑에 빠진 것이기 쉽다지만, 내가 이때부터 누나에게 다른 마음을 갖게 된 것은 절대 아니었다. 아니, 모스크바에서의 일 년간 우리는 절대로 '연인' 관계가 아니었다. 누나 입장에서는 애초부터 그럴 건더기가 없었고, 누나의 책상 위에 놓인 한 남자의 사진을 본 뒤로 나는 누나를 소위 임자 있는 여자로 생각하고 있었다.

"누나, 이 사람 누나 애인이에요?"

"아니."

"거짓말하지 말아요, 애인 맞죠?"

"내 전남편이야."

"뭐요?"

"얘기 안 했나? 나 결혼했었어."

아무리 누나에게 다른 마음이 없었다 하더라도 이건 좀 놀라웠다.

"근데 아는 사람이 잘 없어. 조용히 혼인 신고 했다가 조용히 이혼 신고 했거든."

"아니, 어떻게 그럴 수가 있어요?"

누나의 얘기는 이랬다. 대학 4학년 때 고등학교를 졸업한 한 남자를 만나 몹시 사랑했고, 누나가 대학원에 입학하면서, 대학원 기혼자 기숙사에 들어가기 위해 혼인 신고를 했다는 것이다. 누나는 아이를 몹시 낳고 싶어했는데 남편이 그걸 원하지 않았고, 그래서 이혼을 하고 유학을 왔다는 것이다.

"기가 막혀서 원, 아니, 결혼이 애들 장난이에요?" 내가 좀 지나치게 흥분하며 말했다.

"애들 장난이 아니니까 이혼을 했지, 임마."

"그럼, 이 사진은 뭐예요?"

"야, 그래도 명색이 삼 년을 같이 산 부부인데, 정 떼기가 그리 쉽니, 어디?"

그러면서 누나는 피식 웃었다. 아닌 게 아니라, 결혼 자체도 쉽게 믿어지지 않았지만 이혼은 더더욱 그랬다. 왜냐면, 누나의 소위 '남편'에게서는 좀 드물긴 했지만 편지나 엽서 따위가 오곤 했으니 말이다. 누나 역시 정기적으로 피시방에 들러 그에게 전자 우편을 보내거나 우체국을 다녀오곤 했다.

남편의 생일 선물을 부치고 우체국을 나오던 날 내가 참다 참다 못해 물었었다.

"노대체 헤어진 기 맞아요?"

"야, 첫사랑인데 이 정도는 해줘야 되지 않겠니?"

"한 번 끝났으면 끝난 거지, 이게 뭐야. 그렇게도 정을 못 뗄 거면, 돌아가자마자 다시 결혼해요."

"뭐 하러 결혼을 두 번이나 하니?"

냉소적으로 응수하긴 했지만 누나는 그 사람을 많이 좋아했고 지금도 좋아하는 듯했다. 안 그랬다면, 움직이는 걸 그렇게 싫어하는 양반이 꼬박꼬박 우체국을 다니지는 않았을 것이며, 그렇게 구두쇠인 양반이 사흘이 멀다 하고 한국에 전화를 하는 일은 없었을 테니까. 그 사람과 통화를 할 때마다 너무도 즐겁고 행복해서 누나의 입이 누나의 얼굴을 다 채울 만큼 커지는 걸 지켜보면서 나는 누나가 귀국을 하면 다시 그 사람과 결혼을 하리라는 것을 의심치 않았다.

그럼에도, 시나브로 누나가 좋아지는 것 또한 어쩔 수가 없었다. 나이를 생각해서 누나라고 부르긴 했지만 누나가 내겐 꼭 딸내미나 여동생같이 여겨졌다. 나이만 들고 공부만 많이 했을 뿐 세상 물정을 전혀 모르는 어린애, 그래서 누군가가 꼭 옆에서 돌봐주고 지켜줘야 될 것만 같은 그런 어린애. 그래서 나는 곧잘 누나 머리를 쓰다듬거나 어깨나 등을 토닥거려주곤 했다. 그럴 때마다 누나는 "이놈이 어른한테 못하는 짓이 없어!"라고 윽박질렀지만 그다지 싫어하는 기색은 아니었고, 무엇보다도 나의 이런 행동에 뭔가 다른 뜻이 있다고 생각하는 것 같지는 않았다. 한편으론 이것이 서운하면서도 오히려 다행이라는 생각도 들었다. 만약 누나가 진지하게 받아들였다면, 아마 누나는 내가 자기 방을 시도 때도 없이 자유롭게 드나드는 것을 허락하지 않았을 게 아닌가.

　개학을 하기 전에 머리도 식힐 겸 할머니의 시골을 잠깐 다녀오고 싶었다. 할머니가 암으로 돌아가신 지 벌써 이 년이 되었지만 그래도 고향집은 그대로 있었다. 아버지 말씀으로는 노부부도 여전히 그곳에 살고 있었다.

　고속버스터미널에서 내린 뒤 시내버스 정류장으로 갔다. 그사이에 거창읍도 많이 발전해서 서울 어디에서나 볼 수 있는 제법 유명한 상표의 옷가게들이 눈에 띄었고 비디오 가게, 도서 대여점, 더러는 유흥업소도 보였다. 그래도, 거창읍에서 소위 '시골'로 진입하는 길목 옆으로 펼쳐지는 풍경은 여전했다. 논은 조만간 노랗게 익어 고개를 숙일 벼들의 싱싱하고 푸른 물결로 일렁거렸고, 조금 더 들어가자, 내가 어릴 때부터 봐온 제법 넓은 시냇물이 보였다. 가재로 가기 위해서는 '남산동'에서 내려야 했다. 예나 지금이나 남산동에서 가재로 가는 길은 여전히 꼬불꼬불한 산길이었다. 거창읍에서 가재로 이어지는 길의 풍경은, 그러니까, 내 길몽 빛깔의 원천이었던 것이다.

　몇 년 동안 찾아오지 않은 사이에 마을이 많이 변해 있었다. 원래 얼마 되지 않던 사람들이 그나마 다 어디론가 떠나버리고 이 때문에 폐가가 훨씬 많아졌다. 노부부의 낡았지만 아담하고 깔끔한 집은 스러져가는 그네들 인생의 모래시계와 가재 마을의 황혼을 동시에 보여주는 것 같았다. 나는 이들의 집에 한 일주일 정도 머물면서 어릴 때처럼 사냥이나 낚시를 하러 다니고 밭일을 하러 나가기도 했다. 그리고 모기향 냄새가 자욱한 툇마루에 앉아 저물어가는 여름밤을 보내곤 했다.

"할머니, 왜 할아버지랑 결혼하셨어요?" 어느 날 저녁, 내가 물었다.

"내가 아직 여학교 다닐 때였는데 말이다, 매일 정미소 앞을 지나가야 했지. 그때 이 양반은 거기서 일을 하고 있었는데, 나를 볼 때마다 추운 날엔 따뜻한 물을 주고, 더운 날엔 찬물을 주고 하더라고. 내가 연애를 시작해서 남자 친구랑 정미소 앞을 지나가도 똑같이 그렇게 하고, 남자 친구랑 헤어져도 또 그렇게 하고…… 그래서 내가 먼저 가서 결혼하자고 했지."

할머니가 웃으시면서 말씀하셨다.

"할아버지는 할머니한테 왜 물을 드렸더랬어요?"

"이놈아, 예쁜 색시가 지나가면 뭐든 줘야지, 암."

그러면서 할아버지는 약간은 부끄러우셨던지 얼굴을 붉히셨다. 나는 꽤 오랫동안 생각을 한 뒤, 누나를 만난 이후 내 뇌리를 떠난 적이 없는 물음을 던져보았다.

"그런데, 할아버지, 자식들은 다 뭐 해요?"

"우리는 자식이 없단다."

"왜 안 낳으셨어요?"

"안 낳았나, 어디, 못 낳았지. 내가 불알이 한쪽밖에 없거든. 전쟁 때 파편을 맞아서."

할아버지는 이미 그 어떤 감정적 파동도 없이 이런 말을 태연스럽게 내뱉으셨다. 할머니가 청혼을 했을 때 할아버지는 결혼을 할 수 없는 몸이라고 말했으나, 이번엔 할머니 쪽에서 고집을 부렸던 것이다.

어릴 때 이 얘기를 들었다면 그저, 두 분이 참 많이 사랑했구나, 라는 생각만을 했을 것을, 내가 나이가 들어서인지 두 사람이 어떤 식으로 부부관계를 가졌을까, 라는 의문을 품어보게 되었다. 지금은 성적인 장면을 연상하기가 힘들 정도로 늙어버린 노인네들이지만, 한때는 얼마나 젊고 얼마나 아름다웠겠는가. 할아버지의 치명적인 결점을 껴안을 수 있었던 할머니보다도, 그런 콤플렉스를 갖고서도 한 여자에게 사랑을 줄 수 있었고 또한 그 사랑을 받아들일 수 있었던 할아버지가 더 대단하게 느껴졌다.

"할아버지, 그런데요, 저, 색시 생겼어요." 약간 뜸을 들인 뒤에 내가 말했다.

"허, 그래? 하긴 우리 은철이도 그럴 때가 됐지. 예쁘게 생겼남?"

"너무 예뻐요."

"당연히 네 눈에는 예뻐야지, 암 색시인데."

"그런데 색시는 제가 싫대요."

"어허, 거참. 그럼, 좋아하게 만들어봐."

"잘될까요?"

"너도 사시사철 더운 물, 찬물을 대령해보려무나."

옆에서 할머니가 웃으시면서 말씀하셨다.

가재에 머무르는 그 짧은 시간 동안 눈을 뜨면 곳곳에서 내 길몽의 풀빛을 볼 수 있었건만, 눈만 감으면 지금까지 한 번도 보지 못한 무색의 꿈을 꾸곤 했다. 그때 나는 기약 없고 대책 없는, 그렇기에 더 절절한 그리움은 어떤 색깔도 띨 수 없다고, 아침에 눈을 뜨기가 무섭게 가슴이 시려오고 잠자리에 누워 잠이 들기까지 숨을 쉬기 힘들 만큼 가슴이 갑갑해져오는 걸 느끼면서, 생각하곤 했다.

모스크바에 여름이 찾아왔다. 누나는 논문 자격 시험을 치른 이후 거의 매일 도서관에 다니고 있었다. 그날도 누나가 돌아오길 기다렸다가 대충 누나가 돌아왔겠다 싶은 시간에 누나 방으로 내려갔다. 보통 이 무렵이면 누나는 모스크바의 여름치고는 이례적인 혹서와 곰팡내 나는 원서들로 인해 녹초가 되어 있었다. 그런데, 잠에서 막 깨어났을 오전도 아니건만, 누나의 눈이 퉁퉁 부어 있었고, 얼굴은 노란 호박처럼 둥그레져 있었다.

"누나, 얼굴이 왜 그래?"

"일어난 지 얼마 안 됐어."

"거짓말하지 마. 지금이 몇 시인데. 도서관 안 갔어?"

"응."

"왜?"

"늦게 일어나서."

"뭐야? 무슨 일 있어?"

"우리 남편이 재혼을 했다네."

"뭐?"

그러고 보니 그 사람에게서 편지 따위가 오지 않은 지 꽤 된 것 같았다. 기쁘다고 해야 할지 슬프다고 해야 할지 통 감정의 맥을 짚을 수 없는 상태에서 침대에 걸터앉으며 누나에게 물었다.

"그래서 슬퍼?"

"뭐, 그냥……."

누나의 동그란 코끝이 발개지고 커다란 눈이 충혈되는 것이 아무래도 다시 울 기세였다.

"누나, 그럼, 나랑 결혼하자, 응?"

마치 지금까지 이 순간만을 기다렸다는 듯 이런 소리가 불쑥 튀어나왔다.

"뭐?!"

누나는 너무 기가 막혀 목구멍까지 올라왔던 울음이 막 달아난 듯했다. 나는 계속 고집을 부렸다.

"누나, 내가 행복하게 해줄 테니까 내 색시 돼주라, 응?"

"이놈이 미쳤나, 정말. 나는 네놈이 아니라도 충분히 행복할 수 있고, 그리고, 이놈아, 너 최근 들어서 왜 자꾸 나한테 반말하니, 응? 보자보자 하니까 콩알만 한 것이."

"뭐 콩알만 하다고? 누가 콩알만 해? 내가 콩알이면 누나는 아예 눈에 보이지도 않는 부서진 깨알이야."

"시끄러워, 나 바쁘니까 올라가."

나는 아무 말도 하지 않고 내 방으로 올라왔다. 오랫동안 생각은 했던 것이지만 얼결에 막상 내뱉고 보니 나 스스로도 좀 감당하기 힘든 말이긴 했던 것이다. 군대도 안 갔다 오고 졸업도 하지 않은 주제에 말이다. 겸사겸사 이래놓고 누나 얼굴을 어떻게 다시 보나 걱정도 되었다.

하지만 내가 고백 아닌 고백, 청혼 아닌 청혼을 하고 난 이후에도 누나는 내 앞에서 전혀 거리낌이 없었다. 나를 철없는 어린애로밖에 생각하지 않았던 것이다. "야, 옷 갈아입어야 되니까 저쪽 좀 보고 있어"라고 말하고는 천연덕스럽게 청바지를 벗고 추리닝으로 갈아입곤 했다. 한 번은 내가 밤늦게 누나 방을 찾아간 적이 있었는데 달랑 샤워 수건 하나만을 두르고 욕실에서 나오고 있었다. 누나는 그런 모습을 아무렇지도 않게 내게 보여주면서 일상적인 얘기를 늘어놓더니 "야, 이렇게 늦은 시간에는 눈앞에 나타나지 마, 엉뚱한 소문 나"

리며 나를 올려 보냈다. 이러니 '연애'라는 것이 성립될 수가 없었다.

하지만 나는 아무래도 좋았다. 내가 결혼하사라는 애기만 꺼내면 미친놈 운운하며 펄쩍 뛰는 것이 좀 슬프긴 했지만, 그 사람에게 할애하던 시간이 사라져버린 탓에 나는 누나와 좀더 많은 시간을 보낼 수 있었다. 그래봐야, 누나의 책상 옆에 자리 잡고 앉아 단어장을 본다거나, 반찬 투정을 하는 어린애 달래가며 밥을 같이 먹는다거나, 누나가 책 사러 갈 때 짐꾼 자격으로 따라간다거나, 누나가 도서관에 갈 때 몰래 쫓아가 도서관 입구에 숨어 있다가 종종걸음을 치며 집으로 향하는 누나의 뒷모습을 쳐다보곤 하는 정도였지만. 어떻든 나는 바로 그날, 군복무를 마치고 대학을 졸업해서 직장을 구하게 되면 누나를 나의 색시로 만들기로 마음먹었다.

가재에서 서울로 올라오고 얼마 지나지 않아 개강을 했다. 누나에게선 여전히 아무런 소식이 없었고, 나는 나대로 수업을 듣느라 바빴다. 어느새 10월도 끝나갈 무렵, 나는 옆집 할아버지의 '영원한 색시'인 할머니의 사망 소식을 들었다. 자식도 없고 해서 아버지가 잠깐 가재에 다녀오셨다.

"아빠, 그럼, 할아버지는 어떻게 되셨어요?"

장례식을 마치고 온 아버지에게 던진 나의 첫 질문이었다.

"아무래도 조만간 내가 한 번 더 올라가봐야 되지 않을까 싶다. 늙은 영감 혼자 어찌 살겠노? 자식이라도 있으면 모를까. 그리고 설사 자식이 있다고 해도 남자는 제 짝 없이는 못 살지. 여자야 새끼 보고 살지만."

아버지의 말씀은 곧 현실이 되었다. 하지만 할아버지의 경우에는 딱히 장례식을 치르고 자시고 할 것도 없었다. 홀로 남겨진 신랑은 색시가 묻혀 있는 무덤 옆에서 식음을 전폐한 채 앉아 있다가 누워 있다가, 또 잠이 오면 자고 하다가 소리 소문도 없이 죽어버린 것이다. 일주일에 한 번쯤, 그나마도 우편물이 있을 때나 자전거를 타고서 드물게 가재 마을로 올라오는 우체부가 숨이 끊어진 지 이미 며칠이 지난 할아버지의 시신을 발견했다. 결국, 두 노인은 동화에서처럼 덕유산 비탈, 양지바른 곳에 나란히 묻히게 되었다.

이것과는 전혀 무관하게 기쁜 일이 있었다.

11월 6일, 내 생일날에 모스크바에서 소포가 도착했다. 러시아 우체국에서 사용하는 누런 포장지 속에 누나의 목도리와 똑같은 털실로 뜬 목도리 하나가 들어 있었다. 코스모스 다발을 든 뚱뚱한 곰 한 마리가 그려진 카드에는 생일 축하한다는 말, 그리고 엉뚱하게도, 공부 열심히 해서 훌륭한 사람이 되라는, 꼭 초등학생에게 보내는 것 같은 격려의 말이 적혀 있었다. 사실, 내가 누나한테서 무슨 사랑 고백 따위를 기대한 것은 아니었지만 그래도 적잖이 서운했다. 한편으로는 하도 가소로워서 웃음이 나왔다. 나에게 누나는 어찌해도, 내가 처음에 받았던 인상 그대로, 너구리를 닮은 꼬마에 지나지 않았는데 번번이 자기 쪽에서 늘 어른 행세를 하려고 드니 말이다.

나는 누나에게 전자 우편으로 답장을 보냈다. 누나는 편지에 쓴 말과 거의 차이가 없는 내용이 담긴 답장을 보내왔다. 가뜩이나 짧은 편지의 말미에 요즘 논문 때문에 정신이 없으니 쓸데없이 편지 따위를 보내거나 하지 말라고 일침을 가하는 것도 잊지 않았다. 하지만 나는 이후 몇 번 더 전자 우편을 보냈고, 답장은 단 한 번도 오지 않았다.

그렇게 한 학기가 금세 지났고, 나는 겨울 방학이 되기가 무섭게 입대했다. 머리를 깎은 김에 차라리 절로 가서 중이 되고 싶은 심정이었지만, 나의 색시에게 물 한 번 대령해보지 않고 그러는 것이 왠지 억울해서 그냥 군대로 가버렸다.

누나의 그 사람이 재혼을 해버린 뒤로 나는 이전과는 달리, 아예 드러내놓고서 누나를 쫓아다녔다. 처음에는 학교 정문 옆이나 도서관 입구에 쪼그리고 앉아 있다가, 가방을 메고 나오는 누나의 뒷모습을 좀 지켜본 뒤 누나가 시야에서 완전히 사라지면 혼자서 기숙사로 돌아오곤 했는데, 하루는 큰맘 먹고 누나를 불러보았다.

"누나!"

"너 여기서 뭐 해?" 누나는 깜짝 놀랐다는 표정으로 물었다.

"누나 기다렸어." 나는 태연스럽게 대답했다.

"아이구, 이 한심한 놈아, 집에서 공부나 하지."

"누나가 보고 싶어서 머릿속으로 단어가 하나도 안 들어가."

"핑계도 좋다, 이놈아."

누나는 발뒤꿈치를 들어 올려 까치발을 하고 내 이마에 알밤을 콩 때리면서(나는 누나를 좀 편하게 해주기 위해 일부러 누나 쪽으로 몸을 잔뜩 구부려주었다) 앞으로는 이러지 말라고 했다. 하지만 내가 매일 이렇게 하자 나중에는 누나 쪽에서 먼저 나를 알아보고 뛰어오곤 했다. 툴툴거리는 건 여전했지만 그래도 나를 반기는 기색이 역력했다. 좀더 지나자 누나 쪽에서 먼저 내 팔을 잡아당기며 각종 먹을거리를 파는 가판대 쪽으로 나를 데려가기도 했다.

한 번은 내가 몸이 아파 도서관에 가지 못한 적이 있었다. 침대에 앓아누워 있는데, 누나가 직접 내 방을 찾아 올라왔다. 좀체 없던 일이었다. 내 모양새가 좀 처량해 보였는지, 한판 따질 기세로 씩씩거리며 방 안으로 들어선 누나의 표정이 금세 싹 바뀌었다.

"뭐야, 너 병났어?"

"몰라, 감기 기운이 좀 있나 봐." 내가 침대에서 몸을 뒤척이며 힘없이 말했다. 물론 엄살도 없지는 않았다.

"잘났다, 잘났어! 하는 일도 없는 놈이 아프기는 왜 아프니? 부모님 돈 들여 외국 나와 있으면서 수업 빼먹고 그러니까 이 모양이지! 길거리에서 러시아 깡패들한테 맞아 죽은 줄 알았다, 이놈아."

누나는 내 옆으로 와 앉기가 무섭게 갖은 욕설들을 따발총처럼 쏟아내기 시작했다. 그러더니 내 이마를 짚어 열이 있나 없나 확인을 해보고, 자기 전기요를 가져와 내 침대에 깔아주고, 그 엉성한 요리 솜씨로 뭔가 얼큰한 것을 만든다면서 훈제 돼지고기, 양배추, 양파, 피망에 소금과 고춧가루, 러시아 통후추를 잔뜩 집어넣은 이상한 국을 끓여오기도 하고, 한마디로 난리법석이었다. 나는 내 나름대로 기분이 좋아서 차마 인간이 먹을 수 없는 이상야릇한 국 한 그릇을 다 비운 뒤, 누나가 매번 금지시킨 얘기를 다시 꺼내봤다.

"색시야, 나랑 결혼하자, 응?"

"뭐? 미친놈, 오뉴월에 뭐 터지는 소리 하고 자빠졌네. 그런 황당한 생각이나 하니까 젊은 놈이 이 좋은 날씨에 감기나 걸리는 거야."

누나는 여느 때보다 말을 좀더 과격하면서 내 이마를 주먹으로 퉁쳤다.

"누나, 나한테 시집와라, 응?"

나는 누나의 반응을 완전히 무시하고 계속 고집을 부렸다.

"야, 이은철. 연애도 안 해보고 무슨 결혼을 하냐, 조선 시대도 아니고?"

"그럼, 이건 뭐야, 연애 아니면?"

"뽀뽀도 한 번 안 했는데 연애는 무슨 연애야, 이놈아."

"결혼하면 뽀뽀는 질리도록 해줄게. 침대에서 떠나기가 싫을 정도로 뽀뽀해주고 안아주고 그럴게, 응, 누나."

"아이, 시끄러워! 말이 많아지는 걸 보니 살 만하구나."

그러면서 누나는 냄비와 수저 따위를 챙기기 시작했다. 자기 방으로 내려갈 기세였다. 나는 침대에서 몸을 일으켜 누나의 옷자락을 쥐면서 다시 말했다.

"그럼, 누나, 뽀뽀하고 나면, 나랑 결혼해줄 거야?"

이 말에 누나는 나도 깜짝 놀랄 만큼 갑자기 몸을 획 돌렸다. 꼭 무슨 말을 해줄 것 같았다. 하지만 누나는 한심하다는 건지 안타깝다는 건지 하여간 한숨을 푹 쉬더니 "전기요 데워졌으니까 좀더 자"라는 말만 하고는 그냥 나가버렸다.

다음 날 나는 씻은 듯 건강해졌고, 다시 누나를 쫓아다녔다. 한 번은 누나가 생선 가게 앞으로 자꾸만 눈을 돌려서 먹고 싶으냐고 물었다. 아니라고 고개를 내저으면서도 자꾸만 그쪽으로 눈을 돌리기에 "누나 잠깐만 있어봐"라고 말을 한 뒤 눈에 보이는 대로 생선을 잔뜩 사버렸다. 누나는 기겁을 했다. 하지만, 손질하기 귀찮으니 절대 사지 말라던 양반이 정작 물고기를 보자 식칼을 들고서 자기가 직접 생선 배를 가르겠다고 난리를 쳤다. 한국에서야 생선을 손질해서 파니까 이런 수고를 할 필요가 없지만, 러시아에서는 대체로 비늘과 내장을 본인이 직접 처리해야 했다. 심지어 비늘을 손수 벗겨야 하는 일도 있었다. 생선을 다듬어본 적이 없는 누나는 자기 멋대로 식칼을 꽂아서 가자미 한 마리를 아예 난도질을 해버렸다. 이것까지는 그래도 좋은데 엉뚱하게 쓸개를 건드려 터뜨리질 않나, 내장을 한꺼번에 제대로 꺼내질 못해 내장 속 분비물을 바닥에 잔뜩 흘려놓질 않나 한마디로 가관이었다. 그러면서도 뭐가 그리 좋은지 소꿉장난하는 어린애처럼 깔깔거렸다.

"바보야, 그렇게 하는 거 아니야. 이것 좀 잘 봐."

내가 칼날을 눕혀서 고등어의 뱃살을 살짝 갈랐다.

"이제 손가락 집어넣어서 내장 꺼내봐, 또 아까처럼 다 터뜨리지 말고, 이 사람아."

누나는 고개를 반대편으로 돌리고 인상을 잔뜩 찌푸린 채 고등어 뱃속으로 손가락을 집어넣었다. 곧 누나의 입에서는 "으……"라는 비명이 새어나왔고 고등어 뱃속에서는 벌건 내장 덩어리가 누나의 작은 손가락에 잡힌 채로 질질 끌려나왔다.

"어, 은철아, 이상해!" 누나가 눈을 동그랗게 뜨고 소리쳤다.

"뭐가?"

"이 고등어는 내장이 너무 많아."

"뭐야, 그게 또? 어디 봐."

나는 고등어의 배를 살짝 들추고 손가락을 넣어서 내용물을 마저 꺼내봤다.

"바보야, 이건 내장이 아니고 알이야."

"뭐? 태어나서 고등어 알은 처음 본다. 이거 먹어도 되는 거야?" 누나는 너무도 신기한 듯 물었다.

그날 저녁 나는 동태찌개를 끓이고, 가자미와 고등어, 그리고 고등

110

어 알을 구웠다. 이걸 어떻게 다 한꺼번에 먹나 싶을 정도로 많은 양이었다. 하지만 하룻밤에 바닥내고 말았다. 나야 원래 먹는 양이 많았으니 그렇다 치지만, 우리 색시가 그렇게 생선을 좋아할 줄은 몰랐다. 이때부터 나는 누나를 '가자미 색시'라고, 그리고 나 자신을 '얼린 고등어 신랑'이라고 부르게 되었다. 그런데 이런 별명을 생각하게 된 진짜 이유는 다른 데 있었다.

누나랑 시나브로 가까워지면서 나는 저녁이 되어도 누나의 방에서 나갈 생각을 하지 않았다. 보통 오후에 누나를 도서관에서 만나 함께 기숙사로 오면 이런저런 핑계를 대서 누나 옆에 붙어 있었다. "옆에 누가 있으면 공부 안 되니까 좀 올라가"라며 호통을 치던, 내 보기엔 어린애처럼 떼를 빡빡 쓰던 누나도 나중에는 귀찮은지 그냥 내버려 두었다. 나는 누나 책상 옆, 침대에 앉아서 러시아어 교과서를 읽거나 단어를 외우거나 했다. 그러다 보면 곧 자정이 되었다. 모스크바의 여름이라는 것이 자정은 거의 다 되어야 어둑어둑해지기 때문에 시간 개념이 희미해진 탓이기도 했다.

"야, 나 샤워하고 그만 잘래."

"누나 샤워하고 나면 갈게."

누나는 나를 한번 흘겨보더니 욕실로 들어갔다. 샤워를 하고는 언제나처럼 달랑 샤워 수건 하나로 몸을 두른 채 방으로 들어왔다. 사람이 얼마나 작으면 보통 사람들이 쓰는 여느 수건보다 아주 약간 클 뿐인 수건으로 몸이 거의 다 가려지나 싶었다.

누나가 젖은 머리를 닦는 동안에도 내가 일어날 생각을 하지 않자, 누나도 이젠 지쳤는지 "야, 벽에 붙은 단어나 외우고 있어"라고 한마디 하더니 샤워 수건을 한쪽으로 집어던지고 속옷을 꺼내 입기 시작했다. 누나가 옷을 대충 다 입고 책상에 다시 앉았을 때 나는 군말 없이 내 방으로 올라왔다. 그날, 러시아에 온 이후 처음으로 불면증을 경험했다. 새벽이 되어서야 잠시 눈을 붙였다가 눈을 뜨기가 무섭게 누나 방으로 내려갔다.

"너 뭐야, 정말! 왜 아침부터 찾아와서 공부도 못하게 해?"

"그냥 옆에 조용히 있을게."

누나는 여전히 툴툴대면서도 나를 그냥 내버려두었다. 누나는 책상에 앉아서 책을 읽었고, 나는 책상 옆 침대에 앉아서 단어를 외우고 있었다. 수면이 부족했기 때문에 슬슬 졸음이 밀려왔다.

"은철아, 졸리면 좀 자."

병아리처럼 고개를 톡톡 떨어뜨리는 걸 언제 봤는지 누나가 말했다. 나는 책을 한쪽으로 제쳐두고 침대에 누웠다. 잠에서 깼을 때는 내 배 위에 얇은 이불이 덮여 있었다. "아무리 더워도 배는 덮고 자야지"라며 누나가 웃었다. 그때부터 나는 누나의 침대에서 자기 시작했다. 저녁에 누나가 샤워를 끝내고 옷을 갈아입고 난 뒤에도 내 방으로 가지 않았다.

"나 잘 거야, 그만 올라가."

"누나는 침대에서 자고, 나는 여기 의자에 앉아 있으면 안 될까?"

"에이, 미친놈."

"그놈의 미친놈 소리 좀 그만 해."

누나는 최근 들어 곧잘 그러듯이 혀를 끌끌 차고 한숨을 한번 쉬더니 침대로 올라갔다. 그러고는 이 더운 여름에도 겨울에 덮는 두꺼운 이불로 몸을 친친 감은 채로 누나 몸에 비하면 침대가 태평양처럼 넓은데도 침대 저쪽, 즉 벽 쪽으로 바싹 붙어버렸다. 나는 불을 꺼주고 그렇게 의자에 앉아서 누나를 바라보았다. 누나는, 그래도 명색이 남자인 내가 옆에 앉아 있는데도, 금방 잠이 들어버렸다. 영락없이 가자미였다.

보통 가자미는 돌이나 땅바닥에 붙어서 사는데, 낚시를 해서 잡아올려도 참으로 재미없는 물고기였다. 여느 물고기들은 민물고기이건 바닷고기이건 살아보겠다고 있는 힘, 없는 힘을 다해 몸부림을 치는데 이 처절한 푸른 몸부림이 낚시꾼에게는 다소간은 잔인하지만 그래도 건강한 즐거움을 준다. 하지만 가자미는 입 끝에 낚싯바늘을 꽂은 채로, 그래 죽일 거면 죽이고 살릴 거면 살려라, 라는 식의 초연하고 달관한 모양새로 낚싯줄에 매달려 공중으로 떠오르는 것이다. 가자미의 그 모습이 나는 늘 행복해 보였다. 그래서 부럽기도 했다.

시간이 좀 지나자 누나의 몸이 반대쪽으로 돌아갔다. 덩치는 조막만 한 것이 어느새 몸부림을 쳐서 이쪽 침대 끝으로 와 있었던 것이다. 침대 밑으로 떨어지지 않는 것이 신기했다. 나는 바닥으로 내려가 무릎을 세우고 앉은 채로 누나의 얼굴을 바라보았다. 입을 약간 벌린 채 어린아이처럼 새근거리면서 자고 있었다. 낮잠을 많이 자서인지 나는 전혀 졸리지 않았다.

그렇게 서너 시간은 족히 지난 듯했다. 잠깐 몸을 일으켜 기지개를 한번 켜는데, 막 밝아오는 푸르스름한 새벽빛 한결으로 누나의 책상 위에 세워진 그 사람의 사진이 눈에 들어왔다. 그러고 보니 누나는 그가 이미 다른 여자의 남편이 되었음에도 사진을 치우지 않고 있었다. 깨어 있는 시간의 대부분을 이 방에서 보내면서도 이걸 이제야 알아차렸다니 나도 참 웃긴 놈이었다. 이런 생각을 하면서도 나는 누나의 방에서 나갈 생각은 하지 않고 오히려 다시 침대 옆에 무릎을 세운 채 앉았다. 세상모르고 자는 누나의 얼굴과 그 사람의 얼굴을 차례로 쳐다보았다. 잠이 든 누나의 얼굴이 너무도 예뻤다. 나도 모르게 한숨이 나왔다. 순간, 누나가 몸을 뒤척이는 듯싶더니 눈을 떴다. 졸린 눈으로 사위를 살피다가 마침내, 누나 옆에 커다랗게 떠 있는 내 얼굴을 발견한 듯했다.

"은철아, 넌 잠도 안 자니?"

"안 졸려."

"거짓말 말고, 이리로 올라와."

그러면서 누나는 다시 침대 저쪽 끝으로 가서 가자미처럼 벽에 찰싹 달라붙어버렸다. 나는 이래도 될까 계속 망설이면서 엉거주춤 침대로 올라가 누나 옆에 몸을 뉘었다. 아무래도, 누나와 함께 시장에서 산, 꽁꽁 얼린 고등어의 모양새였다.

"이쪽으로 더 와. 덩치도 커다란 놈이 그 정도 공간 갖고 되겠니?"

모로 누운 누나는 더욱더 벽 쪽으로 붙어버려서 침대의 끝 선만을, 매트를 받치고 있는 나무 받침대의 한 선만을 차지한 듯했다. 나는 아닌 게 아니라 엉덩이 한쪽만 침대에 붙인 형국이라 제법 불편했기 때문에 좀 망설이면서도 몸 전체가 침대에 뉘도록 누나 쪽으로 몸을 움직였다. 한동안을 그렇게 있다가 몸을 돌려 누나를 봤다. 이 양반은 자기가 언제 잠에서 깼었냐는 듯 다시 어린아이처럼 곯아떨어져 있었다. 나는 누나가 깰까 봐 조심하면서 누나의 어깨에 손을 얹어보았다. 몸이 너무 작아서 오른쪽 어깨는 물론이고 상체 전체가 내 한 손으로 완전히 다 덮이는 듯했다. 손가락을 조용히 움직여보았다. 누나가 몸을 뒤척이기에 소스라치게 놀라 손을 떼고, 다시 얼린 고등어가 되었다. 이날도 나는 새벽이 되어서야 잠이 들었다. 내가 눈을 떴을 때 누나는 이미 책상 앞에 앉아 있었다.

오후가 되었을 때 나는 어제처럼 잠이 들었다. 그런데, 이번엔 내가 눈을 떴을 때 누나가 내 품에 들어와 있는 게 아닌가. 누나는, 어릴 때 본 만화 영화에서처럼, 가뜩이나 어린애처럼 작은 몸을 새우처럼 동그랗게 말고 두 손을 꼭 모아 내 가슴팍에 살짝 댄 채, 동그란 무릎이 내 허벅지에 닿을 듯 말 듯한 자세로 그렇게 곤하게 자고 있었다. 나는 손을 들어 올려 조심스럽게 누나의 머리카락을 쓰다듬어 보았다. 오래전부터 알고 있었지만 파마나 염색 따위를 전혀 안 해서인지 누나의 머릿결은 참으로 부드러웠다. 그 생각을 하면서 누나의 작은 머리통에서 손을 떼지 못하고 있는데 누나가 잠에서 깼다. 나는 급하게 손을 뗐다.

"아이, 낮잠을 자버렸네. 잠은 전염도 잘된다더니. 옆에 잠꾸러기가 있으니 나도 졸리더라고."

누나는 책상 위를 더듬어 안경을 찾으면서 말했다. 안경을 찾아 쓴 뒤에는 내가 머리를 쓰다듬은 걸 아는지 모르는지, 자기의 조그만 두 손이 내 가슴팍에 닿아 있었다는 걸 아는지 모르는지, 아무런 내색도 하지 않고 화장실로 가버렸다. 누나가 오줌 누는 소리가 들려왔다. 꼭, 시냇물 흘러가는 소리 같았다.

시골에는 흔히 그렇지만 목욕탕이라는 것이 따로 없다. 여름에는 냇가나 수돗가에서 바로 목욕을 하고 겨울에는 추우니까 외양간이나 부엌 한구석에 뜨거운 물이 담긴 커다란 양동이 같은 것을 가져다 놓고 몸을 씻는다. 요즘은 시골집도 양식으로 개조를 해서 샤워실이 따로 있긴 하지만, 내가 방학 때마다 가재로 내려가 지낼 무렵엔 모든 것이 그야말로 시골식이었다.

옆집 할머니와 할아버지가 서로의 몸을 씻겨주는 걸 본 건 중학교 1학년 겨울 방학이었던 듯하다. 할머니가 이웃집에 놀러 간 사이에 잠깐 옆집에 들렀었다. 마당으로 들어서면서 할머니 할아버지를 불러도 대답이 없기에 외양간 쪽으로 갔더니, 살짝 열린 문틈으로 커다란 목욕통이 눈에 들어왔다. 큰 소리로 할머니와 할아버지를 불렀다.

"은철이냐? 들어와라."

할아버지가 약간은 쉰 소리로 말씀하셨다.

나는 찬바람이 안으로 들어갈까 봐 얼른 문을 열고 후끈한 공기와 소똥 냄새로 가득한 외양간으로 들어간 뒤 역시 얼른 문을 닫았다. 대체로 모든 가축을, 특히 소를 유난히 좋아했기 때문인지 외양간에 들어가면 언제나 기분이 좋았는데, 겨울에는 특히 더 그랬다. 각종 풀과 지푸라기를 끓여 만든 쇠죽 냄새, 은근한 소똥 냄새에다가 뜨거운 물의 증기까지 더해져서 왠지 모르게 마음이 푸근해졌다.

"할아버지랑 할머니는 목욕도 같이해요?"

"아니, 그럼, 살을 섞고 사는 처지에 당연하지."

할머니는 이런 말씀을 하시긴 하셨지만 할아버지의 등을 밀어주느라 내게는 관심이 없는 듯했다. 나는 내 나름대로 '살을 섞다'라는 생경한 표현에 몰두하고 있었다.

"아이구, 살살 좀 밀어. 우리 색시는 낼모레면 육십인데 아직도 이렇게 힘이 세단다."

"아이 참, 때 미는 사람 힘들게 무슨 말을 그렇게 많이 해요. 고개나 좀 숙여봐요. 목은 또 와 이리 더럽노?"

목욕통에는 두 늙은이의 살갗에서 떨어져나온 때가 둥둥 떠 있었다. 할머니의 몸에서는 내용물이 싹 빠진 자루 같은 것 두 개가 덜렁 거리고 있었고, 조금씩 몸을 움직이는 할아버지의 가랑이에서는 역시나 내용물이 싹 빠진 것 같은 조그맣고 쭈글쭈글한 물건이 목욕물의 일렁거림 위로 살짝 보이곤 했다.

"가마솥에 뜨거운 물이 좀 남았는데 은철이도 목욕이나 하련?"

할아버지의 등을 다 민 할머니가 커다랗게 숨을 내쉬면서 나에게 말씀하셨다.

"할머니, 저는요, 서울 집에 있을 때도 한 달씩 목욕 안 하고도 잘 살아요."

"에라이, 요 녀석아, 지저분한 것이 무슨 자랑이라고!"

할아버지가 목욕통에서 나오시면서 말씀하셨다. 할머니도 곧 나오 셨다.

"안 그래도 아빠가 맨날 그래요. 은철이 저놈은 도대체가 몸 찜찜 한 것도 모르는 곰이라고, 헤헤."

나는 두 분이 목욕물 버리는 것을 도왔다. 옆에는 몸을 헹굴 깨끗 한 물이 준비되어 있었다. 할머니와 할아버지는 "아이구 뜨거버라" "다 늙어서 엄살은 와 이리 심하노"라고 말싸움을 해가면서 서로의 몸을 헹구어주었다.

모스크바를 떠나기 전, 마지막 한 달간 나와 누나는 거의 24시간을 함께 보냈다. 처음에는 세수나 샤워 등은 내 방에 올라가서 했는데 알게 모르게 내 물건이 하나 둘씩 누나 방으로 내려오기 시작하면서 씻는 일도 누나 방에서 하게 되었다. 그러던 어느 날, 내가 샤워를 하겠다며 욕실로 들어갔는데 얼마 지나지 않아 누나가 나타났다. 내가 벌거숭이 상태에서도 별달리 부끄러움을 느끼지 않아서인지 누나 역시도 이렇다 할 특별한 표정을 짓지도 않고 그저 몸을 돌리라고 하더니 내 등을 밀기 시작했다.

"아휴, 무슨 사람 등이 운동장만 하니? 팔 빠지겠다."

"우리 엄마도 자주 그래, 누나." 내가 실실 웃으면서 말했다.

"세상에, 무슨 사람 때가 국수 가닥 같아."

"거의 일 년 동안 등을 안 밀었으니 당연한 거 아냐?"

"어떻든 한국 가거든 참한 여자 친구나 하나 만들어."

"이렇게 예쁜 색시가 여기 있는데 어디서 여자 친구를 찾아, 누나도 정말 너무해."

"헛소리 그만 하고 비누나 좀 건네줘."

"헛소리라니! 엄마가 누군가가 등을 밀어주는데 이렇게 편하면 천생연분이라고 했단 말야."

"그런 게 어디 있니? 남녀는 돌아서면 남이야, 요놈아!"

누나는 그 작은 손으로 내 등을 찰싹 때리면서 말했다. 이런 식으로 누나는 곧잘 냉소적인 반응을 보였지만 내 쪽에서는 거의 대꾸를 하지 않았다. 누나의 말 속에 담겨 있는 옛사랑에 대한 질투 때문만은 아니었다. 그 사람에 관해서라면 나는 진작부터 아예 무시하고 있었다.

내 등을 밀어주면서 무슨 생각을 했는지 누나는 전에 없이 우울해했다. 누나가 갑자기 말이 없어지자 나는 좀 무서워져서 오늘은 그냥 내 방에 올라갈까 생각했다. 하지만 누나 없이 혼자 잔다는 것이 도무지 상상이 안 돼서 그대로 그냥 있기로 했다. 자정이 좀 지날 무렵, 누나는 예의 그 가자미 모양새를 하고 침대에 누웠다. 누나가 지나치게 우울한 것 같아서 얼린 고등어가 몸을 살짝 풀고 용기를 내서 가자미의 어깨를 살짝 건드려보았다.

"색시야, 얼굴을 이쪽으로 돌리고 자면 안 돼?"

"싫어."

누나가 딱 잘라 말했다.

"왜……?"

나는 계속 고집을 부렸다. 그러자 누나는 못 이기는 척하면서 내 쪽으로 몸을 돌렸다. 그 바람에 이불이 약간 걷어졌고, 누나의 아랫배가 밑으로 약간 처진 것이 보였다.

"누나, 누나 배 너무 동그래."

"너랑 너무 많이 먹고, 운동은 안 하니까 똥배가 나와서 그래."

누나는 다시금 명랑해지는 듯도 싶었다.

"이 정도 똥배 없는 여자가 어디 있어?"

"아니야, 내가 봐도 최근에 좀 찌긴 쪘어."

"뭐 어때, 동글동글한 것이 귀여워 죽겠는걸."

"이 녀석이! 어린애가 어른한테 못하는 말이 없어."

"그래, 자기는 어른이고 나는 어린애야."

그러면서 나는 누나의 배에 살짝 손을 갖다 댔다. 누나가 가만히 있기에 조금씩 배를 만지기 시작했다.

"은철아, 넌 누나 배 만지면 무슨 생각이 들어?"

"이 안에 아기가 들어 있어서 동그랗게 솟아오르면 너무 예쁠 것 같다는 생각. 이렇게 동그란 언덕처럼 말야."

그러면서 나는 손으로 커다란 동그라미를 그려보았다.

"너도 참, 어린것이 별 잔망스러운 소리를 다 하는구나."

"누나?"

"왜?"

"누나, 이다음에 누나 같은 딸 하나만 낳아주라."

"어라, 갈수록 태산이롤세."

그러면서 누나는 다시 몸을 돌리려고 했고, 나는 잽싸게 누나의 몸을 잡았다.

"내 색시 되는 게 그렇게도 싫어, 응?"

"아이 참, 덩치는 코끼리만 한 놈이 왜 이렇게 어린애 같은 소리만 하니, 응? 징그러워 좀. 손 떼!"

"나랑 결혼하자, 응."

나는 팔을 뻗어 누나의 몸을 감은 뒤 누나의 볼록한 아랫배를 계속 쓰다듬으면서 말했다.

"야, 배 좀 그만 만져!"

이 말과 동시에 누나가 침대에서 벌떡 일어났다.

"넌 도대체 젊은 애가 왜 이 모양이니? 야, 넌 도대체 흥분도 안 돼?"

"누나, 나도 사람이고 남자야."

누나가 나를 성인 남자는커녕 아예 여자를 전혀 모르는 어린애나 무슨 병신 취급을 하는 것 같아 약간은 언짢았다. 여자와 자본 적이 없다는 것에 무슨 열등감을 느끼는 것도 아니었고, 유곽을 돌든 여자 친구를 자주 바꾸든 하여간 많은 여자와 자본 것이 무슨 훈장이라도 되는 양 떠드는 친구들을 보면 한심하고 더럽다고 생각하는 편이었지만, 그래도 누나의 말에는 어쩔 수 없이 기분이 좀 상했다. 누나도 뭔가 대단히 짜증이 났는지 전에 없이 나의 반바지를 앞으로

120

확 잡아당기더니 내가 어떻게 손쓸 틈도 없이 그 안으로 손을 집어넣어버렸다.

"뭐야! 이런데도 하고 싶은 생각이 없어? 야, 너랑 하룻밤 자고 말고 하는 거 나한테는 별문제도 아냐."

누나는 옆으로 돌아앉으면서 아주 덤덤하게 이렇게 내뱉었다. 이 마지막 한마디에 너무 화가 나서 나도 침대에서 벌떡 일어났다.

"누나, 도대체 어떻게 나한테 그런 소리를 할 수가 있어, 응? 내가 누나를 얼마나 좋아하는지 몰라서 그런 소리를 해?"

"그렇게 좋아해서 매일 이 모양이야? 이혼한 여자라서 손대기도 싫어, 엉?"

"누나, 정말 미쳤어, 오늘 왜 이래, 응? 정말 어린애야? 누나가 그 사람 때문에 많이 힘들다는 거 알지만, 제발 그런 말 함부로 하지 마."

나는 더 이상 말을 잇지 못하고 울음을 터뜨렸다. 중학교 때 국어 선생님이 시집간 걸 알게 된 날 쏟았던 눈물보다 더 많은 눈물이 흘렀다. 남 앞에서 눈물을 보이면 안 된다는 생각이 들었지만 울음은 멈출 생각을 하지 않았다. 어찌나 심하게 흐느꼈던지 침대가 들썩거렸다. 누나는 처음엔 마냥 당혹스러워하다가 곧 내 어깨를 껴안으면서 꼭 어린애에게 하듯 나를 달랬다.

"됐어, 됐어, 울지 마. 내가 잘못했다. 그만 자자, 응. 아이 참, 나도 낼모레면 서른인데 어린애를 데리고 뭘 하는 건지, 원. 우리 아기 착하지, 응, 그만 울어, 응?"

"누나, 나 정말로 어린애 아니야."

나도 정말 화가 나서 나름대로 단호하게 말했다. 하지만 누나의 반응은 더 기가 막혔다.

"그래, 그래, 우리 은철이 어른이야. 우리 은철이 이제 장가보낼 만큼 다 컸으니까. 누나 옆에 누워서 코오 하고 자, 얼른. 이리 와."

누나는 딴에는 나를 안아주려고 팔을 뻗었지만 그 짧은 팔로는 나의 한쪽 어깨도 감쌀 수 없었다. 어쨌든 이런 일은 처음이었다. 더 놀라운 것은 누나가 웬일로 예의 그 가자미 모드를 버리고 내 쪽으로 몸을 돌린 채 내 어깨를 꽤 오랫동안 토닥거려준 거였다. "왜 바보같이 울고 그러니, 응? 덩치도 커다란 놈이"라고 하면서. 정작 어린애인 건 누군데, 나이만 많이 먹었지 생김새와 사고방식은 여전히 사춘기에 머물러 있는 사람이 나를 꼭 어린애 다루듯 하는 것이 웃겼지만, 누나의 토닥거림을 지속시키기 위해서 나는 아무 말 않고 가만히 있었다. 많이 우느라 피곤해서인지 그날은 나도 빨리 잠이 들었다.

눈을 떴을 때는 여느 때와 하나도 다를 바 없었다. 누나는 여전히 가자미처럼 벽에 찰싹 붙어 있었고, 가뜩이나 몸에 열이 많은 나는 모스크바의 혹서로 인해 흐물흐물해진 고등어였다. 이런 식으로 시간이 가버렸고, 나는 귀국 준비를 해야 했다.

얼마 지나지 않아 나의 가자미 색시도 귀국을 할 것이다. 아무리 늦어도 내년 겨울까지는 논문을 다 쓰고 집에 가고 싶다고 노래를 불러댔으니까. 한없이 까마득하고 아득하게만 보이던 그 내년 겨울이 코앞으로 닥쳐왔다. 하지만 누나에게선 아무런 연락이 없었다. 내 쪽에서 어떻게든 누나의 연락처를 알아볼까, 라는 생각을 하지 않은 건 아니었다. 하지만 당장 낼모레면 복귀해야 하고 아직 일 년도 더 군복무를 해야 하는 처지에 누나를 만나서 뭘 하겠는가, 라는 생각이 더 많이 들었다.

러시아에서 공부한 한 선배를 통해 우연히 누나의 소식을 접한 건 부대 복귀 전날이었다. 이런저런 얘기를 하던 중 갑자기 선배가 "아 참, 너 M대학에서 일 년 있었지?"라고 물었다.

"그런데요, 형. 왜요?"

"거기서 공부하는 여자 하나가 얼마 전에 박사 논문 발표를 했는데, 알아?"

"은경이 누나요?"

"그래 뭐 이름이 송은경인가 그렇지. 나랑 전공이 같아서 논문 심사장에 한번 가봤는데, 생긴 건 꼭 베트남 난민 같더라. 논문 심사 끝나고 잠깐 몇 마디 했는데 말이야, 솔직히 나도 공부하는 사람이지만, 이런 골수 학자 스타일의 여자는 딱 질색이야. 참, 누가 데려갈지, 괜히 걱정되더라."

선배는 그 외에 이런저런 잡담을 늘어놓았지만 당연히 내 귀에 들어올 리가 없었다. 선배가 그려준 누나의 외모는 충분히 상상이 되고도 남았다. 워낙에 골초라 내가 마지막으로 누나를 봤던 그때의 생활 패턴을 일 년 반 동안 지속시킨다면, 살 한 점, 수분 한 방울 남지 않을 것 같았다. 내가 떠나온 뒤로 그러니까 누나는 완전히 원래의 생활로 돌아간 것이었다. 음식을 해서 갖다 바치는 사람도 없고, 우체국 갈 일도 없어졌으니 오죽했겠는가. 그런데 누나가 귀국을 하면 어떻게 해도 전남편을 다시 만나고야 말 거라는 어두운 예감이 자꾸만 들었다.

다음 날, 나는 홍천으로 떠났다.

귀국을 하루 앞둔 날이었다.

여느 때와 하나도 다를 바 없이 누나는 책상에, 나는 침대에 앉아 있었다. 누나가 느닷없이 내 쪽으로 고개를 돌리더니 '라면 끓여 먹자'와 하등 다를 바 없는 어투로 이런 말을 내뱉었다.

"야, 이은철, 너 내일이면 떠나는데, 기념으로 뽀뽀라도 한번 하자."

나는 일 년간 꼭 이 한마디 말을 기다려온 것처럼 잽싸게 대꾸했다. "싫어"라고.

"왜 — 애?"

누나는 선머슴애 같은 태도를 버리고 탁구공같이 동그란 얼굴을 가볍게 흔들고 눈웃음을 살살 치면서 장난스럽게, 간드러지게 물었다. 꼭 내 배라도 간질일 기세였다.

"누나가 내 색시 된다는 약속 안 해주면 안 돼."

나 역시 제법 아양을 떨어가면서 고개를 도리도리 내저었다.

"미친놈! 내가 왜 너한테 시집을 가니? 내가 키가 작아서 다른 사람들보다 눈이 좀 낮은 곳에 달려 있긴 하다마는, 이래 봬도 나름대로 눈 높아."

누나는 대번에 고개를 싹 돌려버렸다.

"눈이 높으니까 장래가 촉망한 나한테 시집을 와야지, 안 그래?"

나는 누나의 얼굴 앞에 내 얼굴을 바짝 갖다 대고 말했다.

그러자 누나는 내 얼굴을 한쪽으로 밀치면서 책상에서 일어났다.

"으그, 내가 미쳤지. 그나저나 거울 좀 보고 살아라, 이 산적아. 스킨헤드들도 도망가겠다."

"왜, 뭐가 어떻다고 그래?"

"뭐가 어떠냐고? 이놈아, 수염이 그게 뭐니? 너랑 뽀뽀 잘못했다가는 얼굴 살 다 벗겨지겠다."

124

"헤헤, 좀 많이 자라긴 했네."

얼굴의 절반을 덮어버릴 정도로 자라버린 수염을 만지면서 내가 멋쩍게 웃었다.

"그나저나 안드레이한테 전화해서 택시나 예약해야겠다."

"어라, 그래도 공항까지 같이 나가긴 할 모양이네?"

"아니, 그럼 어떡해?"

"그렇게 바쁜 양반이 웬일이래?"

나는 괜히 심술을 부렸다.

"어린애를 어떻게 혼자 보내니, 이놈아?"

"왜 매일 어린애라고 그래, 엉?"

"그럼, 네가 어른이니? 총각딱지도 안 뗀 주제에."

"이봐, 그놈의 딱지 밝히는 양반, 내가 본의 아니게 자네보다 늦게 태어나서 나이는 어리지만, 정신 연령은 자네보다 배로 높아."

"시끄러워! 올라가서 짐이나 마저 싸."

"누나가 더 시끄러워!"

"어린것이 어디서 자꾸 말대꾸야, 말대꾸는!"

"누가 어리다고 그래?"

이번에는 나도 지지 않고 대거리했다. 그러자 누나는 기가 막히다는 듯, 어린것이 참 가당치도 않다는 듯 혀를 끌끌 찼다. 나는 나를 어린애 취급하는 누나가 더 가당치 않아 제자리에서 꼼짝도 않고 뚫어지게 누나를 바라보았다. 결국 누나는 한숨을 한 번 내쉬고 먼저 몸을 돌리려 했다. 나는 그 순간을 놓치지 않고 침대에 앉은 채로 팔을 뻗어 누나의 팔을 잡았다. 그러고는 누나가 내 팔을 뿌리치기 전에 내가 먼저 침대에서 일어나, 누나의 몸을 내 쪽으로 돌려 껴안았다. 누나가 빠져나가려고 몸부림을 하도 심하게 쳐서, 이러면 누나가 아플 텐데, 라는 생각을 하면서도 자꾸만 팔에 힘을 주게 되었다. 곧 누나는 몸부림을 멈추었다. 누나가 잠잠해지자, 나도 팔의 힘을 약간 풀었다.

"누나⋯⋯?"

"왜, 징그럽게?"

누나가 내 가슴팍에 얼굴을 묻은 채로 말했다. 몹시 작고 몹시 따뜻한 몸이었다.

"누나, 지난 일 년간 누나한테 꼭 하고 싶은 말이 있었는데⋯⋯."

"뭔데?"

"누나, 나, 누나 딱 한 번만 안아보면 안 돼, 라는 말."

"그래서, 이렇게 안으니 좋니?"

"너무 작아. 부서질까 봐 겁나."

"⋯⋯작별 인사로 이 정도면 됐어, 그만 풀어."

"싫어."

"아이 참, 뭐가 싫어! 그만 좀 놔!"

"떠나니까 뽀뽀라도 한번 하자고 한 건 누나 아니었어?"

"그 말 취소야. 야, 임마, 안 풀어! 날도 더운데 숨 막혀 죽겠다, 좀!"

그러면서 누나는 아무리 힘을 줘도 전혀 아프지 않은 주먹으로 내 가슴팍을 쾅쾅 쳤다. 그래도 내가 반응이 없자 이제 숫제 내 가슴살을 꼬집고 겨드랑이를 간질이고, 난리가 아니었다. 나는 결국 팔을 풀었다. 며칠 전 비행기표를 끊고 집에 전화했을 때 병무청에서 경고장이 날아왔다는 얘기만 듣지 않았어도, 절대로 그 팔을 풀지 않았을

126

것이다. 누나는 다시 책상으로 갔다. 그러고는 나로부터 고개를 완전히 돌린 채 말했다.

"오늘은 올라가서 자. 부탁이야."

누나는 애써 차갑고 냉정하게 말했지만, 나는 분명히 어떤 떨림을 느낄 수 있었다. 특히 마지막 "부탁이야"라는 말. 차라리 여느 때처럼 "미친놈" 어쩌고 소리를 질렀다면 좋았을 법했다. 나는 바로 내 방으로 올라왔고, 그날은 더 이상 누나를 찾지 않았다. 지금 누나에게 가면 또 지난번처럼 누나의 침대가 들썩거리도록 엉엉 우는 일이 생길 것 같았다. 왠지 누나에게 그런 울음을 다시 보여주면 그걸로 모든 것이 영원히 끝나버릴 거라는 생각이 들었다. 그리고 만약, 내가 오늘 밤 누나를 안게 된다면, 그렇다면 정말로, 그걸 끝으로 누나를 다시는 안지 못하리라는 예감이 들었다. 그날도 나는 새벽녘이 되어서야 약간 눈을 붙일 수 있었다.

다음 날 오전에 누나의 방으로 내려갔다. 누나의 두 눈이 그의 재혼 소식을 접한 그날처럼 부어 있었다.

"뭐야, 누나, 얼굴이 왜 그래?"

"모기한테 물렸다, 왜? 러시아 모기는 괘씸하기도 하지, 눈을 물고 그러냐, 나 참."

"울보야, 이리 와봐. 어디 좀 보자, 응?"

그러면서 나는 누나의 어깨를 손을 올려 누나의 몸을 내 쪽으로 돌리려고 했다. 하지만 누나는 지레 몸을 피하면서 아주 쓸쓸한 표정으로 "너 때문에 운 거 아니니까 괜한 생각 하지 마"라고 말했다. 나는 곧바로 누나의 어깨 위에 올렸던 손을 치웠다.

비행기 시간이 저녁이었기 때문에 누나와 밥을 먹을 수 있는 기회가 아직 한 번은 더 있었다. 누나가 얼마 전에 비빔밥을 먹고 싶다고 해서 최대한 많은 나물을 구해왔다. 이것이 우리의 마지막 식사라고 생각하고 싶지는 않았지만 자꾸만 그런 예감이 들어서 기분이 영 좋지 않았다. 그동안 누나와 지내면서 한 번도 누나의 그 사람에 대해 진지하게 생각해본 적이 없었건만, 고동색 꿈을 자주 꾸고 찜찜한 기분이 들어서 기어코 입을 열고 말았다.

"누나, 돌아가면 그 사람 다시 만날 거야?"

"결혼했잖아."

"그럼, 누나도 마음 접은 거야?"

"야, 이은철, 너는 어린 놈이 어른들 하는 일에 왜 그리 관심이 많니?"

"말꼬리 돌리지 말고, 이 양반아. 누나, 아직도 그 사람 좋아해?"

"나, 그 사람의 아이를 두 번이나 가졌어. 너무 빨리 잊으면 나 자신에게도 좀 민망하지 않겠어?"

아무리 나를 편한 동생쯤으로 생각해도 그렇지, 저런 얘기를 아무렇지도 않게 하다니, 나는 나대로 화가 나서 계속 터무니없는 오기를 부렸다.

"민망은 무슨 민망이야! 나랑 결혼해서 행복하게 잘살면 될 거 아니야?"

"결혼이 애들 장난인 줄 알고 한 번 해봤으면 됐어."

"한 번 실패했으니까, 나랑 해서 성공하면 되잖아."

"은철아, 그만 좀 해. 어느 집에서 이혼녀를 며느리로 맞고 싶겠니?"

"그게 무슨 상관이야. 내가 좋으면 되지."

128

"지금이야 네가 사춘기 애들이 선생님들 좋아하듯 나를 좋아하니까 상관없겠지만, 막상 여자로 안아보면 은근히 찜찜할걸."

"누나, 정말 자꾸 그딴 소리 할래, 엉?"

나는 또다시 그날처럼 발끈해버렸다.

"어쭈, 야, 이은철, 너 그러다가 한 대 패겠다, 응?"

"그딴 소리 한 번만 더 하면 정말로 때릴 거야."

"아이고, 됐어요, 됐어. 너한테 맞으면 나 뼈도 못 추려."

"그러니까 그런 소리는 하지 말고, 누나, 나랑 결혼하자, 응?"

내가 주먹의 힘을 풀자 누나도 예의 그 장난스러운 분위기로 돌아갔다.

"에구, 미친놈, 졸업장도 없는 주제에 헛소리 좀 그만 해."

"졸업장이야 따면 되잖아. 두고 봐, 꼭 내 색시로 만들 거야."

"한국 가서 다른 여자 한번 사귀어보고 그러고도 내가 좋으면 그때 가서 그 소리 다시 해."

"누나를 두고 어떻게 다른 여자를 만나?"

누나는 더 이상 아무런 대꾸도 하지 않고 밥그릇이며 수저를 치우기 시작했다. 나는 누나를 도와 설거지를 했다.

오후 여섯시경, 나와 누나는 전날 예약한 택시를 타고 세례메치예보 국제공항으로 갔다. 출국 절차가 끝나자 누나는 나에게 잘 가라고 말했다. 애초에 사랑이니 어쩌니 하는 말을 주고받은 사이도 아니고 누나 말대로 뽀뽀를 한 사이도 아니니만큼, 서운하고 자시고 할 건더기도 없었다. 하지만, 적어도 오늘 밤만은 누나가 내 생각을 하며 눈물을 흘려주었으면 좋겠다 싶은 마음이, 비행기가 인천공항에 착륙할 무렵 한국의 하늘이 눈앞에 보이면서 눈물이 고장 난 수도꼭지에서 수돗물 쏟아지듯 흘러내릴 때, 들었다.

　홍천에 눈이 잔뜩 내린 날, 토요일이었다. 얼마 안 있으면 제대였기 때문에 달력에다 남은 날짜를 표시하면서 틈틈이 영어 공부를 하고 있었다. 어느 때와 마찬가지로 침대에 걸터앉아 그렇게 시간을 보내고 있는데, 사촌 누나가 면회를 왔다고 했다. 아무리 나랑 아무리 친했기로서니 시집가서 애 낳고 사느라 바쁜 누나가 왜 나를 면회하러 왔는지 의아스러웠다. 밖으로 발을 내딛는 순간, 아차 싶었다. 나도 모르게 뛰기 시작했다. 역시 그랬다. 피엑스 문 앞에서 나의 가자미 색시가 담배를 피우며 눈 덮인 산을 바라보고 있었다. 어쩌면 눈이 내리는 하늘을 바라보는 것인지도 몰랐다. 누나는 내가 누나 옆으로 완전히 다가갈 때까지 그러고 있었다.
　"모스크바도 지금은 눈 천지다."
　이것이 거의 삼 년 만에 내 얼굴을 올려다보면서 누나가 내뱉은 첫마디였다. 나는 한동안 아무런 대꾸도 못하고 멍하니 있었다.
　"야, 잘 지냈나?"
　"뭐야, 누나, 왜 이렇게 말랐어?"
　"마른 게 아니라 삭았고 늙은 거지, 이놈아. 잘 지내냐니까, 어른이 물어도 대답은 안 하고."
　"그놈의 어른 타령 좀 그만 하시지, 같이 늙어가는 처지에. 그나저나, 이 아가씨야, 담배는 아직도 안 끊었어?"
　누나는 내 말은 완전히 무시하고 담배를 눈 더미 위로 던진 뒤 내 얼굴을 꽤 오랫동안 올려다보더니 "너 많이 예뻐졌구나"라고 조금은 쓸쓸하게 말했다.

130

"내가 계집애야, 예뻐지고 말고 하게."

"젊다는 소리지 뭐. 그나저나, 어디 밖에 나가서 밥이라도 먹을 수 있는 거야? 군인 면회 온 게 난생처음이라서."

"바보야, 외박도 해도 돼."

"미친놈, 어디서 자게?"

"몰라. 어디서 자건 누나랑 잘 거야."

"이놈이 이혼녀 무서운 줄 모르고 설치는 건 여전하구나. 나 기차 시간 대려면 곧 가야 돼."

이 말 다음에는 얼마간의 휴지가 있었고, 곧 누나는 농담 삼아 말했다.

"유학 시절도 그립고 해서 친하게 지냈던 후배 얼굴 한번 보려고 온 거야."

"후배? 나 말이야? 내가 왜 누나 후배야?"

"그럼, 네가 내 선배냐?"

"난 그냥 누나 신랑이야."

"말장난 그만 하고 밥 먹으러 가자. 나 귀국해서 다시 만나면 제일 먼저 밥부터 같이 먹자고 하지 않았니."

누나는 내가 상당히 오래 전에 보낸 편지의 내용을 기억하고 있었다.

나는 누나를 데리고 부대 근처의 식당을 찾았다. 누나는 내가 마지막으로 봤을 때보다 훨씬 더 여위었고 얼굴빛이 좀더 검어져 있었다. 심지어 아래로 처진 눈꼬리 주위로 주름마저 선명하게 보였다. 그럼에도 내게는 누나가 여전히 너구리를 닮은 귀여운 꼬마였다. 젓가락질을 못해서 음식물을 여기저기 떨어뜨리고, 떨어진 음식물을 옷이

나 손에 묻히고, 묻힌 다음에도 휴지나 냅킨이 아니라 벽이나 의자 등 아무 곳에나 슬쩍 닦아버리는 버릇도 여전했다. 별로 중요하지 않은 일들에 대해서 끊임없이 조잘거리는 것 또한 여전했다. 오는 길에 눈밭에서 넘어졌다느니, 장갑이 싸구려라서 손을 전혀 데워주지 못한다느니, 집에서 선을 보라고 난리를 쳐서 골치가 아파 죽겠다느니, 여동생이 시집을 가서 조카가 생겼는데 귀여워 죽겠다느니…… 단 삼 초도 입을 다물지 않는 걸로 봐서 기분이 많이 좋은 것 같았다. 그래서 나는 누나와 세례메치예보 공항에서 헤어진 뒤로 단 한 번도 잊어본 적이 없는 말을 살며시 꺼내봤다.

"누나, 나 돌아오는 2월 말이면 제대하는데, 그때 나랑 결혼하지 않을래?"

"또 시작이구나. 밥이나 먹어."

"아빠한테 얘기해서 방 하나 얻어달라고 할게, 응?"

"이놈이 정말! 야, 내가 대학생이랑 단칸방에서 살 여자로 보이냐? 나 이래 봬도, 열쇠 몇 개 들고서 청혼하는 남자들 많아."

"그 성격에 그런 맞춤 결혼 해서 어지간히 잘살겠다. 누나, 딴생각하지 말고 나랑 결혼해서 아들딸 낳고 알콩달콩 행복하게 살자, 응?"

"됐어, 좀. 찌개가 맛있긴 한데, 네가 끓인 동태찌개가 훨씬 낫다, 야."

"내 색시 되면 매일 끓여줄게, 나랑 결혼하자, 색시야, 응?"

이번엔 아예 '미친놈' 소리도 없었다. 그래서 나도 입을 다물고 말았다. 식사를 끝낸 뒤 우리는 허름한 다방에서 커피를 마셨다. 누나는 나에게 졸업하고 나면 뭘 할 것인지 물었다. 나는 하루 빨리 취직을 해서 누나를 데려가고 싶다고 말했다. 이번에도 누나는 나의 청혼을 그다지 중요하지 않은 말로 묵살해버렸다. 나 역시 고집을 부릴 기운이 없었다. 사실, 누나 말이 구구절절이 옳긴 옳았던 것이다.

"누나……?"

"왜?"

"한 번만 안아보자는 얘기는 아예 하지도 않을 테니까, 전화번호나 가르쳐줘."

하지만 누나는 모스크바 시절과 하나도 다를 바 없는 예의 그 찢어질 듯한 목소리로 "시끄러워!"라고 소리를 지르고는 내 말을 잘라버렸다. 이 양반이 밥을 먹고 나더니 또다시 고집을 부릴 힘이 생긴 모양이었다. 나도 큰 소리를 냈다.

"야, 이 꼬마 아가씨야, 전화번호 가르쳐주는 게 뭐 그리 힘들다고 그래, 엉?"

"뭐 꼬마 아가씨? 나 참 기가 막혀서. 하여간 어린애가 전화해서 놀아달라고 떼쓰면 귀찮잖아."

"뭐?!"

나야말로 기가 막혀서 할 말을 잃고 말았다. 나도 이제 이십대 중반인데, 어린애라니, 참 해도 해도 너무한다 싶었다. 어떻든 나로선 상관없었다. 누나의 전화번호 알아내는 것쯤이야 나 혼자서도 얼마든지 할 수 있는 일이니까.

그런데 기차역으로 가는 버스를 기다리면서 누나가 지금까지의 어린애 같은 분위기와는 전혀 맞지 않는 진지한 말을 했다.

"은철아, 내가 아이를 못 낳아도, 그래도 나 네 색시로 만들고 싶어?"

오랫동안 누나를 생각하면서 몇 번씩이나 떠올려본 장면이었기 때문에 나는 조금도 주저하지 않고 그렇다고 대답했다.

"아들딸 낳고 행복하게 살고 싶다면서?"

"누나가 아닌 다른 여자와는 그러고 싶지 않아."

누나는 내 말에 아무런 대꾸도 하지 않고 슬픈 표정을 지으면서 오랫동안 내 얼굴을 쳐다보았다. 마침, 버스가 도착했고, 누나와 나는 그렇게 다시 헤어졌다. 그날 밤 나는 서글프고 스산한 코발트블루의 빛깔도 아니고 그렇다고 침침한 회색도 아닌 참으로 애매한 색깔의 꿈을 꾸었다. 스펙트럼이나 색상환에서는 모든 빛깔에 다 이름이 정해져 있지만, 우리가 경험하는 실제 현실의 빛깔은 이토록 연속적이고 다양하고 또한 많은 변수를 갖고 있어서 불연속적인 언어로는 도대체 적당한 이름을 붙여줄 수 없는 경우가 자주 있지 않은가.

제대 후 나는 일 년간 대학을 더 다니면서 취직 준비에 몰두했다. 취직 준비래야 사실상 영어 공부가 전부였지만, 원래부터 공부에는 별로 소질이 없던 머리를 다시 돌리는 데 제법 힘이 들었다. 노란색 꿈의 연속이었다. 다행히도 그렇게 짙은 노란색은 아니었다. 최소한, 수학 교과서를 들여다보던 고교 시절보다는 훨씬 나았다. 그래서인지, 졸업을 하기 전에 냉온수기 전문 제조업체인 조그만 중소기업에 취직이 되었다. 이 회사에서는 러시아에 진출하기 위해서 노력하고 있었기 때문에 내 전공과 어학 연수 경력, 각종 통역 아르바이트 경력 따위가 적잖은 도움이 된 것 같았다.

기말고사를 치고 학기를 마감하자마자 나는 누나의 행방을 찾기 시작했다. 누나가 졸업한 학교의 과 사무실로 전화를 해서 그다지 힘들지 않게 누나의 전화번호를 알아낼 수 있었다. 알고 보니, 귀국한

지 일 년쯤 됐을 때 서울 근교 대학에 전임강사로 취직을 한 상태였다. 이런 누나에게 청혼을 할 처지가 되는지 약간은 망설여졌지만, 그래도 누나의 얼굴이 너무도 보고 싶었다. 순간, 누나가 어쩌면 이미 결혼을 했을지도 모르고, 최소한 지금쯤은 그 사람이건 다른 사람이건 애인이 있을지도 모른다는 생각이 들어 또다시 망설여졌지만, 그래도, 단 한 번만이라도 보고 싶었다. 먼발치에서라도.

누나의 집은 누나가 재직하는 학교에서 그다지 멀지 않았다. 학생용 고시원과 오피스텔의 중간쯤 되는 조그만 원룸에 세를 들어 사는 걸로 봐서 결혼을 한 것 같지는 않았다. 일 년 전 그날처럼 눈이 내리고 있었다. 단, 그날보다는 조금 더 어두웠다. 나는 누나의 집 근처에 서서 누나를 기다렸다. 모스크바의 학교 근처에서 누나가 나오길 기다리던 그때와 마찬가지로 시간이 참 더디게 간다 싶었다.

아홉시가 넘어서야 골목길 끝에서 모스크바에서 입던, 이젠 몹시 낡아버린 기다란 코트를 입고, 지금 내 목에 두른 것과 똑같은 실로, 똑같은 무늬로 짠 목도리를 두른 나의 작은 가자미 색시가 나타났다. 사 년의 세월이 무색하게도, 내 보기에 색시는 하나도 달라진 것 같지 않았다. 여전히 작았고, 여전히 종종걸음이었다.

"누나!"

누나는 내 목소리를 듣자, 눈보라 때문에 아래로 떨구었던 고개를 위로 들고 주위를 둘러보았다. 나는 누나를 향해서 뛰어갔다. 나를 발견하고 누나는 아주 잠깐 놀란 표정을 짓긴 했지만, 금세, 꼭 나랑 어제 헤어졌다가 만난 듯 태연스러워졌다.

"너는 참, 추위 안 타는 건 여전하구나, 이 추운 날씨에 장갑도 안 끼고."

그러더니 느닷없이 한 손에 들고 있던 쇼핑백을 내게로 넘겨주면서 선머슴애같이 "야, 이은철, 책 좀 들어주시지"라고 말했다.

누나의 방은 조금 더 넓고 조금 더 아늑하다는 걸 빼면 모스크바의 기숙사와 전혀 다르지 않았다. 워낙 칠칠치 못하고 정리라는 걸 모르는 양반이라, 여기저기에 책들과 종잇장들이며 빨랫감들이며 비스킷 조각들이 뒹굴고 있었다. 담배는 아직도 끊지 않았는지, 별로 크지도 않은 방 안에 재떨이용 유리병이 세 개나 눈에 띄었다.

다른 것이 있다면, 정말로 다른 것이 있다면, 책상 위에 그 사람의 사진 대신, 누나의 침대에서 곤하게 낮잠을 자고 있는 나의 사진이 끼워진 액자가 서 있다는 것이었다. 도대체 누나는 언제 내 사진을 찍은 것일까. 그뿐이 아니었다. 내가 일 년간의 연수를 마치고 버리다시피 모스크바에 두고 온 물건들이 누나 방에 거의 그대로 다 있었다. 몸체의 비닐 코팅이 다 벗겨진 낡아빠진 전기밥솥이며, 걸레 수준으로 너덜너덜해진 노란 수건이며, 그리고 그 못지않게 낡아버린, 이미 내 기억 속에서는 완전히 지워져버린 나의 반소매 면 티와 반바지가 의자 등받이에 걸려 있었다.

"많이 기다렸니? 내가 여기 사는 줄은 어떻게 알았어? 차 마실래, 커피 줄까? 저녁은 먹었어? 목도리는 마음에 들어? 코트부터 좀 벗지 그러냐, 이 둔한 놈아? 어머나!"

누나는 겉옷을 벗어 옷걸이에 거는 그 짧은 시간 동안 단 일 초도 쉬지 않고 계속 조잘거렸다. 그 서툰 손짓도 여전하여 구정물투성이가 된 코트를, 기어코 방바닥에다가 떨어뜨리고 말았다. 세월이 그렇게 지났지만 하나도 큰 것 같지 않았다. 도대체 이 어린애는 언제나 어른이 될까. "이 사람아, 이리 내놔"라고 하면서 내가 누나의 코트를 옷걸이에 걸었다. 그동안 누나는 혼자서 "콩알만 한 것이 말하는 것 좀 봐"라고 툴툴대면서 냄비에 물을 받아 가스레인지 위에 올렸다. 그러더니 찬장 쪽으로 가 까치발을 하고서 뭘 뒤지는 듯했다.

"은철아, 라면 끓여 먹자."

"혼자서 이 소리 저 소리 잔뜩 늘어놓더니 결국 라면이야? 난 싫어."

"아이, 왜 싫어? 너, 모스크바에 있을 때부터 라면을 너무 무시하는 경향이 있는데, 우리나라 라면이 얼마나 맛있는데 그러냐? 여기 종류별로 다 있걸랑. 짜파게티, 사천짜장, 무파마, 너구리, 뭐 먹을래? 사발면도 종류별로 다 있다."

"야, 송은경, 이렇게 오랜만에 만나서 한다는 소리가 고작 그거야?"

코트를 벗어 침대에 던져놓고 누나의 의자에 다리를 꼬고 앉은 상태에서 내가 한마디 했다.

"뭐?!"

누나는 내가 지금까지 단 한 번도 누나의 이름을 불러본 적이 없기 때문에 무척 놀란 듯했다. 얼마나 놀랐으면 입을 '뭐'라는 발음 그대로 벌린 채, 그리고 찬장에서 꺼낸 라면을 손에 쥔 채 몇 초간 아무 말도 하지 못했다. 사실 나 역시도 언제나 혼자서만 중얼거려보던 더없이 평범한 '송은경'이라는 이름을 누나 앞에서 직접 말하고 나니 좀 놀랍긴 했다.

"라면 먼저 내려놓지. 그나저나, 나는 네 이름 부르면 안 돼?"

"네놈이 내 이름을 알고 있다는 것 자체가 신기해서 그런다. 왜?"

누나는 여전히 기가 막히다는 표정을 지으면서 라면을 내려놓고 내 쪽으로 걸어왔다. 군대로 면회를 온 그날 이미 더 이상 마를 수가 없는 상태였건만, 거기서 더 말라서 가느다란 뼈다귀 몇 개가 움직이는 것 같았다. 나의 한쪽 팔 길이에도 훨씬 못 미칠 것 같은 좁고 가는 어깨가 미약하게 들썩거렸고, 소매를 걷어 올린 스웨터 밑으로 손목이 앙상하게 드러나 있었다. 하지만 너구리가 세파에 시달려 살이 좀 빠진다고 해서 너구리가 아닌 건 아니었다. 꼬마 너구리 주제에 딴엔 화가 났다고 두 손을 허리로 가져가 한판 붙어보겠다는 각오로 내 앞에 딱 버티고 선 꼴이 어찌나 귀여운지 나는 그만 웃음을 터뜨리고 말았다.

"이놈이 정말, 너 아주 정신이 나갔구나."

"뭐, 누나 이름 한번 불러본 게 뭐 그리 대수라고 그래. 화났어?"

"반말하지 말라니까! 라면 먹을 거야, 안 먹을 거야?"

"기다려봐. 내가 밥해줄게."

"아이, 뭘 기다려, 배고파 죽겠는데! 그리고 쌀도 없단 말야!"

누나는 또다시 어린애처럼 팔을 흔들면서 소리를 질러댔다. 나의 앉은키밖에 안 되는 작은 몸이 내 눈앞에서 동동거리고 있었다. 아무리 봐도 성적 매력이라곤 조금도 없고 그렇다고 무슨 여성적인 우아함이나 날카로운 지성미가 있는 것도 아닌, 말괄량이 계집애 같은 이 말라깽이 여자가 몇 년간 나를 그렇게 애타게 했고 지금도 그렇다니 기가 막혔다. 이런 생각에 내가 미친놈처럼 실실 웃어대자 누나는 솜방망이질을 계속 해댔다. 누나의 주먹이 부딪치는 내 팔은 아프기는커녕 차라리 간지러웠다. 하여간 덩치는 조그마한 것이 쓸데없이 성깔은 잘도 부린다 싶었다.

"누나, 물 끓는다!"

나는 연신 쿡쿡거리면서 의자에서 일어나 부엌 쪽으로 가서는 가스레인지 불을 아예 꺼버렸다. 누나는 만사 포기했는지 담배를 물고 의자에 앉아 있었다. 밖에서 누나를 기다릴 때는 몰랐는데 갑자기 오줌이 마려웠다. 나는 곧바로 화장실로 달려갔다.

"은철아, 이젠 너도 사회인인데 오줌 눌 때는 화장실 문 좀 닫지 그러냐?"

변기 물을 내리고 지퍼를 올리는데 등뒤로, 혼자서 근엄한 척하는 누나의 목소리가 들려왔다.

"뭐 어때?"라고 대꾸를 해놓고 보니, 누나는 내가 졸업을 하고 취직을 한 걸 알고서 저런 말을 하는 걸까, 아니면 그냥 무심코 내뱉은 걸까, 라는 의문이 생겼다. 그러면서 몸을 돌리는 찰나 욕실 세면대 위에 놓인 낡은 면도기가 눈에 들어왔다. 나도 모르게 면도기 쪽으로 손이 갔다. '누나, 그 사람 다시 만나, 아니면 새 애인 생겼어?'라고 물어보고 싶었지만 차마 입이 떨어지질 않았다. 얼마간 그렇게 아뜩한 상태로 서 있는데 어느새 누나가 화장실 문 옆에 서 있었다.

"난 또 뭐 하나 했네. 네 면도기도 몰라보겠어?"

그랬다. 그건 내가 급하게 짐을 싸면서 깜박 잊고 누나의 방 욕실에 두고 온 그 면도기였다.

"이런 걸 뭐 하러 들고 왔어, 누나? 다른 짐도 많았을 텐데……."

"넌 수염이 많이 나니까, 면도기는 많으면 많을수록 좋을 것 같아서. 가져가, 어차피 난 안 쓰니까."

나는 면도기를 제자리에 올려놓고 화장실을 나왔다. 그러자 누나가 치마를 걷어 올리고 변기 위에 앉았다. 발끝이 욕실 바닥에 간신히 닿을 듯 말 듯 대롱거리는 것도 여전했고, 소변을 보고 나서 휴지로 밑을 닦는 모양새도 여전했다.

"누나야말로 이젠 사회적 지위도 있는데 화장실 문 좀 닫고 오줌 누면 안 돼?"

"임마, 사회적 지위는 사회 속에서나 있는 거지, 내 방 안에서 내가 그런 걸 찾아야겠냐? 여하튼 보기 싫으면 고개 돌리고 있어."

누나는 그 자리에서 스타킹을 벗어 빨래통에 담그고 화장실에서 나왔다. 스타킹이라면 딱 질색인 양반이었는데, 누나야말로 이젠 꼼짝없이 사회인이 되었구나 싶었다. 순간, 누나의 짧고 높은 비명 소리가 들려왔다. 화장실을 나오다가 벽 모서리에 무릎을 찧은 것이다. 스타킹을 벗고 보니, 그 덤벙거리는 버릇 남 줄까, 무릎 약간 아래로 내려온 겨울 치마 밑으로 두어 군데의 멍이 눈에 띄었다. 심지어 뭔가 날카로운 것에 긁힌 자국도 가볍게 나 있었다.

"이 꼬마 색시야, 도대체 언제 어른이 될래, 응?"

그러면서 나는 몸을 한참 숙여 누나의 종아리의 생채기에 손을 댔다. 누나는 삭정이처럼 마른 몸체에 비하면 터무니없을 정도로 통통하고 살집이 많은 종아리를 황급히 빼면서 "애가 정말, 어디다 손을 대고 지랄이야!"라고 소리를 질렀다. 그 바람에 누나의 작은 발이 꼭 춤을 추듯 내 눈앞을 스쳐 지나갔다.

"다 큰 처녀가 말버릇이 그게 뭐야? 남이 들으면 뭐라고 하겠어?"

"남한테는 이렇게 말 안 하지, 이놈아. 그나저나 라면이 그렇게 먹기 싫으면, 요 앞에 나가서 감자탕이나 삼겹살 같은 거라도 먹자, 응?"

누나는 다시 코트를 걸칠 기세였지만, 나는 누나의 말에는 아랑곳하지 않고 누나의 어깨에 손을 올렸다.

"누나……?"

"징그럽게 또 왜? 야, 손 좀 치워. 무겁단 말야."

귀국 하루 전날 누나를 처음이자 마지막으로 안았을 때처럼 옆쪽으로 약간 돌아선 누나의 몸을 내 쪽으로 돌려 세웠다. 누나는 내 시선을 피하면서 내 손에서 빠져나가려 했고, 나는 이전과 마찬가지로 누나의 어깨에 올려놓은 내 두 손에 조금씩 더 힘을 주었다.

"은철아, 나 어깨 아파. 그만 좀 봐."

"지금 내 힘의 십 분의 일도 안 들어갔어. 더 아프게 하기 전에 가만히 있어."

내가 예전과는 다르게 단호하게 나와서인지 누나는 어차피 부질없었던 몸부림을 멈추고는 나를 올려다보았다. 아무리 봐도, 어느 각도에서 쳐다봐도 너무 작았고, 꼬리가 축 처진 동그란 두 눈과 끝이 동글동글한 코는 너구리를 닮았다. 아직 초경도 하지 않았을 것같이 생긴 이런 어린애의 어깨를 지금 내가 감싸고 있는 것이었다.

"누나, 우리 결혼하자."

"밥 안 먹을래? 배 안 고파? 누나가 맛있는 거 사줄게, 응? 누나, 이제 돈도 제법 번단 말이야. 밖에 나가기 싫으면, 뭐 피자나 치킨 같은 거 시켜 먹을까, 응? 족발이나 보쌈은 어떠니?"

"헛소리하지 말고 빨리 대답이나 해. 우리, 결혼하자, 응?"

누나는 잠시 뜸을 들인 뒤에 한숨을 푹 쉬면서 "나, 떨어질 것 같은 시험은 안 봐. 철없고 어렸을 때라면 모를까"라고 말한 뒤 고개를 저쪽으로 돌리더니 다시 내 손아귀에서 빠져나가려고 버둥거렸다. 나는 누나의 어깨에서 손을 조금 더 아래로 내려 누나의 몸을 껴안았다. 이건 숫제 한 품은커녕 내 반 품도 채우지 못할 만큼 작은 몸이었다. 모스크바에서 안았을 때는 그래도 살집이 좀 있었는데, 이제는 내 가슴 안에서 작은 막대기와 삭정이 몇 개가 떨고 있는 것 같았다.

"누나, 결혼하자, 응? 누나도 나 좋아하잖아……?"

두 팔을 아래로 떨어뜨리고 내 가슴팍에 몸 전체를 묻은 채로 누나는 한동안 아무 말도 하지 않았다. 누나가 키가 너무 작았기 때문에 내가 몸을 많이 숙여야 했고, 그렇게 꾸부정한 자세로 오래 서 있다 보니 다리와 허리가 조금씩 아파왔다. 통증이 꽤 심해지도록 누나가 아무 말도 하지 않고 미동도 없어서, 나는 누나의 몸을 내 몸에서 약간 떼내고 몸을 바로 세운 뒤 누나를 내려다봤다. 내가 누나의 얼굴 쪽으로 손을 가져가자 누나는 얼굴을 돌려버렸다.

"바보야, 너 우니?"

내가 이렇게 말하며 누나의 뺨으로 손을 가져가자 누나는 내 손을 뿌리쳤다.

"넌 젊고 예쁘잖니, 너처럼 예쁜 색시 찾아서 장가가."

"어디서 이렇게 예쁜 색시를 찾아, 누나."

누나는 이미 내 말은 들은 체도 하지 않고 스웨터를 벗고 내가 남겨둔, 아니 버리고 온 반팔 티를 입었다. 아랫도리도 그렇게 갈아입었다. 역시 나의 반바지였다. 자기 몸의 두 배는 족히 되는 사람의 옷을 입혀놓았으니 그 모양새가 여간 웃긴 것이 아니었다. 아빠 옷을 주워 입은 딸내미 같은 행색을 하고서 딴엔 다 큰 여자인 척 구는 꼴이 참 가관이었다. 나는 또다시 웃음을 터뜨리고 말았다. 그러자 누나는 자기가 지금까지 엉엉 울었다는 사실조차 까먹은 어린애처럼 눈물 자국이 가득한 얼굴을 내 쪽으로 돌리며 의자에 앉더니 꽥 소리를 질렀다.

"라면은 먹기도 싫다, 맛있는 거 사주겠다는데 그것도 싫다, 그러

142

면 그냥 집에 가, 이 나쁜 놈아! 나 씻고 공부할래. 강의 준비해야 된
다 말야."

"그럼, 누나는 씻고서 공부해, 난 그냥 여기 앉아 있을게."

말은 이렇게 해놓고서 나는 누나를 달랑 들어 올려서 내 무릎 위에
앉혔다. 누나는 예의 그 째지는 목소리로 "아이, 이 미친놈아, 도대
체 뭐 하는 짓이야!"라고 소리를 지르면서 내 가슴을 팍팍 쳤지만,
누나의 몸을 조여 들어가는 내 손에는 속수무책일 수밖에 없었다. 이
조그만 아가씨가 자기 체중의 두 배가 넘는 남자를 어떻게 당해내겠
는가.

"이제 그만 좀 항복해라, 색시야."

"너야말로 이제 그만 좀 항복해라. 나, 너랑 결혼할 자격 없어, 알
잖니?"

"또다시 그따위 소리 늘어놓을 거야, 엉?"

내가 누나의 몸을 내 몸에 떼내 화난 얼굴로 쳐다보자, 누나는 고
개를 떨어뜨렸다. 한동안 아무 말도 없었다.

꽤 오랜 시간이 지났다. 누나가 내 가슴팍에 몸을 기대왔다. 그러
고는 아주 오랫동안 무릎을 세우고 팔을 모은 자세로 내 품에 안겨
있었다. 사람이 아니라 작고 따뜻한 쿠션 따위를 안고 있는 것 같았
다. 나는 기다리고 또 기다렸다. 내가 한 주먹으로도 움켜쥘 수 있을
만큼 작은 이 여자를 나의 아내로서 내 품에 안을 수만 있다면, 지금
까지 기다린 시간보다 훨씬 더 긴 시간을 기다릴 수 있을 것 같았
다…….

누나의 몸을 조심스럽게 껴안은 채 이런 생각을 하는데, 누나가 내
품안에서 몸을 약간 움직이는 듯하더니 팔을 뻗어 내 목을 감았다.

누나의 뺨이 내 뺨에 와 닿았다. 방이 어느새 데워진 탓인지, 누나의 뺨은 몹시 뜨거웠다. 누나는 내 목을 감고 있던 조그만 두 손으로 내 뺨을 어루만지기 시작했다. 마냥 장난스럽게 동동 떠서 움직이던 두 개의 커다란 눈이 지금 너무도 아름답게 반짝이고 있었다. 세상에 이보다 더 아름다운 여자는 본 적도 없고, 누나가 이보다 더 아름다워 보인 적도 없는 것 같았다.

"색시야, 나 안 보고 싶었어?"

"……."

"보고 싶었지, 응?"

"너무너무." 누나의 뺨이 빨간 홍옥처럼 달아올랐다.

"그런데 왜 이렇게 고집을 부렸니?"

"처음엔 우리 앞에 버티고 서 있는 시간이 너무 막막했고, 너를 다시 만났을 땐 너무 아름답게 커버린 네가 너무 부담스러웠고, 또다시 이렇게 만나니 너무 늙어버린 내가 너무 싫고, 차라리 예쁜 기억 갖고 헤어지는 편이 낫다는 생각에……."

이 철없는 아가씨는 서른이 넘은 이 마당에도 여고생들의 연습장이나 노트 표지에나 나올 법한 고색창연한 소리들을 길게 늘어놓기 시작했다. 느닷없이, 고등학교 때 여자애들 앞에서 멋을 부리려고 외워둔 "한 잔의 술을 마시고 우리는 버지니아 울프의 생애와 목마를 타고 떠난 숙녀의 옷자락을 이야기한다"로 시작되는 감상적인 시 한 편이 떠올랐다. 사실, 목마를 타고 떠나버린 숙녀를 그리워하며 그 아픔에 탐닉한 적이 없는 사람이 어디 있겠는가. 그런 것이 없다면, 시 따위는 씌어지지 않을 것이고, 읽히지도 않을 것이다. 이렇듯, 예술이란 보통 현실의 아픔이나 좌절을 기반으로 해서 탄생한다고들

말하지만, 나는 차라리 보잘것없고 누추해도 지상의 행복한 삶을 택하고 싶다. 물을 만난 물고기처럼 조잘대면서 내 몸을 앙증맞게 간질이는 나의 예쁘고 귀여운 가자미 색시를 품에 안았으니 이제는 절대로 놓치지 않을 거다.

　나는 나의 가자미 색시의 입술에, 처음으로 나의 입술을 갖다 댔다. 색시의 입술이 조심스럽게 열렸다. 아무리 입을 맞추어도 질릴 것 같지 않았다. 꿈을 꾸는 것도 아닌데, 내 눈앞으로 가장 아름다운 꿈의 빛깔인 풀빛의 초록색이 펼쳐졌다. 송사리나 가재를 담은 조그맣고 맑은 시냇물이나 한가로이 풀을 뜯으며 해설피 게으른 울음을 우는 누렁소 한 마리는 있어도 좋고 없어도 그만이었다. 내 인생의 가장 아름다운 시절이 이제야 시작되었으니 말이다.

눈꽃 놀이

국어 시간이었다.

선생님은 여느 때와 다름없이 우리들의 식곤증을 쫓아줄 건수를 찾고야 말았다. 알퐁스 도데의 「별」, 별빛이 가득 내린 산골짜기, 졸음에 겨워 어느새 자기의 어깨에 몸을 기대오는 스테파니 아가씨를 화자가 그냥 그렇게 곱게 재운다는 대목이 나왔다.

"아니, 여러분, 이거 어떻게 생각하세요? 여러분 같으면 어떡하시겠어요, 예?"

"미쳤어요, 그걸 그냥 두게?" "여자가 더 기분 상하지 않았을까요, 선생님?" "맞아, 맞아, 뭐 고자였다면 용서를 해야겠지만." "뭐, 그럼 고자였나 보지." "맞아, 틀림없이 어디가 고장이 난 거야." 곧 와자지껄하고 킥킥거리는 웃음이 퍼져갔다. "설마 고자였을까, 혹시 책에 발기를 했다는 둥 어쨌다는 둥 하는 소리는 안 씌어져 있냐?" "그런 건 없던걸." "뭐, 그럼, 주인공의 코가 너무 짧다거나 심하게 구부러졌다거나 하는, 거 뭐냐, 상징적인 암시 같은 것도 없나?" "거참, 선

146

생님, 제가 보기엔 알퐁스 도데라는 사람이 아무래도, 뭐냐, 변태거나 고자가 아니었을까 싶은데요." "아참, 이런 순수한 사랑도 있고 한 거지, 뭘 그리 토를 달고 그러냐." "순수 좋아하네? 야, 여자는 그놈의 처녀막 육십까지 달고 살 거야? 겁 없이 남자 옆에 기대서 잘 정도면 허락한 거지." "바로 그거야, 줘도 못 먹으면 바보일 뿐만 아니라, 무례한 거야. 안 그래요, 선생님?"

"자, 여러분, 조용히들 하세요."

이런 소동의 근원이 누구인데, 선생님은 이제 아이들더러 조용히 하라고 난리시다.

"거참, 그래도 우리 때는 「별」이며 「소나기」며 읽고 감동들 했는데, 거참, 이거 세대 차이 납니다, 그려."

"선생님, 「소나기」의 주인공들은 어리잖아요!" "맞아, 맞아, 걔네들은 하고 싶어도 못했을 거야." "못하긴 뭘 못해! 로미오와 줄리엣은 잘만 했는데." 또다시 킥킥거리고 쿡쿡거리는 소리가 들려왔다. 고등학교 3학년 2학기였고, 매일 수능시험 날짜를 세고 있었다.

*　　*　　*

지난해, 5월이었다. 여느 때와 비슷하게 자율학습 시간에 선생님의 감시를 피해 학교에서 나와 버스를 탔다. 버스의 문이 막 닫히려는 찰나, 한 여학생이 급하게 버스 안으로 뛰어 들어왔다. 여학생은 잠깐 주위를 두리번거리더니 자리가 없음을 확인하자, 내가 앉아 있는 자리에서 그다지 멀지 않은 곳에, 천장에 달린 손잡이를 잡고 섰다. 젤을 발라 빳빳하게 세운 머리카락과 역삼각형의 꼿꼿한 몸체,

오자형으로 휜 종아리가 눈에 들어왔다. 무릎에서 상당히 올라간 곳까지 드러나 보일 정도로 짧은 미니스커트에 상체의 선이 도드라지게 만들어진 티를 보건대, 이 여학생의 목적지가 여기서 얼마 멀지 않은 곳에 있는, 우리에겐 소위 '환락가'로 알려진 곳이리라는 것은 충분히 짐작할 수 있었다. 서투르게 덧칠을 한 짙은 색조 화장만 뺀다면, 여학생의 얼굴은 평범한 편이었다. 적당히 젖살이 붙어 있는 도톰하고 둥근 얼굴이며 그다지 크지 않은 눈이며 붉은색이 감도는 얇은 입술 등. 가만히 보고 있자니 그다지 예쁠 것도, 뛰어날 것도 없는 외모에서 초봄의 싸늘한 기운이 배어나왔다.

세진여자고등학교는 왠지 세진고등학교와 붙어 있어야 될 것 같은데, 실은 우리 학교인 문정고등학교와 붙어 있었다. 재단이 같았기 때문이다. 제법 큰 행사가 있었던 월요일, 두 학교의 학생들이 우리 학교의 대운동장에 정렬했다. 아무런 장식도 없는 하얀색 블라우스와 짙은 파란색의 치마, 그러니까, 지극히 촌스러워 우리가 늘 '공순이 옷'이라 불렀던 세진여고의 여름 교복을 입은, 키가 제법 큰 여학생이 시상대 위로 올라와 몸 전체에 힘을 주고 고개를 빳빳이 든 채 바른 자세로 서 있었다. 조금 후, 여학생은 두 팔을 뻗어 상장을 받아들고 그것을 오른쪽 겨드랑이 밑으로 가져간 뒤 약간 뒤쪽으로 물러나 몸을 90도로 굽혀 교장 선생에게 인사를 했다. 그러고 나서 상장을 든 채 단에서 내려와 제자리로 걸어 들어갔다. 오자형으로 휘어 절대로 예쁠 수 없는 다리와 발걸음을 내디딜 때마다 탁탁 끊어지는 동선, 그리고 전체적으로 올곧은 몸체를 나는 멀리서 지켜보았다. 최영서. 처음 버스 안에서 봤을 때와 전혀 다른 차림새를 하고 있었지만 어렵지 않게 영서를 알아볼 수 있었다.

며칠이 지난 뒤, 학교를 마치고 버스 정류장 쪽으로 다가가면서 교복 차림을 하고 버스를 기다리는 영서를 보았다. 전과 마찬가지로 영서의 뒤를 따라 버스에서 내렸다. 차림이 얌전한 걸로 봐서 지난번처럼 놀러 갈 분위기는 아니었다. 나는 이번엔 기회를 놓치지 않고 영서에게 말을 걸었다.

　"저어기요……."

　영서가 걸음을 멈추었다. 그리고 예의 그 싸늘한 봄날 같은 표정에 눈을 동그랗게 뜨고 나를 올려다보았다. 이미 첫 말을 내뱉고 나자 더 대담해졌다. 나는 대뜸 "저랑 사귀지 않으실래요?"라고 말했다. 영서는 눈두덩이가 다소 두툼하고 옆으로 가늘게 퍼진 작은 두 눈을 약간 찌푸렸다. 내가 무슨 말을 하려는데, 영서는 기가 막혀서 말도 안 나온다는 듯 얇은 입술을 삐죽이며 조소를 짓더니 곧바로 몸을 돌렸다. 나는 재빨리 몇 발짝을 걸어 영서 앞으로 가 섰다.

　"저어, 잠깐 얘기라도 좀 하죠."

　영서는 이번엔 아예 아무런 대답도 하지 않고 나를 한 번 쳐다보더니 제 갈 길을 가버렸다. 나는 어느 정도 거리를 유지하면서 영서의 뒤를 좇았다. 그날 나는 영서가 다니는 독서실을 알게 되었다. 영서가 나올 때까지 독서실 앞에 죽치고 있다가 역시 몰래 영서의 뒤를 좇아서 영서의 집도 알게 되었다. 이런 식으로 나는 조금씩 영서의 삶 속으로 들어갔다. 나는 영서가 다니는 독서실에 등록을 했고, 영서가 다니는 주점을 다시 드나들었고, 학교가 파할 무렵엔 교문 근처에서 얼쩡거렸고, 영서의 뒤를 좇아 영서의 집 앞까지 갔다. 영서는 처음에는 대단히 불쾌해했지만, 나중에는 내가 자기의 족적을 좇고 있다는 걸 알면서도 그냥 내버려두었다. 도도하고 차갑게 투덜거리는 건 여전했지만, 영서는 알게 모르게 내게 시선을 주었다. 짧고 무뚝뚝했지만 이런저런 대화를 나누기도 했다. 이렇게 거의 석 달이 지나고, 여름 방학이 한 달 정도 남아 있었다.

낮에는 더웠지만 저녁이라 바람이 선선하게 불고 있었다. 땀이 식는 느낌이 꽤나 상쾌했다. 영서는 여느 때와 다름없이 나보다 조금 앞에서 걸어가고 있었다. 시나브로 빗방울까지 떨어지기 시작했지만, 영서는 특별히 걸음을 재촉하지는 않았다. 반대로, 걸음새가 예전보다 더 딱딱하고 더 차갑다는 느낌을 주었다. 나보다 앞서 걷던 영서가 갑자기 걸음을 멈추었다. 나는 지금까지 걷던 속도를 유지하면서 영서에게로 다가갔다. 그러자 영서가 고개를 돌렸다. 내 시선보다 약간 아래쪽에 위로 치켜든 영서의 두 눈이 몹시 날카롭게 빛나고 있었다. 영서는 여느 때와는 달리 얼마간 아무 말이 없다가 대뜸 물었다.

"야, 박준, 너, 정말로 나 좋아하냐?"

영서의 날카로운 시선에 뭔가 멋진 말을 할 수도 있었을 법한데, 나는 그저 피식거리기만 했다. 영서는 곧바로 내 팔을 이끌고 아파트 뒤편으로 데려갔다. 이미 날이 저문 시각이라 가로등 불빛이 유난히 밝게 느껴졌고, 그새 상당히 굵어진 빗방울이 가로등 불빛을 받아 투명한 선을 만들며 허공으로 퍼져가고 있었다. 영서는 아파트 담벼락에 몸을 기대고 섰다. 나는 영서의 맞은편에 아주 미미한 거리를 두고 서 있었다. 우리는 그렇게 한동안 서로의 눈을 응시하고 있었다. 마침내, 제법 긴 침묵과 부동의 시간을 깨고 영서가 몸을 움직여 발걸음을 떼려 했을 때 내가 영서의 어깨를 잡았다. 영서는 움직임을 멈추었고 다시 고개를 들어 예의 그 날카로운 시선으로 나를 쳐다보았다. 나는 영서 쪽으로 천천히 몸을 가져갔다. 하지만, 내가 우리 사이의 거리를 완전히 없애기도 전에 영서가 먼저 나를 와락 껴안으며 입을 맞추기 시작했다. 나는 영서의 몸을 담벼락 쪽으로 바싹 붙이면서 영서의 입맞춤에 답했다. 이미 비에 젖어버린 얇은 여름 교복이 영서와 나의 몸에 찰싹 달라붙어 있었고, 우리는 오랫동안 서로 껴안고 있었다. 바깥에서 오랫동안 비를 맞았기 때문에 다음 날엔 영서도 나도 감기에 걸려버렸다. 그렇게 우리는 연인이 되었다.

그 무렵 나에겐 호출기조차 없었지만, 영서는 휴대폰도 갖고 있었다. 나는 주로 영서의 휴대폰으로 연락을 했고, 때로는 영서의 집으로 전화를 걸 때도 있었다. 수업이 끝나면 둘이 함께 분식점이나 패스트푸드점을 찾아가 저녁을 먹었고 주말에는 영화를 보러 다니곤 했다. 시내를 산책하는 일도 잦았다. 버스나 전철을 타건, 길거리를 걷건, 카페에 앉아 있건 나는 곧잘 영서의 머리를 쓰다듬거나 어깨나 손 따위를 쉬지 않고 만지곤 했다. 그럴 때마다 영서는 "사람들 많은 데서 뭐 하는 짓이야!"라고 윽박지르긴 했지만, 작고 귀여운 눈이 뽀얀 젖살에 파묻혀 보이지 않을 만큼 환하게 웃곤 했다.

여름 방학이 막 시작되었을 때 영서는 나를 자기 집으로 데려갔다.

"엄마, 나 친구 데려왔어!"

이 말과 동시에 영서는 제 방 문을 열더니 가방을 어디론가 던지고 거실로 나왔다.

"그래?"

영서의 어머니가 나오셨다. 나를 보고 좀 놀라는 눈치셨다.

"어머, 남자애네."

"응, 얘 내 남자 친구야."

보수적이고 엄격한 아버지 밑에서 자라온 탓에, 나를 두고 곧바로 '남자 친구'라는 말을 서슴지 않고 하는 영서의 대담함이 놀랍기까지 했다. 거실에서 소리가 나자 안쪽 방에서 중학생으로 보이는 아이가 나왔다. 대번에 영서의 동생인 영수임을 알 수 있었다.

"이 형이 누나 남자 친구야?"

"응. 야, 준아, 들어가자."

영서는 다소 불편하게 서 있는 나를 툭툭 치더니 방으로 데려갔다. 상당히 큰 방 안에는 토끼가 그려진 시트가 깔린 침대가 있고, 맞은 편에는 하얀색의 옷장이 있었다. 책상 위에는 참고서, 문제집, 백과사전 말고도 만화책이 잔뜩 쌓여 있었고, 그 옆에는 팝송 시디들이 꽂힌 선반 같은 것이 서 있었다. 벽에는 같은 반 친구와 찍은 사진 한 장이 걸려 있었다. 나는 영서의 침대에 약간은 어색하게 걸터앉았다.

"야, 음악 듣자. 뭐가 좋겠니?"

"아무거나."

아바의 「해피 뉴 이어」가 흘러나오기 시작했다. 책상 앞 의자에 앉을 줄 알았던 영서는 어느새 침대 위로 올라와 몸을 쭉 펴고 누웠다. 나는 잔뜩 긴장을 해서 엉덩이만을 간신히 침대에 걸친 채로 있다가 무슨 말이든 해야 될 것 같아서 "한여름에 신년 축하 노래는 좀 안 어울린다"라고 내뱉었다. 그러자 영서는 "아무거나 듣자고 했잖아?"라고 말하면서 내 목을 끌어안았다.

"준아, 나, 있잖아, 네가 너무너무 좋은 거 있지."

내 몸이 움찔하는 순간, 갑자기 초인종 소리가 들렸다. "어머나, 아빠 오셨나 보다"라며 영서가 침대에서 벌떡 일어났다.

영서의 아버지는, 물론 외교관이라는 직업에서 비롯된 나의 선입

견 탓이기도 했겠지만, 전형적인 고등 공무원의 모습을 하고 있었다. 단정한 양복에 곧게 가르마를 타서 넘긴 머리 모양이며 반짝이는 시계며 사각형의 검은 서류 가방이며. 나를 보시자마자 잠깐 인상을 쓰시더니 영서의 어머니에게 서류 가방을 넘기셨다.

"아빠, 얘, 내 남자 친구예요. 잘생겼죠?"

영서가 내 팔을 잡으며 말했다.

"그래, 우리 영서 남자 친구라면 이 정도는 되어야지. 좀 앉지 그래?"

영서의 아버지는 이렇게 말씀하시며 소파 쪽을 가리키셨다.

"무슨 학교에 다니는가?"

내가 자리를 잡고 앉자 영서의 아버지는 이렇게 물으셨다. 내 대답을 듣자 근엄하게 고개를 끄덕이셨다.

"성적은 어느 정도 되나?"

이게 그의 두번째 질문이었다. 제발 듣지 말았으면 했던 질문이 나오자 나는 다소 흥분했다.

"지금은 중간 정도밖에 안 되지만, 노력해서 상위권으로 올리겠습니다."

나는 깍듯이 경어를 쓰면서 답했다. 영서가 전교 일등을 놓치지 않는 반면, 나는 반등수로 세도 이, 삼십등밖에 못하는 처지였으니, 아무리 배알이 튼튼한 나지만 차마 등수를 구체적으로 말하지는 못했다. 하지만 내가 구태여 등수를 얘기하지 않았어도, 영서 아버지의 표정은 굳어지기 시작했다. 화석처럼 경직된 이 표정은 내가 영서의 집에서 나갈 그 순간까지 그대로 남아 있었다.

"그래, 노력이 중요한 거지."

그리고 잠시 뜸을 들이시더니 "아버지는 뭘 하시는가?"라고 물으셨다.

"평범한 회사원이십니다."

이 말을 들으신 뒤에는 다른 질문은 더 하지도 않으셨다. 옆에서 계속 듣고만 있던 영서는 "아빠는 왜 그런 쓸데없는 걸 묻고 그래요?"라며 벌떡 일어나더니 내 손을 잡고 방으로 들어갔다. 방문이 쾅 닫히기가 무섭게 영서는 "야, 너는 화도 안 나? 자존심도 안 상해?"라며 화를 냈다. 그날 나는 꽤 착잡하고 찜찜한 상태로 집에 들어갔다. 새삼, 우리 집이 영서 집의 절반 정도의 크기도 되지 않는다는 사실이 크게 다가왔다. 야근을 하고 지친 모습으로 막 퇴근한 아버지가, 언제나 나보다 힘이 셌고 언제나 나보다 위에 있었고 언제나 무서웠던 아버지가 난생처음으로 초라해 보이기도 했다.

이후, 영서의 아버지는 영서가 나와 사귀는 것을 아주 못마땅해하셨다. 하지만 그럴수록 우리는 더 자주 만났다. 영서는 대학만 들어가면 쌍꺼풀 수술을 할 거라며 걸핏하면 자신의 평범한 얼굴을 원망했다. 언젠가 나로 하여금 영서에게 처음으로 시선을 돌리게 했던 굵은 허리와 휜 다리도 영서에겐 적잖은 콤플렉스였다. 그나마 키가 큰 것이 다행이라고 자위하면서도 몸매가 예쁘지 않은 것을 불평했다. 이렇게 사소한 걸로 인상을 찌푸리면서 흥분하는 모습이 몹시 귀여웠다.

"준아, 우리 대학 들어가면 곧바로 결혼하자, 응?"

이 말을 처음으로 한 건 영서였다.

"너희 아버지가 나를 그렇게 싫어하시는데도?"

"공부해서 성적 올리면 되잖아."

"내가 공부한다고 책상 앞에 앉아 있는 거 넌 싫어하잖아?"

"아이씨, 내가 놀고 싶어할 때는 같이 놀아줘야지, 안 그래?"

그러면서 영서는 자기 몸을 내 몸에 바싹 붙이면서 아양을 떨었다.

"아참, 내가 얘기했니? 우리 아빠, 캐나다 가실지도 몰라."

"정말?"

"응. 아빠가 떠나시면, 좀더 편하게 만날 수 있겠지, 그지?"

여름 방학이 끝날 무렵, 영서와 나는 여행을 떠났다. 어릴 때부터 아버지를 따라서 낚시를 자주 다녔는데, 나이가 들면서는 시간만 나면 곧잘 혼자서 1박 2일이나 2박 3일로 낚시 여행을 가곤 했다. 영서가 먼저 함께 가고 싶은 의사를 내비쳤다. 영서가 부모님에게 친구들과 함께 동해로 놀러 간다고 하겠다는 걸 나는 구태여 말리지 않았다.

우리는 아침 일찍 기차를 타고 청평으로 떠났다. 낚시를 처음 와본 영서는 모든 것에 신기해하면서 내가 고기 낚는 걸 구경했고, 샌들을 벗고 물에 들어가 물장난을 치기도 했다. 서울에서 태어나 줄곧 서울에서 자란 애라 들꽃들을 꺾어 꽃다발을 만들고 하는 것도 재미있어했다. 내가 그 자리에서 잡은 물고기의 배를 갈라 매운탕을 끓여 밥을 먹은 뒤에는 편편한 바위 위에 꼭 부둥켜 앉아 점점 검푸른 빛으로 변해가는 호수를 바라보았다. 시간이 꽤 지났을 때 나는 텐트를 쳤다. 보통 나 혼자 자곤 하던 텐트 안에 큰 몸집의 영서가 들어오게 되자 공간이 가득 차는 듯했다. 우리는 옷을 입은 채로 텐트 안에 누웠다. 밤이라 공기가 선선하긴 했지만 그래도 여름이라 텐트 안의 공기는 상당히 더웠다. 나와 영서는 몸을 모로 세워, 무엇 때문인지 절대로 몸을 붙이지 않은 채로, 서로의 얼굴을 마주 보고 있었다.

"안 피곤해?"

내가 물었다.

"조금…… 너는?"

이렇게 말하는 영서의 얇고 발그스레한 입술 주위로 포동포동한 볼살이 도톰한 주름들을 만들었다.

"나도 조금…… 얼른 자자. 많이 늦었어."

말은 이렇게 했지만, 나는 몸을 바로 누이지도 못했고 눈을 감지는 더더욱 못하고 있었다. 언제나 도도하고 적극적이었던, 즉 늘 자기 욕망에 충실했던 영서도 마찬가지였다. 여전히 몸을 그렇게 모로 세운 채 내 얼굴만을 바라보고 있었던 것이다. 얇은 옷가지 하나만 걸쳤을 뿐인데도 한여름이라 상당히 더웠다. 온몸이 다 후끈거렸다. 갑자기 영서가 "너무 덥다, 그지, 응?"이라고 하면서 몸을 약간 뒤척였다. 고요한 호수에 조약돌이 떨어져 가벼운 파문이 일듯, 영서의 몸에서 아름답고 자잘한 물결이 일었다. 나는 영서가 그려내는 그 선에 조용히 손을 갖다 댔다. 우리는 곧 입을 맞추기 시작했다. 너무도 긴 시간이 지난 것 같았지만, 날은 아직 밝아오지 않았다. 영서의 몸을 만지고 있던 나의 손이 나도 모르게 그만 영서의 얇은 티셔츠 안으로 들어갔다. 갑자기 영서가 내 몸에서 제 몸을 뗐다. 영서의 얼굴에 거의 공포에 가까운 놀라움이 번지고 있었다. 순간, 나 스스로도 바로 조금 전에 내가 한 행동에 놀라고 말았다. 너무나도 무의식적으로 나온 행동이었는데, 혹시나 영서가 나를 파렴치한 늑대로 생각할까 봐 걱정이 됐다.

"너, 그거…… 저어기, 그거 말인데……."

이렇게 조심스럽고 은근하고, 두려움과 불안과 기대가 미묘하게

156

조합된 말은 그 이전에도, 그 이후에도 영서에게서 절대로 들어본 적이 없었다.

"아니…… 난…… 그냥……. 네가 좋아서…… 미안해…… 네가……."

나는 지금 내가 무슨 말을 하는지도 모른 채 되는대로 중얼거렸다. 무척이나 곤혹스러웠다. 그러자 영서가 내 말을 끊으면서 물었다.

"너, 그거 해본 적 있어?"

"아니."

"해보지 않을래? 궁금하잖아."

영서는 역시나 영서다 싶었다. 참으로 호기심 많고 도도하고 대담한 아이였다. 내가 대꾸를 하지 않자 영서는 더 보채기 시작했다.

"야, 해보자, 응?"

"영서야…… 그만 해. 안 피곤하니?"

나는 영서의 몸을 끌어당겼다. 영서도 고집을 부리지 않았다. 그저 내 품에 안겨 있다가 내 팔을 벤 채로 조용히 잠이 들었다. 나도 힘들게나마 잠이 들었다. 한참 뒤에 팔이 너무 배겨와 잠에서 깼다. 내 팔을 베고 곤히 자고 있는 영서의 얼굴이 눈에 들어왔다. 낯설어 보였다. 나는 살짝 벌어진 영서의 입술에 입을 맞추었다. 그러고 나니 마음이 조금은 편해졌다. 그런데 영서의 머리가 얹혀 있는 팔이 좀 저려와, 팔을 빼려고 몸을 약간 뒤척였다. 그 바람에 그만 영서가 잠에서 깨고 말았다. 영서는, 낯선 공간에서 잠을 자다가 깨어난 사람들이 흔히 경험하는 대로, 한동안 자기가 지금 어디에 있는지를 깨닫지 못한 채 생경하다는 표정을 지었다.

"준아, 여기가 어디지?"

"우리 청평에 낚시 왔잖아."

"어, 맞아, 그랬지…… 준아, 그런데……."

영서는 뭔가 불안한 듯 연신 눈알을 굴리며 비좁은 텐트 안을 살폈다.

"왜? 안 좋은 꿈을 꿨니? 화장실 가고 싶어?"

이렇게 묻는 내 목소리가 몹시 떨리고 있었다. 영서는 한동안 말이 없다가 "준아, 나 집에 갈래"라고 말하며 눈을 비비면서 몸을 일으켰다. 이미 날은 밝아오고 있었다. 나는 영서를 애써 말리지 않았다. 도저히 말로 표현할 수 없는 우리 둘의 혼란한 심사를 우리 자신들은 너무도 잘 알고 있었기 때문이다. 나는 영서를 등에 업고 버스 정류장을 향해 걸어갔다. 거의 한 시간은 족히 될 법한 거리를 지나오는 동안 영서는 내게 몇 번씩이나 무겁지 않느냐고, 이제 그만 내려서 걸어가겠다고 말했다. 사실, 내가 아무리 혈기왕성한 나이였지만 170센티미터가 넘는 키에 적잖이 살집이 있는 영서가 새털처럼 가벼울 수는 없었다. 도중에 몇 번 쉬기도 했다. 하지만, 어쩌면 영서와 함께 보낸 지난밤보다도, 영서를 내 등에 업고 영서의 두 다리를 내 손으로 감싸 안은 채 산길을 내려가던 그 시간이 내겐 더 소중했다.

여름 방학이 끝나고 개학을 했다. 날씨가 조금씩 쌀쌀해지자 영서는 여름 교복을 벗고, 춘추복을 입었다. 그것은 치마 앞에 제법 굵은 잔주름이 들어간 옅은 회색 스커트와 짙은 푸른색 깃이 달린 재킷으로 된 교복이었다. 속에는 특별할 것 없는 하얀 블라우스를 입고 재킷의 깃과 같은 색깔의 넥타이를 맸다. 이 춘추복을 입은 영서의 모습이 무척 마음에 들었다. 특히, 몸에 약간 열이 나 재킷을 벗으면 허리 주변에 주름이 들어간 조끼가 나왔는데, 회색의 조끼와 하얀 블라우스가 무척이나 단정했다. 이미 오래 전부터 영서는 더 이상 '변신'을 하는 일이 없었다. 나는 허울뿐인 책가방을 들고 왔다 갔다 하고 허수아비처럼 교실에 앉아 있던 삶에 종지부를 찍고 있었다. 영서는 예전보다 더 자주 사랑을 고백했고, 그때마다 늘 결혼 얘기를 빠뜨리지 않았다. 심지어 "준아, 너 예쁘고 날씬한 여자가 나타난다고 해도 바람피우면 안 돼"라는 식의 너무도 터무니없는 얘기를 해서 나를 웃기는 일도 종종 있었다. 이런 얘기를 하는 영서의 얼굴에선 한때 나를 징그러운 벌레인 양 쳐다보다가 도도하게 돌아서던 여학생의 모습을 도저히 찾아볼 수 없었다.

그렇게 분주했던 2학기가 끝나고 겨울 방학이 찾아왔다. 어느 날 저녁, 나는 여느 때처럼 영서를 바래다주기 위해 영서의 집 앞까지 함께 갔다. 여느 때와 마찬가지로 작별 인사로 영서의 볼에 가볍게 뽀뽀를 했다. 내가 몸을 떼려는 순간, 영서가 처음 입을 맞춘 날처럼 내 몸을 와락 끌어안으며 키스를 하기 시작했다. 그것도 인적이 드문 골목길이나 좀 외진 담벼락 같은 곳도 아니고, 아파트 단지가 쭉 이어지는 큰길에서 말이다. 이후 오랫동안 영서는 내 품에 안긴 채로 떨어질 생각을 하지 않았다. 결국 내 쪽에서 먼저 "늦었어, 영서야"라는 말을 하지 않으면 안 됐다. 그제야 영서는 내 품에서 빠져나와 그저 명랑하고 경쾌한 아이로 돌아왔다.

"준아, 잘 가, 내일 보자."

여느 때와 같은 작별 인사를 하기가 무섭게 영서는 내게서 돌아섰다. 포동포동한 얼굴 위로 드리워지던 해맑고 밝았던 미소, 그리고 늘 적어도 십 초간은 내 시선을 잡아두던 굵은 상체와 흰 다리, 그 사랑스럽던 몸의 선들, 이것이 내가 기억하는 영서의 마지막 초상이다.

다음 날 오후, 영서는 한 시간이 지나도 약속 장소에 나타나지 않았다. 이 정도 지각이라면 예사로 하는 애였기 때문에 별로 걱정이 되진 않았다. 그렇게 또 한 시간이 지났다. 그래도 영서는 나타나지 않았다. 이번엔 공중전화를 찾아 휴대폰에 전화를 걸어보았다. 해지된 번호였다. 심장 박동이 두 배로, 세 배로 빨라지고 피가 머리끝까지 솟구쳐 오르고 있었다. 문득 "우리 아빠, 캐나다 가실지도 몰라"라는 지난여름에 영서가 했던 말이 뇌리를 스치고 지나갔다. 추위에 떨면서 벤치에 앉았다가 섰다가 주위에서 서성였다가 하면서도 나는 그 자리를 떠나지 못하고 있었다. 갑자기, 눈이 내리기 시작했다. 1997년, 서울의 첫눈이었다. 눈발이 점점 굵어지고, 그 눈발이 진작부터 켜진 가로등 불빛을 받아 노르스름하게 반짝거리는 풍경을 끈질기게 바라보았다. 눈들이 꼭 눈꽃 놀이를 벌이는 것 같았다. 영서의 통통한 볼살 같던 뽀얀 눈송이들이 지난여름의 투명한 빗방울로 바뀌려는 찰나, 정신이 번득 든 듯 몸이 부르르 떨렸다. 나는 발걸음을 내딛기 시작했다.

집에 도착한 뒤 한동안 방구석에 처박혀 있었다. 저녁도 먹지 않고 그렇게 있다가 또다시 바깥으로 나갔다. 공중전화 부스로 가서 영서의 집에 전화를 걸었다. 영서의 아버지를 만난 이후로는 한 번도 사용해본 적이 없는 번호였다. 신호음이 떨어지고 얼마 지나지 않아 영서 어머니의 목소리가 들려왔다. 최대한 진정하려고 하면서 늦은 시간에 전화를 걸어 죄송하지만 영서를 바꿔주십사 부탁했다. 영서 어머니는 차분하게, 딱하다는 듯 말씀하셨다.

"영서가 오늘 아버지 따라 캐나다 갔단다."

영서 어머니의 이 말이 떨어지자, 머릿속의 뇌수가 삼 초간 두개골 밖으로 튕겨나갔다가 다시금 제자리로 돌아오는 것 같은 느낌이 들었다. 어머니는 계속 말을 이으셨다.

"짐 싸면서 많이 울고 그러더라마는. 아참, 영서가 너한테 편지랑 선물을 두고 갔는데, 와서 찾아가지 않으련?"

잠깐 침묵이 흘렀다.

"아니요, 됐습니다, 어머니. 안녕히 계세요."

그리고 나는 "그래"라는 어머니의 말이 끝나자 수화기를 내렸다. 공중전화 부스의 벽에 몸을 기대고 상당히 오래 서 있은 뒤에야 비로소 걸음을 뗄 생각이 들었다. 그렇다, 영서는 하루아침에 느닷없이 떠난 것이 아니었다……. 적어도 떠나기 며칠 전부터는 이 긴 여행을 준비하고 있었던 것이다. 그런 상태에서 어떻게 내게 아무 말도 없이 맑고 밝은 미소를 지으며 "내일 보자"라고 말할 수 있었단 말인가! 영서의 내일과 나의 내일이 절대 공유될 수 없는 다른 시간임을 미리 알고 있었으면서 말이다!

곧 겨울 방학이 시작되었다. 머릿속에서는 항상 모기나 하루살이 따위가 배회하고 있는 것 같았다. 그렇게 석 달쯤 지났을 때, 모의고사가 끝난 어느 날 나는 불에 덴 듯 느닷없이 수첩을 뒤져 다시 영서의 집으로 전화를 했다. 이번엔 영수가 전화를 받았다. 내 목소리를 듣자 나름대로 반기는 기색이었다. 하지만 내가 영서의 연락처를 묻자, 곧바로 영수의 어조가 바뀌었다.

"형, 정말 가르쳐주고 싶은데요, 아버지가 절대로 가르쳐주지 말라고 했어요."

나는 간단한 작별 인사를 하고 그냥 전화를 끊었다. 그날, 영서의 전화번호가 적혀 있던 수첩은 쓰레기통에 버려졌다.

고교 시절의 마지막 해는 어떻게 지났는지 알 수 없을 만큼 빨리 마감되어버렸다. 영서를 만나면서 시작했던 공부를 영서가 떠남과 동시에 완전히 손놓아버렸기 때문에 성적은 이전보다 더 나빠졌다. 애초에 대학 따위엔 들어갈 생각도 없었지만, 그래도 수학능력시험 점수를 받아보니 좀 불쾌했다. 특별히 무슨 계기가 있었던 건 아니지만, 대학이라는 곳을 일단 한 번은 들어가보고 싶다는 생각이 들었다. 아버지를 설득하여 재수를 할 수 있었고, 다음 해에 대학에 입학했다.

대학 시절의 첫 해는 술과 외박으로 채워졌다. 학교가 집에서 꽤 멀었기 때문에 친구들과 어울려 술을 마시다 보면 어느새 시간이 늦었고 그러면 친구들의 근처 하숙방이나 자취방에서 잠을 자기가 일쑤였다. 그러다가 중간고사를 얼렁뚱땅 마감하고 집에 들어갔더니 어머니가 내 방을 청소하신다고 방 안의 온 물건을 방바닥에 널려놓으신 상태였다.

"엄마, 제가 할게요."

"아이구, 됐다. 집에나 좀 자주 들어와라."

그러면서 어머니는 내 책상 서랍 속에서 잡동사니들을 꺼내셨다.

"이 사진은 뭐야? 뉘 집 딸인지 참 안 예쁘게 생겼구나."

어머니는 서랍 안쪽 구석에 박혀 있었을 폴라로이드 사진 한 장을 내게 건네주셨다. 사진을 받아 드는 순간, 왜 이런 것이 내 책상 안에 들어 있나 싶었다. 꽤 오랫동안 들여다본 뒤에야 언젠가 영서와 함께 갔던 주점에서 어떤 이벤트가 있었고 그때 즉석에서 공짜 사진 한 장을 찍은 기억이 났다. "난 사진 찍는 거 싫어." "왜?" "얼굴은 크고 눈은 작아서 사진이 잘 안 나와." "그럼, 내가 갖는다." 그러면서 나는 사진에 입을 맞추고 사진을 가방 안에 집어넣었다. 내가 연신 싱글벙글 웃어대자 영서는 "야, 준아, 너는 내가 그렇게 예쁘니?"라고 물었더랬다. "그걸 말이라고 해?" "거짓말도 잘한다, 요놈!" 이런 대화가 오갔고, 이후 한동안 이 사진을 들고 다녔던 기억이 났다. 하지만 이 사진을 언제 책상 서랍에 넣었는지는 기억나지 않았다.

"쓸데없는 거예요, 엄마."

나는 방문 옆에 소복이 쌓여 있는 쓰레기 더미 위로 사진을 던졌다.

방탕했던 1학년이 끝나고 입대했다. 복학을 했을 때는 이미 이십대 중반이었다. 이 무렵의 남학생들이 다 그러하지만, 1학년 때와는 달리 수업도 꼬박꼬박 듣고 학점에도 적잖이 신경을 쓰게 되었다. 그러던 어느 날, 기말고사 준비를 하다가 점심을 먹으려고 도서관을 나오는데, 뒤에서 내 이름을 부르는 소리가 들렸다. 뒤를 돌아보았다. 덩치가 제법 큰 남학생 하나가 서 있는데, 누구인지 생각이 나지 않았다. 내가 멍한 표정을 짓자 그쪽에서 먼저 인사를 했다.

"야, 형 너무한다! 나 영수예요, 최영서 동생요. 기억 안 나요?"

나는 그제야 어색하게나마 "어, 그래, 잘 지냈니?"라는 말을 할 수 있었다.

"형, 이 학교 다녀요?"

나는 대답 대신 그저 어색하게 웃었다.

"우아, 형, 성적 많이 올렸네요."

내가 아무런 대꾸도 하지 않자, 영수는 약을 올리는 것 같은 표정으로 말을 이었다.

"형, 이젠 우리 누나 안 보고 싶어요?"

"아니."

"어떻게 사는지 궁금하지도 않아요?"

"팔다리 제대로 달렸으니 어디서든 잘살겠지."

"형도 참, 말하는 거하곤. 우리 누나 아직 캐나다에 있어요."

이번에도 내가 말이 없자 영수는 "형, 우리 같이 점심이라도 먹어요"라고 말했다. 나는 수업이 있다고 둘러대고는 영수를 따돌렸다. 내 머릿속에서 까맣게 지워진 존재가, 그것과 관련된 한 시절이 되살아나는 것이 부담스럽다 못해 짜증스럽기까지 했다. 그 무렵, 학창 시절의 추억을 되찾는다는 취지에서 만들어진 모 인터넷 사이트에 가입했다가, 언젠 영서가 방의 벽에 걸려 있었던, 같은 반 친구와 찍은 영서의 사진을 보게 된 적이 있었다. 그 아이는 어느 누구와도 전혀 다르지 않았다. 이런 느낌은 그야말로 우연히 영서와 재회를 했을 때도 마찬가지였다.

날이 약간 어둑어둑해질 무렵, 약혼녀 주희와 함께 석촌 호수 주위를 산책하고 있었다. 맞은편에서 골대가 상당히 크고 풍만한 몸매를 가진 여자 하나가 걸어왔다. 어느 순간부터 여자의 걸음이 약간 빨라졌다.

"준아! 야, 박준!"

영서였다. 한때 나를 매혹시켰던 싸늘한 봄날의 분위기에 더하여 도발적이고 육감적인 아름다움이 배어나왔다. 굽이 높은 구두 덕분에 나보다 더 커 보이는 몸이며 넓은 어깨며 곧고 바른, 지극히 도도해 보이는 자세도 여전했다. 내 팔짱을 끼고 서 있는 나의 애인을 보았을 것임에도 불구하고, 언제나 자신의 감정과 관심에만 몰두하는, 아니, 그래야 된다고 생각하는 저 오만함도 여전했다.

요란스러운 인사말에 내가 별다른 답을 하지 않자, 영서는 나의 어깨를 가볍게 건드렸다.

"이렇게 오랜만에 만났는데 반갑지도 않아? 잘 지냈니?"

"캐나다에 있는 줄 알았는데."

"응, 일 때문에 잠깐 나왔어. 그래, 어디 보자, 너, 덩치 좋아졌다."

그사이에 나는 곧 주희를 찾기 시작했다. 주희는 시선을 다른 곳으로 돌린 채 다소곳하게 한곁에 서 있었다.

"주희야, 얘가 영서야. 이쪽은 내 약혼녀 주희고."

영서의 표정이 급작스럽게 굳어졌다. 반면, 본디 대단히 자족적인 성품의 소유자인 주희는 평온했다. 연애를 막 시작하던 무렵 내가 영서 얘기를 처음 꺼냈을 때는 적잖이 신경을 쓰기도 했고 심지어 영서의 얼굴을 꼭 한 번 봐야겠다며 떼를 쓸 만큼 질투를 하기도 했지만, 정작 당사자가 눈앞에 나타나자 원래 주희의 성격이 허용하는 것보다도 훨씬 더 느긋해진 것 같았다.

"안녕하세요?"

영서의 이 평범한 한마디 말에서는 자기 중심적이고 오만한 여자들에게서 흔히 볼 수 있는 고약한 독기랄까, 장난기랄까 하는 것이 배어나왔다. 주희가 가볍게 고개를 숙여 답례를 하자 영서는 "무슨 일 하세요?"라는 첫 대면에는 좀 무례할 수 있을 질문을 했다. 주희는 미소를 지으면서 "재활원에서 몸이 불편한 애들을 돌봐주고 있어요"라고 말했다.

"그러세요?"

이렇게 말하며 영서는 언젠가 영서가 아버지가 내 성적을 듣고서 지었던 그 표정을 고스란히 재현해냈다. 그러고는 역시 자기 아버지와 마찬가지로 이젠 더 이상 물어보고 자시고 할 것도 없다는 듯 나에게 명함을 건네주고는 몇 마디 외교적인 말을 던진 뒤 서둘러 제 갈 길을 갔다. 하지만 우리의 재회는 이것으로 끝나지 않았다.

캐나다로 떠나기 얼마 전에 영서는 나의 연락처를 알아내어 전화를 걸어왔다. 대뜸 한다는 소리가 "야, 박준, 너 뭐야, 연락도 안 하고!"였다. 마침, 공문을 만드느라 정신이 없었기 때문에 우리의 관계 틀에 더 이상 맞지도 않는, 애교와 비슷한 투정에 상당히 짜증이 났다. 영서는 어떻게든 나를 따로 한 번 만나고 싶어했다. 썩 내키지는 않았지만 그럼에도 뭔가가 나로 하여금 한 번은 더 영서를 봐야 한다고 부추겼다.

항상 그래왔지만 이번에도 내가 조금 먼저 도착했기 때문에 멀리서 걸어오는 영서의 동선을 어느 정도 지켜볼 수 있었다. 둔부를 덮는 고급스러운 재킷과 폭이 조금 넓은 정장 바지로 감추긴 했지만, 눈에 익은 굵은 허리와 흰 다리는 영서의 고유한 정체성으로 남아 있었다. 아무리 봐도 아름다울 수 없는 신체적 단점에 불과했다. 지난번에 영서를 본 순간 느낀 육감적 아름다움은 도대체 어디서 나왔던 것인지 이해할 수가 없었다.

"어쭈, 안 올 것 같더니 빨리 나오기까지 하셨네. 들어가자."

영서와 카페에 앉아 있던 길지 않은 시간 동안, 시나브로 유행가 하나가 떠올랐다. 시청 앞 지하철역에서 그녀를 다시 만난다는 것은 실상 대단히 희박한 일인데, 지금 나에게 그 일이 일어났다. 그런데, 백발노인이 된 상태에서 십수 년 전 첫사랑과 그 주변을 거닐었던 호수를 보면서 첫사랑의 이름을 되뇌며 눈물을 흘리는 것은 불가능한 일이 아닐까. 심지어, 어떤 애잔한 심사에 젖는 것조차도 힘들지 않을까. 그저, 몇 초간 잠깐 묵념을 하는 것 외엔 어떤 다른 것도 없지 않을까. 그나마도 첫사랑에 대한 그리움 때문이라기보다는 그 시절 나 자신의 초상에 대한 그리움 때문이 아닐까. 영서가 내게 "준아, 나, 너 많이 보고 싶었어"라고 말했을 때, 이 말이 긴 몸뚱어리가 쏙 빠져버린 뱀의 허물처럼 공허하게 느껴질 때, 나는 영서도 나와 비슷한 감정을 느끼고 있을 것이라 생각했다. 다만, 인생에서 다시는 오지 않을 찬연했던 한 시절에 대한 그리움이 나로 인해 되살아났고, 현재의 나에게서 어떻게든 그 시절의 흔적을 보려는 부질없는 몸부림이 영서에게는 좀더 중요했던 것 같다. 내가 대답 없이 어색하게 웃자, 영서는 똑같은 내용을 담아 내게 물었다.

"준아, 너는…… 나 안 보고 싶었어……?"

"네가 떠나고 얼마간은."

"다시 보니까 어때?"

"뭐 그냥……."

"박준, 너, 너무 잔인한 거 아니니? 남자들은 죽어도 첫사랑은 못 잊는다는데."

나는 피식 웃고 말았다.

"준아, 너 나한테 화가 많이 났었구나?"

"그때는 그랬겠지."

"많이 울었어?"

"그때는, 아마."

"나, 어쩌면 한국으로 돌아올지도 몰라."

"그래?"

"응, 그것도 완전히."

이 말에 내가 별다른 대꾸를 하지 않자 영서는 상당히 오랫동안 뜸을 들인 뒤 "완전히 돌아온다고!"라고 다시 한 번 말했다. 내게 이건 수억 년 전 우연찮게 호박 속에 생매장된 모기의 피에서 공룡의 유전자를 추출하여 쥐라기 시대를 재현해내는 일과 다를 바 없이 여겨졌다. 이와 동시에, 오늘 당직 근무를 맡은 주희가 지금쯤은 집을 나갔으리라는 생각이 들었다. 주희가 원한다면 구태여 말리고 싶지 않지만, 결혼을 하고 나면 웬만하면 일을 그만두게 하고 싶었다. 결혼을 한 뒤에도 일주일에 두 번씩이나 따로 밤을 보내야 되는 것이 썩 내키지 않았다. 무엇보다도, 주희도 원하는 것이지만, 결혼을 하면 바로 아이를 갖고 싶었다. 하지만 얼마 전에 자궁 근종으로 인해 개복 수술을 받았고 이후, 재발을 막기 위해 남성 호르몬제를 복용하던 중에 빈혈이 심해져 짧으나마 입원까지 했었기 때문에 주희는 불임에 대한 공포를 버리지 못했다. 주희가 야근을 하는 금요일 저녁이면 나는 퇴근길에 밤참을 준비하여 주희를 찾았다. 영서와 있으면서 나는 오늘은 주희에게 뭘 먹일까 생각했다.

이랬으니, 영서의 말에 대해서는 그야말로 사무적인 답밖에 나오질 않았다. 영서는 자신의 추억 되살리기 작업에 동참해주지 않는 나를 자못 야속해했다. 내가 아니면 그 누구도 공유해줄 수 없는 영서의 한 시절을 바로 그 내가 이렇게 무심하게 방기하고 있는 것이다. 하지만 십 년이라는 세월의 강을, 우리에겐 새하얀 공백으로 남아 있는 그 시간을 무엇으로 메우겠는가. 이는 영서와 나의 사랑이 소위 어린애들의 불장난에 불과하기 때문도 아니고, 우리가 서로의 추억에 대해 불성실하기 때문도 절대로 아니다. 지금 내게 영서에 대한 배신감이나 증오 따위가 남아 있어서는 더더욱 아니다. 이 점에 관해서라면, 내가 아파한 시간보다 영서가 아파한 시간이 더 길었을 것이며, 내가 흘린 눈물의 양보다 영서가 흘린 눈물이 더 많았으리라고 확신한다. 행여나 어떤 싱황적, 감정적 계기가 주어진다면, 그 무렵 못다한 사랑을 「소나기」나 「별」이 아닌 「화양연화」라는 이름으로 완성시킬 수도 있으리라. 하지만, 「쉘부르의 우산」은 우리들의 젊었고 그랬기에 아름다웠던 그 한 시절을 보여주는 것으로 끝나는 것이 더 깔끔할 것이다. 설사, 과거의 흔적이 사진이나 일기, 심지어 자식과 같이 구체적인 물의 형태로 남아 있다고 하더라도, 한 번 살아낸 과거의 시간을 현재에서 재생시킬 수는 도저히 없으니 말이다. 인간은 잊혀지는 생각처럼 외로운 존재이며, 인간의 기억은 그 인간 자체보다도 더 외로운 것이 아닌가. 과거는 어찌해도 현재의 적수가 될 수 없다.

나와 작별 인사를 할 때 영서는 자못 안타깝다는 표정을 지으면서 나를 오래도록 바라보았다. 그러고는 긴 팔을 앞으로 내미는가 싶더니 어느새 어렵잖게 내 어깨를 감쌌다. 한때는 내게 익숙했던 이 몸짓이 약간은 생경하게 느껴졌지만, 동시에, 나도 모르게 몸이 움찔했다. "준아……"라며 내 이름을 부른 뒤 말꼬리를 흐리는 영서의 얼굴에서 짧은 순간이나마, 내가 영서를 마지막으로 보았던 그 겨울 저녁, 나를 와락 껴안으면서, 너무도 순수했고 그랬기에 너무도 도발적이었고 정열적이었던 키스를 퍼붓기 직전의 표정이 되살아난 것이다. 그 싸늘한 봄날의 느낌도 다시금 부활한 듯했다. 하지만 이건 그야말로 순간이었다. 나도, 영서도 그 키스를 되살리지 못했다.

내가 영서의 팔을 한동안 잡고 있다가 끌어내렸을 때 영서는 "준아, 잘 가"라는 인사말을 예전처럼 해맑고 밝게 내뱉었다. 그러고는 가뿐하게 돌아서서 표표히 걸어갔다. "잘 가" 뒤에 후렴구처럼 따라

나오던 "내일 보자"라는 말은 물론, 들리지 않았다. 싸늘한 초봄의 기운을 연상시키던 열여덟 살의 도도한 아이, 그 최영서는 더 이상 지구상에 존재하지 않았다. 대신, 서른을 목전에 둔, 성숙하고 지적인 매력을 지닌 변호사 최영서가 있을 뿐이다. 이 최영서는 나와는 무관한 남이었다. 그랬기에, 나 역시도 영서에게 "잘 가"라는 말밖엔 할 수가 없었다. 이 말은 꼭, 목하 내 눈앞에서 사라진 영서가 아니라, 이미 오래 전에 잠정적으로 마침표를 찍은 내 성장기의 한 시절에 고하는 영원한 작별 인사처럼 여겨졌다.

역시, 마지막의 아사코는 보지 않는 편이 나았다. 본다고 해서 딱히 나쁠 건 없으나, 그래도 보지 않는 편이 나았다. 이런 생각을 하며 나는 주희가 있는 재활원을 향해 걸음을 재촉했다.

북국의 백야를 꿈꾸다

내 몸 속의 곰팡이

유학을 온 지 정확하게 일 년하고 열흘이 지난 어느 날, 나는 도저히 참을 수 없다는 결론에 이르렀다. 왠지 페테르부르크에선 무슨 일이 일어나도 이상하지 않을 듯한 선입견도 있고 해서, 지금까지 내 몸에서 일어난 특정 현상에 대해 인내력을 발휘해왔으나, 정말이지 이젠 더 이상 참을 수 없다. 아니, 참아서는 안 된다. 페테르부르크가 뭐 그리 위대하다고 서울에선 단 한 번도 경험해본 적이 없는 해괴망측하고 남부끄러운 증상으로 찜찜한 고통을 감수해야 한단 말인가. 보자 보자 하면 사람을 보자기로 알고 가만가만 있으면 사람을 가마니로 안다고, 나는 증상이 나타난 지 정확히 육 개월하고 닷새가 되는 날 병원행을 결심했다.

사실 내가 지금까지 병원을 찾지 않은 데는 세 가지 이유가 있다.

육 개월하고 닷새 전만 해도 나의 러시아어로는 일상적인 맥락에서의 기본적인 의사소통도 힘들었던 데다가 내 병이 난 곳의 이름이나 그 증상을 설명하려면, 나로서는 거의 신의 섭리에 가까울 정도로 난해하고 골치 아픈 단어를 외워야만 했다. 또, 이 경우엔 단순히 나의 말을 늘어놓는 것 못지않게 상대방의 말을 알아듣는 것이 중요한데, 그 당시의 어휘 실력으론 도저히 의사의 진단 내용을 이해할 수 있을 것 같지 않았다. 게다가 자신이 외국어가 서툴다는 사실에 대한 의식이 강할수록 자신감이 떨어져서 다시 한 번 말해달라는 소리조차 못하고 그 자리에서 얼어붙고 마는 일이 다반사니, 일단 나는 러시아어를 못해서 내 몸의 성가신 고통을 참아왔다.

꼭 변명같이 들릴 수도 있지만, 러시아어 실력보다도 비위생적이고 비문화적이기로 이름 높은 러시아의 병원에 지레 겁을 먹은 탓도 있었다. 혈액 검사를 한답시고 지저분하고 커다란 주사기를 들고 와 바늘의 절반가량을 무지막지하게 팔뚝 한가운데로 푹 찔러 넣질 않나. 팔뚝에서 피가 뚝뚝 떨어지자 오물 냄새가 풀풀 나는 쪼글쪼글한 걸레쪽을 던져주면서 이걸로 닦든지 알아서 하고 소리 좀 지르지 말라고 하질 않나, 예방 접종을 하는데 앞사람이 사용한 주사기를 그대로 사용하질 않나, 하여간 러시아의 병원에 대한 갖가지 소문은 한결같이 나를 주저하게 만들었다.

나의 러시아어 실력, 러시아 병원의 열악한 상황, 그다음엔 이것이 가장 중요한 이유인데, 병원 중에서도 정확하게 무슨 과를 찾아가야 될지 도무지 알 수가 없었다. 특정 증상이 나타난 부위를 봐서는 비뇨기과로 가야 했으나 포경 수술을 받을 때를 제외하곤 그 부분을 그 누구에게도 보여준 적이 없는 나로서는 외부인에게, 그것도 외국인 의사에게 거기를 보여준다는 게 썩 내키질 않았다. 내가 보기엔 전체적으로 좀 발그스레해진 것 말고는 달라진 게 별로 없었고, 그나마도 이미 원래의 색깔이 제대로 생각나지 않으니 정상인지 비정상인지

판별할 수도 없는 상태였다. 역시나 의사의 도움이 필요한 거다. 하지만 비뇨기과는 이름부터가 마음에 들지 않아 일단 내과로 갔다.

살이 찔 대로 쪄서 더 이상 살이 들어갈 틈이 보이지 않을 정도로 비대해진 전형적인 러시아 아줌마 의사였다.

"그래, 어디가 안 좋은가?"

의사는 초면에 당장 말을 놓았다.

"몸이 좀 안 좋아서요."

그래도 나는 비교적 깍듯하게 존댓말을 써서 대답했다.

"음…… 일단 진찰을 해보지."

그러고는 내가 정확하게, 그리고 구체적으로 어디가 안 좋은지 말도 하기 전에 아줌마 의사는 나를 옆의 침대 위에 눕히고 무지막지하게 굵은 팔을 건들거리며, 퉁퉁한 다리를 뒤뚱거리며 내게로 다가왔다. 누워 있는 내 몸 위로 아줌마 의사의 거구가, 죽을 때가 다 되었는데도 여전히 죽지 않으려고 더 열심히 어린애들을 잡아먹어 엄청나게 비대해진 마귀할멈의 그림자처럼 드리워졌다. 얼굴의 이목구비는 비곗덩어리에 가려 숫제 보이지도 않았다. 나는 출렁거리는 턱살과, 딴엔 여자라고 목덜미와 가슴팍이 상당히 많이 드러난 상의를 입은 탓에 쭈글쭈글한 주름이 접힌, 구워 먹어도 맛 하나 없을 목살을 어쩔 수 없이 쳐다봐야 했다. 아줌마 의사는 내 옷을 걷어 올려서 싸늘한 청진기를 배 여기저기에 갖다 댔다. 뭔가 이상한 기미가 보이는지 다시금 청진기를 갖다 댔는데 그 부위는 딱 배꼽이었다. 그 뒤엔 차례대로 두 개의 젖꼭지에 청진기를 갖다 댔다. 한참 동안 청진기로 내 젖꼭지를 누르더니, 이젠 청진기를 목에 건 채 내 팔다리를 만져보았다. 이것도 진찰의 일환인가, 하는 의구심이 들었으나 아줌마의 무게가 너무 커서 아줌마가 내 사지를 쥐고 있을 땐 몸을 꼼짝도 할 수 없었고, 하도 숨이 막혀 입도 열리지 않았다. 내 사지를 다 만져본 아줌마는 이번엔 나의 다섯번째 사지를, 그러니까 지금 문제가 되고 있는 바로 그 부분을 만져보았다. 그러곤 "흠…… 아무 이상이 없는데……"라고 하는 것이었다. 그다음엔 나에게 일어나 자리에 앉으라고 말한 뒤 자기도 내게서 몸을 돌려 자리로 갔다. 바로 그때 아줌마의 입에선 "거참 숫말 자지같이 탄탄하구먼"이라는, 내 귀를 의심하지 않을 수 없는 천박한 말이, 뚱뚱한 마귀할멈의 이미지나 말의 상스러운 내용과는 아주 상반되는 지적이고 사무적인 어조로 튀어나왔다.

자리에 앉은 내게 아줌마는 입을 벌리라고 하더니 쇳물 냄새가 잔뜩 나는 이상한 막대기를 입 안에 집어넣어 벌어진 입을 고정시키고, 먼지와 때가 가득 낀 조그만 전등이 달린 도구를 입 안으로 쑤셔 넣어 이곳저곳을 관찰했다.

"담배 좀 그만 피고, 이빨 좀 자주 닦게나, 젊은이."

의사는 내 입에서 그 찜찜한 도구를 빼내면서 내 배를 쿡쿡 찔렀다. 나는 입 안에서 혀를 한번 돌려보았다. 조금 전의 그 녹슨 도구에서 떨어졌을 쇳가루와 전구 주위에서 떨어졌을 먼지와 때가 입 안을 가득 채우고 있었다. 나는 이곳을 나가자마자 이놈들을 다 뱉어버려야겠다는 생각에 침을 삼키지 않고 입을 꾹 다물고 있었다. 그래서 한마디도 할 수가 없었다.

"내가 보기엔 아무런 문제가 없어. 사지가 좀 가늘긴 하지만 자지가 이렇게 튼튼하니 아무 문제 없고, 입 안과 이가 상당히 더럽지만 침도 풍부하고 혀도 튼튼하니 역시 아무 문제 없지. 뱃속에서 좀 이상한 소리가 나긴 하는데…… 자네, 점심은 먹었나?"

나는 이미 입 안 가득 침이 고여 한 손으로 입을 틀어막고 있는 상태였기 때문에, 급하게 고개를 내저음으로써 내가 아직 아무것도 먹지 않았다는 의사를 전달했다.

"역시 그랬군. 뭐, 그럼 문제는 전혀 없네. 나가서 밥이나 먹게나."

나는 쇳가루와 먼지를 간신히 붙들고 있는 침을 얼른 뱉어야겠다는 생각에 자리에서 벌떡 일어났다. 내가 밖으로 나가려고 하자 아줌마는 "어쩜, 인사도 하지 않고 가나, 하여간 요즘 젊은 것들은 낯짝이 희건 노랗건 새까맣건 간에 싸가지가 없어"라며 혀를 끌끌 차더니 갑자기, 한 손으로 나의 그 부분을 한번 잡아당겼다. 나는 나의 중심부에 가해진 충격 때문이 아니라 침이 입가로 흘러내리는 지경에까지 이르렀기 때문에 부리나케 밖으로 뛰어나왔다. 화장실로 달려가 입 속에 든 검은 내용물을 다 뱉어내고도 입 안이 영 찜찜해서 찬물로 입을 헹궈야 했다. 내 입 안으로 들어갔다가 나온 물엔 불그죽죽한 쇳가루와 검은 먼지 입자가 다량으로 함유되어 있었다. 그렇게 입 안을 몇 번씩 헹구어내고서야 복도로 나왔다. 이대로 그냥 돌아가 버릴까 하는데 그 부분이 너무 가려워져 걷기도, 아니 숫제 다리를 벌리기도 힘들었다. 그제야 나는 내가 힘들게 병원을 찾은 목적을 깨달았다. 나는 거의 기다시피 화장실로 들어가 혹시 그 부분에 무슨 때 같은 것이 묻어 있지는 않나, 특히 아랫도리의 물건들이 서로 만나는 틈새에 이물질이 끼어 있지는 않나, 불쾌한 냄새가 나지는 않나, 어제 자위를 한 게 표가 나지는 않나 확인한 뒤 비뇨기과로 갔다.

키가 몹시 작고 몸도 몹시 여윈 왜소한 남자 의사였다. 이번엔 입속에 든 것도 없고 하니 내가 먼저 나서서 나의 구체적 증상을 얘기하기로 했다. 그런데 어째 시작부터 주변적인 얘기들만 나왔다.

"몸이 안 좋아서…… 그래서…… 내과에 갔었는데…… 배를 만지고…… 배꼽에…… 젖꼭지까지…… 그런데…… 아무 이상이…… 이가 더러워서…… 밥도 안 먹고…… 그런데, 저어기, 침이…… 쓴물에…… 그래서……."

"우리 마누라는 원래, 어떤 환자를 보건 그런 트집을 잡곤 하지요."

의사는 흐뭇한 웃음을 지으면서 이렇게 말했다.

"아니, 내과 의사가 당신의 아내입니까?"

"허허, 그렇다니까요."

나는 순간, 거대한 뚱보 마귀할멈과 왜소한 홀쭉이 남자가 관계를 갖는 장면을 머릿속에서 그려보았다. 여전히 뚱보 할멈의 몸 위에서 구멍을 찾지 못해 허우적대느라 발기한 성기가 어느새 조그맣게 줄어들어가고 있는, 그래서 할멈의 억센 손으로 궁둥이와 등짝 등을 마구 얻어맞고 있는 불쌍한 홀쭉이 영감의 모습이 상상되었다.

"사실 우리 마누라는 나랑 같이 살게 된 이후로 남자 환자를 받게 되면 내과 진료보다는 다른 쪽에 지대한 관심을 보이지요. 글쎄, 어떻게 말해야 될까요. 뭐, 직접 경험하셨겠지만, 간단히 말해 남성의 그 부분에 상당히 집착하는 편이지요."

의사는 사뭇 진지하게 이런 말을 했다. 그러더니 이와 아무 상관이 없는 화제로 자연스럽게 넘어갔다.

"그래, 어디가 안 좋다고요?"

"저어기…… 거기가…… 좀……."

"어허……."

"좀…… 가려……."

"아하, 그곳이 가렵다고요?"

"예, 바로 그겁니다."

"일단 봅시다."

의사는 나를 진찰대 위에 눕히고 뭔가를 한 뒤 "심상치 않군요. 검사를 해야 합니다"라고 하면서 나의 그 부위에 무슨 물질을 대는가 싶더니 일어나라고 했다.

"검사 결과가 나와봐야 단언할 수 있겠지만 상태가 워낙 심각하여 척 보기에도 어떤 병인지 충분히 알 수 있으며 그 병이란 거의 확실하게"라고 하면서 의사는 뭔가 어려운 말을 잔뜩, 그것도 아주 빠른 속도로 늘어놓기 시작했다. 러시아어 특유의 거친 발음과 장중한 강세 속에서 회오리치는 그 무수한 단어들 속에서 나는 오직, 라틴어에서 바로 차용한 듯한 '캔디다'라는 단어만을 알아들을 수 있었다.

"캔디다라고요?"

"그렇습니다."

"그게 뭡니까?"

"곰팡이지요."

"아니, 사람 몸에도 곰팡이가 핍니까?"

"아니, 아니 땐 굴뚝에 연기 나겠습니까? 아참, 이 속담은 이 상황엔 별로 맞지 않군요. 어쨌거나, 흔히 알아듣기 쉽게 곰팡이라고 하지만, 정확하게 설명을 해드리자면" 하고 의사가 운을 떼자 나는 지레 겁을 먹고 부디 좀 천천히 말해달라고 했다. 의사가 너무 천천히 말했기 때문에 다음의 말을 하는 데 오 분은 족히 걸렸을 것이다.

"물론 내가 산부인과 전문의가 아니라 이 자리에서 정확하게 질염에 관한 정보를 모두 다 읊을 수는 없으나 대충 얘기하자면, 질염은 성병으로 분류되는 임질, 매독, 에이즈 등과는 다소 다른 것이며, 그 종류로는 곰팡이의 일종인 캔디다가 주원인이 되는 캔디다성 질염, 기생충의 일종인 트리코모나스에 의해 발생되는 트리코모나스 질염 등과 같은 것이 있고, 현재 젊은이가 감염된 것으로 확실시되는 캔디다성 질염은 질염의 가장 흔한 형태로, 이미 경험하셨을 수도 있지만, 질에서 치즈 같은 냉이 흐르고 이 흰색의 걸쭉한 냉과 함께 심한 가려움증이 있는데, 물론 몸이 건강한 상태에서도 곰팡이균은 소량 존재하지만 과로로 지쳐 있거나 영양 상태가 나쁘거나, 즉 건강 상태가 좋지 않을 때에는 곰팡이균의 숫자가 정상 이상으로 급증하며, 또 임신 중인 사람, 경구 피임약을 장기간 복용하는 사람, 당뇨병 환자에게서 흔히 나타나고, 항생물질이나 부신 피질 호르몬제를 장기 사용해도 곰팡이균의 번식이 일어날 수 있으며, 증세가 심할 경우엔 심한 가려움증은 물론이고 외음부가 벌겋게 변하면서 살이 헐고 금이가서 아구창처럼 백태가 끼게 되는 불미스러운 일이 발생하기도 합니다.”

  의사는 자신이 한 번도 말을 더듬지 않으면서 문법적 실수도 없이 저 긴 문장을 완벽하게 구사한 것에 대해 몹시 흐뭇해했다. 하지만 의사가 너무 천천히, 단조롭게 말했기 때문에, 나는 의사의 기나긴 말이 한창 진행되는 도중에 깜박 조느라 내용을 다 놓쳐버렸고, 결국 이번에도 ‘곰팡이’와 ‘가려움증’‘백태’ 등과 같이 쉬운 말만을 간신히 알아들었다. 그래서 부끄러움을 무릅쓰고 다시 물었다.

  “그러니까, 정확한 병명이 뭡니까?”

  “캔디다성 질염입니다. 제가 조금 전에 말씀드린 외음부의 각종 증상만 봐도, 환자분이 이 병에 걸렸다는 건 아주 독특한 일이지요."

의사는 눈을 가늘게 뜨면서 나를 쳐다보았다. 비상한 호기심을 가지고 내 반응을 기다리는 듯했다.

"캔디인지 뭔지는 참을 만하지만 질염이라니 이름부터 아주 짜증나는군요."

나는 '질염'이라는 러시아어를 그 단어가 나온 즉시 우리말의 '질염'으로 옮겨보았었다. 그리고 하고많은 질병 중 간경련이나 위궤양, 폐결핵 따위도 아니고 유독 이름부터가 지저분한 '질염'에 걸렸다는 사실이 영 불쾌했던 것이다. '질'자 자체도 썩 기분 좋은 글자가 아니고, '염'은 염증, 염통, 염오 등과 같이 역시나 기분 나쁜 단어의 첫자리에 오는 글자이기 때문에 역시나, '질' 못지않게 기분 나쁘다. 게다가 캔디다가 곰팡이를 말한다니, 간단히 곰팡이성 질염에 걸렸다는 말이니 참으로 동네 부끄러운 얘기다. 그런데 의사는 나의 언짢고 불쾌한 심사와는 전혀 맞지 않은 기묘한 표정을 지으면서 반문했다.

"예? 질염이라는 이름 때문에 짜증이 난다고요?"

의사는 머리 위에 찌그러진 물음표를 하나 띄웠을 뿐만 아니라, 자신의 기나긴 연설이 전혀 엉뚱한 방향으로 받아들여졌기에 몹시 실망한 듯한 표정을 지었다. 나는 그제야 중대한 사실을 알아챘다. 나는 여자가 아니라 남자이지 않은가! 그러니 '질'이라는 것은 내 몸 어디에도 존재하지 않는 것이고 '질염'이라는 것은 내가 걸리고 싶어도 도대체 걸릴 수 없는 그런 병이며 잠결에 언뜻 들은 듯도 싶은 냉이니 분비물이니 하는 것은 내가 본 적도 없는 그런 것이다. 순간 곰팡이라는 단어는 내 머릿속에서 완전히 지워지고 '질'이라는 단어가 나를 완전히 거머쥐게 되었다. '기가 막히다'라는 글자가 내 얼굴에

새겨지는 걸 본 의사는 이제야 상황이 정상적으로 돌아간다고 생각했는지 흐뭇한 웃음을 흘리면서 말했다.

"남성의 성기에 캔디다, 즉 일종의 곰팡이가 증식하는 것은, 그런 곰팡이를 질 속에 갖고 있는 여성과의 성행위를 통해서 충분히 가능한 일이지요."

"그건 있을 수 없는 일입니다!" 내가 발끈해서 말했다. 나는 아직, 질염에 걸린 여자건 질염에 걸리지 않은 여자건 그 어떤 여자와도 같이 자본 적이 없었기 때문이다.

"흠…… 그렇다면 더더욱 희귀한 현상이군요. 사실 성행위를 통한 감염의 가능성이라면 저는 처음부터 배제했습니다. 곰팡이가 번식해 있는 모양이…… 뭐랄까, 흠흠…… 워낙 델리키트한(영어에서 차용한 단어를 러시아어 형용사의 어미 변화 규칙에 맞게 활용시켜 발음하면서 의사는 음절 사이에 유난히 긴 휴지부를 두었고 또 유난히 말꼬리를 늘였다) 문제라서 구체적으로 묘사하긴 어렵지만 어쨌거나 이건 아무래도 '질염'이라고밖에 말할 수 없거든요. 그런데 언제부터 이런 증상이 생겼습니까?"

"정확하게 육 개월하고"라고 하면서 내가 '닷새'를 덧붙이려고 하는데 의사가 말을 뚝 끊어버렸다.

"그럴 수가! 음, 역시 그렇군요."

"무슨 말씀이신지……?"

"보통 질염의 경우 증세가 나타나고 대략 일이 주, 아무리 길어야 한 달 정도 지나면 감염자는 정상적인 활동에 지장을 받을 정도로 심한 가려움, 나아가 따가움을 느낍니다. 더군다나, 그 부위가 몸의 정중앙이다 보니 상당히 불편하지요. 여성의 경우 통증 때문에 성교도

182

아예 불가능해지죠. 남성이 질염에 걸리는 경우는 지금까지의 연구로는 전혀 없으며, 여성의 몸에 번식하고 있는 균이 옮아올 경우엔 그 여성과 비슷한 증상을 보입니다. 그런데 당신의 경우엔 그저 그런 균 자체가 번식하고 있는 것이 아니라 명백하게 '질염'이라고밖에 말할 수 없는 특징들을 보여주고 있기 때문에 흠흠, 저로서는 방법이 없군요."

"아니, 그럼 어떻게 해야 된단 말입니까?"

나는 거의 울상이 되어 물었다.

"아주 희귀한 자료를 제공해주셨으니 진료비와 검사비는 안 받겠습니다."

"자료는 선생님한테나 유용한 것이고, 내 병은 어떻게 고치란 말입니까?"

"그거야 당연하지 않습니까. 병명이 '질염'이니 질을 위시한 여성의 각종 생식기에서 발생하는 각종 병을 치료하는 산부인과로 가보셔야지요."

"예?"

나는 너무 기가 막혀 열린 입을 다물지 못하고 '예' 그대로 벌리고 있었다. 이젠 내 머리 위에 찌그러진 물음표가 생겨났다.

"허허, 그게 너무 곤란하다 싶으면 제가 소개장이라도 써드리리다. 사실, 이 병원의 산부인과 의사가 내 딸이거든요."

의사는 딸이 모르긴 몰라도 선사시대부터 병원의 각종 과 중에서 돈을 제일 많이 벌어온 산파, 즉 산부인과 의사라는 직업을 가진 것이 새삼 흐뭇하다는 듯 쭈글쭈글한 웃음을 흘렸다. 소뿔도 단김에 뽑아야 된다고 나는 벌겋게 달아오른 얼굴을 툭툭 치면서 산부인과에 가기로 결정했다. 내가 비뇨기과 문을 열고 나오는데 의사가 내 등뒤에다 대고 큰 소리로 외쳤다.

"내 딸은 과년한 처녀니, 행동을 조심해야 될 겁니다."

나는 비뇨기과 맞은편에 있는 산부인과로 갔다. 그런데 비뇨기과와 내과 의사의 딸은 과년하고도 한참 과년한, 이미 노랗게 시들어가기 시작한 오이 같았으며, '행동을 조심하라'는 것은 내가 그녀 앞에서 무례하고 노골적인 행동을 자제해야 한다는 것이 아니라 그녀가취할 그런 행동에 나 자신이 방어를 잘하지 않으면 안 된다는 뜻인듯싶었다. 원래 학적 관심과 호기심이 대단하고 지금껏 남자의 성기라곤 구경도 못해본 듯싶은 노처녀 의사는 아버지가 써준 소개장과진찰 기록을 보더니 처음부터 이런 예외적인 경우에 비상한 열의를보였다.

"아주 독특하군요. 너무 독특해서 진찰 역시도 독특하게 할 수밖에 없겠고, 다른 환자들, 특히 환자들의 보호자에게 방해가 되므로정기 진료가 끝나는 오후 여덟시 이후에 다시 와주세요."

하는 수 없이 나는 산부인과를 그냥 나왔다. 그도 그럴 것이 진료실의 환자들이, 즉 새파랗게 젊은 처녀부터 아이를 두셋 거느린 젊은주부, 늙음의 징후를 보이기 시작한 중년 여자, 심지어 여자로서의지표를 이미 상실한 듯한 할머니들, 심지어 젊은 여자들의 짝인 각종수컷들이 동물적인 호기심을 숨기려 하지도 않고 나를 동물원 원숭이 구경하듯 흥미진진한 시선으로 쳐다보고 있었기 때문이다.

집에 돌아오자마자 욕조에 뜨거운 물을 가득 받은 뒤 그 안에 들어가 누웠다. 이렇게 하면 몸이 나른해져서 낮잠이라도 좀 잘 수 있을까 싶어서였는데 그러기는커녕 체온이 올라가 그 부분이 더 가려워졌다. 욕조에서 나와 맥주를 마시려고 하다가 이 역시 체온을 상승시켜 가려움증을 더하리라는 생각이 들어 그만뒀다. 결국 여덟시가 될 때까지 내가 할 수 있는 일이라곤 책을 보는 것뿐이었다. 그래서 책상 앞에 앉았다. 좀 읽어나가니 재미있는 부분이 나와서 체크를 하려고 형광펜을 찾기 시작했다. 며칠 전만 해도 필통에 꽂혀 있었는데 보이질 않았다. 책상의 물건들을 다 들어봐도 없고, 의자에서 일어나 책상 뒤를 찾아봐도 없다. 종종 소파에 몸을 누인 채 책을 읽곤 하니까, 실수로 떨어뜨렸을 수 있지 않을까 싶어 책상 맞은편에 있는 긴 소파 쪽으로 가보았다. 하지만, 소파 근처에서도 형광펜을 찾을 수 없었다. 끝으로, 침대 쪽도 찾아보았지만 없었다. 그렇게 온 방 안을 거의 다 뒤졌는데도 찾을 수 없었다. 뭣하면 그냥 빨간색 펜으로 밑줄을 그을 수도 있겠지만, 난 계속 형광펜에 집착했다. 형광펜을 특별히 선호한다는 그 이유 때문만이 아니라, 갑자기, 형광펜에 몰두하다 보면 금세 여덟시가 되리라는 기대감이 들었기 때문이었다.

그런데 이런 분위기 있는 생각이 머릿속을 맴도는 판에 갑자기 요의를 느꼈다. 방 안을 한번 둘러본 뒤 화장실로 갔다. 바지춤을 끄르고 그 부분을 꺼내놓은 채, 시선을 멍하니 화장실 구석에 꽂은 채로 소변을 눴다. 소변을 다 본 뒤 오른손으로 그 부분을 살짝 터는 마지막 작업을 하는데, 그동안 넋 놓고 있던 시선이 갑자기 정신을 차리고 어떤 물건을 포착해낸 것이다. 바로 형광펜이었다. 그제야 난 이마를 쳤다. 아마도, 화장실에 앉아 책을 읽은 뒤 예의 버릇대로 형광펜의 뚜껑을 닫고 책 사이에 끼운 채 밖으로 나오다가 그것을 떨어뜨린 모양이다. 그러고 보니, 가벼운 플라스틱이 톡, 하고 타일 위로 떨어지는 소리를 들은 기억이 나는 듯도 하다.

그토록 열심히 찾던 형광펜을 찾았으니 만사형통이다. 난 다시 책상에 앉았고, 변을 보고 난 이후에도 꼬박꼬박 펜 뚜껑을 닫아놓는 내 버릇을 기특히 여기면서 내가 보던 책의 한 구절에 줄을 치기 위해 형광펜의 뚜껑을 뽑았다. 그런데, 형광펜의 잉크가 날아가버리지 않아 다행이라고 생각한 내게 전혀 뜻밖의 불상사, 아니, 엽기적인 일이 일어났다. 펜 끝에 까만 곰팡이가 피어 있는 것이다. 앞만 보고 있다가 갑자기 뒤에서 날아온 도끼에 찍힌 사람처럼 나는 통렬한 고통과 더불어, 순수한 경악을 느꼈다. 충격을 좀 가라앉힌 뒤, 이번엔 좀 조심스럽긴 하지만 모종의 호기심과 재미를 느끼면서 뒤쪽의 뚜껑을 열어보았다. 이건 또 무슨 조화인지, 뒤쪽은 하얀 곰팡이로 뒤덮여 있었다. 통풍도 제대로 되지 않는 화장실에 방치되었던 형광펜은 까만 곰팡이와 하얀 곰팡이의 서식지가 되어 있었던 것이다. 정말 내 몸 안도 내 몸 밖도, 온통 곰팡이다. 이 역시 썩 기분 좋은 일은 아니지만, 그래도 질염의 악몽에서 벗어나 질염보다는 좀 덜 기괴한 곰팡이에게로 내 주의가 옮아간 것이 기뻤다.

하지만 여덟시까지는 여전히 많은 시간이 남아 있었기 때문에 나는 청소를 하기 시작했다. 역시 정신이 혼란스러울 때는 몸을 움직이는 게 상책이다. 우선 방을 닦은 뒤 욕실과 화장실, 부엌을 청소했다. 다행히 설거지거리도 좀 쌓여 있어서 그 일이 또 시간을 죽이는 데 일조했다. 집 내부 청소가 끝나자 베란다로 나갔다. 말라비틀어진 제라늄 화분이 제일 먼저 눈에 들어왔다. 베란다에 나온 김에 담배를 한 대 피웠다. 담배를 다 피운 뒤 담뱃불을 화분의 흙에다 대고 비벼 끈 뒤 몸을 돌리는데 그 순간, 커피 메이커가 화분 곁에서 삐죽 고개를 들이밀고 있었다. 아마 겨울이 끝났을 무렵, 끓인 커피가 약간 남아 있는 상태의 커피 메이커를 씻어 찬장에 넣어두기 위해 부엌으로 가져왔다가 그냥 둔 모양이다. 저것을 씻다 보면 또 시간이 가겠지 싶어, 어느새 그 부분의 가려움도 다 잊어버리고 커피 메이커를 향해 돌진했다. 그런데, 가까이 가서 보니, 나지막하게 고인 검은 커피 액의 표면 위로 상당히 무거울 듯싶은데도 용케 가라앉지 않은 둥그스름한 덩어리들이 둥둥 떠 있는 것이 아닌가. 올 봄 내내 망각 속에 방치된 커피 액을 숙주 삼아 예의 그 곰팡이 녀석이 질긴 생명을 이어가고 있었던 것이다. 커피 메이커에서 커피 용기를 꺼내보았다. 분명히 미묘하게 꿈틀거리는 것 같은 이 자잘한 솜털하며, 푸른색과 흰색과 검은색이 배합된 얄궂은 빛깔하며 영락없이 그놈이었다.

나는 서둘러 곰팡이를 제거하기 시작했다. 커피 주전자의 물을 따라 버리고 세제와 수세미를 이용해 유리벽을 열심히 문질러댔는데, 여기서 나는 나의 은밀한 곳을 벅벅 긁어대는 것 같은 시원함과 통쾌함을 경험했다. 어찌나 열심히 문질렀는지 유리벽엔 상처가 났고 이와 동시에, 연상적인 상상 속에서 내 성기는 벌겋게 달아오르다 못해 피까지 나고 말았다. 상상 속에서 나는 내 성기의 피고름 같은 것을 열심히 짜냈다. 살을 찢어 그 틈으로 피를 짜내는 고통 속에서 질염이라는 가당치 않은 병의 원인인 곰팡이와 잡균을 내 몸 속에서 완전히 뽑아내버리고 있다는 모종의 희열을 맛볼 수 있었다. 지금으로선 그 치욕스러운 산부인과엔 다시 가지 않아도 될 것 같은 자신감이 생겼다. 그래서 나는 여덟시가 지났는데도 자신만만하게 내 성기를 벅벅 긁어대면서 피를 짜내고 있었다. 자극이 너무 심하게 가해지자 지독한 통증 속에서도, 기가 막히게도, 흥분이라는 것이 고개를 들이밀더니, 때마침 내 손도 성기와 계속 마찰을 하고 있는 상황이고 해서 그만 사정을 하고 말았다. 바로 그때 전화벨이 울렸다. 산부인과 여의사였던 것이다. 이미 아홉시가 지나고 있었다. 그녀의 명령에 가까운 권유를 거역할 수 없었던 나는 바로 호출에 응했다.

여의사는 아까와 마찬가지로 흰 가운을 입고 있었으나 이번에는 가운의 단추를 다 풀고 있었고 그 때문에 몸에 비교적 꼭 붙는 원피스로 가려진 바싹 여윈 몸을 볼 수가 있었다. 그녀는 내게 곧바로 "일단 봅시다"라고 했다. 내가 어리둥절하게 그 자리에서 머뭇거리자 의사가 직접 내 손을 잡고 끌고 가 수술대 혹은 진찰대를 가리켰다.

"팬티 벗고 올라가서 다리 벌리고 누우세요."

나는 의사가 몸을 돌린 동안 바지와 팬티를 벗고 위로 올라가 다리를 벌린 채 누웠다. 의사는 내 얼굴이 보이지 않도록 커튼을 쳤고 이 때문에 나도 의사의 얼굴을 볼 수 없었다. 하지만 아래쪽에서 무슨 쇠막대기 같은 것으로 성기와 고환 사이, 고환과 항문 사이를 후벼 파는 듯한 불쾌한 작업이 진행 중이라는 것만은 선명하게 느껴졌다. 그 작업은 꽤 오래 계속되었다. 여의사는 마치 혈액을 채취해야 되는데 혈관을 찾을 수 없어 몇 번씩 주삿바늘을 잘못 꽂아 팔뚝을 시퍼런 멍으로 색칠해버리는 실력 없는 간호사처럼 당혹스러워하면서 시행착오를 거듭하고 있었다.

"아파요."

참다못한 내가 소리쳤다.

"좀 참으세요."

"거참, 빨리, 제대로 좀 못합니까?"

"봐야 될 게 너무 많잖아요?"

"뭐라고요?"

"도구의 도움을 받아 육안으로 확인할 수 있고 또 반드시 그렇게 해야 되는 기관의 수가 너무 많다고요."

"무슨 말인지 모르겠네, 젠장."

급기야 내가 신경질을 냈다. 여의사도 인내력이 한계에 다다랐는지 지금까지의 점잖은, 즉 애매모호한 말 대신 아주 구체적인 말을 내뱉기 시작했다.

"아니, 여자 성기도 본 적이 없으세요? 여자 같으면 집게로 겉에 있는 것을 적당히 벌리기만 하면 구멍과 통로가 나오는데, 당신은 남자라서 불알 두 쪽에 자지 하나에 하여간 달려 있는 것은 무진장 많으면서 정작 질염의 발생지가 되어야 할 구멍과 통로는, 다시 말해 보지와 질은 보이질 않잖아요."

여의사의 말이 너무 노골적이어서 나는 할 말을 잃고 말았다.

"무슨 말인지 알겠죠? 그러니까 좀 조용히 하란 말이에요. 안 그래도 심란해 죽겠는데 말야."

여의사는 제 쪽에서 소리를 고래고래 지르면서 정작 한마디도 않고 있는 나에게 화를 냈다. 나는 그저 어떻게든 이 괴로운 시간이 끝나길 바랐다. 사실 다리를 벌린 채로 진찰대 위에 누워 있는 건 꽤나 불편한 일이니 말이다.

몇 분이 지난 뒤에야 비로소 여의사는 환희에 찬 감탄을 내질렀다.

"아, 여기였군!"

드디어, 여의사는 구멍 비슷한 것을 찾은 모양이었다. 그것은 귀두의 끝에 나 있는 그 구멍이거나 아니면 성기와 고환이 만나는 지점의 어딘가에 혹시나 있을지도 모를 구멍이 아닌가 싶었다. 아래쪽에서는 금속들이 달그락거리는 소리가 났고 나의 그 작은 구멍 속으로 무슨 액체 같은 것이 흘러 들어오는 듯한 느낌이 꽤 오랫동안 지속되었다. 여의사는 다 됐으니 옷을 입고 나오라고 했다.

"이런 경우는 처음입니다만, 비뇨기과에서 진단했듯 캔디다성 질염인 건 분명합니다. 그리고 찾아보니까 질과 유사한 곳이 없는 것도 아니더군요."

여의사는 자신의 직업적 능력을 다시 한 번 인정받게 된 것에 자부심을 느끼는 듯, '이 정도야 뭐 껌이지'라는 식의 겸손을 빙자한 오만방자한 웃음을 흘렸다. 이런 치료가 한 달 정도 계속되었다. 보통 질염은 일주일 정도면 치료가 끝나지만 내 경우엔 구멍이 너무 작고 통로가 너무 좁고도 길어서 한 달이나 걸렸던 것이다.

그런데, 병이라는 것이 아무리, 사람을 가리지 않고서 온다지만, 하다못해 초경 전의 여자아이도 이런 병에 걸린다지만 그래도 내 경우는 참으로 독특하다. 내가 세상사의 모든 것에서 인과관계를 따져보려는 욕심이 있는 건 아니지만 생전 있지도 않았던 질의 염증으로 희귀한 치료를 받다 보니 오만 가지 생각이 교차했다. 하지만 그 생각들은 형광펜이나 커피 메이커의 곰팡이를 본 뒤 내 몸을 박박 긁으면서 느꼈던 쾌감과 같이 짜릿하게 해소되질 않았다.

지금껏 남자 구실을 못하긴 했으나 그래도 엄연히 남자인, 딴엔 명색이 남자인 내가 이런 '여성병'에 걸렸다는 사실은 동화적이거나 그로테스크한 소설에서라면 아주 자연스럽게 받아들여질 터이지만, 현실에선 전혀 그렇지 못했다. 나는 생전 처음 앓아보는, 이 망측한, 정말로, 동네 부끄럽고 '넘사스러운' 병 때문에 적잖이 마음고생을 했다. 이러다 보니 몸의 고생은 오히려 뒷전으로 밀려나버렸다. 병명상 발병 부위가 내게는 도저히 존재할 수 없는 어떤 곳을 지칭하는 것이다 보니 병을 핑계로 주위의 관심과 애정을 우려내볼 수도 없는 노릇이었다. 그서 곰팡이를 위시한 각종 생명체는 존재하지도 않는 어떤 기관에 자리를 잡고 자라나 그 존재하지 않는 기관 자체를 존재하게끔 만드는 위력을 갖고 있다는 결론을 내리는 것에 만족해야 했다.

한 달간의 치료를 끝내는 마지막 날, 여의사는 내과 의사인 어머니와 비뇨기과 의사인 아버지까지 동반한 자리에서 내게 영 찜찜한 말을 했다.

"질이 몸 내부에 존재하는 이상 질염은 언제라도 재발할 수 있습니다. 물론 이 경우엔 애초부터 질이라는 것이 없는 상태에서 질염이 발병했기 때문에 아주 특이하긴 하지만, 사실, 찾아보니 질에 해당하는 구멍과 통로가 없는 것도 아니었잖습니까? 그러니, 언제든지 재발할 수 있다는 것이죠."

한 달간 내 성기를 관찰하고 매만지면서 어느새 아줌마나 다름없이 되어버린 이 노처녀 의사는 이 말을 하면서 사뭇 엄숙한 표정을 지으려고 노력했지만 그 딱딱한 표정 밑으로 음란하고 짓궂은 장난기가 배어나왔다. 뚱보 아줌마는 사태를 정확히는 모르지만 자기 딸이 한 동양인 남자의 생명을 구했다고 생각하고서 예의 그 비대한 마귀할멈의 웃음을 흘렸으며, 홀쭉이 아저씨는 이런 희귀한 환자를 치료해낸 딸의 능력에 뿌듯해하면서 말라빠진 몸을 추스르지 못할 정도로 기뻐했다. 노년을 바라보고 있는 중년 부부의 웃음 속엔 물론, 딸의 표정에서처럼 음탕한 기운이 느껴졌다. 이들 가족은 전부 최소한 한 번씩은 내 성기를 만져볼 기회를 가졌으니, 특히 여의사와 홀쭉이 의사는 내 성기를 제 것처럼 주무르기까지 했으니 나는 이 세 사람이 현재 내 앞에 있다는 이유만으로도 수치심과 굴욕감을 느꼈다. 이런 상태에선 얼굴을 가린 채, 혹은 제 마음대로 불타오르기 시작하는 얼굴의 열기를 마냥 방치한 채 쏜살같이 자리를 뛰쳐나오거나 반대로 마치 마법에 걸린 듯 그 자리에서 딱 얼어버리는 수가 있다. 나는 이도 저도 아니고, 그들에게 우리 식으로 꾸벅 절을 한 뒤 병원 밖으로 나가려고 발걸음을 떼놓았다. 그런데 어째 그게 제대로 되질 않아 어정쩡하게 몸을 비튼 상태에서 두 다리도 역시 어정쩡하게 벌린 상태로 그 자리에서 뭉그적거리는 꼬락서니를 연출하고 말았다. 아무래도 이들은 내 성기뿐만 아니라 내 두 다리마저도 병신으로 만들어버린 게 분명하다. 나의 미적지근한 몸짓을 보고서 비뇨기과 의사가 갑자기 희한한 제안을 했다.

"치료도 끝났으니 우리 딸과 함께 저녁이나 드시지요."

그러자 옆에서 내과 의사가 맞장구를 쳤다.

"얘는 당신 때문에 아직 저녁도 못 먹었지 뭐야, 호호호."

무엇보다 불쾌했던 것은 비대한 아줌마가 억지로 짜내고 있는 저 '호호호'라는 가식적인 웃음, 자신의 음탕한 속셈을 감추려고 하지만 그 속셈을 너무도 추악한 방식으로 드러내주는 웃음이었다. 당사자인 산부인과 여의사는 아까와 마찬가지로 근엄함과 음란함이 애매하게 뒤섞인 표정을 짓고 있을 뿐, 한마디도 하지 않았다.

"여보, 우리는 그만 가지?"

내과 의사는 이렇게 말하면서, 살이 출렁거리는 억센 팔로 비뇨기과 의사의 해골 같은 팔을 잡더니 거의 강제로 끌다시피 그를 데리고 나갔다. 그와 동시에 산부인과 의사는, 그렇게 여윈 몸에서 어떻게 그렇게 거센 힘이 나오는지 하여간 제 어머니와 똑같이 우악스럽게 내 팔을 잡더니 나를 옆방으로 끌고 갔다.

침대 두 개가 좁은 통로를 사이에 두고 서 있었고 조그만 선반 위엔 전화가 놓여 있었다. 창문도 넓고 채광 상태도 좋아, 우리나라 봄의 여섯시경의 햇빛과 같은 백야의 기운이 느껴졌다. 여러모로 보아 위협적인 공간은 아니었다. 그럼에도 나는 늦은 시간에 노처녀와 단둘이 닫힌 공간에 있게 되었다는 것이 불쾌하다 못해 무서워 죽을 지경이었다. 그래서 그만 소리를 지르고 말았다.

"아니, 여기가 식당입니까?"

"보면 모르겠어요? 여긴 회복실이잖아요?"

"아니, 나더러 여기에 드러누워 회복을 하라는 건가요? 내가 뭐 애라도 낳았습니까?"

"물론 당신은 분만을 하지도, 인공 유산을 하지도 않았지만 오랫동안 병을 앓아오다가 막 치료를 끝냈으니 후유증을 최대한 줄이기 위해 회복기 과정을 거쳐야 합니다. 그것도 병원 안에서 전문가인 나의 손을 거쳐서 말이죠."

여의사의 기나긴 말에 나는 어찌할 바를 몰라 그녀의 처분만을 기다리고 있었다. 팬티 벗고 올라가 누우세요, 뭐 이런 식의 말이 곧 떨어질 것 같았다. 아니나 다를까, 그녀는 눈 하나 깜짝하지 않고 표정 하나 변하지 않은 채로 두 침대 중 하나를 가리키며 다음과 같이 말했다.

"옷을 다 벗고 침대 위로 올라가 누우시죠."

나는 처음에 치료를 받을 때처럼 시키는 대로 고분고분 따랐다. 내가 옷을 다 벗고 침대 위에 올라가 진찰대 위에서 했듯 다리를 쩍 벌리고 눕는 모습을, 여의사는 치료를 할 때와는 달리 고스란히 다 지켜보고 있었다. 벌거벗은 내 몸 위로 페테르부르크 백야의 석양이 드리워졌다. 그 때문에 몸이 간지러웠다. 여의사는 내 앞에서 아주 조용히 자기 옷을 벗기 시작했다. 젖가슴이라고 해봤자 주위보다는 아주 조금 더 튀어나온 두 개의 돌출부가 다였고, 허리라고 해봤자 그 밑의 엉덩이보다 아주 약간 옴폭 파인 부분이 다였다. 다리는 너무 말라서 두 허벅지 사이가, 절대값은 같지만 부호는 반대되는 기울기를 가진 두 포물선을 양쪽에서 붙여놓은 양 쩍 벌어져 있었다. 하지만 여자의 알몸을 처음 보는 나는, 그러니까, 간단하게 흥분이라는 것을 하고 말았다. 이제 곧 여의사가 내 몸 위로 올라오리라고 생각했다.

하지만 웬걸, 여의사는 그 알몸에다가 가운을 걸치고, 그것도 모자라 단추를 채우기 시작했다. 마침내 단추를 끝까지 다 채운 그녀가 나를 내려다봤다. 가운이 워낙 헐렁하고 몸의 곡선이 워낙 빈약해서 속옷을 제대로 입었는지도 알 수 없었다. 허옇고 긴 유령 한 마리가 나의 임종을 지켜보고 있는 것 같은 느낌이 들었다. 너무 무서워서 나의 성기는 다시 조그맣게 오그라들었고 어떻게든 빨리 옷을 주워 입고 도망을 쳐야겠다고 생각하지만 도대체 몸은 움직이질 않는다. 참으로 무서워 넋이 나갈 지경이 되었는데, 조금 전에 불안과 공포 속에서 은근히 기대했던 일이 실현되고 말았다. 그녀가 느닷없이 내 위로 올라온 것이다. 그러자 잠시 자신의 본능을 망각했던 내 성기가 얼떨결에 다시금 번쩍 섰고, 나도 모르는 새에, 그리고 내 성기도 모르는 새에 그녀는 그것을 자기 구멍 속으로 집어넣고 말았다. 그게 어떻게 그렇게 쉽게 거기로 들어갈 수 있었는지 참으로 알다가도 모를 일이 아니라, 모르다가도 알 일이었다. 그녀는 "조금만 더 참으세요"라고 하면서 연신 특정한 동작을 반복했다. 그러던 중, 갑자기 내

194

몸이 나의 의사와는 달리 격렬하게 꿈틀거리면서 이상한 조짐이 보이자 그녀는 잽싸게 자기 몸을 내 몸에서 떼어내고, 동시에 내 성기를 밖으로 내팽개쳐버렸다.

"참으라고 했잖아요!"

그녀는 막 신경질을 부렸다.

"아직까지 약물 투여를 더 해야 된단 말이에요! 그것도 못 참으세요?"

내 성기가 좀 잠잠해지자 여의사는 그것을 다시 자기 몸 속에 집어넣었다. 그러고는 아까와 같은 동작과 말을 되풀이했다. 급기야 나는 참을 수 없었고, 이번엔 그녀가 나를 제지하지도 않았다. 제지하기는커녕 헐떡거리면서 내 머리털을 쥐어뜯기 시작했다. 그녀는 필사적으로 내 몸을 끌어당겼고 영문도 모르는 내 성기는 정신을 못 차리고 그녀의 몸 속으로 끌려 들어갔다. 그 뒤 그녀는 아주 잠깐 내 배 위에 엎드려 있다가 벌떡 일어나 가운을 추스른 뒤 자리에서 일어났다. 그러고는 나에게 말했다.

"이에는 이, 눈에는 눈이라고, 곰팡이엔 곰팡이로 맞서야 되는 거예요."

"예……?"

"이번에도 설명을 해줘야 되는군요. 삼십칠 년간 남자의 성기가 한 번도 들어온 적이 없는 내 질 속엔 정상적인 곰팡이가 잔뜩 끼어 있으며, 당신은 질도 없는 주제에 질염의 원인인 곰팡이를 잔뜩 담고 있었고 조금 전까지도 곰팡이균을 보유하고 있는 상태였죠. 나는 지금 나의 정상적이고 독한 곰팡이 성분으로, 아직 남아 있을 수도 있는 당신의 곰팡이를 완전히 끝장내버린 거예요."

이 말을 하면서 그녀는 직업적인 자부심이 철철 넘쳐나는 의기양양하고 기고만장한 웃음을 지었다. 나는 얼떨떨한 와중에도 배가 고파 죽을 지경인데 그녀는 허기라곤 조금도 느끼지 않는 모양이었다. 어쨌거나 이런 식으로 나의 질염은 일단 완전히 치유되었다. 그리고 사소한 기쁨이긴 하지만 곰팡이로부터도 해방되었으며, 더 사소한 기쁨이긴 하지만, 그 형상이 어떤 것이었건 상대가 누구였건 간에 하여간 여자임이 분명한 생명체와 관계를 가짐으로써 총각딱지를 떼는 보잘것없는 쾌거를 이룩했다.

두 횡사

많은 여자와 섹스를 하면서, 섹스라는 것도 사람의 활동 중 하나라고 생각하면 딱히 재미있을 것이 없으나 그럼에도 섹스의 은밀함을 고려한다면 역시나 재미있는 몇 가지 사실들을 발견했다. 하지만 애무의 단계나 요령, 섹스 체위나 삽입에 관련된 각종 구체적 몸짓, 오르가슴의 양상 등은 얘기하는 나도 지겹고 듣는 미지의 여러분도 지겨울 것이니 생략하고 아주 주변적인, 그렇기 때문에 오히려 더 재미있을 수 있는 사실만을 얘기하자.

여자랑 욕실에 같이 들어간 적도 몇 번 있는데 뒷물을 하는 모습은 참 특이하다. 어떤 여자는 선 자세로 다리를, 중성적인 의미에선 어정쩡하지만 그 어정쩡함이 너무도 자연스럽기 때문에 능숙해 보이는 그런 모양새로 벌리고서 샤워기를 이용해 성기를 씻는 반면, 어떤 여자는 반드시 쪼그리고 앉아 세숫대야를 성기에 바싹 갖다 대고 한쪽 손으로 성기를 씻는다. 쪼그리고 앉은 자세에서 바가지의 물을 손바닥에 부어 손바닥에 고인 소량의 물을, 그 물이 바닥으로 떨어지기 전에 재빨리 성기 쪽으로 가져가 뒷물을 하는 아주 요령 있는 여자도 있다. 이런 식으로 뒷물을 하는 여자는, 적어도 그 모습 자체만 보자면, 꼭 웅크리고 앉아 공기놀이를 하는 계집애 같다.

섹스 뒤의 풍경도 다양하다. 바로 욕실로 가는 여자, 바로 옷을 챙겨 입는 여자, 똥을 쌌을 때와 별로 다를 바 없이 벌떡 일어나 밑을 닦고 일상적인 일을 하는 여자 등 그 풍경의 개수는 여자의 개수에다가 그 여자의 성격이나 당시 기분, 나와의 관계에서 얻은 만족도 등 여러 변수가 개입하여 천문학적 숫자에 이를 것이다. 섹스 후의 수면 성향에 관해서만 얘기를 하자면, 그것도 그 성향을 딱 두 가지의 범주로만 나누어서 얘기를 하자면, 산문적으로 자는 여자와 운문적으로 자는 여자가 있다고 할 수 있다. 전자의 경우는 온몸에 묻어 있는 각종 분비물 중 지금 당장 닦아내지 않으면 찜찜해서 도저히 견딜 수 없는 최소한의 분비물만을 휴지나 수건 따위로 처리한 뒤 대충 티셔츠 같은 것을 걸친 채 곧바로 곯아떨어진다. 후자의 경우엔 깨끗하게 샤워를 끝내고 목욕 가운이나 폭이 넓은 수건 따위로 몸의 중요 부분만 가린 채로 나와, 섹스 초입기에 보여주었던 요염한 자태를 고스란히 유지하면서 내 곁에 와 눕는다. 물론 내가 산문성과 운문성 중 어느 한쪽을 우위에 두는 것은 아니다. 산문성은 결혼에 대해선 맹세코 생각조차 해본 적이 없는 나에게 이삼십 년을 같이 산 마누라, 여편네의 상을 그려주기 때문에, 운문성은 여자라면 지겹도록 겪어본 나에게 첫 경험의 느낌을 되살려주기 때문에 좋다. 달리 말하면, 산문성은 여자의 여성스러움이 아니라 아줌마스러움, 그 거침없음을 너무 적나라하게 드러내주기 때문에, 운문성은 여자의 순결함이나 수줍음이 아니라 위선적인 교태를 눈에 빤히 보이는 수법으로 노출시

198

키기 때문에 싫다. 이제 다른 얘기를 해보자.

　여자들의 속옷은 참으로 다양하다. 남자들은 아무리 구색을 갖추어도 팬티와 러닝 정도만을 입는다. 물론 팬티엔 삼각과 사각이 있고, 겨울엔 내복을 입을 수도 있다. 하지만 대체적으로 말해, 그 가짓수가 적다. 반면 여자는 팬티와 브래지어에서부터 각종 스타일의 거들, 코르셋, 러닝, 속치마, 속바지 등 선택 범위가 넓으며 이 모든 경우의 수에다 각 개인의 취향마저 고려한다면 '여자의 속옷'이라는 간단한 어구가 포함할 수 있는 실제적인 숫자는 조합 공식—만약 이걸 순열로 계산한다면 그 수는 훨씬 더 증가하지만 다행히도 아래 속옷과 위 속옷을 바꿔 입는 일은 없을 것이다—에 따라서 계산해도 실로 엄청날 것이다. 심지어, 팬티와 브래지어 중 하나를 입지 않거나 둘 다 입지 않는 여자도 있으니 우리가 상정할 수 있는 숫자는 실로 천문학적이다. 그런데 어떤 특정한 여자의 속옷은 어떤 점에서 그 여자의 성격을 말해주기도 하기 때문에 흥미롭다. 내가 경험한 바로는, 좀 역설적일 수도 있으나 보상심리라는 걸 생각하면 충분히 수긍이 갈 법도 한데, 겉으로는 굉장히 수수하고 때론 병적일 정도로 외모에 신경을 쓰지 않는 여자가 속옷은 의외로 화려한, 지나치게 화려한 경우가 많다. 물론 여기서의 화려함은 레이스의 화려함이나 액세서리의 요란스러움, 혹은 몸의 특정 부위를 노골적으로 강조하는 속옷 디자인의 과감함과도 다른 것이다. 속옷에 대한 얘기를 계속 진전시키자면 성기와 직접적으로 닿아 있는 팬티보다는 성욕을 은유적으로 환기시키는 브래지어 쪽이 더 '점잖을' 듯하다.

　브래지어 분류법은 몇 가지가 있을 수 있으나, 어깨 끈 유무로 분류하거나 와이어, 즉 쇠줄 유무로 구분하는 방법이 있다. 어깨 끈 유무로 구별하는 경우 어깨 끈이 있는 보통의 브래지어와는 달리, 어깨 끈이 없는 브래지어는 쉽게 흘러내릴 위험이 있기 때문에 반드시, 몸통을 잘 조여주는 질 좋은 것으로 사야 된다. 끈 없는 브래지어는 대개의 경우 캡이 젖가슴을 절반 정도밖에 가려주지 않기 때문에 가슴둘레의 끈이 탄탄하지 않으면 젖꼭지가 삐져나오는 불미스러운 일이 발생할 수 있다. 항상 그런 것은 아니지만 나의 개인적인 취향은 끈 있는 브래지어 쪽이다. 그쪽이 좀더 안정감이 있어 보이고 애무를 시작할 때에도 여자의 어깨에서 끈을 내리는 기쁨을 맛볼 수 있기 때문이다. 끈 없는 브래지어의 경우엔 끈을 내리고 자시고 할 것도 없이 그저 브래지어의 어느 부분이건 잡아서 아래로 당기면 곧바로, 젖가슴이, 그러니까 젖통이 툭 불거져나오거나 젖꼭지만이 톡 튀어나오는 우스꽝스러운 광경이 연출되어 에로틱한 분위기를 망치고 만다. 그래서 이런 브래지어를 한 여자와 상대할 때는 여자를 포옹하면서 내 손이 여자의 등뒤에 가 있을 때 슬그머니 호크를 풀어 아예 처음부터 브래지어가 몸에서 흘러내려 가슴 전체가 완전히 드러나도록 한다.

쇠줄 유무로 구별하는 경우, 단언하건대, 쇠줄이 들어간 브래지어에 맛을 들이게 되면 쇠줄 없는 브래지어에선 좀체 만족감을 얻을 수 없다. 가슴을 받쳐준다는 느낌은 단순히 미적인 차원의 문제가 아니라 정서 안정과 관련된 심리적 차원의 문제가 되기 때문이다. 그런데, 쇠줄 브래지어가 값이 좀 싼 것이거나 크기가 몸에 비해 좀 클 경우엔 쇠줄이 밖으로 빠져나오는 일이 왕왕 있다. 세탁 뒤에는 이런 일이 비교적 자주 일어난다. 쇠줄은 젖가슴의 안쪽, 즉 앙가슴 쪽으로 빠져나올 수도 있고, 젖가슴의 바깥쪽, 즉 젖가슴이 겨드랑이와 만나는 쪽으로 빠져나올 수도 있다. 어느 경우에나 피부가 워낙 연약하기 때문에 쉽게 상처가 난다. 최악의 경우엔 쇠줄이 절반 이상 빠져나와 젖가슴의 특정 부위에 벌건 찰과상을 남길 수도 있으니 세심한 주의가 요구된다. 이 경우 나의 취향은 다소 양가적이다. 겉보기엔 분명히 와이어 브래지어가 가슴을 잘 받쳐주므로 보기 좋지만, 정작 일을 치르려고 하면 그놈의 쇠줄이 꽤나 사람을 언짢게 만드니 말이다. 나는 가슴 자체도 좋아하지만 윗배에서 젖가슴으로 이어지는 옴폭 들어간 부분에 손을 갖다 댄 뒤 손을 아랫배로 쓸어내렸다가 다시 위로 올려 브래지어 틈새로 집어넣는 걸 꽤 좋아하는데, 와이어 브래지어는 이 작업을 상당히 어렵게 만든다. 특히, 살이 좀 찐 여자가 몸에 딱 맞는 와이어 브래지어를 했을 경우엔, 브래지어 아래쪽에서 가슴속에 손을 넣어 만지는 기쁨을 도저히 맛볼 수 없기 때문에 처음부터 아예 브래지어를 벗겨놓고 시작하는 쪽이다.

　내가 가장 최근에 알게 된 여자는 언제나 끈이 없고 쇠줄이 들어간 브래지어만을 고집한다. 브래지어 성향만 보자면 내가 즐기는 스타일의 여자는 아닌 것이다. 어쨌거나, 앞서 얘기했듯, 이런 유형으로 된 브래지어가 각종 활동에 아무런 불편이 없도록 하면서 가슴의 모양까지 살려주려면 가격이 상당히 비싸다. 이런 브래지어만 스물다섯 개를 갖고 있으니 굉장히 돈이 많거나 적어도 속옷에 많은 비용을 할당하는 족속이라고 할 수 있겠다. 그녀는 페테르부르크의 모 음악원으로 유학을 떠나던 날에도 악보보다는 브래지어를 더 열심히 챙겼다. 끈 없는 브래지어는 보통 캡 안에 뽕이 많이 들어가서 가만히 눕혀놔도 가슴 모양이 유지되는데, 그런 것을 트렁크에 제대로 집어

넣기 위해서는 아예 처음부터 형체 유지의 꿈을 접고 브래지어 자체도 무자비하게 구겨서 넣거나 옷에 대한 최소한의 예의를 보이는 차원에서 브래지어를 캡을 기준으로 차곡차곡 포개면 될 것이다. 그러나 그녀는 구태여 수고스러운, 나로서는 참으로 엽기적이라는 생각이 드는 방법을 택했다.

그녀는 유리잔이나 사기 찻주전자를 쌀 때처럼 두터운 옷감과 솜을 구(球) 안으로 요령 있게 쑤셔 넣어 트렁크에서 가장 안전한 부분에 넣었다. 사실 이 경우엔 쇠줄이 들어 있는 것이 크나큰 도움이 된다. 캡이 단단하여 안 그래도 형체가 고스란히 유지되는 데다가 쇠줄까지 들어 있으니, 캡 속에 그녀 자신의 예쁜 젖가슴이 아닌 솜 따위를 집어넣는 것은 그다지 어려운 일이 아니니까. 그저 이런 브래지어가 스물다섯 개나 되다 보니 손이 많이 가는 게 흠이라고 할까. 하지만 이건 나의 걱정일 뿐, 그녀는 브래지어를 정리해 트렁크에 넣을 때 그동안 행복하게도 그녀의 젖가슴을 애무할 기회가 있었던 여러 명의 남자 중 애무를 가장 잘했던 한 남자 ― 물론 나는 그 한 남자가 적어도 이제는 나라고 굳게 믿고 있다 ― 의 손길과 입김과 흡입력을 그대로 느끼면서 즐거운 시간을 보냈다고 한다. 그나지나, 그녀의 브래지어 숫자가 스물다섯 개인 것은 그녀의 생리 주기가, 좀 짧은 편인데, 정확하게 이십오 일이기 때문이다. 이와 연관지어 생각해보면, 스물다섯번째 브래지어를 만지면서, 성생활이 상당히 자유로운 편이었던 그녀는, 생리를 시작할 때마다 느꼈을, 이번에도 피임에 성공했다는 안도감 또한 다시 경험했을 터이다.

페테르부르크에 도착하여 아파트를 구하고 짐을 푼 날 그녀가 제일 먼저 한 일은 물론, 스물다섯 개의 브래지어를 정리한 것이었다.

그녀는 바지나 스커트를 옷장에 걸 때 사용하는 집게 옷걸이, 그것도 옷에 주름이 가지 않도록 집게 부분에 부드러운 물질을 덧댄 집게 옷걸이 스물다섯 개를 꺼내 브래지어의 캡 부분을 집은 뒤 옷장에 걸었다. 그런 식으로 사이즈는 동일하지만 색깔과 장식은 조금씩 다른 스물다섯 개의 브래지어가 나란히 옷장에 걸리게 되었다. 브래지어를 옷장에 진열할 때 그녀의 원칙 중 한 가지는 두 브래지어가 각기 쌍을 이루어야 하며 한 브래지어의 캡 부분과 다른 브래지어의 캡이 살짝 닿도록 해야 한다는 것, 그리고 이렇게 형성된 각각의 쌍들은 다른 쌍들과 적당한 거리를 유지해야 된다는 것이었다. 이렇다 보니 두 쌍의 가슴이 유두 부분을 아슬아슬하게 접촉한 상태로 한 세트를 이룬 브래지어들은 상당한 공간을 차지하게 되었다. 결국, 그녀는 옷장의 옷걸이에 브래지어 스물네 개 — 스물다섯 개 중 한 개는 언제나 그녀의 가슴에 붙어 있고 그녀는 브래지어 하나가 세탁 중일 때는 아예 브래지어를 하지 않은 상태로 있다 — 외엔 아무것도 걸 수가 없다. 그래서 그녀의 옷들은 보관에 많은 신경을 써야 하는 연주복이나 예복까지도 바닥 신세를 질 수밖에 없었다. 하지만 그녀는 개의치 않았다. 그녀에겐 그 어떤 고급 연주복보다도 브래지어가 더 소중했던 것이다.

브래지어에 대한 그녀의 병적인 집착에는, 나름대로 철저하게 추적을 해보자면, 이유가 없는 것도 아니다. 섹스의 대가라 불릴 만한 내가 보기에도 그녀의 가슴은 실로, 가공할 만한 것이다. 그녀는 언뜻 보면 어떤 남자라도 성욕을 느끼지 못할, 우리가 흔히 생각하는 음대생, 혹은 예비 피아니스트라는 이름에 전혀 걸맞지 않은 스타일의 소유자다. 실밥이 흘러내리고 밑자락이 땅바닥에 질질 끌리는 헐렁한 청바지에, 다림질을 하지 않아 칼라가 다 구겨진, 못지않게 헐렁한 와이셔츠나 티셔츠 나부랭이, 끝이 둥그스름한 아동용 운동화 등. 그녀는 자신의 외모 가꾸기엔 전혀 관심이 없고 일에만 몰두하는 모범생 혹은 일중독자이거나, 아니면 실용성이나 자유분방함을 생의 제일원칙으로 삼은 다소 반항심 있는 여고생 정도로 보인다. 키가 크고 늘씬하다면 이런 스타일도 나름대로 성적 매력이 될 수 있겠으나 그녀는 자기가 좋아하는 샹송 가수와 거의 같은 키, 146센티미터였으니 아무리 봐도 좀체 성적인 의미의 여자로는 보이지 않는다. 차라리, 머슴애 같다고 할까.

내가 저것도 딴엔 여자구나, 심지어 섹시한 여자 축에 들어가는구나, 라는 사실을 처음 깨닫게 된 건 콘서트 홀에서였다. 그녀가 몸의 윤곽이 완전히 드러나고 가슴 부분이 유난히도 깊게 파인 검은 드레스를 입고 피아노 앞에 나타난 것이다. 그 순간 나는 신체의 모든 부위들이 아주 작은 크기를 지니되 자기만의 균형에 따라 정교하게 짜인 그녀의 몸에 놀라고 말았다. 주로 글래머 스타일의 여자와 관계를 가져온 나에게 그녀의 몸은 신대륙이었다. 그녀가 피아노 앞에 앉아 연주를 시작했을 땐 피아노 건반을 누를 때마다 조금씩 미묘하게 들썩거리는 그녀의 엉덩이와 허벅지의 선을 보는 데 모든 주의를 집중했다. 사실, 내가 그녀에게 끌렸던 것은 순전히, 성적 매력이 전혀 없는 저런 여자에게서도 기필코 성적 쾌감을 발견하고야 말리라는 시험을 향한 강한 의지 때문이었다. 나는 언제나, 아무리 탐닉해도 싫증이 나지 않는 것이 여자의 몸이며 아무리 못생긴 여자에게서도, 몸매라는 것이 아예 없을 정도로 못난 몸을 가진 여자에게서도 성적 쾌감을 발견할 수 있으리라고 굳게 믿었던 것이다. 그런데, 이제 와서 보니 그녀도 그 자체로 매력적인 여자의 부류에 들어갈 수 있을 것 같았다. 그러자, 그녀를 향해 불타올랐던 시험 욕망이 조금은 시들시들해졌다. 신대륙에 음심 가득한 시선이라는 발을 들여놓는 순간, 신대륙은 구대륙이 되어버린 것이다. 그녀의 하체는 내게 시각적 쾌감을 충분히 주었지만 그런 것은 다른 여자에게서도 이미 경험한 것이니, 아니, 시각적 쾌감뿐만 아니라 오감 전체의 쾌감, 심지어 육감의 쾌감까지 맛본 상태니 아무런 의미가 없었다. 이렇게 그녀의 몸에 대한 흥미를 잃어버린 상태에서 나는 조용히 눈을 감고서 음악을 제대로 들을 수 있게 되었다.

연주가 끝날 무렵, 다시 눈을 떴다. 그 순간 내 시선은 드레스의 탄탄한 실루엣 위로 풍만하게 솟아 있는 그녀의 젖가슴에 꽂혔다. 그때 비로소 나는 그 여자의 감추어진 매력을 발견했다. 몸 자체에 비해 상당히 큰, 말하자면, 마이크로코스모스라는 단어를 훼손시키지 않으면서 그 마이크로코스모스 내부에서 부드러운 정상처럼 아름답게 솟아 있는 젖가슴은 다시금 나를 달뜨게 만들었다. 그 순간 그녀는 내게 그 어떤 여자보다 더 가치 있는 여자가 되었고, 이미 첫발을 들여놓았기에 싫증이 나는 것이 아니라 오히려 두번째 발걸음을 내딛고 싶어지는 그런 신대륙이 되었다. 여자를 유혹하는 데 있어서 단 한 번도 실패를 해본 적이 없는 나는, 당연히 그녀와 섹스를 하게 되었다. 물론 여태까지 이렇게 작은 여자와 자본 적이 없었기 때문에 어느 정도의 노력이 필요했다. 하지만, 욕망이 있으면 이미 절반은 다 된 것이나 다름없는바, 그다지 오랜 시간이 지나지 않아, 나는 그녀와의 이 특수한 대화에 적합한 방식을 찾았으며, 그녀의 더할 나위 없이 훌륭한 연인이 되었다.

그녀의 가슴은 거듭 나를 놀라게 했다. 가슴의 탄력과 아름다운 모양새, 양감, 두 가슴끼리의 황금률에 가까운 비례 같은 것은 시각적인 관찰에서 이미 짐작했고 직접적인 접촉을 통해서 확인한 것이었지만, 삼 년간 지속적으로 그녀의 가슴을 애무하면서 새로운 사실을 알게 되었다. 그녀의 젖가슴은 아무리 빨고 아무리 주물러도 그 형체가 훼손되지 않았으며, 즉 아줌마의 가슴처럼 처지거나 양쪽으로 퍼지지 않았다. 그리고, 무엇보다도 나는 이 점에 놀랐는데, 젖꼭지를 아무리 빨아도 커지질 않았다. 여성의 가슴이 늘어지고 젖꼭지가 불거져나오는 것은, 처녀인데도 젖꼭지가 심각할 정도로 크게 불거져나온 불행한 경우를 제외하면, 대개의 경우 성경험의 횟수를 말해준다는 속설이 있다. 그런데 이 여자의 젖꼭지는 내가 그토록 열심히 빨아줬는데도, 내 혀의 노력이 무색하게도, 언제나 갓 피어난 처녀 젖꼭지의 형상을 유지하고 있는 것이다. 이건 그녀가 소위 '경험 많은' 여자임을 역설적으로 확증해주는 것이기도 하지만 그런 건 내게 중요하지 않았다. 나는 그저 화수분이나 다름없는 그녀의 젖꼭지에, 그 젖꼭지를 살그머니 은밀하게 품고 있는 풍만한 젖가슴에 경의의 시선을 보낼 뿐이었다. 장황하게 얘기했지만 어쨌거나 이로써 그녀가 자신의 꽤 괜찮은 몸매를 헐렁한 청바지와 티셔츠로 무심하게 가리고 다니며 외모 치장에 돈을 거의 쓰지 않음에도 불구하고 브래지어만은 꼭 끈이 없고 쇠줄이 들어간 것을 고집하는 이유를 충분히 알수 있다. 이것만으로도 나는 내가 그녀의 존재 자체를 꿰뚫었다고 자만하고 있었다. 바로 그때 그녀는 브래지어 스물다섯 개를 챙겨서 페테르부르크의 모 음악원으로 떠났다.

그녀가 떠난 뒤 나는 처녀의 형상을 영원히 유지할 그녀의 가슴이 너무 그리워서 여러 여자의 가슴을 전전했으나 별 만족감이 없었기 때문에, 일 년도 채 안 되어 그녀의 가슴을 탐닉하기 위해 페테르부르크로 날아갔다. 겨울이 막 들이닥쳤을 때였다. 페테르부르크의 겨울바람은 어린아이들이나 몸무게가 적게 나가는 여자들을 문자 그대로 날려버리진 못해도, 적어도 공포감을 느낄 정도로 몸을 땅바닥 위에서 떨어지게 하여 허공에 띄워놓게는 할 수 있을 정도로 거센 것이다. 건장한 체격을 가진 나조차도, 페테르부르크의 겨울 강풍을 맞으며 길을 걸을 땐, 한쪽 발을 내디디면서 다른 쪽 발이 땅바닥에서 떨어지지 않도록 하기 위해 젖 먹던 힘을 내야 했다. 몸무게가 삼십칠킬로그램밖에 안 되는 이 여자는 그래서, 바람이 강한 날엔 절대로 밖에 나가지 않았다. 페테르부르크에서 구입한 피아노 앞에 앉아 하루 종일 피아노와 사랑을 나누는 것이다. 어쨌거나 바람 얘기는 그만해도 될 것 같다. 중요한 것은 그녀의 가슴은 여전히 아름다웠고 그녀의 젖꼭지는 여전히 처녀의 그것처럼 앙증맞고 발그스름했으며 흥분을 할 때면 물방울 같은 통통한 돌기들이 생겨나 나를 달뜨게 만들었다는 점이다. 그렇게 나는 그녀의 아파트에서 내가 그녀의 가슴과 더불어 내 인생의 태평성대를 구가했다. 가끔씩 한파가 좀 수그러들어, 그녀와 함께, 밤새 내린 눈으로 질척질척해진 네프스키 거리로 산책을 나갈 때면, 멋이라곤 전혀 없는 자루 모양의 두터운 패딩 코트에 이곳의 토박이 농부들이나 신을 법한 장화를 신고 어린애처럼 뒤뚱뒤뚱 걷는 그녀를 바라보며, 저런 중성적인 세계 한가운데에 내 것이나 다름없는 화수분이 숨어 있다는 사실에 새삼 감탄하곤 했다. 내 주위로, 추위에도 아랑곳하지 않고 미니스커트에 롱부츠에 허벅지 중간 정도까지 오는 모피 코트에 모피 모자로 단장을 한 늘씬한 러시아 여자들이 수도 없이 지나갔건만, 맹세코, 단 한 번도, 그녀들에게 성욕을 느낀 적이 없었다. 나 같은 천의 바람둥이를 이렇게 변모시켰으니, 내 애인의 젖가슴의 위력이란 실로 대단한 것이 아닌가.

나는 봄이 오기 전에 페테르부르크를 떠났다. 귀국한 뒤에도 꾸준히 그녀와 연락을 했다. 그러던 어느 날, 그녀는 브래지어에 관한 편지를 보내왔다. 유럽 문화가 손쉽게, 아주 빨리 유입되는 페테르부르크에 형상 기억 합금이 들어 있는 브래지어가 수입되었고, 그녀는 아주 비싼 돈을 지불하고 그 브래지어를 사서 착용하고 다닌다는 것이다. 이로써, 그동안 신주 단지처럼 모셔온 스물다섯 개의 브래지어는 옷장 밑으로 처박히고 스물다섯 개의 형상 기억 합금 브래지어가 똑같은 모양으로 그녀의 옷장 옷걸이에 마네킹처럼 즐비하게 늘어서게 되었다. 그녀는 새로 개발된 이 브래지어에 비상할 만큼 열광하고 있었다.

그런데 불과 한 달이 채 지나지 않아 우리나라에도 보도된 바 있는 외신 하나를 그녀도 접하게 되었다. 다름 아니라, 두 명의 태국 여성이 형상 기억 합금이 들어 있는 브래지어를 입고 있다가 번개에 맞아 사망했다는 것이다. 검시관은 번개가 친 순간 발생한 막대한 양의 에너지가 특수 물질로 만들어진 쇠줄로 순식간에 유입되어 이들을 바싹 태워버린 것이라고 했다. 이것도 명백하게 죽음이기 때문에 차마 웃지 못할 일이나 그럼에도 사건의 원인과 정황이 하도 웃기다 보니 도저히 웃지 않을 수 없는 이 사건 앞에서 그녀는, 코미디 프로그램을 보면서 박장대소하다가 느닷없이 텔레비전이 폭발하는 바람에 역시 느닷없이 죽어버린 어떤 러시아 시인의 얘기를 들었을 때처럼 웃

208

기는커녕, 대경실색하고 말았다. 당장 그 브래지어를 모조리 걷어, 그래도 버리지는 못하고 옷장 밑에 저박았다. 안 그래도, 원래 강풍이 자주 부는 데다가, 여름임에도 불구하고, 이상 기온 현상으로 느닷없이 천둥 번개가 치고 소낙비가 쏟아지는 일이 잦아진 페테르부르크에서 형상 기억 합금 브래지어를 착용하는 것은 거의 자살 행위나 다름없다고 생각한 것이다. 그녀는 이전의 끈 없는 와이어 브래지어를 예의 그 원칙에 따라 옷장의 옷걸이에 걸어두고 그중 하나를 몸에 착용한 뒤에야 비로소 안정을 되찾았다.

하지만 언제나 그렇듯 파국은 예기치 못한 순간에, 예기치 못한 방식으로 오는 법이다. 이미 그녀의 가슴을 더 이상 만질 수도, 빨 수도 없는 지금, 나만의 화수분을, 나만의 마이크로코스모스 낙원을 잃어버린 지금에 와서 생각해보면 그녀의 죽음도 형상 기억 합금으로 된 브래지어 쇠줄 때문에 사망한 여자들의 죽음 못지않게 웃긴 것이다. 그저 안타까운 것은 그녀의 죽음이, 그녀가 밋밋한 가슴팍에 젖봉오리가 돋아나기 시작한 소녀 시절부터 착용해왔으며 평생을 두고 그토록 애착을 가져온 브래지어와는 전혀 상관없는 방식으로 일어났다는 사실이다. 나는 그녀가 기필코, 브래지어와, 적어도 그녀 몸의 대체 불가능한 클라이맥스인 가슴, 저 화수분인 젖꼭지와 연관이 조금이라도 있는 어떤 사건으로 인해 최후를 맞게 되리라고 은근히 기대해왔던 것이다. 하지만 나의 기대와는 전혀 달리, 아마 그녀 자신의 기대와도 달리 그녀는 참으로 괜히, 하릴없이 죽고 말았다. 정말 차마 떨치고 가버렸다.

그녀의 아파트는 핀란드 만(灣) 근처에 있었고, 음악원에 가지 않는 날이면 그녀는 자주 바닷가 근처로 산책을 나가곤 했다. 페테르부르크의 여름바람, 특히, 핀란드 만의 바람은 겨울 강풍처럼 심하진 않아도 우리나라의 여름바람보다는 훨씬 더 강한 편이다. 그러던 어느 일요일, 그녀는 여느 때와 마찬가지로 저녁 무렵에 두터운 잠바를 걸치고 바닷가로 나갔다. 느닷없이 바람이 불기 시작했다. 바람이 워낙 거세서 발걸음을 떼기가 힘들어지자 그녀는 바닷가로 나가는 것을 포기하고 다시 아파트 쪽으로 방향을 돌렸다. 그런데 방향을 돌리는 그 순간, 바람은 그녀의 몸을 그야말로 '획' 날려버렸고, 그녀의 몸이 땅으로부터 떨어져 이삼 초간 공중에서 허우적대다가 간신히 착륙을 하려는 바로 그 순간, 역시나 바람의 거센 입김에 타격을 받은 거대한 고목 하나가 허리가 뚝 잘린 채로 땅바닥으로 떨어지려 하고 있었다. 이 순간들의 일치가 어쩌나 멋지게 맞아떨어졌는지, 조금만 더 있으면 발이 땅에 닿을 수 있었을 그녀의 몸과, 커다란 고목에서 떨어져 나온 나무 덩어리가 일순간 탁 만나는 지점이 있었고, 그 다음에는 그녀의 몸과 고목의 상체가 함께 땅바닥에 처박히는 지점이 있었다. 결과는 그녀의 파국이었고 나무의 몰락이었다. 그녀의 죽음에 대해 구태여 어떤 근원을 캐보자면, 여름과 더불어 일어난 그녀의 급격한 체중 감소가 될 것이다. 말이 씨가 된다더니, 그녀가 방정맞게 편지에서 떠들어댄 말이 그대로 실현되었으니 말이다. 페테르부르크의 백야가 한창 그 아름다움을 뽐낼 무렵, 그녀는 자신의 가슴을 어루만져주고 적셔주는 나도 없고 해서 정서적으로 좀 불안했던지 식사도 제대로 하지 못하고 잠도 제대로 자지 못해 체중이 예전보다 더 줄어버렸다. 그녀는 자기 몸이 너무 가벼워져서 바람에 날려갈 것 같다는 얘기를 써 보내곤 했었다. 그러니까, 이 은유적 표현이 체중 감소와 맞물려, 터무니없게도, 진짜 현실이 되고 만 것이다.

냉소적인 바람둥이의 입장을 고집하고 있는 나로선 고백하긴 싫지만, 사실 내가 그녀의 가슴만을 좋아한 건 아니었다. 분명히 시작은 가슴이었으나 쇄골이 두드러져 보이는 목 아래, 뼈가 선명하게 잡히는 어깨, 살점이 토실토실 잡히던 팔뚝, 몸통에 비해 지나치게 두꺼웠던 종아리, 귀엽고 아기자기했던 발가락과 같은 구체적인 부위, 나아가 그녀가 물 한 모금을 — 그것도 아주 적은 양이다 — 마신 뒤 물을 입속에 머금은 채 오물거리는 모양새, 무릎 밑으로 내려오는 후줄근한 잠옷 같은 것을 입고 병아리처럼 종종걸음을 치는 모습, 정자세로 피아노를 치는 것이 지겨워져 다리를 피아노 의자 위에 올린 채 마치 텔레비전을 시청하듯 한쪽 무릎을 세운 자세로 편하게 피아노를 칠 때나 아니면 열심히 연주를 하다가 건반을 잘못 짚어 어린애 같은 투정을 부리면서 귀엽게 짜증을 낼 때의 모습처럼 그녀만이 만들어낼 수 있는 어떤 동작의 선들과 소리들마저도 좋아하게 되었다. 심지어 그녀의 스물다섯 개의 브래지어조차도. 그녀의 사망 소식을 접한 순간, 나는 내가 스스로 그려놓은 내 존재 양상에 걸맞게 더더욱 많은 여자와 섹스를 시도했다. 하나도 제대로 되지 않았다. 멋진 섹스는커녕 애초에 욕구 자체가 생기질 않았다. 그래서 존재 양상이고 존재 이유고 존재 부조리고 다 집어던지고 페테르부르크로 날아갔다.

페테르부르크에서는 그녀의 아버지와 오빠가 외지에서 비명횡사한 그녀의 시신을 이미 화장한 뒤였고, 조만간 그녀의 유해를 들고 한국으로 돌아갈 것이었다. 그들은 나와 처음 대면하는 사이였으나 그녀의 피아노 위에 놓인 사진 속의 인물이 나임을 확인하고서, 안 그래도 딸이 결혼도 하지 않은 몸으로 횡사를 한 터라, 제법 다정하게 맞아주었다. 그들이 식료품을 사러 나간 사이에 나는 옷장 문을 열어보았다. 스물네 개의 브래지어가 내가 알고 있던 그 모습 그대로 진열되어 있었다. 나머지 한 개의 브래지어는, 나로서는 질투가 나는 일이지만, 그녀의 가슴을 얼씨구나 감싸 안은 채로 그녀와 더불어 화염 속에서 스러져갔을 것이다. 어쨌거나 그들은 그녀의 짐 정리 순서와는 반대로 일을 하고 있었던 모양이다. 즉, 악보나 책을 먼저 챙기고 그다음엔, 그녀의 몸과 더불어 불에 태운 연주복 몇 벌을 제외한 겉옷들을 챙겼던 것이다. 내 생각으로 아버지와 오빠는, 아마도 이번에 처음에야 알게 된 그녀의 기괴한 습성에 놀라, 겉옷을 다 꺼낸 뒤엔 옷장 문을 다시 열 엄두를 내지 못했을 것 같다. 서른이 다 된 어떤 처녀가 브래지어를 온갖 정성과 질서를 갖추어 옷장에 걸어놓은 꼬락서니를 보면 가족, 특히 남자로서는 차마 입으로 발설할 수 없는, 그리고 싶지도 않은 미묘한 감정이 들었을 테니까.

나는 그녀의 브래지어를 모조리 걷어서, 그녀가 한 것처럼 하진 못했으나, 가슴의 모양을 최대한 유지하면서 차곡차곡 쌓아 상자 안에 담은 뒤 내 가방 안에 넣었다. 그러다가 불현듯 형상 기억 합금 브래지어가 생각나 다시 옷장 문을 열고 서랍을 뒤져보았다. 그것들은 서로 뒤엉킨 채로 서랍 한구석에 처박혀 있었다. 나는 그것들도 다 꺼내서 대충 구겨 가방 안에 넣었다. 곧 그녀의 아버지와 오빠가 들어왔고 나는 만나야 할 사람이 있다는 핑계를 대고 그녀의 아파트를 빠져나왔다.

브래지어 가방을 든 채 '여름 정원'이라 불리는, 있는 것이라곤 나무와 석상과 한량뿐인 공원으로 갔다. 곳곳에 대리석 석상이 서 있고 저마다 나의 초록이 제일 아름답다고 뽐내는 나무들이 즐비하게 서 있다. 나는 그중에서 제일 낡아 보이는 석상 곁, 그리고 제일 늙어 보이는 나무 곁 벤치에 앉았다. 이상하게도 사람들이 거의 없다. 보통이런 여름날엔 하릴없이 공원에 나와 역시 하릴없이, 시선을 어느 한곳에 던져놓은 채 물끄러미 앉아 있는 사람들이, 즉 실업자나 행려병자가 꽤 있는데 말이다. 그런 치들이 없으니 내가 나의 시선을 던져놓고 물끄러미 앉아 있을 만한 대상도 없는 셈이다. 이렇다 보니 자연히 그녀의 생각이 더욱더 절실해진다. 아니, 그녀가 생각난다기보다는 어떤 구체적 대상도 없이 막연히 불안해지고 무서워진다. 커다란 나무 밑에 있어서 그런지 햇빛도 잘 들지 않고, 전체적으로 날씨도 좀 흐려지는 것 같아 기분이 영 편치 않다. 나에겐 이런 순간이 왕왕 있기 때문에 해결법도 미리 준비되어 있다. 가능한 한 쓸데없고하찮은 구체적인 물건에 집착하는 것, 바로 그것이다. 예를 들면, 전축 위에 내려앉은 먼지를 닦아내는 정도가 아니라, 시디피의 각종 틈사이에 낀 먼지를 이쑤시개나 면도칼이나 하여간 날카로운 도구를사용해 열심히 긁어내는 것이다. 혹은, 시간을 맞추어서 소리가 좀특이하고 요란한 자명종을 켜놓고 그 소리를 몇 번씩, 때에 따라선열두어 번 정도씩 따라 해본다거나 하는 것이다. 그 자명종이 내 것처럼 리듬감 있는 음악에 인물의 목소리, 즉 성격이 가미된 어떤 언어까지 동반하고 있다면 자명종을 손에 든 채로 음악 소리에 맞춰 춤을 춰도 되고 그 언어를 해독하기 위해 자명종을 귀에 가까이 갖다대볼 수도 있다. 하지만 지금 내겐 먼지 낀 시디피도 없고 자명종도없다. 대신, 마흔아홉 개의 브래지어가 있다.

나는 가방을 열고 상자를 열어 와이어 브래지어를 하나 꺼냈다. 구태여 와이어 브래지어를 꺼낸 행위에는 어쩌면, 최근엔 그녀가 와이어 브래지어를 착용했으니까 그녀의 온기가 그나마 덜 가셨으리라는 무의식적 계산이 깔려 있었는지도 모르겠다. 앞서 말한 하찮은 물건에 대한 집착은 대체로 근원을 캐보면 나름대로 심리적인 동기가 없는 것도 아니니 말이다. 하여간 나는 꽤 오랫동안 어깨 끈이 없는 와이어 브래지어를, 그녀의 젖꼭지의 감촉을 느낄 순 없지만 그래도 젖가슴의 형상만은 보존해주고 있는 브래지어를 열심히 만졌다. 심지어 빨아도 본다. 브래지어의 몸체를 잠그는 부분을 열심히 빨고 있는데, 갑자기 빗방울이 듣기 시작하고, 이와 함께 갑자기, 형상 기억 합금 브래지어가 도대체 정확하게 어떻게 생긴 것인지 미칠 정도로 궁금해진다. 그러니까, 어쩌면 존재했을 수도 있을, 아니 최소한 조금은 존재했었을 그녀에 대한 그리움이나 불안 따윈 이미 의식의 뒤편으로 사라지고 순수하게 장난기 있는, 그러나 한편으론 진지하기도 한 호기심이 발동한 것이다. 나는 빠는 걸로는 부족해 잘근잘근 씹기까지 해서 모양새가 영 볼품없이 되어버린 끈 없는 와이어 브래지어를 옆으로 제쳐놓고, 가방을 뒤져 형상 기억 합금 브래지어 더미 속에서 한 놈을 꺼냈다.

언뜻 보기엔 별로 특이하지 않은데 요놈이 어떻게 '형상'을 '기억'한단 말인가. 참 신기한 노릇이다. 그래서 나는, 마치 그녀를 두 손으로 번쩍 들어 올려 공중에 띄워놓고 깔깔대며 바라보았던 것처럼, 요놈을 위로 들어 올려 고개를 쳐들고 요모조모 살펴본다. 그러다가, 역시 그녀를 내 무릎 위에 올려놓고 그녀의 가슴을 조물락거렸듯 매만져본다. 내 손에 상당히 딱딱하고 상당히 가는 쇠줄이 닿았다는 느낌이 확 드는 순간, 갑자기 천둥 번개가 친다. 동시에, 인간의 의식으로는 포착할 수 없을 듯한 찰나적 시간 차를 두고 번개가 뿌린 전류

가 브래지어의 쇠줄을 타고 내려와 내 손끝으로, 이어 내 온몸으로 퍼져나간다. 그 순간, 번개보다 더 강렬하게 나를 친 것은 '곧 새까맣게 되겠군'이라는 생각이고, 그것보다 더 강하게 나를 친 것은 '그녀야말로 이런 식으로 죽어야 했는데'라는 아쉬움이었다.

허를 죽이다

오뉴월 장터에는 각다귀가 많고, 오뉴월 공동 숙소에는 파리가 많다.

소비에트 시대 때 만들어진 통로 형태의 독특한 쓰레기통 탓인지, 거주자들의 비위생적인 생활 탓인지 이 건물에는 도시의 빈민촌이나 산간벽지가 아니면 좀체 찾아볼 수 없는 생물체들이 살고 있다. 이들은 인간보다 번식력이 훨씬 강하기 때문에 그 숫자에 있어서 당연히 인간을 능가하고, 날개가 달려 있기 때문에 모든 공간을 다 제 집으로 생각한다. 고로, 공동 조리실, 쓰레기 관 주변, 복도, 현관, 방, 화장실, 욕실 등 곳곳에서 이들을 만나게 된다. 하지만 우리네 인간도 염치가 있지, 지구상에 우리만 사는 것도 아닌데 어떻게 전권을 주장하겠는가. 여름이면 에프킬러를 뿌리든 모기향을 피우든 최소한의 조치를 취하긴 하지만 어떻든 한철이니만큼 모기 정도는 너그러이 봐주어야 한다. 바퀴벌레의 경우도 그렇다. 각종 생명체 중 생명력이 가장 강한 놈이라는 것이 이미 증명된바, 이들과 싸우는 것은 부질없

216

는 짓이다. 그저 곳곳에 컴배트 따위를 붙여두고 놈들이 알아서 죽어주길 기다리는 수밖에. 다행히도 이놈들은 최소한의 염치가 있어서 사람들의 눈에 잘 안 뜨이게, 또한 잽싸게 기어다니니 놈들과 신경전을 벌여야 하는 수고를 덜 수 있다.

파리는 좀 얘기가 다르다. 삼 년째 모스크바의 이 공동 숙소에서 여름을 맞이하면서도 도저히 적응되지 않는 것이 이 파리들이다. 이제부터 모스크바의 여름, 나를 가장 괴롭히고 있는 파리, 그리고 이 파리와 떼려야 뗄 수 없는 인연을 맺게 된 푸른 눈의 샴 고양이 한 마리, 기다란 개의 꼬리를 가진 시커멓고 커다란 곰 한 마리에 대한 이야기를 시작할까 한다. 흔히 동물들이 주인공이 되는 소설에서는 환상적이고 그로테스크한 설정이 기본이 되거나 최소한 각종 동화적인 변형이 난무하리라는 편견이 있으나, 앞으로의 얘기는 맹세코 그런 부류에 들지 않는다. 오히려 철저하게 경험에 근거한 수기에 가깝다고 하는 편이 맞겠다.

파리를 죽이다

작년 5월 말부터 이 공동 숙소의 외국인 학생층인 6층과 8층을 거의 다 차지하고 있는 중국 애들이 여름 방학을 맞아 하나 둘씩 중국으로 떠나면서 공동 숙소가 한산해지더니 6월 중순이 되자 텅 비고야 말았다. 이 비수기를 맞이하여 공동 숙소 행정실 측에서 주로 구소련 출신의 노동자들을 대거 밀어넣었다. 그런데 이들은 아침부터 저녁까지 일을 하기 때문에 공동 숙소는 학기보다 훨씬 조용했다. 겸사겸사 날도 더워져서 방문을 열어놓고 사는 일이 잦아졌다. 아마 이 때문인지 저쪽 끝 쓰레기통에서 생겨났을 법한 파리들이 누군가가 무슨 요술을 부리기라도 한 듯 내 방을 향해 일제히 돌진했다. 내 방이 비록 좀 무질서하긴 하지만 나도 나름대로 위생과 청결을 좌우명으로 알고 사는 인간이다. 그러니 이렇게 비위생적인 생명체가 방 전체를 제 집처럼 휘젓고 다니고 내 물건은 물론 내 몸까지 침범하는 것은 참을 수 없는 일이었다. 이 더운 여름에도 파리 때문에 이불을 머리까지 끌어당겨서 가뜩이나 잘 들지 않는 잠을 청해야 하고, 아침 마다 파리의 징그러운 애무를 받으면서 일어나야 하고, 낮 시간에는 인간이 먼저 파리를 피해 다녀야 되니 말이다. 결국 인내력이 바닥으로 떨어졌다. 공동 숙소 내의 상점에서 하듯, 파리 끈끈이를 사서 내 방의 천장에 매단 것이다. 끈끈이를 붙이기가 무섭게 몇 마리의 파리들이 거기에 들러붙고 며칠이 지나자 끈끈이의 원래 빛깔인 황토색보다는 파리 몸체의 빛깔인 검은색이 더 눈에 뜨일 정도로 끈끈이의 효과가 컸다. 하지만 이것만으로 내 방 안을 제 집처럼 활주하는 파리의 수가 줄어드는 것 같지 않았다. 급기야 내가 직접 나서서 파리를 잡기 시작했다. 처음에는 그냥 손에 잡히는 대로 책이나 슬리퍼 따위로 당장 눈에 보이고 승산이 좀 있을 듯한 파리를 때려잡았다. 한번은 내가 한 저명한 학자의 책을 탐독하고 있을 때 내 옆에서 윙윙거리다가 나무 의자의 등받이 위에 앉아 교미를 하기 시작한 두 마리의 파리를 잡은 적이 있다. 여느 때 같으면 도저히 붙잡히지 않았을 것을 두 놈 다 교미에 지나치게 열중했던 나머지, 나로서는 승산이 거의 없는 싸움이었는데, 마침 밑줄을 그으려고 손에 쥐고 있던 조그만 자로, 면적도 몹시 좁은 나무 등받이를 탁 때려서 이놈들을 잡고 만 것이다. 그야말로 죽음으로써 영원히 하나가 되어버린 이 두 마리의 파리 외에도, 내 방 벽에 덕지덕지 붙어 있는 엽서 사이에 실패한 나비 표본처럼 꼴사납게 뭉그러져버린 파리, 새하얀 욕실 벽에 날개의 형상을 거의 온전히 보존하면서 찰싹 달라붙어버린 파리 등 별것들이 다 있다. 그래도 파리의 수가 줄지 않아 천장은 물론이고 방의 구석구석에 끈끈이를 달았다. 이 일을 위해 심지어 벽 모서리의 양쪽 끝에 못을 박고 빨랫줄을 매다는 수고까지 해야 했다. 이제 방 곳곳이 파리 시체들로 검어지기 시작했다.

고양이를 줍다

그럼에도, 파리들의 짐승 같은 생명력은 당해낼 길이 없었다. 아무래도, 이 살인적인 더위를 참는 한이 있더라도 현관문을 닫아버리는 수밖에 없었다. 이렇게 단호한 결심을 하고 현관 쪽으로 가는데, 어디선가 조그만 고양이 한 마리가 나타났다. 태어난 지 두어 달쯤 된 꼬마 고양이였다. 나를 빤히 쳐다보는 눈빛이 제법 간절해서 마침 냉장고에 들어 있던 칼바사(소시지와 스모크햄의 중간쯤 되는, 각종 육류를 훈제를 하거나 삶아서 만든 음식) 조각을 던져주었더니 아주 맛있게 먹었다. 하지만 그것으로는 양이 안 찼던지 여전히 나를 올려다보면서 눈치를 살피는 듯하더니 조용히 내 방으로 들어와버렸다. 나는 그대로 문을 닫았다. 이로써 고양이는 자연스럽게 내 것이 되었다.

며칠 뒤 공동 숙소 1층 게시판에 고양이를 찾는다는 공고가 붙었다. 푸른 눈에 귀 끝, 코끝, 발끝, 꼬리 끝의 털이 거무스름한 빛을 띠고 있으며 등에 화상 자국이 있고 다리를 약간 저는 새끼 샴 고양이라는 것이다. 방에 들어와서, 어느새 내 방의 주인 행세를 하는 고양이를 들여다보고 있자니 그놈인 듯도 싶었다. 혹시나 싶어 등을 보니 50코페이카짜리 동전만 한 자그마한 화상 자국이 있기도 했지만 그건 털에 가려 잘 보이지도 않았다. 다리에 관한 한, 녀석이 주로 한곳에 가만히 앉아 세상을 관조하거나 졸거나 자거나 뭘 먹거나 하는 일이 많았기 때문에 눈여겨보지 않다가, 공고를 본 이후 녀석의 움직임을 가만히 보니 뒷다리 쪽이 좀 이상하긴 했다. 특히, 녀석이 샴 고양이 특유의 요염한 자세로 라디에이터나 의자, 침대 한가운데 등에 앉으면 놈의 왼쪽 뒷다리가 눈에 뜨이게 뒤틀어져 있었다. 하지만 이 모든 것이 그다지 두드러지는 특징은 아니었다. 그래서 나는 속 편하게, 내 방에 거주하게 된 이 고양이는 그 고양이가 아니라고 결론 내리고, 나의 동거 생물체로 만들어버렸다.

놈은 순종 샴 고양이는 아니었다. 어떤 종과 섞였는지는 알 수 없으나, 여느 샴 고양이와는 달리 발끝보다 약간 위쪽에 거무스름한 무늬가 있고 도톰한 앞발 끄트머리는 새하얘서 꼭 털장갑을 끼고 있는 것처럼 보였다. 또, 순종 샴 고양이의 코끝과 그 주변이 전체적으로 다 검은 것에 비해 이놈은 검은 립스틱 따위를 굵게 찍어놓은 것 같은 하트 모양의 새까만 점이 코끝에 박혀 있고 이 점을 중심으로 하여 세로로 한 1, 2센티미터가량의 넓이로 하얀 세로 줄무늬가 있었다. 그리고 엉뚱하게도 눈 주위가 시커멨다. 이놈이 고양이보다는 너구리를 닮았다는 인상을 주는 건 이 때문이었다. 여기서 놈의 몸 일부를 장식하고 있는 검은색은 절대로, 포의 검은 고양이를 연상시키는 그런 검은색이 아니라는 점을 꼭 강조해야겠다. 그것은 차라리 짙은 회색에 가까운 것으로서 놈의, 때로는 동해 바다를, 때로는 내 고향의 청명한 가을 하늘을 연상시키는 한없이 투명에 가까운 놈의 푸른 눈과 환상적인 조화를 이루었다. 샴 고양이 특유의 보랏빛과 갈색이 적당히 감도는 아주 동그란 눈동자 주위로 터키옥을 배합시켜놓은 듯한 푸른빛, 아쿠아 그린은 시간이 가면서 점점 더 절실하게 깨닫게 된 놈의 멍청함과 배은망덕함을 이후 오랫동안 상쇄하고도 남을 만큼 매력적이었다.

하지만 내가 이놈을 내 것으로 만든 것은 외적인 매력 때문만은 아니었다. 독신자의 삶이라는 것이 원래 감상적인 청승과 우스꽝스러운 광대짓, 그리고 철딱서니 없는 주책의 애매한 복합물이 되기 쉬운 것이지만, 나도 모르는 사이에 내 옆에 파리나 바퀴벌레나 모기가 아닌, 나와 모종의 따뜻한 연대 관계를 맺는 생명체가 있다는 것에 제법 큰 위안을 느끼게 되었다. 흔히들 고양이가 영물이라고 하는데, 이놈을 보면 얼토당토않은 말이다. 샴 고양이만의 특징일 수도 있지만, 이놈은 머리가 둔한 만큼 무슨 고급한 '악'을 행할 수도 없는 놈이었다. 때맞추어, 내가 먹는 음식을 좀 떼어주거나 녀석을 위해서 특별히, 상점에서 훈제 생선, 칼바사, 소시지 따위를 주고 주기적으로 우유를 부어주면, 녀석은 녀석대로 배가 고플 때 제가 알아서 먹을 만큼 먹고, 어느새 제 스스로 화장실로 만들어버린 신문지 더미 위에서 대소변을 보곤 했다. 오줌을 눌 때는 개와는 달리, 다리를 들지 않고 그냥 엉덩이만 살짝 들기 때문에 항상 뒷발과 앞발에 오줌을 묻혔고 그때마다 방바닥이 고양이 오줌 범벅이 되었다. 놈이 곳곳에다 발에 묻은 오줌을 터는 습성이 있는 까닭이다. 똥을 눌 때는 평소와 전혀 구별되지 않는 자세로 얌전하게 앉아 있는데, 그러다가 몸의 뒷부분을 암체같이 새침하게, 살포시 들어 올리면 힘이 들어간다는 뜻이다. 그러면 곧 다리 사이로 두서너 줄기의 똥이 나온다. 그렇게 예쁘게 똥을 싼 뒤에는, 이건 오줌을 눌 때와 똑같은데, 앞발로 신문지를 박박 긁고 원래 자기가 하던 일을 계속 한다. 주로 자는 경우가 많다.

물론 놈도 간혹 귀찮고 성가신 짓을 할 때가 있었다. 예를 들면, 내가 방심한 사이에 논문이나 신문을 갉아놓거나 숫제 찢어발겨놓는가 하면, 저 혼자 조용히 산책을 하다가 창턱에 세워둔 책들을 넘어뜨리는 일이 종종 있었다. 하지만 신혼이라서 그랬는지 이 모든 것이 귀여운 순수 폭력이자 어리광 같았고, 나에 대한 관심의 표명처럼 여겨졌다. 녀석의 놀랄 만한 호기심도 그러했다. 나의 몸짓, 손짓 하나하나, 바스락거리는 종잇장, 삐걱거리는 문, 바람에 파닥거리는 옷자락이나 종잇장 등 모든 것이 가뜩이나 커다랗고 동그란 놈의 눈을 더 확대시켰고, 가뜩이나 뾰족하고 귀여운 귀를 토끼 귀처럼 쫑긋하게 만들었다. 놈이 이토록 사랑스러워 보였으니 먹는 것은 물론이고 잠자는 것도 함께하게 되었다. 놈은 나의 취침 시간과는 무관하게 제가 자고 싶은 시간에, 자기가 웅크리고 싶은 장소 아무 곳에서나 잘도 잤지만 밤이면 어김없이 침대로 올라왔다. 주로 내 베개 위나 이불 위에서 잠을 청했는데, 간혹 내 다리 사이로 기어 들어오거나, 새우처럼 웅크린 내 몸의 안쪽으로 들어와 엉덩이로 나를 살짝 밀면서 자리를 잡는 경우도 있었다.

이리하여 나는 나도 모르는 사이에 대략 3킬로그램 정도 되는 생명체와 사랑에 빠지게 되었고, 놈에게 러시아어 '고양이'의 남성 지

222

소형에 해당하는 '꼬찍'이라는 이름을 붙여주었다. 하지만, 나는 시답잖은 사랑 따위에 매여서 현실 법칙을 잊을 위인은 아니었다. 단순한 만남이라면 모를까, '살'을 섞는 관계(이 경우는 '털'을 섞는 것이지만)는 모름지기 현실 법칙을 무시해서는 안 되는 것이다. 좀더 육체적으로 말하자면, 꼬찍의 온기니 살, 아니, 이 경우에는 털의 부드러움이나(아닌 게 아니라 녀석의 털은 웬만한 여인의 속살을 능가했다), 각종 내밀한 소리나(꼬찍도 곤하게 잘 때는 뭔가 소리를 냈는데 가만히 들어보면 목 어딘가에서 코를 고는 것과 비슷한 소리를 내는 듯했고 자기 직전에는 졸리다는 신호로 그야말로 '가르릉'거리곤 했으며 식사 뒤에는 그 조그만 배 어딘가에서 '꼬르륵' 소리를 내곤 했고 어쩌다가 내가 민감한 부분을 건드리면 이상야릇한 신음 소리를 내곤 했다), 함께 샤워를 할 때의 장난스러운 비명 소리나(물론 꼬찍은 물을 끔찍이도 싫어하여 순수한 증오와 공포의 소리를 내질렀으나), 알싸하고 따끔한 키스 따위에(겸사겸사 놈의 키스에 대해 얘기를 하자면 우리가 이른바 '설왕설래'를 한 적은 없어도, 또한 내 쪽에서 혀로 놈의 몸 어딘가를 핥아준 적은 없어도 놈은 배가 고파 죽겠는데 나는 아직 자고 있을 때 밥 달라는 표시로 내 볼을 핥곤 했고, 그때마다 꼬찍의 혀에 무슨 바늘 혹은 침 따위가 돋아나 있어서 꽤 따가웠다) 혹할 내가 아니었다. 내가 꼬찍에게 공짜로 숙식을 제공한 가장 큰 이유는 다른 데 있다.

꼬찍은 여러모로 보아 분명 애완용으로 길러졌을 법하지만, 그래도 여전히 야생성을 잃지 않고 있었다. 눈앞에 바퀴벌레가 포착되면, 하얀 털장갑을 낀 듯한 앞발로 툭 쳐서 바퀴벌레를 생포한 뒤 곧바로 입 안으로 가져갔다. 이리하여, 꼬찍이 내 방에 거주하고 보름 정도가 지나자 바퀴벌레가 눈앞에서 거의 사라져버렸다. 일단 살아 있는 고기에 맛을 들인 꼬찍은 시답잖은 음식은 거들떠보질 않았다. 이어, 꼬찍은 날아다니는 파리를 자신의 새로운 사냥감으로 골랐다. 웬만한 높이에 있는 파리들은 제 몸을 바싹 세우고 앞발을 획 휘둘러서 어렵잖게 잡곤 했으며, 때로는 내 어깨 따위에 살짝 내려앉는 파리를 대단한 순발력을 발휘하여 낚아채곤 했다. 이 때문에 내 어깨와 팔, 등짝에는 길고도 깊은 혈흔이 생겼으나 파리를 잡아주는데 이 정도 고통이 어디 대수인가. 하여간 꼬찍은 이렇게 생포한 파리를 곧장 입으로 가져갔다. 나중엔 배가 좀 찬 모양인지, 그저 방바닥으로 내팽개친 뒤 두 앞발로 이리저리 굴리면서 가지고 놀다가 제가 알아서 죽게 내버려두곤 했다.

그렇게 여름이 가고 가을이 왔다. 10월이 왔건만, 단풍의 기쁨을 만끽하기도 전에 싸늘한 비가 내리기 시작했고, 가끔은 진눈깨비가 날렸다. 밤 기온이 영하 가까이 떨어질 만큼 추웠으므로, 사람들은 코트를 입고 부츠를 신고 털모자를 쓰고 다녔다. 그런데도 아직 중앙난방이 시작되지 않았기 때문에 실내로 들어가더라도 추위에 몸을 떨어야 했다. 하지만 꼬찍 덕분에 적잖은 위안이 되었다. 밖에 나갔다 들어와 문을 열면 항상 발소리를 듣고 문 앞까지 와서 덤비는 것이 비록 내가 반가워서가 아니라 먹이를 달라는 보챔의 표현일지라도 말이다.

아닌 게 아니라 꼬찍의 식생활은 우리의 관계에 상당히 큰 의미를 지녔다. 애초부터 우리의 관계가 칼바사에 의해 시작된 것이다 보니 그 관계를 지속시키는 방식 역시도 음식에 기반한 것이 될 수밖에 없었다. 처음에는 꼬찍이 배를 곯지 않도록 먹이통이 빌 때마다 먹이를 주다 보니 녀석이 직접 잡아먹는 바퀴벌레와 파리를 포함하여 나보

다 더 많은 음식을 해치우기에, 가을로 접어들 무렵에는 아예 고양이
용 먹이를 사서 먹이기 시작했다. 뿐만 아니라, 먹이통이 빌 때마다
먹이를 부어주곤 했더니 녀석이 점점 반찬 투정을 하기 시작한 것이
다. 나중에는 숫제, 이놈이 주인을 봉으로 아는지 점점 거드름까지
피웠다. 이 꼬락서니가 보기 싫어서 먹이 주는 횟수를 좀 줄여보았
다. 아니나 다를까, 처음 내 방을 찾았던 그 시절처럼 틈만 나면, 즉
배가 고파지면, 항상 내 볼에 뽀뽀를 하고 내 다리나 팔에다가 부드
러운 털을 비벼대곤 했다. 이러다 보면 또 마음이 약해져서 먹이를
더 많이 담아주고, 녀석이 투정을 하면 그 모양새가 또 사랑스러워서
특별히, 나도 잘 못 먹는 닭고기나 생선, 그 비싼 '돈키호테'라는 이
름의 칼바사를 잘라서 입 안에 넣어주곤 했다. 크림치즈나 버터를 검
지로 찍어 녀석의 입 가까이로 가져가기도 했다. 그러면 꼬찍 제 스
스로 작은 바늘이 톡톡 돋아 있는 혀를 쩝쩝거리면서 너무도 귀엽게
치즈와 버터를 핥아먹곤 했다.

이러다 보니 파리가 거의 없어진 겨울이 되자 먹는 양에 비해 꼬찍
의 운동량이 현격히 줄었다. 그렇다고 해서 녀석이 운동을 전혀 하지
않은 것은 아니었다. 고양이라는 동물이 개보다는 조용하고 차분하
지만, 뒤에서 호박씨 까는 족속이라 이곳저곳에서 사부작거리길 잘
했다. 우선, 자리에 앉아 제 몸 청소를 하는 일이 대단한 에너지를 요
구하는 듯했다. 당장 손발은 물론이고 앞발을 이용하여, 앞발에 침을
발라 그 침이 마르기 직전에 재빨리 볼과 귀를 닦고 그 유연한 뼈로
몸을 웅크려 똥구멍까지 핥는데, 이 작업에 꽤 많은 시간이 투자되었
다. 하루에도 몇 번씩 이렇게 몸 청소를 하고 나면 꼬찍은 어김없이
잠을 잤다. 10월부터 작동되기 시작한 라디에이터 위에 늘어져서 말

이다. 잠에서 깨어나면 제 앞에 준비된 음식물을 먹기 시작했다. 그러고는 또 잠이 들었다. 꼭 비행기를 타고 장시간을 여행하는 사람 같았다. 그런데 꼬찍의 이 단조로운 일과 가운데 재미있는 일거리가 생겨났다. 다름 아니라, 창턱을 산책하다가 은근슬쩍 창밖으로 나가는 일이었다.

날씨가 꽤 쌀쌀해졌지만 방 안에서 담배를 너무 많이 피웠기 때문에 나는 항상 창문을 조금 열어두었다. 꼬찍이 방 안에서 사라진 것을 처음으로 발견했을 땐 소스라치게 놀랐지만, 놈의 산책 경로를 알고 난 뒤에는 그대로 내버려두었다. 꼬찍은 빠끔히 열린 창문과 커다란 창틀 한쪽의 맨 끝에 붙어 있는 파리 끈끈이의 시체 더미를 교묘하게 피해서 창밖으로 나갔다. 그다음에는 내 방이 위치한 6층 방들을 쭉 이어주는, 밖으로 뻗어 있는 양철 창턱을 따라 조용히 걸어 다녔다. 날씨가 추워 그 누구도 창문을 오래 열어두는 일이 잘 없었으므로, 즉 기어들어갈 다른 방이 없었으므로 꼬찍은 늘 알아서 제자리로 돌아오곤 했다. 어쩌다가 꼬찍이 산책에 열중하여 창문으로부터 꽤나 멀어졌을 때는 먹이통을 짤짤 흔들면서 꼬찍을 불렀다. 그러면, 놈은 어김없이, 예의 그 너구리같이 생긴 얼굴에 총명한 표정을 짓고 두 귀를 쫑긋 세우고 털장갑 낀 앞발을 통통거리며 내게로 달려오곤 했다. 꼬찍의 산책은 모스크바가 눈 천지가 된 이후에도 계속되었다.

눈이 많이 쌓여 움직이기가 힘들고 기온이 많이 떨어지자 꼬찍도 나도 방만해졌다. 어쩌면 서로에게 권태를 느끼게 되었는지도 모르겠다. 아니, 꼬찍이 나에게 생존적인 당위성 외에 별다른 잉여의 감정을 가졌을 리 만무하고, 내가 놈에게 권태를 느끼기 시작했다고 해야 할 것이다. 그러던 어느 날, 관계 쇄신도 할 겸하여, 극히 오랜만에 놈을 데리고 산책을 나가기로 결심했다. 그런데 예전 같으면 내 힘으로 녀석의 네 다리를 잘 모아 쥐고 몸통, 그다음엔 얼굴을 잘 밀어 넣으면 쉽게 지퍼가 잠기던 가방이 녀석의 몸에 비해 턱없이 작아져 있었다. 몇 번이나 실랑이를 벌인 끝에 결국 포기하고 말았는데, 이유인즉, 놈은 몸이 비대해진 만큼이나 힘도 그만큼 세져버렸기 때문이다. 나는 놈을 힘겹게 안아 올려 체중계 위로 들고 갔다. '10'이라는 어마어마한 숫자에 나는 경악했다. 그렇다. 나는 나의 저 귀여운 미성년 꼬찍이 성인이 되어간다고 안일하게 믿고 있었으나, 성인이 된 건 이미 옛날이고, 놈은 어느새 중년, 갱년기로 접어들고 있었던 것이다. 그러니까, 어느 지점부터 꼬찍의 크기가 커진 것은 성장이 아니라 비만이었다. 나는 호랑이 새끼만 한 '너구리-고양이' 꼬찍을 보면서 한숨을 내쉬었다.

몸이 그토록 비대해졌고 운동 신경조차 꽤 둔해졌음에도 꼬찍은 산책을 멈추지 않았다. 무엇 때문인지 밤이면 더 자주 밖으로 나가곤 했다. 방 안에 들여놓은 뒤에는 늘 이게 마지막이겠지 생각했고 녀석도, 어느새 눈이 덮인 차가운 양철 창턱을 배회한 뒤에는 다시는 내 곁을 떠나지 않을 듯 푸른 눈망울을 영롱하게 반짝이면서 내 몸에 싸늘해진 제 털을 비비곤 했지만, 자정이 넘으면 번번이 바깥으로 나가곤 했다. 그러더니 급기야 일이 터지고 말았다.

12월의 어느 날, 새벽 두시 반쯤, 화장실을 다녀와보니 꼬찍이 보이지 않았다. 이미 반년간 놈과 동고동락한 만큼 놈이 갈 만한 장소를 모를 내가 아니었다. 우선 침대 밑으로 밀어 넣어둔 신발 박스부터 건드려봤다. 보통 놈이 들어 있으면 무게가 느껴지는데 아무것도 느껴지지 않았다. 아예 고개를 침대 밑으로 들이밀고 안을 살폈다. 그다음은 붙박이장의 문을 열어보았다. 녀석이 틈나는 대로 들어가 조용히 처박혀서 쥐 죽은 듯 잠을 자곤 하던 반쯤 구겨진 이민 가방 위에도 없었다. 혹시나 싶어 이민 가방 안도 뒤져봤으나 결과는 마찬가지였다. 침대 위에 개어진 채로 놓여진 이불 속도 살펴보았다. 날씨가 추워지면서 내가 눈치 채지 못하는 사이에 바스락거리는 소리도 내지 않고 제가 알아서 이불 속으로 들어가는 일이 잦았기 때문이다. 하지만 이불 더미 속에도 없었다. 심지어, 현관에 있는 냉장고 뒤도 찾아보았다. 꼬찍이 아주 조그맣던 시절에 한 번은 벽과 거의 닿아 있는 냉장고 뒷면의 전선판과 냉장고 몸체(정말 좁은 공간이었다!) 사이에 네 다리를 쫙 벌린 채로 납작하게 끼여 있는 걸 발견하고는 경악하면서 타인의 도움을 받아 냉장고를 앞으로 당기고 놈을 조심스럽게 꺼낸 적이 있었기 때문이다. 하지만, 애초부터 이 일은 일어났을 것 같지 않았다. 꼬찍의 체중이 이미 10킬로그램에 육박하지 않았는가.

도저히 생각하고 싶지 않았지만 이제 가능성은 하나였다. 나는 창쪽으로 달려가 아래쪽을 봤다. 특별한 건 눈에 띄지 않았다. 하지만, 창문 바로 앞 양철로 된 창턱에 바깥쪽으로 향한 꼬찍의 발자국 두어 개가 찍혀 있었다. 그걸 보자 예의 그 창턱 산책을 즐기다가 하루 종일 쌓인 눈에 발이 미끄러져서 양철 창턱에서 튕겨나간 뒤 두 다리를 어정쩡하게 벌리고 낙하하는 꼬찍의 모양새가 상상되었다. 당장 밖으로 나가 찾아보고 싶었지만 자정이면 공동 숙소의 문을 잠그기 때문에 어떻게 해도 바깥으로 나갈 수가 없었다. 다시 아래쪽을 내려다보았다. 아무것도 보이질 않았다. 꼬찍이 많이 비대해지긴 했지만 그래도 고양이라는 족속의 타고난 유연성을 믿으면서 꼬찍이 땅에 무사히 착지하여 어디론가 좋은 곳을 찾아 떠났을 것이라며 위로했다. 하지만 나도 모르는 사이에 눈물이 주르르 흐르기 시작했다. 한 번 흘러나오기 시작한 눈물은 '이때다!'라며 기회를 잡은 듯, 타국에 나와 혼자 사는 인간의 설움 비슷한 것도 있고 하여 마구 쏟아지기 시작했다. 그렇게 나는 공동 숙소의 대문이 열리는 새벽 여섯시까지, 러시아에 온 이후 처음으로 엉엉 울고야 말았다.

문이 열리기가 무섭게 옷을 챙겨 입고 눈 더미를 헤매야 할 것을 감안하여 목이 긴 털 부츠를 신고 밖으로 나갔다. 한 시간 정도를 목이 터져라 꼬찍의 이름을 부르며 놈을 찾았건만, 녀석은 코빼기도 보이지 않았다. 농담이 아니라, 그 순간 나는 영락없이 너구리를 닮은, 하트 모양의 새까만 점이 찍힌 놈의 '코빼기'를 보고 싶어 미칠 지경이었다. 한 시간을 헤매도 녀석을 찾을 수가 없자 만사 포기하고 공동 숙소를 향해 발걸음을 돌렸다. 바로 그때, 꼬찍이 떨어졌으리라 짐작되는 위치 바로 곁에 있는 쓰레기통이 눈에 들어왔다. 혹시나 싶어 쓰레기통 안을 뒤졌다. 추위를 느껴서 이 속으로 들어갈 수 있었겠다 싶어서였다. 하지만 아무도 없었다. 새벽바람도 너무 매섭고 하여 그만 돌아서려는데, 쓰레기통 옆에 있는 조그만 종이 상자가 보였다. 그런데 상자의 문이 열려 있는 것이 아닌가. 혹시나 싶어, 꼬찍의 이름을 불렀다. 아무도 나오지 않았다. 하지만, 녀석의 멍청함과 배은망덕함을 이미 알아채기 시작한지라 내 쪽에서 먼저 상자를 열어보았다. 꼬찍은 그 안에서 발발 떨고 있었다. 나는 녀석의 이름을 부르면서 녀석을 껴안았다. 그런데 이 패륜아가 갑자기, 억지로 목욕을 할 때를 제외하면 좀체 없는 일인데, 째질 듯한 소리를 지르는 것이 아닌가.

　아닌 게 아니라 방에 들어와 침대 위에 올려놓고 보니 정말로 뭔가가 이상했다. 나는 두 팔에 힘을 가득 주어 놈의 옆구리를 쥔 뒤 들어올려봤다. 그제야 비로소 꼬찍의 몸이 거의 완전히 틀어져버렸음을 알 수 있었다. 걸음을 걸을 수 있고 앉을 수 있는 걸로 봐서 척추를 다친 건 아닌 것 같았지만 최소한 골반 근처나 대퇴부에 무슨 손상이 생긴 건 분명한 듯했다. 그날 아침 바로 나는 수의병원을 찾았다. 흡사 마루타 실험실을 연상시키는 분위기의 건물이었다. 그 못지않게 험상궂은 인상을 한 수의사는 손으로 뼈를 바로잡는다면서 꼬찍의 뒷다리를 만지작거리면서 꼬찍으로 하여금 연거푸 비명을 지르게 하더니 근육을 푸는 것이라면서 주사를 몇 대 놓았다. 그러고는 푸른 종이에다가 필기체로 뭐라고 잔뜩 갈겨 쓰더니 이대로 하라면서 내게 건네주었다.

　"살다 살다 이만큼 뚱뚱한 고양이는 처음 보는군. 몸이 얼마나 둔해졌으면, 고작 6층에서 떨어져 다리를 다치나, 그래."

　수의사는 이런 빈정거림도 잊지 않았다. 흔히, 동물과 그 주인은 동일시되게 마련인데, 수의사가 나까지도 한심하다는 눈빛으로 쳐다보는 것 같아 영 기분이 좋질 않았다. "얘는 원래 뒷다리가 약하단 말입니다!"라고 항변을 해봤지만 수의사는 듣지도 않았다.

　집에 데리고 와서도 안심이 되지 않았으나, 웬걸, 바닥에 내려놓기가 무섭게, 꼬찍은 뒷다리를 심하게 절뚝거리면서도 열심히 걸어 먹이통으로 갔다. 그러더니, 창문에서 떨어지기 직전에 먹고 남겨두었던 먹이를 싹 바닥내는 것이 아닌가. 얼마 뒤 녀석은 별 탈 없이 오줌을 누고 그다음에는 똥도 눴다. 모든 것이 정상으로 돌아온 것이다.

내가 꼬찍에게 슬슬 회의를 느끼기 시작한 것은 다음 해 여름이 되고서였다. 기온이 슬슬 올라감에 따라 작년에 내 방을 채웠던 생명체들이 다시 나타나기 시작했다. 초장부터 파리 끈끈이를 사서 방 곳곳에다 붙였다. 끈끈이는 자기 나름대로 돈 값을 하느라 무수한 파리들을 불러들였으나 아무리 그래도 기하급수적으로 불어나는 파리를 감당해낼 수는 없었다. 놈들에 대한 나의 감정적인 앙금도 풀어줄 겸, 바야흐로 꼬찍의 활약이 기대되는 순간이었다. 다른 한편으로는 이 기회에 우리 꼬찍도 체중 감량을 하여 샴 고양이 특유의 날씬하고 우아한 자태를 다시 찾을 수 있을지도 모른다. 그러나, 꼬찍은 어찌 보면 나와의 동거 이후 늘 그래왔듯 전혀 나의 기대에 응해주질 않았다. 날아다니는 파리는 물론이고, 대체로 매사에 흥미를 상실한 듯 보였다.

처음에는 녀석이 혹시 애인을 원하는 것이 아닌가 싶어, 주인으로서의 사명감도 있고 홀아비 심정은 과부가 더 잘 안다는 초인간적인 법칙도 있고 하여 어디서 암고양이를 구해왔다. 두 마리 다 먹이에만 열중할 뿐, 응당 기대되는 일을 할 기미는 전혀 보이지 않았다. 처음의 새까만 고양이와는 달리, 완전히 검은 바탕에 입과 눈 주위, 발끝에 흰 반점 같은 것이 찍힌 다른 암고양이를 구해봤다. (길거리, 건물 주위, 상점 안 등 모스크바의 고양이들은 사람들을 전혀 꺼려하지 않고, 무엇보다도 그 수는 왜 이리 많은가!) 이번에는 암고양이 쪽에서 꼬찍에게 관심을 보이는데 이놈은 '도대체 이건 뭐야' 하는 식의 표정을 짓다가 하품이나 하고 암고양이가 그래도 자꾸 치근대자 짜증스럽다는 듯 '야옹' 하고 울더니 어디 침대 밑이나 벽장 안으로 들어가 만사 귀찮다는 듯 잠이 들었다.

꼬찍의 무심함에도 불구하고 나는 고집을 꺾지 않았다. 마음에 드는 아가씨가 나타나면, 꼬찍도 몸이 동하겠지 싶어 이후에도 몇 번씩 암고양이를 구해와 대령해보았다. 이 중에는 최근 모 영화에서 악역을 맡아 세간에서는 심술궂고 사나운 놈으로 알고 있지만 실은 최고의 백치미를 자랑하는 페르시아 고양이, '위스카스'라는 유명한 고양이 먹이의 전속 모델인 노란 줄무늬 고양이, 짙은 회색에 표범의 몸매와 호랑이의 눈빛을 가진 러시안 블루, 이집트 벽화에나 나올 법한 마오, 하얀 털에 부리부리한 눈을 자랑하는 터키시 앙고라 등이 포함되어 있었다. 하지만, 꼬찍은 자기 옆에 자기와 같은 종의 누군가가 있다는 것 자체도 알아채지 못한 양, 해바라기할 장소만을 찾았다. 아가씨들도 낯선 공간에서 조용히 꼬찍을 살피면서 제자리를 맴돌 뿐이었다. 꼬찍이 마침내, 제가 좋아하는 방 한가운데, 사각형으로 햇빛이 들어와 있는 곳에 오뉴월의 개처럼 누워버리자 아가씨들은 슬슬 문 쪽으로 기어나가버렸다. 암고양이들이 가든 말든 꼬찍은 전혀 개의치 않고 곯아떨어지고 말았다.

이쯤에서 나도 포기를 하고 내 할 일을 계속하다가 놈이 일어날 생각을 전혀 하지 않기에 잠깐 놈에게로 다가갔다. 고양이도 우리네 사람과 같이 음식 먹고 똥오줌을 싸는 존재이니만큼 트림 비슷한 것, 하품 비슷한 것도 하고 음식물이 소화될 때는 꼬르륵 소리도 내곤 한다는 건 앞서 얘기를 했었다. 하지만, 아무리 날씨가 덥고 또 아무리 곤하게 잔다고 해도, 비스듬하게 바닥에 딱 붙어 있는 놈의 얼굴 옆에 고인 허연 점액질의 물질은 도대체 뭐란 말인가. 설마 싶어 좀더 가까이 가서 살펴봤더니 역시나 침이 아닌가! 나는 이때부터 꼬찍의 비만이 고양이로서의, 비록 혼종이긴 하지만, 나름대로 귀족인 샴 고양이 본연의 가치의 완전한 상실로 이어졌음을 인정하지 않을 수 없었다. 이와 비슷한 일이 또 일어났다.

여느 때와 하나도 다를 바 없이 뜨거운 여름 햇빛이 방 전체를 비추는 후텁지근한 오후, 꼬찍이 내 침대 위에 누워 망중한을 즐기고 있었다. 가만히 보니 녀석은 잠을 자는 것이 아니라 고개를 내 침대가 면해 있는 벽 쪽으로 돌리고서 뭔가를 관조하고 있는 듯했다. 순간, 나는 흠칫 놀라고 말았다. 그곳에는 꽤나 유명한 러시아 화가의 그림이 붙어 있었던 것이다. 나는 의자에서 일어나 꼬찍 쪽으로 다가갔다. (이 무렵 놈은 나를 완전히 인간 취급도, 아니 파리나 바퀴벌레 취급도 아니 해서, 내가 움직여도 눈 하나 깜박하지 않고 귀 하나 쫑긋하지 않았다.) 실로, 놈의 눈은 뭔가 특별한 존재를, 세상의 모든 것을 다 떨친 듯, 모든 것에 달관한 듯 바라보고 있었다. 나는 놈의 시선을 따라 내 눈을 움직여보았다. 어럽쇼, 가만 보니 이 녀석, 끈끈이에 붙었다가 떨어진 파리 한 마리를 쳐다보고 있는 것이 아닌가. 이 파리놈은 아직은 숨이 다하질 않아 제 나름대로 여전히 허우적거리고 있었는데, 명색이 고양이라는 놈이 파리를 잡을 생각은 하지 않고, 숫제 일말의 동물적 호기심이나 관심도 보이지 않은 채 멍하니 쳐다보고나 있으니, 관조는 무슨 얼어 죽을 놈의 관조인가. 이 순간, 나는 꼬찍에 대한 최소한의 존경마저 상실하고 말았다. 그 다음 날은 더 웃긴 일이 일어났다.

오후 네시경, 두시경보다는 좀 덜 뜨거운 햇빛이 내 방 바닥의 한가운데를 긴 직사각형 모양으로 드리워져 있을 때 꼬찍은 예의 그 자기가 좋아하는 자리에 드러누워 자신의 하얀 털로 직사각형의 햇빛을 완전히 가리고 있었다. 놈이 나를 사람 취급하지 않은 지 오래되었기 때문에 나도 놈을 고양이 취급하지 않고 그저 최소한의 공생 관계만 유지해오던 터였다. 그래서 놈이 자세를 바꾸어 비교적 고양이다운 자세로 웅크리고 앉은 것도 모르고 있었다. 그저 화장실에 가려고 의자를 뒤로 밀고 몸을 일으키는데 뒤쪽으로 뭔가 커다란 덩어리가 걸려서 돌아보니, 놈이 그러고 있는 것이 아닌가. 이젠 웬만큼 힘을 주어 의자를 밀어도 놈의 몸무게도 있고 하여 전혀 밀리지가 않아, 싫느니 죽는다고 내가 옆으로 살짝 비켜 나와 몸을 뺐다. 꼬찍은 한때 내가 그토록 사랑했던 너구리를 닮은 코끝과 투명한 푸른 시선을 방바닥 한 지점에 꽂아놓고 있었다. 보나마나 별 생각 없이 저러고 있는 것이겠지 싶어서 그냥 지나치려는데, 꼬찍이 갑자기 장갑 낀 앞발로 뭔가를 툭툭 치는 것이 아닌가. 순간 놈이 예전에 실타래나 공, 볼펜 등을 갖고 즐겁게 놀던 것이 생각났다. 어쩌면, 뭔가가 놈의 이젠 잃어버렸다고 생각한 고양이로서의 귀여운 본능을 되살려놓은 것인지도 모르겠다는 생각이 들어 놈의 장난감이 된 것이 뭔지를 살펴보았다.

그것은 천장에 달려 있는 끈끈이에 붙어버렸다가 살기 위해 버둥거리다가 목숨이 끊어짐과 동시에 끈끈이에서 극적으로 해방되어 바닥으로 떨어진 새까만 파리였다. 꼬찍은 놈이 이미 죽었다는 걸 아는지 모르는지 죽은 파리를 계속 툭툭 치고 있었다. 앉은 자세며 위치도 바꾸지 않으면서 똑같은 행동을 단조롭게 반복하는 걸 보면 꼬찍으로서도 죽은 파리를 데리고 노는 것이 절대로, 재미있지는 않은 듯했다. 그저 더운 여름날의 후텁지근한 권태를 죽이기 위해 뭔가는 해야겠고 때마침 눈앞에 죽은 파리가 떨어졌고 딱히 식욕이 있는 것도 아니고 하니 놈을 건드려보는 것에 지나지 않았으리라. 시간이 좀 지

234

나자 이 하릴없는 유희에도 싫증이 났는지 자세를 약간 비틀어 바닥에 눕는 듯하더니, 뒷다리의 무릎을 쫙 오므리며 동시에 발끝을 모으고 온몸을 위로 살짝 들어 올려 기지개를 켰다. 살이 너무 쪄서 기지개 켜는 것도 그다지 폼이 나지 않았지만, 그래도 옛정도 있고 하여 나는 놈의 배를 한번 간질여봤다. 아무리 모양새가 변했어도 고양이는 고양인지라, 옛날과 마찬가지로 몸을 한번 배배 틀면서 움츠리더니 날카로운 이빨로 내 손등을 살짝 긁었다. 우리 사이에 이런 신체접촉과 은밀한 체액 나누기(피가 약간 났고 꼬찍의 타액이 약간은 내 손등 안으로 스며들었으리라 짐작되었으므로)가 워낙 오랜만의 일이라 그래도 나는 내심 흡족했다. 하지만 이것이 이미 권태기로 접어든 우리 관계를 되돌려놓지는 못했다.

상당히 비대해진 상태에서도 꼬찍은, 비록 창밖 산책은 멈추었지만, 방 안을 돌아다니는 습성은 여전했다. 그런데 이제는 호랑이와 너구리의 애매한 혼종처럼 두툼한 살덩어리를 덜렁덜렁 흔들고 제법 길어진 뽀얀 털을 곳곳에 뿌리면서 그야말로 어슬렁거렸다. 그러다가 걸핏하면 창턱이나 책상 위에 쌓아놓은 책들을 와르르 무너뜨려 히스테리를 유발시키곤 했다. 이런 일이 하루에도 몇 번씩 일어나자 나는 꼬찍에게 소리를 지르는 일이 많아졌다. 그때마다 놈은 내 눈을 물끄러미 쳐다보면서 '내가 뭘 어쨌다고?'라는 식의 생뚱한 표정을 지으며 벽장이나 침대 밑으로 들어가곤 했다. 그뿐이 아니었다.

나이가 들면 밤잠이 없어진다더니 꼬찍은 밤마다 현관으로 나가 온갖 구석을 섭렵하고 돌아다녔다. 그러다가 어느 순간부터 문이 살며시 열려 있는 화장실로 들어가는 버릇이 생겼다. 예전 같으면 놈이 문틈으로 발을 집어넣어 아무리 꼼지락거려도 자기 몸을 넣을 만큼 틈새를 벌릴 수는 없었는데, 이제는 몸을 세워 앞발로 문 틈새를 톡톡 쳐서 문을 활짝 열어젖힌 뒤 의기양양하게 화장실로 들어갔다. 그렇게 며칠 화장실을 탐사하더니 어느샌가 뚱뚱한 몸으로 변기 위에 올라가기 시작했다. 그런데, 어느 날 새벽, 한창 곤하게 자는데 변기 물통의 물 흐르는 소리가 들려왔다. 참다 참다 못해 졸린 눈을 비비며 화장실로 가봤다. 이 녀석이 변기 위에 올라가 웅크린 뒤 몸을 변기 물통 쪽으로 기울여, 물을 내리는 도구 중 하나인 공을 앞발로 톡톡 치고 있는 것이 아닌가. (변기 물통의 뚜껑이 오래전에 깨져 물이 노출되어 있는 상태였다.) 너무 화가 나서 놈을 힘껏 들어 바닥으로 내동댕이친 뒤 다시 잠을 청했으나, 놈은 내 말을 알아들었는지 어쨌는지 여전히 장난질을 계속했다. 꼬찍으로서는 간만에 발견한 재미있는 놀잇감을 놓치기 싫었을 것이다. 이걸 이해하지 못하는 바는 아니었으나, 이런 일이 며칠간 계속되고 도무지 밤에 잠을 잘 수가 없어지자 나의 신경질도 극에 달하고 말았다. 결국, 더 이상 참지 못하고 어느 캄캄한 밤에 힘들게 든 잠에서 깨어나 꼬찍을 복도로 내놓았다. 그다음엔 잽싸게 문을 닫았다.

하지만 꼬찍과 정을 떼는 것은 그리 쉽지 않았다. 다음 날 눈을 뜨기가 무섭게 나는 복도를 헤매며 놈을 찾았다. 전에 6층에서 추락했을 때도 그랬지만 놈이 먼저 나서서 '나 데려가줘'라고 할 리는 결코 없으니 놈이 들어 있을 만한 곳을 샅샅이 다 뒤졌다. 지성이면 감천이라고, 각종 전선이 얽혀 있는, 그래서 비교적 따뜻한 복도의 벽장 안에서 놈을 찾았다. 아니나 다를까 놈은 나를 보고서도 감격과 감사의 표정은커녕 아예 반가워하는 기색도 보이지 않았다. 하지만 사람이 사랑에 빠지면 아주 자주, 상대방의 반응과는 무관하게, 상대방을 보는 것만으로도 천국처럼 행복한 고로, 나는 거의 감동의 눈물을 흘리며 꼬찍을 데려왔다.

이후 우리는 한동안 별 탈 없이 살았다. 나는 녀석의 그 엄청난 무게를 다리로 감당하면서도 놈과의 동침을 피하지 않았고, 놈의 비만을 염려하지 않은 바 아니지만, 무릇 사람이 먹는 것으로 옹색해지면 안 되는 법, 성심성의껏 먹이를 주었다. 하지만, 꼬찍에게 대단히 심각한 문제가 생겼다. 이놈이 어느새 똥오줌을 가리는 데 난항을 겪기 시작한 것이다. 옛날 같으면 꼭, 한곳의 정해진 장소, 즉 화장실에서만 일을 봤는데, 어느 순간부터 아무 곳에서나 일을 봤다. 그것도 참 난감한 장소만을 골랐다. 예를 들면, 방문을 여는 순간 방문과 벽이 맞닿는 모서리에 똥 덩어리 몇 개가(이젠 덩치도 커져서 똥의 양도 많아졌고 냄새도 심해졌다) 발견되곤 했고, 별 생각 없이 방에서 나와 욕실로 가는데 발바닥이 뜨뜻해져 아래를 보면 꼬찍의 노르스름한 오줌이 잔뜩 고여 있었다. 너무 화가 나서 나는 놈의 귀를 잡아당기고 꼬리를 깨물고, 그 무거운 놈을 위로 들어 올려 두 눈을 응시하면서 협박을 하고, 머리통이며 코끝(너구리를 닮은 그 귀여운 코끝 말이다!)을 주먹으로 쾅쾅 내리치면서 한 번만 더 그러면 가만두지 않겠다고 윽박질렀다. 이전 같으면 제 스스로 뭔가 잘못을 저질렀다는 걸 알고 겁을 내는 기색을 보이며 몸을 살살 뒤로 빼거나 아예 도망을 가버릴 것을, 이제는 예의 그 동그랗고 푸른 눈을 영롱하게 반짝이며 '내가 뭘 어쨌다고 이러시나?'라는 낭창한 표정을 지으며 능청을 떨었다. 아무리 봐도 이것이 신체적인 노화에서 비롯되는 것은 아님이 분명했기 때문에 더더욱 괘씸했다.

이렇듯, 꼬찍은 개과천선을 위해 손톱만큼의 노력도 하지 않았다.

오히려 놈은 방문 옆에 설사 똥을 잔뜩 싸질러 방과 현관 바닥을 노란 똥통으로 만들더니 이로써, 내가 그토록 증오해 마지않는 파리를 잔뜩 불러 모아 현관 전체를 파리 소굴로 변화시켜버렸다. 나는 꼬찍을 다시금 내쫓고 말았다. 꼬찍을 내쫓은 뒤 처음 며칠은 쾌재를 부르며 살았다. 심지어 파리 잡는 것조차 즐거워져서 벽 곳곳에 파리들의 시체가 즐비하게 붙기 시작했다. 하지만 일주일쯤 뒤 1층 게시판에 누군가가 덩치가 큰, 새까만 코 주변에 하얀 줄무늬 혹은 점박이 무늬가 있는 절름발이 샴 고양이를 보관하고 있으니 주인은 와서 찾아가라는 공고가 붙은 걸 보자, 마음이 흔들리기 시작했다. 방 호수를 보니 15층이었다. 처음에는 별 생각이 없었으나 방에 돌아와보니 온갖 생각이 다 들었다. 얼마나 배가 고팠으면 그 게을러터진 놈이 그 무거운 몸으로 15층까지 기어 올라갔단 말인가, 아무리 그래도 일 년을 살을, 아니, 털을 섞으며 산 정이 있는데 지금쯤은 나를 그리워하지 않을까 등. 결국 나는 15층으로 올라갔다. 내가 놈에게 무슨 큰 것을 기대했을까마는, 지금껏 늘 그래왔듯, 놈은 내게 눈길 한 번 주지 않았다. 그저, 그쪽 사람들이 준 칼바사 조각을 뜯어먹느라 여념이 없었다. 너무도 괘씸했지만 그래도, 반쯤은, 바람난 남편의 모가지를 끌고 오는 여편네의 심정으로, 반쯤은, 제법 큰 사고를 친 말썽꾸러기 아들을 업고 오는 어미의 심정으로 꼬찍을 품에 안고 돌아왔다.

이 일이 있은 뒤 정확히 사흘 동안 우리는 조용히 살았다. 나는 나의 무분별한 열정을 죄로 단정 짓고 이를 대속하는 심정으로 꼬찍에게 나름대로 봉사했다. 하지만, 다시금 꼬찍이 오줌을 잔뜩 싸고 그 위에서 전에 없이 발장난을 치면서 주위에 떨어져 있는 온갖 파리들을 그 안으로 불러 모아 '파리 오줌 호수'를 만들어놓은 꼴을 본 날, 말말로, 오만 정이 다 떨어져서는 바로 쫓아내버렸다. 이놈이 다시금 이 공동 숙소 안에 있으면 틀림없이 내 쪽에서 또 참지 못하고 놈을 찾으러 다닐 것 같아서 여름이라 항상 열려 있던 발코니 문으로 나가 비상계단 쪽에 놈을 떨어뜨려놓고 잽싸게 발코니 문을 닫아버렸다. "이렇게 자꾸 내다버릴 거면 왜 또 데려왔어!"라는 소리를, 바로 조금 전에 쾅 소리를 내며 닫힌 두꺼운 발코니 철문 뒤로 언뜻 들은 것 같아 소름이 쫙 돋았지만 무시하기로 했다. 이게 무슨 동화도 아니고, 고작해야, 고양이가 영물이라는 미신이 작동하여 내 몸과 마음이 조금 긴장을 한 것에 지나지 않은 것이리라.

곰을 잡다

꼬찍과 이별을 하고 난 뒤에도 그놈 생각이 나지 않는 것은 물론 아니었다. 오히려, 이젠 놈을 영영 못 본다는 생각에 눈시울을 적시기도 했고, 며칠 밤 연이어 놈의 꿈을 꾸었다. 그뿐인가. 어쩌다 길거리에서 객사한 고양이의 시체를 보면 안타까움과 두려움과 불안감이 한꺼번에 밀려오곤 했다. 하지만 나는 이 모든 것이 놈과 같이 살면서 각종 스트레스를 받는 것보다는 나을 듯했다. 그저, 순전히 혼자 힘으로 파리를 잡아야 하는 것이 짜증스러울 뿐이었다. 이렇게 일 년이 시름시름 가고 모스크바에서의 세번째 여름이 찾아왔다. 마침 외출할 일이 생겨 지하철역으로 갔다. 막 지하도 안으로 들어선 순간, 지하도 저쪽 한가운데에서 꼬리를 몸속으로 말아 넣은 채 웅크리고 있는 시커멓고 커다란 개가 보였다. 흔히, 이곳에는 어린애들을 안고 있는 집시나 성화가 들어간 장식품이나 십자가를 목에 걸고 구걸을 하는 할머니들이 대부분이지만, 개나 고양이를 데리고 나와 구걸을 하는 사람도 적지 않기 때문에 그다지 놀랄 만한 풍경은 아니었다. 하지만 가까이 갈수록 입이 절로 벌어졌다.

러시아의 개가 아무리 크다지만 개라고 하기엔 너무도 큰 덩치, 비스듬히 누워 있는 상태에서 지하도 바닥을 가득 덮을 만큼 무시무시한 커다란 배의 살집과 팔다리의 두툼한 살들, 그리고, 멍청하면서도 극도로 순해 보이는 조그만 두 눈과 앞으로 툭 튀어나온 비교적 뾰족한 입, 짧고 동그란 귀, 두툼한 네 개의 발 등 아무래도 개가 아니라 곰이 아닌가 싶었다. 무엇보다도, 왜소한 남자를 사이에 두고 이 커다란 생명체와 마주한 자세로 웅크리고 있는 조그맣고 뚱뚱한 누렁이가 '잘 좀 봐, 개라는 건 나 같은 놈을 지칭하는 거야'라고 말하는 듯했다. 시내 한가운데에 서커스용 곰도 아닌 듯하고 이렇게 큰 곰이 누워 있다니 실로 엽기였다. 오랫동안 '개-곰' 앞에 머물러 있자 이놈 옆에 앉아 있는 노인이 한마디 했다.

"아가씨, 뭐가 그리 신기하시우?"

두 마리의 털북숭이 짐승 사이에 앉아 있는 이 노인 역시도 못지않게 몸에 털이 많았는데, 차이점이라면 나이도 많이 들고 몸도 너무 많이 말라서 무릎이 귀를 덮을 정도로 옹색하고 애처로운 자세를 취하고 있다는 것이었다. 마치 두 짐승이 이 인간을 보호하고 있는 듯했다. 하지만 주인들도 그들의 늙은 애완동물에게는 그다지 관심이 없어 보였다. 겸사겸사 날씨도 덥고 뭔가 떨어지는 것도 없고 하다 보니, 어서 빨리 이 애완동물을 버리고 자기 인생을 찾고 싶어하는

240

눈치였다. 어떻든 나는 노인이 먼저 입을 열어준 것이 기뻐서 잽싸게 물어봤다.

"아저씨, 이거 개예요, 곰이에요?"

이 질문에 노인은 태연하게 "당연히 곰이지"라고 대답하는 것이었다. 내가 계속 관심을 보이자 노인은 간만에 대화 상대를 만나 반가운지, 아니면, 무슨 다른 잇속이 있는지 열심히 이런저런 얘기를 늘어놓았다.

"이놈이 좀 많이 먹는다는 것과 신진대사가 활발해서 각종 분비물과 배설물이 좀 많고 냄새가 고약하다는 것이 흠이지만, 동서고금을 막론하고 젊은 아가씨가 같이 데리고 살기론 곰만 한 것이 없지. 이봐요, 아가씨, 내가 뭐 이놈을 어떻게 아가씨한테 떠넘기려는 것이 아니라 사실이 그렇다는 거야. 이 옆에 있는 누렁이 보이지? 얼마나 멍청한지 몰라. 명색이 개라는 놈이 주인 위할 줄도 모르고 발바닥은 꼭 곰 발바닥처럼 생겨 가지고서는 파리 한 마리 못 잡아요. 에라잇, 한심한 것아. 아, 그나저나, 이 곰 녀석은 말이지 내가 워낙 길을 잘 들여서 파리를 아주 잘 잡아. 보통 알래스카 곰들이 물고기를 잡는 솜씨로 파리를 해치우니(이래 봬도 이놈이 알래스카 태생이야) 여름에는 이만큼 유용한 동물도 없지, 암."

인간이 자기 험담을 이렇게 하는데도 천연덕스럽게 하품이나 하는 걸 보면 누렁이는 확실히 멍청한 놈이었다. 하지만 검은 곰(나는 이제 놈이 개의 꼬리를 가진 곰임을 믿어 의심치 않았다)은 달랐다. 그 커다란 체구를 일으켜 세우면서 기지개를 한 번 켜더니 네발로 땅에 떡 버티고 섰다. 딱히 의중을 짐작할 수는 없으나 동물, 특히 곰에게는 어울리지 않는 의미심장한 표정을 두툼한 얼굴 가득 짓는 걸 보니,

이 곰도 나의 꼬찍과 마찬가지로 주인을 위하는 마음이라곤 손톱만큼도 없어 보였다. 한 번 주인을 배반한 놈은 또다시 그럴 수 있다는 생각이 들자, 놈에 대한 호감 섞인 호기심이 싹 사라져버렸다.

하지만 개의 꼬리를 가진 곰은 이미 걸음을 내딛기 시작했다. 배 안쪽으로, 다리 안팎으로 두툼한 살집이 덜렁덜렁하는 것이 역시 「동물의 왕국」 같은 데 나오는 곰이 분명했다. 단 한 번도 '귀엽다'라는 생각이 들지 않았고 도저히 그럴 수도 없을 것 같았던 그 둔하고 멍청한 움직임이 사랑스럽게 여겨지다니 이상한 일이었다. 하지만 감정의 흐름에 따라서 행동 방침을 정할 내가 아니었다. 나는 노인에게 현재 내 생활의 가장 큰 문젯거리인 파리에 대한 질문을 확인차 다시 던졌다.

"할아버지, 얘, 정말로 파리를 잘 잡아요, 예?"

"아참, 아가씨는 그동안 속고만 살아왔나? 하긴 뭐, 이 나라가 그렇긴 하지. 러시아에선 뭐든 쉽게 믿으면 안 돼요, 암. 하지만, 낼모레면 저 누렁이랑 (겉보긴 말짱해도 이놈도 곧 죽을 때가 됐거든) 흙 속으로 들어갈 늙은이가 설마 거짓말을 하겠어? 저놈은 평생 파리만 잡아왔다니까, 암, 믿어도 돼, 믿어도 되고말고. 그저 너무 많이 먹는 게 흠이긴 하지만, 제 밥벌이는 하는 놈이니 아가씨는 걱정하지 마."

그러면서 노인은 속을 알 수 없는 간특한 웃음을 지었다. 이 웃음이 마음에 걸리지 않는 것은 아니었지만, 곰이 이미 행동을 시작한 상태여서 나는 어떻게 할 수가 없었다. 다름 아니라, 곰이 아까부터 내 주위를 배회하기에 그저 몸을 풀려고 그러는 것인 줄 알았는데, 느닷없이 두 앞발로 내 허리를 잡더니 자기 등에 앉혀버렸던 것이다. 노인은 갑자기 큰 소리로 껄껄거리기 시작했다. 노인이 웃음을 멈추고 곰의 엉덩이를 한 번 때리자 곰은 무심한 표정을 지으면서 커다랗게 트림을 한 번 하더니 천천히 걷기 시작했다. 곧 곰은 모스크바의 버스보다 훨씬 빨리, 최소한 시속 60킬로미터 이상으로 달렸다.

내가 방문을 열자 곰은 머리를 문틈으로 제법 힘겹게 들이밀었다. 머리가 방 안으로 들어가자 그 큰 몸뚱어리는 어렵지 않게 통과되었다. 내가 가방을 내려놓고 손을 씻는 동안 놈은 방 한가운데에 웅크리고 앉아 주위를 살피는 듯했다. 얼마 되지 않는 시간 동안 내 방을 채우고 있는 파리들의 행각을 즉시 파악한 듯, 어찌해도 '굼뜨다'라는 말을 떠올리지 않을 수 없는 모양새로 자리에서 일어났다. 나는 곰이 움직이는 데 방해가 되지 않도록, 아니, 더 정확하게는 곰이 악의 없이 흔드는 팔다리에 맞아 기절하는 일이 없도록 침대 구석에 가만히 앉아 놈을 지켜보았다. 아니나 다를까, 노인의 말대로 녀석은 파리를 엄청나게 잘 잡았다. 뒷발로 중심을 잡은 뒤 앞발을 휘둘러 날아다니는 파리를 생포하는 것이었다. 자세히 관찰을 해보니, 팔을, 아니 앞발을 무턱대고 휘두르는 것도 아니었다. 제 딴에는 파리가 나는 속도를 본능적으로 계산하여, 즉 몇 분의 일 초 뒤에 목표한 파리 놈이 위치하게 될 허공의 좌표점을 염두에 두고 달려드는 듯했다. 그렇지 않고서야 저렇게 많은 파리를 단시간 내에 잡지는 못하리라.

더 재미있는 것은 파리를 생포한 뒤 곰의 행동이었다. 곰은 파리를 생포할 때마다 그놈들을 끈끈이로 가져가서 파리의 뒷모습이 보이게끔 붙였다. 얼마 지나지 않아 내 방의 파리 끈끈이는 파닥대는 파리들로 뒤덮였다. 파리 몸통의 검은색과 가느다란 그물 무늬가 있는 파리 날개, 무엇보다도, 살고자 안간힘을 쓰는 파리의 몸부림으로 인해, 몇 개의 끈끈이는 리듬감 있게 움직이는 모빌로 변했다. 곰이 이렇게 두어 시간 작업을 하자, 내 방의 모든 파리가 끈끈이에 붙어버렸다. 나는 끈끈이를 다 걷어 쓰레기통에 버리고, 새 끈끈이를 달았다.

곰이 온 날 밤, 나는 모스크바에서 보낸 수많은 여름밤 이래 처음으로, 잠자리에 들기 전 파리를 소탕하는 수고도 하지 않고, 파리의 방해 없이 편하게 잘 수 있었다. 곰 자신은 장소도 그다지 가리지 않고 내 침대 옆 방바닥에 누워 고개를 내 쪽으로 돌리고 잠이 들었다. 딴에는 여기까지 달려오느라, 그리고 파리를 잡느라(놈도 새 주인에게 잘 보이기 위해 나름대로 긴장하지 않았겠는가) 많은 에너지를 소비했는지, 침대 틀과 방바닥에 제 몸뚱어리를 붙이고 몇 초도 지나지 않아 곯아떨어졌다. 나도 곧 잠이 들었다.

다음 날, 잠을 푹 자고 오전 늦게 눈을 떴을 때 여느 때와 다를 바 없이 파리가 내 몸 위에서 예의 그 아침 산책을 즐기고 있었다. 처음엔 다리, 그다음은 어깨, 다시 종아리, 허벅지, 심지어 얼굴까지. 파리들이 얼굴을 온몸으로 훑는 순간, 마치 나 자신이 산송장이 된 듯한 불쾌감이 머리끝까지 치솟아 올랐다. 잠에서 완전히 깨어나 내가 어제 곰 한 마리를 데려왔다는 것을 깨닫게 되자 버럭 화가 났다.

안경을 찾아 쓰고 몸을 일으켜보았다. 곰은 커다란 앞발의 끝을 침대 모서리에 걸친 채 곤히 자고 있었다. 나는 조심스럽게 곰의 얼굴을 바라보았다. 가볍게 감긴 작은 눈은 털에 가려 잘 보이지도 않았고 앞으로 툭 튀어나온 두툼하고 긴 입만이 유난히 도드라져 보였다. 그런데 모양도 모양이지만 어디선가 이상야릇한 냄새가 났다. 침 냄새도, 입 냄새도, 땀 냄새도, 겨드랑이 냄새도 아닌 이 냄새의 근원지는 아무래도, 입과 턱 주위의 털인 듯싶었다. 나는 그쪽으로 좀더 가까이 다가갔다. 역시 그랬다. 지금은 살짝만 열려 있는 입 주변의 털에서 어린아이의 젖비린내와 살 냄새를 섞어놓은 듯한 향기가, 낫으로 풀을 베고 나면 풍겨나오는 풀줄기 냄새가 배어나왔다. 이 냄새를 맡는 동안 나도 모르게 곰처럼 코를 쿵쿵거리게 되었다. 그러자 놈의 조그만 눈 주위의 수북한 털들이 순식간에 옆으로 퍼지며 가라앉는 듯하더니 곧 곰의 두 눈이 폭 파이면서 동그랗게 떠졌다. 나는 화들짝 놀라 놈의 몸에서 확 떨어졌다. 놈도 은근히 놀랐는지 예의 그 굼뜬 동작으로 자기의 앞발을 거두었다. 그러더니 자리에서 일어나 기지개를 켰다. 곰이 몸을 쫙 펴자, 침대 맞은편 벽을 온통 차지하고 있는 유리창이 다 가려지고, 막 찾아온 대낮이 밤처럼 어두워지는 듯했다. 이어 곰은 팔을 아래위로 올렸다 내렸다 하고, 한 팔로 허리를 잡고 다른 한 팔을 옆으로 젖히면서 몸 전체를 기울이는 등 맨손체조를 했다. 맨손체조가 끝나자 녀석은 세상 무서운 줄, 아니 곰 무서운 줄 모르고 날아다니는 파리를 생포하여 끈끈이에다 붙였다. 하지만, 역시나 어디서 생겨나는지 파리의 수는 줄어들 생각을 하지 않았다. 곰은 조금씩 휴식을 취해가면서 파리를 잡았다. 그렇지만 더 이상 어제와 같이 끈끈이에 붙이는 것에 만족하지 않았다. 우선 생포를 한 뒤 입김을 확 불어 파리를 기절시키고 파리가 깨어나면 다시 기절시키고 이런 방식으로 파리를 서서히 죽이는가 하면, 생포한 파리의 날개를 그 커다란 앞발의 발가락으로 용케도 잘 뜯어내어 갖고 노는가 하면, 생포한 파리를 바닥에다 탁 내동댕이친 뒤 쿵쿵거리면서 겁을 주어 공포심으로 죽게 한다든지, 생포를 하자마자 욕조로 들고 가 떨어뜨린 뒤 수돗물을 틀어 익사할 때까지 지켜본다든지 했다.

며칠간 아기 곰의 파리 생포 및 유희를 지켜보니, 고양이-너구리 꼬찍이 동그랗고 푸른 눈의 멍청함을 자랑했다면 아기 곰은 작고 검은 눈의 총명성을 자랑하는 것이 분명했다. 놈은 어떤 식으로든 꼬찍보다는 내 말을 더 잘 알아듣는 것 같았다. 그렇지 않았다면, 자기의 커다란 몸뚱어리 청소를 나한테 이렇게 순순히 맡기지도 않았을 터이고, 제 쪽에서 내 몸짓을 살펴가면서 샤워를 시키기 편하게 이리저리 방향을 틀어주고 하지도 않았을 것이기 때문이다. 하지만 아무리 그래도 절대적 크기가 있는 만큼, 샤워 후면 언제나 욕실 바닥이 곰의 몸에서 튀겨나온 물로 인해 강이 되어버렸다. 러시아의 욕실 바닥에는 수챗구멍이 없었기 때문이다. 곰 스스로도 이걸 어느새부터 알아채고 최대한 욕조 쪽 벽으로 바싹 붙으려 했으나 그다지 소용이 없었다. 그런데, 내가 욕실 바닥 물청소를 하는 걸 몇 번 보고 나서는 어느 순간부터 제 놈이 걸레를 잡고 청소를 하기 시작했다. 그때마다 나는 처음 놈을 데려올 때처럼 놈의 널찍한 등짝 위에 올라타서 놀곤 했고, 그러다 보면 놈도 나도 어느새 온몸이 땀으로 흥건히 젖곤 했다. 어쩔 수 없이 다시 샤워를 하고 다시 욕실 바닥을 청소했다. 이런 식으로 어떨 때는 하루 종일 물장난을 하기도 했다. 이렇게 나는 곰과 아주 놀라운 속도로 가까워지고 있었다. 이토록 친밀한 공동생활에 먹는 문제가 개입되지 않을 수 없는 노릇이다.

처음에는 곰에게 내가 먹는 음식들을 줬다. 이곳에서 가장 보편화되어 있는, 프랑스식 바게트보다 길이가 짧고 두께는 좀더 두껍고 넓적하면서 좀더 몰랑몰랑한 빵, 크바스가 들어가 시큼한 냄새가 나는 흑빵이 주식이었고, 간혹 과자나 요구르트, 요구르트보다 훨씬 더 시큼한 스메타나를 주었다. 또한 여름이라 과일 값이 쌌기 때문에 내가 먹는 사과, 오렌지, 복숭아 따위도 주곤 했다. 놈은 예의 그 굼뜬 표정 및 몸짓으로 별다른 불만 없이 주는 대로 잘 받아먹기는 했지만 저놈이 저걸 곰이 먹을 수 있는 음식으로 생각하는 걸까, 저 큰 덩치에 저걸 먹고 과연 양이 찰까, 라는 생각이 들었다. 고민 끝에 상점에 파는 훈제 고등어 두어 마리를 가져다주었더니 앉은자리에서 다 먹어치웠다. 어쩌다가 시장에 가면, 여름이라 한창 제철인 각종 딸기류를 잔뜩 사왔다. 본능은 무서운 것이라 반쯤은 죽고 반쯤은 썩은 것이나 다름없는 훈제 생선, 자반고등어보다는 신선한 과일을 내 곰은 더 선호했다. 앵두와 버찌도 좋아했다. 덩치가 몹시 큰 곰이 한곳에 웅크리고 앉아 이 자잘한 것들을 한 주먹씩 거머쥐고 야곰야곰 먹는 모양새가 꽤나 귀여웠다.

하지만, 어느 순간부터인가 놈은 파리 잡는 일에도 의욕을 잃고 아주 미묘한 정도이긴 하지만 알게 모르게 여위어가고 있었다. 팔다리가 조금 가늘어지고 배도 쑥 들어갔다. 그러던 중, 내 방에 들어온 지 보름인가 지난 어느 날 아침, 눈을 떠보니 내 아기 곰이 어디론가 사라지고 없었다. 그날 저녁, 녀석은 두 앞발에 커다란 비닐봉지 몇 개를 든 채 나타났다. 곰은 멀끔히 내 눈을 한번 쳐다보더니 욕실로 갔다. 욕조의 구멍을 막고 물을 틀었다. 욕조에 물이 어느 정도 차자, 곰은 비닐봉지 두 개를 거꾸로 엎어 내용물을 풀어놓았다. 각종 물고기들이 산 채로 쏟아져나왔다. 물고기를 풀어놓기가 무섭게, 곰은 내 얼굴을 살피기 시작했다. 그러더니, 고개를 갸우뚱거리면서 아주 조심스럽게 앞발의 등으로 내 어깨를 살짝살짝 매만지기 시작했다. 나는 뭔가 아주 따뜻하고 포근하고 부드럽고 커다란 양탄자 조각 같은 것이 내 어깨를 쓸어주는 듯한 느낌을 받았다. 나도 모르게 곰의 앞발에 손을 댔다. 그리고 첫날부터 내 시선을 끌었던 입과 코, 턱 주변이며 털이 정말로 많이 나 있는 넓은 가슴팍, 그리고 두툼하고 탄탄한 살집의 털북숭이 허벅지를 만져보았다. 내가 자기의 몸을 이렇게, 애처럼 놈의 몸에 찰싹 붙어서 탐색을 하는 동안, 곰은 흐뭇하다는 것인지, 귀엽다는 것인지 하여간 뭐라 말할 수는 없지만 딱히 불쾌하지는 않은 듯한 표정을 지으면서 뒷다리를 앞으로 쭉 펴고 앉아 있었다. 어느새 내 몸이 놈의 가슴팍에 완전히 들어가버린 형국이 되었을 때, 갑자기 무슨 생각이 들어서인지 곰이 앞발로 나를 거세게 껴안았다. 순간, 나는 숨도 막히고, 무엇보다도, 내가 지금 맹수의 품에서 자살 행위를 했다는 생각이 들어 비명을 질렀다. 그러자, 곰은 제 쪽에서 깜짝 놀라 앞발을 풀더니 앞발로 내 몸뚱이의 중간을, 그러니까 허리를 잡았다. 발바닥의 악력을 못 이겨 나는 조금 전보다 더 크게 비명을 지르고 말았다. 곰은 더 심하게 놀라 안절부절못하고 있었다. 이어 놈의 온화하고 유순한 조그만 눈에서는, 빛깔로 봐서는 눈곱의 노르스름한 색에 가깝고 농도로 봐서는 눈물에 가까운 액체가 떨어지고 있었다.

가을이 깊어가고 파리의 수가 점점 줄어들기 시작하자, 나의 곰에게 이상한 징후가 나타났다. 파리를 생포해서 갖고 노는 대신 무성의하게 발로 팍팍 눌러 죽이고, 파리 시체들을 하릴없이 입으로 가져가 꿀꺽 삼키고, 그러다가 힘이 빠지면 그냥 현관이고 욕조고 방바닥이고 침대고 간에 되는대로 축 늘어졌다. 어떨 때는 신음 소리마저 내는 듯했다. 한번은 밖에 나갔다가 공동 숙소로 돌아와 현관문을 열었는데, 전 같으면 제 쪽에서 먼저 모습을 내비쳤을 것을, 이 곰 녀석이 아예 털끝도 보이지 않는 것이었다. 방문이 열려 있어서 바로 들어가 보니 침대에 비대한 몸뚱어리를 기댄 채 뱃살을 대여섯 겹으로 접어놓고서는 뭔가에 대단히 열중하고 있었다. 일부러 보통 때보다 더 곰살궂게 뭘 하느냐고 물어도 아예 들은 척도 하지 않고 안 그래도 앞으로 툭 튀어나온 주둥이를 더 삐죽이 내민 채, 한쪽으로는 침까지 흘려가면서 제 일에만 몰두하고 있었다. 도대체 뭘 저리 열심히 하나 싶어 가까이 다가가보니, 몸의 털을 뽑고 있는 것이 아닌가. 내가 곧바로 곰에게로 달려들어 곰 발바닥을 잡자, 곰은 하던 일을 멈추고 나를 멀뚱멀뚱 쳐다보았다. 놈의 눈에서는 예의 그 눈곱과 눈물의 중간쯤 되는 끈적끈적하고 걸쭉한 액체가 흘러나오고 있었다. 공동 숙소 내에 중앙난방이 시작되었다는 것 외에는 달라진 것이 전혀 없었건만 곰은 연일 변해가고 있었다. 겨울잠을 위한 준비를 하는 것인지도 몰랐다.

그러던 어느 날 밤, 여느 때와 다름없이 나는 시커먼 털로 뒤덮인 곰의 가슴팍에 얼굴을 완전히 갖다 붙이고 몸을 새우처럼 웅크려 파묻은 채 잠이 들었다. 꽤 오랜 시간이 지난 뒤 침대의 진동 때문에 잠에서 깼다. 창문으로 신새벽의 검푸른 빛이 번지고 있었고 내 옆에서는 뭔가 커다랗고 무거운 것이 심하게 제 몸을 들썩거리면서 이상한 소리를 내고 있었다. 이른바, 곰의 오열이었다. 곰이 오열을 한다는 것 자체가 웃기지만 이 사실 자체보다도, 침대가 무너질까 봐 너무 불안했다. 녀석한테는 좀 미안한 얘기지만, 나의 애완 곰이 무엇 때문에 난생처음으로 이렇게 슬프게 우는지는 부수적인 관심사가 되고 말았다. 순전히 침대를 보존해야겠다는 생각으로 나는 아기 곰의 목을 껴안고 놈을 달래기 시작했다. 한참 지나고 나서야 나의 영원한 아기 곰은 울음을 그쳤다. 이와 더불어 나를 불안하게 만든 침대의 진동도 멎었다. 나는 아기 곰의 가슴팍으로 파고들어 놈의 심장에다

대고 물었다. 어차피 놈이 인간의 말을 이해할 리는 없었지만 자주, 나는 놈의 가슴팍에다가 대고 이런저런 말을 하는 버릇이 있었다. 이번에도 그저 갑갑한 심사에서 혼잣말을 한 것에 지나지 않았지만, 그런데도 곰의 입에서 무슨 말이 나온 것 같았다. 나는 깜짝 놀라 곰의 가슴팍에서 몸을 뗀 뒤 녀석의 얼굴을 바라보았다. 지름 자체가 짧은 조그만 두 눈이며 앞으로 툭 튀어나온 주둥이며 아무리 봐도「동물의 왕국」에 등장하는, 인간의 입장에서 보자면 '하등' 동물인 곰이었다. 내가 아무리 동화나 만화를 좋아한다지만, 목하 나를 제 허벅지의 안쪽에 앉히고 있는 이 곰에게 조금이라도, 인간적인 어떤 것을, 최소한 말을 할 수 있는 가능성을 발견하고자 한다는 것은 터무니없는 망상임이 명백했다. 녀석은 예의 그 조용하고 조심스러운 손길로, 아니 발길로 나를 어루만졌고, 나는 곧 잠이 들었다.

이런 경우에 흔히 있는 일이지만 내가 눈을 떴을 때 이미 나의 산만 한 덩치의 아기 곰은 사라진 뒤였다. 이와 동시에 이상한 일이 일어났다. 추운 겨울임에도 불구하고, 한여름과 마찬가지로, 곰이 내 방에 들어오기 전보다 더 심하게 파리들이 불어나 있었던 것이다. 바람이 너무 차서 창문을 꼭꼭 닫아두었는데 어디서 이렇게, 한여름보다 더 통통하게 살이 오른 파리들이 기세등등하게 날아 들어오는지 알 수 없는 일이었다. 심지어 이미 오래 전에 숨이 끊어진, 끈끈이에 붙은 파리까지도 기사회생하여 내 방 안을 가득 채우고 있었다. 이 파리들이 모두 일제히 나를 향해서 날아들었다. 아무래도, 지독하게 더운 여름날 오후, 깊은 산골의 통시, 즉 대충 나무판자를 얼기설기 붙이고 가운데 네모난 구멍 하나만 뚫어놓은 변소 한가운데에 앉아, 다양한 나이의 파리들과 그 유충들에게 둘러싸인 채 똥을 누고 있는 기분이었다.

곰이 사라진 그날, 나는 꼬박 사흘 동안 놈을 회고한 뒤 다시 본업에 착수했다. 한여름 못지않게 기승을 부리고 있는 파리 잡기, 그러면서 허(虛)를 죽이는 것, 바로 그것이었다.

절망

그다지 늦은 시간은 아니었다. 이름 정도만 기억이 나는 옛 친구에게서 전화가 왔다. 옛 친구는 그 자신 못지않게 '옛'이라는 수식어가 어울릴 '그'에 대해 얘기했다. '그'가 몹시 심각한 상태에 있으며, 나를 찾는데 내일 좀 와줄 수 없겠냐는 것이었다. 나는 당장 집을 나섰다. 이십 년을 기다려왔건만 불과 하룻밤을 더 기다릴 수가 없었던 것이다.

'그,' 즉 선생과의 마지막 만남은 이렇게 시작되었다.

병원으로 달려가면서 나는 필요 이상으로 당혹스러워하고 있었다. 머릿속은 멍하고 마음속은 애매하고 모호했던 것이다. 선생이 나를 찾는다는 것이 나로서는 도저히 납득이 되지 않는 일이었기 때문이다. 하지만 사실 선생과 나의 관계가 한때는, 물론 전적으로 내 입장에서만 그러한 것일 수 있지만 어쨌거나 나름대로 '애틋한' 것이었기에 이것만으로도 충분한, 더불어 기쁜 이유가 될 수 있을 것이다.

병원이 집에서 그다지 멀지 않았기 때문에 긴장을 채 다 추스르기도 전에 목적지에 도착했다. 다소 놀란 표정으로 나를 맞이한 옛 친구와 간단한 인사를 주고받았다. 지면을 통해 그의 이름을 보긴 했으나 실제로 만난 지는 이미 이십 년도 넘었으니, 새삼 할 얘기, 할 수 있는 얘기가 없었던 것도 당연하다. 친구는 나를 곧바로 병실로 안내했다. 내 시선이 멎은 곳은, 아마 노크 소리를 듣고 사모님의 도움으로 막 몸을 일으켰을 선생의 하마 같은 얼굴이었다. 선생은 그렇게 변해 있었던 것이다. 나는 선생의 이 변신 앞에서 아연실색하고 말았다.

나도 모르게 선생을 마지막으로 뵈었을 때가 떠올랐다. 내가 아는 선생은 체질상, 성격상 몹시 여윈 분이셨다. 강의실에서 잠깐씩 자세를 바꿀 때나, 나와 마주앉은 자리에서 다리를 꼬거나 하실 때면 뼈마디가 움직이는 소리가 들린다고 느껴질 정도로 머리끝부터 발끝까지 바싹 마른 분이셨다. 얼굴에도 역시, 살이라곤 거의 한 점도 없어서 그다지 크지 않은 눈은 선생의 언어와 마찬가지로 얼굴 깊숙이 침잠해 있는 듯했고, 그 때문에 매끈한 코와 선명한 입술의 선들이 더 도드라져 보였다.

하지만 지금 내 앞에 떠 있는 하마 같은 얼굴에선 내가 그토록 동경했던 그 메마름과 여윔을 더 이상 찾아볼 수 없었다. 깊고 은은하면서도 힘 있어 보이던 작은 눈은 눈 주위의 살에 눌려 보이지 않았다. 무지막지한 살들은 코와 입술의 섬세하고 아름다운 선마저도 우악스럽고 무지막지한 덩어리로 바꿔놓고 말았다. 선생과 재회를 하게 된다면, 선생이 적어도 지금과는 다른 모습으로 변해 있으리라고 나는 생각했었다. 지금 선생의 모습은 선생과의 결별 뒤로, 과거에 대한 집착을 버리지 못하면서 늘 상상해왔던 여러 가지 '최악'을 훨씬 더 능가하는 것이었다.

"오랜만이네."

하마 같은 선생의 얼굴에서(입에서라고 말하지 못한 것은 멀리서 보니 선생의 얼굴의 각 부위들을 구분하기조차 힘들었기 때문이다) 이런 말이 나왔다. 목소리를 듣는 순간, 저 하마가 바로 나의 그 선생임을 도저히 부정할 수 없게 되었다. 목소리만은 여전하셨던 것이다. 쓰러진 뒤에라도 우상은 영원히 우상이라는 명제를 다시 확인하는 그 찰나, 나는, 이미 죽어버린 표현이 되었기에 더 이상 쓰고 싶지 않음에도 불구하고 쓰지 않을 수 없는 '폐부를 찌르는 고통'을 느꼈다.

선생의 인사에 나는 한동안 아무 말도 못하고 겸연쩍게 서 있었다.

"좀 앉게나."

그제야 나는 집 앞에서 사들고 온 과일 바구니를 사모님께 건네고 의자에 앉았다.

"그래, 그동안 어떻게 지냈나?"

선생의 첫마디에선 느낄 수 없었던 고통이 세번째 말에서는 강하게 배어나왔다. 물론, 이때의 고통은 그것이 거의 순수하게 육체적인 고통을 일컫는다는 점에서 고통이라기보다는 차라리 통증이었다. 선생은 숨조차도 힘들게 내쉬셨으며 살덩어리 속에 갇혀버린 입술과 역시 그 안에 갇혀 있는 혀를 놀리기가 몹시 힘드신 것 같았다.

"그저, 이것저것 하면서……."

선생의 조그만 눈 속에 어떤 의미가 들어 있는지 도무지 헤아려지지가 않아, 아니, 그저 밑도 끝도 없는 어떤 감정이 밀려와 나는 말끝을 흐리고 말았다.

"게으르게 사는 것을 배우겠다고 하지 않았나?"

이 말을 하면서 선생은 하염없이 웃으셨다. 박꽃 같은 미소였다.

"제가 그런 말을 했었던가요?"

"그랬지, 아마. 그나저나 최선생, 미안하지만 자리 좀 비켜주겠나? 여보, 당신도."

선생은 친구와 사모님을 내보내셨다.

선생은 내가 들어가자 당신의 책상에서 일어나서서 소파 쪽으로 그다지 크지 않은 키에 살점이 거의 지각되지 않는 왜소한 몸을 위태롭게 움직이시면서 걸어오셨다.

"좀 앉게나."

선생은 나를 향해 한쪽 팔을 가볍게 뻗으며 당신도 자리에 앉으신 뒤 한쪽 다리를 들어 다른 쪽 다리에 포개셨다. 내 눈에 익은 풍경이 펼쳐졌다. 몹시 가는 수직선 두 개가 겹치면서 몹시 예리한 각이 하나 만들어졌다. 나는 그 각을, 아니 그 점을 응시했다. 선생의 시선이 내 얼굴에 꽂혀 있음을 느끼면서.

"그래, 공부는 잘돼가나?"

"그만둘까 합니다."

나는 고개를 빳빳이 들고 말했다. 나름대로 진지했고 단호했다. 내 생애 처음으로 인생의 커브길에 도달했다고, 아니 막다른 골목에 이르렀다고 느꼈던 순간이었으니까.

선생은 아무 말씀도 하지 않으셨다.

나는 이 문장을 오랫동안 생각했었고, 물론 인정하기는 싫지만, 신파적인 장면을 상상하고 있었다. "가지 마라" "놓으세요" 이런 식의 드잡이의 좀 점잖은 변용인 "자네야말로 국문학에서 놓치기 아까운 인재일세" "선생님, 절망이 무엇인지 아십니까? 환멸이 무엇인지 아십니까?" "젊은 날엔 쉽게 그런 것에 탐닉하게 마련이지" "인문학을 공부하고자 왔으나 와서 보니 문(文)과 학(學)만 있고 인(人)이 없습니다" 등의 장면 말이다.

하지만 선생과의 대화는 내가 상상했던 방식으로 진행되지 않았다.

"중국에 나갔다 온 친구가 꽤 괜찮은 차를 가져왔는데 한번 마셔보겠나?"

한동안 아무 말이 없던 선생은 이 말을 하면서 자리에서 몸을 약간 움직여 종이컵을 하나 꺼내 바로 옆에 있는 찻주전자의 물을 따랐다. 곧 녹색 찻잎과 옅은 노란색 꽃잎이 물 위에 동동 떴다. 선생에게서 종이컵을 건네받아 손에 쥐었다. 너무 뜨거워 바로 마실 수도 없었거니와 들고 있기도 힘들어 탁자 위에 내려놓았다.

"미안하이, 이런 고급 차에 맞는 다구가 갖춰져 있질 않아서."

그러면서 선생은 껄껄 웃으시는 것이었다. 그 너털웃음에 조소와 경멸이 들어 있는 것 같은 생각이 들었다. 나는 나의 각본을 실행시킬 수 있는 힘을 잃고 말았다. 차와 다구에 대한 선생의 기나긴 말 역시, 나의 힘을 완전히 빼놓기에 충분한 것이었다. 참다못한 내가 그만 못난 모습을, 그러니까 내 각본엔 결단코 들어갈 수 없었던 추악한 모습을 보이고 말았다.

"아니, 선생님께서는 제가 학교를 떠난다는데도 아무렇지도 않으십니까?"

나는 이보다 더 못나고 보다 더 추한 말들을 늘어놓았으며 그것으로도 모자라 거의 실신 상태에 이를 정도로 흥분하고 말았다. 이것에 대한 선생의 반응은, 내 입장에서 보자면 실로, 절망적인 것이었다.

"어차피 난 자네의 인생에 깊이 관여할 수 있는 자리에 있지 않지 않은가."

"저는 어쩌면 선생님 때문에 국문학을 택했는지도 모릅니다. 그런데도 말입니까?"

선생은 침묵하셨고 나는 그대로 연구실을 나왔다. 그 길로 학교를 나와 평범한 회사원이 되었다. 그 뒤론 선생을 만나지 못했다.

나와 단둘이 남기를 원한 선생은 내게 무슨 말씀을 하실까. 때 아닌 기대로 내 몸이 달아올랐다. 혹시, 지금껏 발표를 하지 않은, 소문만 무성한 그 소설 더미를 나에게 맡기시려는 게 아닐까. 이런 환상적인 기대는 어느새 현실처럼 느껴졌다. 선생의 집요한 침묵 속에서 시간이 둔중하게 흘러갈수록 나의 환상은 치유 불능의 병처럼 깊어졌다. 그런데, 선생은 뜻밖의 말씀을 하셨다.

"화장실엘 가야겠는데……."

그러면서 몸을 달싹거리는 것이었다. 나는 일단 자리에서 일어나긴 했는데 이런 일이 처음인지라 어찌할 바를 모른 채 엉거주춤 서 있었다. 그때 선생이 살이 피둥피둥 찐, 아니 무슨 물질을 투여한 것처럼 부풀어 오른 통통한 팔을 뻗으시며 "나 좀 부축해주게"라고 하셨다. 그제야 나는 선생의 곁으로 다가가 선생의 몸을 붙잡았다. 선생은 내 부축을 받으며 힘겹게 두 다리를 차례로 침대 밑으로 내려놓으셨다. 환자복은 제법 품이 넓었지만 선생의 몸이 장난이 아니게 불어 있었던 탓에 솔기가 터지지나 않을까 염려가 될 정도였다. 마침, 바지 자락이 침대 가두리에 닿아 위로 올라가는 바람에 선생의 다리가 훤히 다 보였다. 이러다가 바지가 정말로 찢어지는 게 아닌가 하는 걱정이 되는 순간, 내 눈앞엔 영락없는 코끼리 다리가 나타났다. 한때 내가 탐닉했던, 기린과 사슴의 다리를 적당하게 조합시켜놓은 듯한 그 여윈 다리 대신, 발목과 장딴지를 구별할 수 없는, 속에 기름덩어리만이 가득 든 듯한 둔한 원통 같은 다리가 나타난 것이다. 하지만 코끼리 다리만을 하염없이 바라보고 있을 순 없는 노릇이었다. 코끼리의 몸과 거의 다를 바 없는 선생의 몸체를 내가 옮겨야 했던 것이다. 나는 땀을 뻘뻘 흘리며 선생을 화장실로 데려갔다. 몇 미터도 되지 않는 그 길이 내겐 실로 대장정이었다.

문을 열고 선생을 안으로 데려갔다. 둘이 서 있기엔 너무도 좁은 공간이었지만, 선생은 혼자서라면 제대로 서 있을 수도 없으셨기 때문에 내가 옆에 붙어 있어야 했다. 나는 거의 문에 끼인 상태로 선생의 옆에 어정쩡하게 섰다. 그다음이 더 난감했다. 선생은 힘겹게 손가락을 움직여 성기를 꺼내셨다. 그러곤 아무런 거리낌 없이 소변을 보시는 것이었다. 이상하게도 나는 고개를 돌릴 생각도 하지 않고(사실 공간이 너무 협소해 그것도 힘이 들었다), 코끼리 몸과 하마 입에 비해선 턱없이 작고 이미 완전히 시들어버린 성기에서 뿜어져나오는 가느다랗고 힘없는 오줌 줄기를 고스란히 다 보았다. 일이 끝나자 선생은 마찬가지로 힘겹게 성기를 집어넣으셨다.

나는 다시 코끼리의 몸을, 동물원의 열대 동물 집합소에 모여 있는 온갖 동물들을 하나의 몸 속에 기이하게 조합하여 만든 듯한 선생의 몸을 부축하여 침대까지 왔다. 애초 이런 행위 자체가 불가능했겠지만 하여간 업거나 안고 가는 것도 아닌데 끔찍하게 무거웠으며, 옆에 바투 붙어선 자세에서 내 시야에 들어온 선생의 몸은 무한대로 확대

되어 한없이 우스꽝스럽고 그로테스크해 보였다. 코끼리 다리통이, 네 시선이 위에서 아래로 꽂히는 관계로, 한없이 짧고 굵어 보인 건 말할 필요도 없고, 간간이 드러나는 발목의 굵은 털은 타일이 깔린 병실 바닥 위에서 자라난 이상한 풀처럼 보였다. 그리고 선생의 환자복 상의 사이로 보이는 가슴팍엔 검붉은 반점이 얼룩처럼 묻어 있었는데, 허연 비곗살과 반점은 선생의 병환 상태를 보여주는 것이라 마음을 아프게 했지만, 이 위중한 가운데에도 한 오라기도 빠지지 않고, 비곗살과 반점을 거의 다 덮어버릴 만큼 무성하게 자라 있는 가슴팍의 털은 아무래도 오랑우탄이나 고릴라를 연상시켰다. 물론 나는 나의 이 불경스러운 상상에 죄의식 같은 것을 느꼈으나 그럼에도 선생의 몸에서 눈을 뗄 수 없었다.

그렇다. 그 순간, 정말이지, 선생의 몸에서 눈을 뗄 수 없었다.

선생이 아직 나의 선생이 되기 이전, 나는 먼발치에서 선생을 바라보고 있었다. 굉장히 여윈 몸 하나가 내 곁을 스쳐 천천히 걸어가고 있었는데, 바로 그 순간 나는 그가 '그'임을 알 수 있었고, 또한 그가 조만간 나의 '선생'이 될 것을 의심치 않았다. 그의 몸으로부터 문자들이 조용히, 꾸준하게 떨어져 그가 지나간 자리마다 끊임없이 날리면서 문학과 예술과 학문과 인생의 고급스러운 향내를 풍겼다. 거리가 멀어질수록 그 향내는 더 짙어졌다. 이후 나는 어떻게 보면 너무 말라 구겨진 것 같은 선생의 몸을 닮기 위해 의식적으로 노력을 했다. 그리하여 선생에 비해 키가 상당히 큰 편이어서 더 말라 보였을 수도 있는 내가 선생 앞에 섰을 때 선생의 첫마디는 "어쩜 그렇게 자기를 학대했나"였다. 우리의 만남은 그렇게 시작되었다. 이후에도 종종 그랬지만, 우리는 주로 술자리에서 만났고, 선생은 거의 언제나 이미 기분이 좋을 정도의 취기가 흐르는 상태였다.

나는 말했다. 문학을 공부하고 싶다, 선생님의 책을 많이 읽었다, 선생님이라면 내게 길을 알려줄 수 있을 것 같았다 등등. 물론, 여기엔 학생들의 온갖 종류의 방문에 대해 문을 활짝 열어놓는다는 선생에 대한 입소문도 작용을 했다. 선생은 내게 몇 가지 책을 일러주셨고 무엇보다도 술을 많이 마시라는 말을 빼놓지 않으셨다. 그러니까 술을 제대로 즐길 줄 아는 것, 술 문화를 제대로 향유할 줄 아는 것 말이다. 훗날 나는 내가 선생을 떠날 수밖에 없었던 것이, 내가 술을 제대로 배우지 못한 탓이라고 생각했다.

하지만 이건 무슨 형이상학적인 비극이 아니었다. 나는 체질상 술을 마시지 못했다. 소주 한 잔이면 벌써 눈 주위가 붉어져왔고 두 잔을 마시면 몸을 주체하기 힘들었고 석 잔을 마시면 험악한 말로 완전 맛이 갔다. 더 안타까운 것은 간접 흡연을 견딜 수 없는 것과 마찬가지로 술 냄새를 도저히 참지 못했다. 그러니 '술자리'라는 것은 내게 있어 결단코, 진정한 대화의 장도, 응어리를 풀어놓는 한풀이의 장도, 또한 절제를 시험하는 장도 될 수 없었던 것이다. 극히 생리적인 이유에서 술을 견딜 수 없었으며, 마찬가지로 이런 생리적인 이유에서 나는 선생을 떠났는지도 모르겠다. 멀리서 바라본 선생에게선 고답적인 향기가 풍겼으나 가까이 있는 선생에게선 담배 냄새와 술 냄새가 너무 강하게 풍겼으니까.

지금 현재 선생의 몸을 견디기가 그렇게 힘들었다. 빨리 떠나고 싶은 마음이 굴뚝같았고, 더불어 선생이 나를 부른 진의가 너무도 궁금해, 초조하다 못해 신경질이 날 지경이었다. 설마 저 코끼리 몸을 보여주려고 부른 건 아니겠지. 그렇다면, 당신이 오줌 싸는 장면을 보여주기 위해서? 그럴 리는 없다. 나는 보다 더 큰 것을 기대하고 있었다, 당연히. 오래전에 이루지 못한 선생과의 어떤 은밀한 교통, 아주 점잖고 고급스러운 침묵과 무게 있고 의미 있는 단 한두 마디의 말로 이루어진 어떤 대화 말이다.

기어코 선생은 입을 열었다. 한데, 선생이 입을 연 것은 말을 하기 위해서가 아니라 하품을 하기 위해서였다. 아무래도 선생의 입은 아이들이 던져주는 과자를 받아먹기 위해 몸을 물속에 담근 채 우리의 철창에 바싹 붙어 아가리를 쩍 벌리고 있는 하마의 그것이었다. 제대로 깎지 않은 수염이 하마의 털처럼 비대하고 탄력 없는 살덩어리 위로 지저분하게 나 있었고 어둠침침한 입 속엔 싯누렇게 변색된 지저분한 이빨들이 오랜 세월 동안 누적된 니코틴과 알코올의 힘을 과시하고 있었다. 잇몸과 혀도 그저 추한 살덩어리로밖엔 안 보였다.

나는 이런 생각을 하고 있는 나 자신을 탓하다가 지쳐, 제자 앞에서 입도 안 가리고 저토록 동물적으로 하품을 하는 선생을 책망하기 시작했다. 하지만 이 역시도, 결국에는, 나 자신에 대한 분노로 이어졌다. 이미 상체를 반쯤 세워 베개에 기댄 자세로 침대에 누워 있는 선생으로선 한쪽 손으로 입을 가린다는 것이, 대단한 수고를 통해서만 비로소 누릴 수 있는 어마어마한 사치였기 때문이다. 선생의 몸은 그 정도로까지 쇠약해 있었던 것이다. 이 지점에서 나는 오직 조물주 하나만을 원망할 수 있었다. 나에게, 아니 우리 모두에게 지성과 감성과 의지의 대명사로 자리매김되어온 선생의 최후의 초상을 왜 저런 식으로 망쳐놓았느냐 말이다. 어차피 병이란 생리적인 문제를 해결할 수 있는 최소한의 힘마저 박탈하기 때문에 사람을 추하게 만들게 마련이지만 그럼에도, '사유하는 식물'이라 불리던 사람을 코끼리와 하마의 잡종 동물로 만들 필요까지는 있겠는가 말이다.

어쨌거나 나는 선생에 대한 기대를 버리지 않았다. 물론 이 역시 나의 이기주의의 소산이었으나, 병상의 마지막 나날 중 어느 한 지점에서 오랫동안 만나지 않은 나를 불러준 선생에게 이 정도의 기대를 하는 것은 어찌 보면 소박한 바람의 차원이 아니라 신성한 의무라는 생각마저 들었다.

"거참, 중요한 말을 하려는데 갑자기 오줌이 마려워져서……."

선생은, 제자 앞에서 자신의 성기와 오줌 줄기가 움직이는 장면을 동영상으로 보여준 선생에게서 응당 기대되는 민망함이나 부끄러움이나 멋쩍음 같은 것이 전혀 없는 아주 중성적인 어조로 이렇게 말씀하셨다. 보다 더 완곡한 표현을 썼을 법한데 싶기도 하고 선생이 소변을 보는 모습이 다시금 재생되기도 하고 해서, 내 쪽에서 괜히 민망해졌다. 하지만 선생은 참으로 중대한 발언을 함으로써 나의 불편한 감정을 싹 지워버렸다.

"내가 자네를 부른 것은 말이지……."

선생답지 않게 뜸을 들이셨다. 나의 기대는 점점 더 부풀어 올라 급기야 빵빵한 비치 볼이 되었다.

"그때 생각나나?"

"언제 말씀이십니까?"

"자네가 내 연구실을 찾아왔던 날 말이네, 그러니까 우리가 마지막으로 보았던 날."

"그날을 어찌 잊겠습니까?"

"그날······."

선생의 말이 여기까지 이르자 나의 비치 볼은 완전히 터져버릴 지경이 되었다. 이제 곧 원고 더미가 내 앞에 떨어질 것이다. 평생 동안 국문학자와 비평가로서만 활동해왔지만 그가 남몰래 소설을 써왔으며 그 소설의 양이 그의 연구서와 비평서, 번역서를 능가한다는 소문이 오랫동안 무성하게 자라왔다. 이제 원고 더미는 물리적인 형태로 떨어지진 않아도 그에 준하는, 아니, 그보다 더 고급스러운 어떤 계시의 형태로 떨어질 것이다. 나는 밤을 새워 선생의 유고를 읽어가면서 감동에 떠는 나 자신을 상상했고 역시나 그 유고를 정리하고 또 출판하기 위해 동분서주하는 나의 모습을 뿌듯함을 담아 그려보았다. 상상만으로도, 상당한 시간을 참았다가 급기야 오줌 줄기를 속시원히 뿜어낼 때의 쾌감을, 싱싱한 바나나 두 개에 해당하는 굵기와 양의 똥을 쌌을 때의 쾌감이 느껴졌다. 하지만 선생의 말은 나의 비치 볼 속에 든 공기를 일시에 다 빼버리고 말았다.

"그날 자네가 내 연구실 책상 위에 이걸 놓고 갔다네."

그러면서 선생은 참으로 힘겹게 선반 위에서 조그만 물건을 집어 올리셨다. 나는 여태 그런 것이 선반 위에 있는 줄도 몰랐었다.

"자네가 가고 난 뒤에 보니까 책상 위에 이게 있더라고. 바로 돌려줄까 했지만 그날 자네의 상태가 말이 아니었고, 그래서 차일피일 미루다가 여기까지 왔네."

언뜻 보기엔 무엇인지 알 수 없었다. 그 물건이 선생의 손에서 내 손으로 옮겨왔다. 나는 그것을 손바닥 위에 올려놓고 뚫어져라 쳐다보았다.

실로 절망이었다. 도대체 기억이 나지 않았던 것이다!

그건 그저 한쪽엔 말린 네잎 클로버가 들어가 있고 다른 한쪽엔 작은 사진을 넣을 수 있게 만들어진, 좀 특이하게 생긴 열쇠고리였다. 사진을 넣는 곳엔 사진 대신 귀여운 인형 모양을 한 붉은 핏방울이 그려져 있었는데, 아마도 헌혈을 한 뒤에 누군가가 이 물건을 받았던 모양이다. 그러니, 내가 이 물건을 기억하지 못하는 건 내 탓이 아니었다. 절대로 내 것일 리 없기 때문이다. 나는 젊은 시절부터 체중도 넉넉하지 못하고 헌혈에 대한 거리낌도 있고 해서 헌혈 차 안에 들어가본 적도 없었고, 이런 걸 내게 선물할 사람이 있었을 것 같지도 않기 때문이다.

"자네에겐 소중한 물건이었을 텐데…… 그런데 왜 찾으러 오질 않았나?"

나는 지금이라도 이건 내 물건이 아니라고 말하고 싶었다. 하지만 전혀 엉뚱한 말이 나오고 말았다.

"저를 기다리셨습니까?"

"그걸 말이라고 하나?"

"죄송합니다, 선생님."

"난 그날 이후 계속 자네를 기다렸고 자네를 생각했네."

"그러하셨으니 이 같은 상황에서 저를 불렀겠지요."

나는 얼굴에 참으로 진지한 빛을 띠며 그 표정 못지않은 진지함으로 선생의 말에 장단을 맞추는 나 자신에게 놀라지 않을 수 없었다. 지금 내 속에서는 '아, 나의 영원한 스승아, 어디서 이상한 물건 하나를 주워서 갖고 있다가 이 난리를 치는 거야?'라는 식의 아우성이 계속 울리고 있었다. 하지만 이런 희극적인 아우성은 이 아우성엔 비할 수 없을 만큼 희극적인 오해와, 아무래도 너무나 희극적인 선생의

264

얼굴과 목덜미 때문에 점점 기세가 꺾여갔다.

"하지만 아무래도 이상했어. 열쇠고리 자체도 그렇지만 열쇠라는 것은 잃어버리면 며칠 내로 분실 사실을 깨닫게 마련 아닌가?"

"그렇긴 하지만, 이건 그때 막 누군가에게서 받은 것이고 장식 용도가 강해서 안 쓰는 열쇠를 달아놓았던 겁니다."

"역시 그랬군. 난 둘 중 하나일 거라고 생각했네. 이 열쇠고리에 달려 있는 하나의 열쇠는 극히 중요한 방의 열쇠거나 아니면…… 지금 자네가 말한 그런 거라고. 한데, 누군가에게서 받았다면, 자네의 망각과 방치는 부도덕한 행위였던 게야."

"죄송합니다, 선생님."

"자넨 정말 열쇠를 찾으러 올 생각은 하지 않았던 겐가?"

"제가 워낙 못난 놈이라 선생님 앞에서 그런 추태를 보이고서 다시 그 방으로 들어설 용기가 나질 않더군요."

"허허, 못난 사람 같으니."

그러면서 선생은 껄껄거리며 웃으셨다. 만약 이 열쇠고리와 열쇠가 우리가 지금의 대화에서 암시한 그런 의미를 지니는 것이었다면 선생의 껄껄 웃음은 대단원의 막을 눈앞에 둔 한 인간의 담대한 여유를 보여주는 것이었겠지만, 실제로는 전혀 그렇지 않았으니, 나의 몸 한구석에서는 계속하여 킥킥거림이 쏟아져나왔다. 킥킥거림에 싫증이 나자 이제는 숫제 분노의 함성이 터져나왔다.

이미 나의 기대 자체는 물거품이 되었지만 그래도 하나의 가능성만은 남아 있었다. 말하자면 세계의 틀 자체를 희극이 아니라 비극으로 짜는 것, 그것이었다. 지금 선생과 나 사이에서 문제가 되는 것은 넓은 의미에서의 '오해'인데 보다 거국적인 차원에서의 오해가 될 수도 있지 않겠는가. 예를 들자면, 늙은 어머니가 거의 평생을 기다려 온 아들의 얼굴을 알아보지 못하고 아들을 제 손으로 죽여버린다든가, 여사여사한 사정에 의해 약혼자의 임종을 지켜볼 수 없었던 약혼녀가 마침 그 자리에 있었던 제삼자를 통해 약혼자의 최후의 말을 듣고자 하는데 실상 고인의 최후의 말은 "무서워 죽겠어"였지만 그 제삼자는 "그는 죽으면서 당신의 이름을 불렀어요"라는 식의 거짓말을 하고 약혼녀는 감격하면서 "그럴 줄 알았어요!"라는 식의 대답을 한다든가 말이다.

하지만 지금 선생과 나의 만남은 어떻게 해도 구제 받을 수 없는 것으로 보였다. 지금 선생의 몰골이나 오해가 오해임을 명백히 알고서 이 희극에 참가하고 있는 나 자신의 몰골이나 피장파장으로 우스꽝스러운 것이니 말이다. 결국 나는 최후의 가능성마저 포기했다.

그런데 여기까지 오자 문득 이상한 생각이 들었다. 혹시 선생이 지금 나를 시험하는 게 아닐까, 이 열쇠고리가 내 것이 아님을 알면서 고의로 이런 우스꽝스러운 상황을 만드는 게 아닐까 하는 것이었다. 하지만 이것이야말로 심증만 있을 뿐 물증은 전혀 없는 것이었고, 나 자신이 이미 저토록 진지한 상황을 연출해놓고 지금에 와서 선생에게 대뜸 '선생님, 지금 저를 놀리시는 겁니까?'라고 물을 수도 없는 일이었다. 결국 나는 상당히 숭고하고 비장한 장면을 연출하면서 선생으로부터 열쇠고리를 건네받았고, 그 못지않은 무게를 담아 병실을 나왔다.

집에 돌아온 뒤 나의 심사는 그러니까, 내가 이 글의 첫머리에 쓴 문장에서 풍기는 불안하고 다급하고 그럼에도 기대 가득한 그것과는 아주 다른 것이었다. 아무리 들여다봐도 나는 그 열쇠고리를 기억해낼 수 없었고 그 때문에 참으로 난감했다. 하지만 이 물건이 선생이 부여한 그 의미, 그리고 내가 본의 아니게 가짜로 부여할 수밖에 없었던 그 의미를 지니지 않은 것이라 해도 어쨌거나 선생과의 마지막 만남을 기념할 유일한 것이었기에 나는 그것을 몸에 지니고 다녔다. 그러는 동안, '이것이 정녕 내 물건이었던가?'라는 의심은 '나는 왜 그 중대한 순간의 일을 기억하지 못하는가?'라는 이상한 자책으로 변질되어갔다. 이 열쇠고리가 정말로 내 것인지도 모른다는 생각이 들기 시작한 것이다.

선생은 나와의 마지막 만남이 있고 일주일을 못 넘기셨다. 나는 다소 민망하고 멋쩍었지만 그래도 선생의 장례식에 참석했다. 오랫동안 만나지 못했던 지인들이 많이 와 있었다. 사실 내가 장례식에 참석한 건 물론 고인에 대한 안타까움과 추모의 마음 때문이기도 했지만 그보다는, 이번에도, 뭔가를 기대했기 때문이었다. '오해'의 매듭을 풀 수 있는 것은 역시나 선생과 관련된 사람들이 대거 모이는 이런 장소가 적합하리라고 생각했던 것이다. 구체적으로 말하자면, 꼭 내가 생각을 하고 있는 것도 아닌데 누군가가 '내가 언젠가 선생님께 열쇠고리를 선물한 적이 있는데 말야'라는 식으로 말문을 열어 대화가 지금 내 호주머니 속에 들어 있는 열쇠고리에까지 이른다든가, 아니면 더 재미있는 방식으론 마지막까지 선생과 친하게 지낸 사람 중 누군가가 '그 선생이 장난을 참 좋아하셨지, 물론 무슨 악의가 있는 건 절대 아니고 그저 재미 삼아 거짓말을 하는 거 말야'라는 식의 농담을 던진다든가 말이다. 어느 경우에든 그다지 유쾌할 건 없었지만 그래도 나는 이 사건 아닌 사건이 빨리 해결되었으면, 나의 의심과 이상한 억압이 빨리 사라지게 되었으면 하고 바랐던 것이다. 그러나 선생은 이미 이 세상 사람이 아니었고, 설령 선생이 살아 계셨다고 해도 나는 병상에서 고생하던 코끼리-하마와 그런 희극을 연출하고 난 이후에 다시 그와 대면할 수 있는 용기를 발휘하지 못했을 것이다.

하지만 선생의 장례식에선 내가 기대한 그 어떤 일도 일어나지 않았다. 그 누구도 열쇠고리 얘기를 하지 않았고, 그 누구의 입에서도 선생이 장난을 즐겼다는 얘기는 나오지 않았다. 그저 선생의 고매한 인격이나 선생이 집필하셨거나 번역하신 수많은 저서에 대한 찬사, 혹은 선생과의 술자리에서 나눈 추억 등을 때론 순수한 진지함으로, 때론 약간의 가벼움을 과장한 비장함으로 얘기하는 것이 대부분이었다. 그리고 선생의 측근들은 소문대로 정말로 존재했던 선생의 소설 원고가 나의 옛 친구인 '최선생'에게 넘어간 것을 두고 질투와 선망을 섞어 이런저런 얘기를 했다. 이게 다였다.

선생의 시신을 태워 납골당에 안치하고 돌아오는 길에 차창 밖을 보면서 나는 한순간 희극적이리만큼 처절했던 절망의 끄트머리에 힘없이 매달려 있는 아쉬움을 보았다. 끝끝내 이 말을 차마 하지 못한 것, 그것이 내겐 못내 아쉬웠던 것이다. "선생님, 제가 기대한 것은 그 말이 아니었습니다." 혹은 "전 선생님께서 그것과는 다른 말씀을 해주실 줄 알았습니다."

피 진 의　가 을

피진(皮疹)의 가을

── 변태와 탈피를 꿈꾸는 이들에게

절망적인 권태였다.*

*   *   *

절망적인 권태의 시작이었다.

아직은 마른 잎 냄새를 풍기지 않는 울긋불긋한 이파리들이, 저녁 무렵 하늘의 노을처럼, 나뭇가지들 위로 퍼져 있다. 시선을 약간 위로 올리면, 푸른 하늘이 노랗고 붉은 색채와는 아주 무관한 듯 초연하게 펼쳐진다. 어지럽다. 눈을 감아본다. 다시 눈을 떠 시선을 아래로 향하자, 붉은 수국 덤불 하나가 들어온다. 한때는 도발적인 연보랏빛을 은근히 뽐내던 수국은 붉게 변해 있다. 말라가고 있고, 시들

---

* 이 문장은 러시아 상징주의의 대표적인 시인이자 사상가, 소설가인 안드레이 벨르이 (1880~1934)의 4편의 「교향곡」 시리즈(1902~1908) 중 「제2번 교향곡」(부제: 극적 교향곡, 1902)에서 가져온 것이다.

어가고 있고, 죽어가고 있다. 그는 이 소멸의 의식이 최대한 빨리 끝나주길 바랐다. 하지만 사람의 일은 물론이고 수국 덤불의 일도 짐작대로, 소망대로 되지 않는 법이다. 수국의 소멸은 참으로, 지루할 정도로 길었다. 아직도 희망이 있다고 믿었던 것인지, 수국은 안간힘을 쓰면서 붉은색을 유지했다. 말라비틀어진 채로 가지에 달려 끝까지 붉었던 것이다.

그렇게 사람들이 죽어나갔다. 운이 좋아 빨리 죽는 사람도 있었고 운이 나빠 오랫동안 희망이라는 괴물들의 꼬리를 움켜쥔 채 신음하는 사람도 있었다. 누구는 직장에 혹이 생겨 항문을 들어낸 뒤 인공적인 삶을 이어나갔고, 누구는 청춘의 시기가 끝나기도 전에 자궁에 혹이 생겨 소리 소문 없이 죽어갔고, 누구는 평상시라면 그런 부위가 있는지도 모르는 그런 곳에 고약한 놈이 엉겨 붙어 십수 년을 앓고 있었고, 누구는 허파에 구멍이 나서 숨을 쉴 수 없게 되었고, 누구는 간이 부어올라 몸이 망가져갔고, 누구는 어느 날 갑자기 엘리베이터 문틈에 끼인 채 죽어갔고, 누구는 속도의 마력에 휘말려 꿈조차 꾸지 못하는 식물이 되었다.

그의 몸에서도 하찮긴 하지만 그래도 뭔가 수상쩍은 변화가 일어나고 있었다. 갑자기 겨드랑이가 가려워진 것이다. 날개가 돋아나는 징후라고 생각했다. 하지만 기다리던 날개는 돋아나지 않고 옆구리가 가렵기 시작했다. 나의 날개는 겨드랑이가 아니라 옆구리에서 돋나 보다 생각했다. 하지만 역시나 날개는 돋아나지 않고 오히려 배가 가렵기 시작했다. 배에 비늘이 생기나 보다 했다. 이쯤 되자, 그는 겨드랑이와 옆구리의 가려움이 날개가 아니라 지느러미가 생성되려는 조짐이라고 추측하기에 이르렀다. 그냥 추측만, 기대만 한 것이 아니다. 지느러미든 날개든 제대로 돋아나게 하기 위해서 열심히 자극을 주었다. 자연이 명령하는 대로 사정없이 긁었던 것이다. 겨드랑이와 배와 옆구리가 벌겋게 달아오르고 물집이 생기고 너무 긁어 피가 났으나, 날개든 지느러미든 도무지 뭔가가 돋아날 기미가 보이질 않았다. 오히려 사타구니마저 가려워오기 시작했다. 혹시, 다리가 두 개쯤 더 생기려는 것일까. 이리저리 추측을 해보기도 했지만 다 부질없는 짓이었다. 그는 그저 사정없이 긁기만 했다. 대단한 쾌감이 시작되었다. 세계는 붉은빛으로, 또 황금빛으로 물들고 있었고, 그의 몸에는 피진이 번져가고 있었던 것이다.

산골의 가을이었다.

사방이 진홍빛으로, 또 초록빛으로 물들더니 이젠 울긋불긋 단풍이 들어가고 있었다. 벼들은 황금빛으로 물들어 조용히 모가지를 드리우고 있었고, 감나무엔 빨간 홍시가 주렁주렁 매달려 있었고, 진작부터 빨개져가던 산수유 열매는 노랗게 바래가는 잎사귀 속에서 여전히 빨갰다. 아이의 몸도 빨갛게 변해가고 있었다. 그런데, 벼에도, 홍시에도, 산수유 열매에도 뜨거운 기운은 전혀 없건만, 아이의 빨개진 몸에선 무척이나 뜨거운 기운이 감돌았다. 세상이 빨갛게 변해가는 시간만큼 아이의 몸도 빨갰지만, 아이의 몸이 뜨겁게 데워져가는 시간과는 무관하게 세상은 한없이 차가워지기만 했다.

아이는 일주일간 햇빛을 볼 수 없었다. 그래서인지, 아니면 그와 무관한 것인지, 하여간 아이의 몸은 점점 더 뜨거워졌다. 그리고 부어올랐고 가려워졌다. 아이는 연신 긁어댔다. 그러면서, 무섭고 징그러운 꿈에 시달렸다. 온몸을 뒤척이며 잠에서 깨어나면, 아이의 눈앞

으로 흙벽과 누추한 방이 나타났다. 샛노랗게 바랜 신문지들이 흙벽
에 덕지덕지 붙어 있다가 아이의 얼굴을 향해 마수를 뻗치곤 했고 방
바닥에 널브러진 걸레쪽이 아이의 몸을 향해 스멀거리며 기어왔고
벽의 못 위에 걸려 있던 커다란 옷가지들이 무서운 괴물처럼 성큼성
큼 걸어다니기 시작했다. 창문 밖, 마당에 서 있는 커다란 감나무는
수천 개의 팔다리를 허우적거리며 고통스럽게 몸부림치고 있었다.
아이가 눈을 게슴츠레 뜰 때마다 방 안은 점점 더 어두워졌고, 창밖
의 빛깔도 변해가고 있었다. 마지막으로 눈을 떴을 무렵, 방 안은 어
둠침침했고 창밖엔 짙은 푸른빛이 감돌고 있었다. 아이는 길고도 편
안한 한숨을 내쉬었다.

자기 몸이 너무 뜨거워 자기 몸이 아닌 다른 몸의 온기는 도저히
느낄 수 없을 것만 같은 상태였음에도 아이는 자기 몸에 와 닿는 온
기를 느낄 수 있었다. 자기의 몸 위로 드리워지는 짙은 그림자, 손마
디가 굵다 못해 툭툭 튀어나오고 옹이 잔뜩 박인, 그럼에도 마냥 따
뜻하고 다정하기만 한 손길, 슬픔과 염려가 녹녹하게 배어 있는 그윽
한 눈길. 아이는 눈을 떴고, 그 눈길과 손길의 보살핌을 받으며 몸을
일으켰다.

"우리 강아지, 엄마 왔다. 이제 밥 먹자."

엄마의 억세지만 따사로운 말 속에서는 눈물이 뚝뚝 떨어졌다. 아
이는 자신의 목구멍으로 넘어가는 것이 이제 막 가마솥에서 퍼와 엄
마의 입김으로 먹기에 알맞게 식힌 밥알인지, 아니면 엄마의 눈구멍
에서 막 떨어지는 눈물방울인지 알 수 없었다.

"엄마, 나 무서워."

"뭐가 그렇게 무서워, 응?"

"엄마, 나 꿈을 꿨어, 아주 무서운 꿈이었어."

"우리 강아지가 몸이 허해서 그런 거야."

"엄마, 있잖아, 저어기 묏등 너머 여시골 가는 길 말야, 거기에 내가 좋아하는 찔레 덩굴이 있지, 응?"

"그래, 그래." 그러면서 엄마는 물에 씻은 김치쪽을 입 안에 넣어주었다. 아이는 밥알과 김치를 씹으면서도 여전히 말을 그치지 않았다.

"엄마, 엄마, 있잖아. 봄이었어. 이상하지 않아? 지금은 가을인데, 꿈속은 봄이더라구. 봄이라 그런지 찔레순이 먹음직스럽게 자라 있는데, 나 혼자 찔레 덩굴 안으로 들어갔어."

"엄마가 찔레 덩굴 속엔 들어가지 말라 그랬잖니? 거긴 왜 들어갔어, 응? 이렇게 커다란 무서운 뱀이 나타나서 우리 강아지를 콱 깨물어버릴지도 몰라."

"엄마, 엄마, 진짜야, 진짜로 그랬어!"

"뱀을 봤구나?"

"아니, 아니, 엄마, 뱀이 아니고, 그러니까 엄마, 엄마 말대로 한 번도 찔레 덩굴 속에 들어간 적은 없어, 하지만 꿈속에선 용기를 내어 그 안에 들어간 거야, 찔레순을 실컷 꺾어 먹고 나니까 꼭 한번 들어가보고 싶더라고, 그런데, 그런데, 응 있잖아, 엄마, 찔레 덩굴 안이 굉장히 넓은 거야."

"요 녀석아, 네가 쪼그마니까 그렇지, 어른들은 들어가지도 못해, 호호."

엄마는 동화 속에 나오는 푸짐하게 살이 찐 착한 마녀처럼 깔깔거렸고 아이는 꿈 생각에 몸서리를 치면서 엄마의 품안으로 파고들어 엄마의 두 가슴에 얼굴을 묻었다.

"엄마, 그래서, 그래서, 찔레 덩굴 속으로 들어갔는데 무진장 넓고 온통 다 초록색인데, 그런데 이상하게 어두컴컴한 거야, 슬슬 무서워지더라고, 그래서 찔레 꺾는 건 아예 잊어먹고 발발 떨면서 주위를 이리저리 둘러보는데 이상한 게 있는 거야."

"그게 뭐였을까?"

"엄마 있잖아, 그게 뭔가 하얗고, 아니, 투명하다고 해야 되나, 엄마 왜 있잖아, 저기 비닐봉지하고 비슷한 색깔인데, 그런 게 뭉쳐 있는 거야, 너무 무서웠지만 그게 뭔지 너무 궁금한 거야, 그래서 가까이 가서 보니까 꼭 뱀 비늘 같은 자잘한 선들로 덮여 있는 거야, 엄마! 아이구 무서워, 무서워, 뱀이 거기다가 껍질을 벗어놓은 거야. 무서워 죽는 줄 알았어, 엄마, 엄마!"

아이는 꿈에서와 똑같이 엄마를 소리쳐 불렀고, 필사적으로 찔레 덩굴 속을 빠져나왔듯 그렇게 필사적으로 엄마의 품속을 파고들었다. 엄마는 숟가락을 밥그릇에 꽂아둔 채 아이를 꼭 껴안았다. 아이는 생각했다. 엄마의 품은 자기 몸이 다 들어갈 만큼 넓고 엄마의 가슴은 자기 몸을 아무리 비벼대고 또 아무리 만져도 영원히 줄지 않고 시들지 않는 아주 신기하고 행복한 뭔가라고.

벌겋게 부어올랐던 살갗이 얌전하게 가라앉고 온몸을 뜨겁게 달궜던 열이 가시고 가려움증이 사라지자, 허물이 벗겨지기 시작했다. 허물이 다 벗겨졌을 때 아이는 더 이상 아이가 아니었다. 아이의 몸에선 뭔가 다른 변화가 일어나고 있었다. 그것은 몹시 서서히 진행되었고, 아이는 어느 순간 또 한 번의 신열과 가려움증에 시달렸다. 또다시 허물이 벗겨졌고 아이는 급기야, 어른이 되고 말았다. 절망적인

276

권태는 이제야 시작이었다.

절정이었다.

단풍과 은행은 이 절정의 순간을 위해 지금까지의 시간을 견뎌왔다. 죽음과 탄생 사이에는 삶이라는 기나긴 터널이 있고 이들에겐 그 터널의 한가운데에서 휘황찬란한 절정을 만끽할 수 있는 행운이 주어졌으니 그리 나쁜 삶은 아닌 것이다. 그렇지만 상록수에게 이 순간은 굴곡 없이 지나가는 시간이라는 무한한 직선의 한 점에 불과할 따름, 자신의 주위에서만 절정과 쾌락이 만발하는 그런 시간일 따름이다. 그러니 어쩌면 지조와 절개로 예찬받는 상록수의 삶은 참으로 권태로운, 실로 절망적이리만큼 권태로운 삶일지도 모른다.

하지만 절정을 만끽하는 나무들, 상록수들보다 더 안타까운 것, 더 인간적인 것은 따로 있다. 이들에게 이 순간은 그저 속절없이 시들어가는 과정 중 죽음이 임박했음을 알리는 시간일 뿐이다. 이것은 결코 절정이 아니며 그저, 대단원의 막을 내리기 위한 서글픈 전조일 뿐이다. 이들에게 있어 샛노랗고 새빨간 물이 드는 것은 봄에 돋아난 새파란 잎사귀가 어디로 여행 한번 못 가고 그 자리에 죽은 듯 붙박여 있다가 시간의 폭력 앞에서 원래의 빛을 잃어가는 탈색의, 퇴색의 과정일 따름이다. 이대로 아주 죽어버리면 좋으련만 다음 해면 또다시 탄생과 죽음 사이의 기나긴 터널을 아무 말 없이 지나가야 할 것이다. 지겹기 짝이 없는 일이다. 찬란한 슬픔의 봄이나 황홀한 서글픈 심사 따위와 같은 것이 아니라 하염없이 권태롭고 일상적인 애처로움이다. 그의 눈앞에 보이는 두 그루의 플라타너스가 바로 그러했다.

방충망 뒤에, 높이를 알 수 없는 이 탑보다 더 키가 크고, 몸체가 아주 굵은 오래된 플라타너스 두 그루가 이란성 쌍둥이처럼 서 있었다. 봄에 싹을 틔웠고 여름에 푸른 녹음을 뿜내던 플라타너스는 이 무렵, 서서히 죽어가기 시작했다. 두 그루의 플라타너스는 동일한 과정을 밟고 있지만 그 속도에선 미묘한 차이를 냈다. 햇빛을 보다 더 잘 받는 곳에 있는 플라타너스는 빨리 싹을 틔우고 빨리 푸르러진 만큼 더 빨리 퇴색해갔다. 햇빛의 사랑을 받은 시간이 긴 만큼, 그 강도가 강한 만큼 빛이 바래가는 속도 역시도 더 빨랐던 것이다. 반대로, 상대적으로 음지에 있는 플라타너스는 양지의 플라타너스에 비해 아주 미묘한 차이로 한 템포가 느렸다. 너무 사랑받은 노트와 책은 그렇지 못한 것보다 조금 더 빠른 속도로 손때가 묻어 누추해지고 너무 사랑받은 일기장은 역시나 조금 더 빠른 속도로 빛이 바래다 못해 고색창연해진다. 마찬가지로 너무 많이, 너무 강하게 사랑하고 사랑받은 사람은 그렇지 못한 사람보다 조금 더 과격하게 늙어간다. 그 사람의 존재가 상록수도 단풍도 아닌 플라타너스라서 비록 절정 대신 애매하고 모호한 하강만이 있을지라도 그의 가을은 그 어느 것보다도 아름다워야 한다. 초라한 하강은 태양으로부터 많이 사랑받았음에 대한 증거이므로. 그리하여 그는 자신의 변신을 햇빛의 과도한 사랑에 의한 아름답고도 행복한 부작용이라고 생각하기에 이르렀다.

두 그루의 플라타너스는 제 몸을 덮은 이파리들을 퇴색시키고 말려가면서 조금씩 떨어뜨리고 있었다. 그리고 어느새 플라타너스의 몸뚱이 곁에 무리 지어 널브러지고 내팽개쳐진 물기 하나 없는 메마른 낙엽은, 태어날 때부터 메말라 있었던 것 같은 확신을 주는 빗자루에 의해 쓸리고 모이고 있었다. 이 풍경을 그는 매일 바라보고 있었다. 불그스름하고 누르스름할 때의 애잔한 아름다움도 잃어버린 극도로 건조한 갈색의 낙엽 더미들은, 태초부터 소리를 낼 능력을 부여받지 못했기에 비명 한번 지르지 못하고 염산의 세례 속에서 고통스럽게 타 죽었을 구더기 더미를, 운명의 테러에 때론 저항을 하고 때론 복종하며 고통을 감내하면서 급기야 최후의 숨을 내쉬고 영면 속으로 들어간 애처로운 생명들을 연상시킨다. 그 생명들의 흔적들은 한곳에 소복이 쌓여 시커먼 연기를 발하면서 타들어간다. 그 불길 더미 속엔 단풍도, 은행도, 플라타너스도 자신들의 개별적인 정체성을 묵묵히 내어놓고 그저 생명의 기운이 빠져나가버린 메마른 이파리로서 소멸해간다. 하지만 이들은 또다시 부활하여 지겨운 순환을 되풀이할 것이다. 이런 생각을 하면서 그는 딱딱한 껍질 속으로 다시 기어들어가기 위해 모가지를 위로 쳐들었다.

원래 이렇게까지 비좁지는 않았다.
오늘따라 유난히, 몸이 뒤쪽 벽과 옆쪽 벽, 그리고 문에 꽉 끼일 정도로 비좁다. 지저분한 변소 벽에 몸이 닿지 않도록 하기 위해 몸을 앞으로 약간 숙이니 변기 위와 타일 바닥에 누런 구더기 서너 마리가 꼼지락대고 있다. 늘 보는 것이지만 도무지 그 혐오감이 사라지질 않는 구더기를 발견한 순간, 소년은 저도 모르게 아주 찰나적인 가려움증을 느끼면서 몸을 뒤로 뺀다. 그러자 이번에는 지저분한 변소의 벽에 몸이 쾅 부딪히고 만다. 어째 오늘따라 두터운 잠바를 입어서 몸에 감각이 거의 없고 그저 몸 전체가 뒤뚱하면서 엉덩이를 비롯한 하체가 변기통 속으로 빠져버릴 것만 같다. 참 아슬아슬하다. 뿐더러, 몸이 털썩 하면서 공기의 이동이 심하게 일어나 인분들의 구리다 못해 쓰린 냄새와 구더기 퇴치를 위해서 뿌린 염산의 따가운 냄새가 소년의 후각을 무자비하게 갈긴다. 반사적으로 두 손을 코에 갖다 대자 또다시 몸의 균형을 잃고, 이번엔 몸이 옆쪽 벽과 부딪혀버린다. 이 벽 어딘가로 구더기 한 마리가 기어가고 있을지도 모른다. 아닌 게 아니라 간신히 몸을 바로잡고 정면의 벽을 응시하니 염산 세례 속에서도 용케 살아남은 구더기 한 마리가 벽 위를 기어가고 있다.

그걸 보는 순간 온몸이 못 견디게 가렵다. 하지만 이렇게 두꺼운 옷을 입은 상태에서, 또한 이렇게 한 발 제겨디딜 곳도 없는 좁은 공간에 몸을 잔뜩 웅크리고 앉은 상태에서 몸을 긁어댄다는 것은 도대체가 불가능한 일이다. 아니, 애초에 상상도 할 수 없는 일이다. 그래서 소년은 가려움을 잊고 변의(便意)에만, 똥을 누고자 하는 욕망에만 충실하기로 마음을 먹었다. 그러고 나선, 딴엔 모든 힘과 신경을 항문의 괄약근에 집중시킨다. 하지만 눈을 질끈 감아도 스멀거리는 구더기와 염산 때문에 새까맣게 타 죽은 구더기의 시체들이 눈앞에 어른거리고 이와 함께 가려움증은 더 심해져간다. 눈을 뜬다. 변소 바닥의 타일이 모조리 다, 언젠가 꿈에 나온 적이 있는 자잘한 구더기들의 집합체로 보이고, 그 와중에도 몸은 연신 이쪽 벽 저쪽 벽을 쿵쿵 들이받는다. 똥이라는 놈도 긴장을 했는지 항문 입구에 쿡 처박혀 앙탈만 부린다.

도저히 안 되겠다. 똥도 급하지만 우선 이 생지옥을 어서 빨리 벗어나야겠다. 그래서 소년은 바지를 올릴 생각도 하지 못하고 판자쪽을 조잡하게 붙인 뒤 갈색 페인트를 처발라놓은 나무 문을 한 손으로 거세게 민다. 하지만 문은 열리지 않고, 오히려 그가 문을 열기 위해 쏟아 부은 힘의 반작용으로 소년의 몸이 옆쪽 벽으로 기우는가 싶더니 결정적으로 쿡 처박히고 만다. 그 짧은 순간에 소년의 눈이 감기고, 역시나 그 짧은 순간에 허연 구더기들이 터지고 뭉개지는 그림이, 불더미 속에서 타 죽은 인간의 유령이 나타났을 때처럼 싸늘한 바람을 일으키며 스쳐 지나간다. 그리고 그는 온몸을 박박 긁어대는 것에서 오는 시원한, 참으로 시원한 쾌감을 경험한다. 온몸에 덕지덕지 붙어 있는 구더기의 살점과 내장과 배설물이, 가려움증과 그것의 본능적인 반사 행위인 긁음으로 인해 벌겋게 달아오른 살 위로 화려한 무늬처럼 포진해 있다.

소년은 신열을 앓았다. 체온이 절정에 올랐을 무렵 구더기의 살점들이 몸 위에서 떨어져나가기 시작했다. 소년의 살도 구더기의 살점에 묻어 시나브로 떨어져나가기 시작했다. 도시 변두리의 누추한 사글세방, 그리고 거기에 붙어 있는, 거의 스무 명이나 되는 세입자들이 공동으로 사용하는 추악한 변소에서였다. 일주일이 지났을 때 소년은 두번째의 탈피를 무사히 끝내고 훌쩍 자라 있었다. 절망적인 권태의 또 다른 풍경이었다.

그는 피진의 절정을 예감했다.

빨갛고 노랗게 물든 단풍과 은행이 곧 찾아올 겨울의 서슬 푸른 한기를 예감하곤 최후의 숨을 필사적으로 내쉬고 있을 때였다. 거울에 비친 그의 몸은 붉게 물들어 있었다. 그리고 산고와 비슷한 통증이 시작되고 있었다. 그 양상이 비슷했다는 것이 아니라 그 강도가 비슷했다는 것이다. 몸 전체가 살갗의 표피 세포 하나하나에, 아니, 겨드랑이와 사타구니 쪽의 표피 하나하나에 집중되어 있었다. 못 견디게 가려웠다.

가려움이 극에 달하여 이젠 그것이 따끔하고 아리는 통증인지 아니면 그저 가려움인지를 분간할 수도 없는 지경에 이르렀다. 그럼에도 그의 본능적이고 무의식적인 행위는 일관된 것이었다. 긁고 또 긁었다. 그리하여 살갗은 벌겋게 부어오르고 달아올랐으며 작고 도톰한 붉은 구릉 사이에 섬세한 파열이 일어 속살이 드러났고 선연한 혈액이 배어나와 흐르지는 않고 살갗 틈새에 얌전히 고여 있었다. 그러자 긁는 것조차도, 긁어서 살갗을 학대하는 것조차도 처음과 같은 극렬한 쾌감을 더 이상 주지 않았다. 몸의 표피는 물론이고 손톱조차도 너무 오랫동안 강렬하게 반복된 쾌감을 향유하다가 감각을 잃어버린 탓이었다. 이제 그는 손바닥으로 환부를 조금씩, 조금씩 넓게 어루만지며 누르기 시작했다. 그것은 처음에는 부드러운 애무와 같은 것이었으나, 어루만짐의 손길이 포악해지고 누름의 뉘앙스가 광포해지면서 급기야 제 몸에 대한 폭력으로 변해버렸다. 그리하여 표피는 더 달아올랐으며 영양 공급을 거의 받지 못한 살들은 어디론가 사라져버렸다. 그 순간 그는 불현듯 뭔가를 깨달았다.

마침내, 그는 떠났다. 그리고 동굴로 들어갔다.

피진으로 괴로워하던 두 마리의 축축한 뱀은 서로 몸을 섞은 채 또아리를 틀고 서로의 체액을 서로의 몸 속으로 받아들이고 날카롭고 단단한 자잘한 발톱으로 가려운, 너무도 가려운 몸을 악착같이 긁었다. 몸이 후련하고 또한 속이 후련해졌다. 끊임없이 반복되는 이 동일한 쾌감 속에서 두 마리의 뱀은 영겁의 세월을 뒤엉켜 뒹굴었다. 뱀 두 마리의 몸에선 핏물이 배어나왔다. 하지만 그것도 잠시. 곧 뽀얀 물안개 같은 것이 이는가 싶더니, 두터운 살갗은 자기가 언제 이 몸뚱어리에 붙어 있었냐는 듯 그렇게 자연스럽게 일어나기 시작했다. 두 마리의 뱀은 보풀처럼 일어나 민들레 씨앗처럼 퍼져나가는 살갗을 지금까지보다는 좀더 가볍고 부드럽게 비벼대기 시작했다. 이제 그것은 꽃가루처럼, 파우더 분처럼 날려 어두운 동굴 안을 가득 채웠다. 서로의 몸이 더 이상 가렵지 않게 되었을 때 두 마리의 뱀은 얽히고설킨 몸을 풀었다. 그들 앞에는 하얀 허물 두 개가 놓여 있었다. 분명히 투명했으나 그럼에도 하얀 허물이었다.

동굴을 빠져나온 그는 생각했다.

이건 변태와 탈피의 중간쯤 되는 어떤 현상 혹은 과정이다. 한 인간이 성장함에 따라 성체(成體)가 되기 위해 허물이나 표피를 벗는일. 이 과정을 겪은 그는 이젠 성체가 되어 날개를 파닥거리며 방충망 안으로 들어갔다. 아니, 자신이 그런 날갯짓을 하고 있다고 상상했다.

엄마는 얼굴에 투명한 액을 바른 채 죽은 사람처럼 거실 바닥에 누워 있었다.

머리칼이 흘러내리지 않도록 얼굴과 머리칼 사이에 두터운 헝겊 머리띠를 두르고 있었고, 샤워를 막 끝낸 뒤였으므로 목욕 가운 하나만을 걸치고 있었다. 젖가슴 두 개가 약간 처진 듯하지만 그게 오히려 더 야성적인 아름다움을 과시하면서 엄마의 몸 곁으로 살짝 흘러내리고 있었다. 약간 벌어진 목욕 가운의 틈새로 엄마의 늘씬하고 매끈한 다리가 뻗어나오고 있었고, 매니큐어가 칠해진 엄마의 발가락 열 개가 조금씩 꼼지락거리고 있었다. 엄마의 발은 뽀얗고 아름다웠으며 발목은 무척 가늘었다. 엄마는 두 손을 가슴 위에 살짝 얹은 채, 투명한 액이 다 굳을 때까지 눈 한번 뜨지 않고 조용히 누워 있었다. 거실 오른편엔 엄마가 조금 전까지 연주하던 쇼팽의 「녹턴 B플랫 단조 op. 9-1」의 악보가 펼쳐져 있었고, 왼편에서는 마리아 칼라스의 음성으로 헨델의 아리아 「울게 하소서」가 흘러나오고 있었다.

아빠는 서재에 틀어박혀 한 번도 밖으로 나오지 않았다. 책상 앞에 반듯하게 앉아 담배를 문 채 책과 적절한 거리를 유지하면서 책을 읽고 또 메모를 하고 있었다. 아빠의 자세는 좀처럼 흐트러지지 않았다. 담배가 다 떨어졌을 때 팔을 옆으로 뻗어 바로 곁에 쌓여 있는 담뱃갑 더미에서 새 담뱃갑을 집어 뜯는 것, 책을 읽다가 뭘 더 참조해야겠다는 생각이 들었을 때 자리에서 일어나 고대 상형 문자를 해독하려는 사람처럼 서고에 꽂힌 책과 파일의 제목들을 살펴보는 것, 그리고 커피가 다 떨어졌을 때 서재의 문 바로 곁에 있는 나지막한 탁자에서 원두커피를 따르는 것, 끝으로 자신이 만족할 만큼 책을 읽고 정리를 했을 때 책상에서 일어나 컴퓨터 앞으로 자리를 옮기는 것. 그 외에, 화장실을 갈 경우가 있었다. 아빠는 화장실엘 몹시 자주 갔다. 굉장히 적은 양을 먹었고 엄마와 달리, 거의 의지적으로 영양이 적은 음식만을 골라 먹는 아빠가 화장실엘 자주 가는 건 참 신기한 일이었다. 그런데 더 신기한 것은 그렇게 오랜 시간을 책상 앞에 앉아 있는데도 아빠는 변비가 전혀 없다는 사실이었다. 대변이건 소변이건 삼 분이면 다 해결되었다. 이렇듯 물리적인 활동에 소비되는 시간을 자의 반 타의 반으로 최소화함으로써 아빠는 참으로 많은 시간을 책과의 연애에 쏟을 수 있었다. 아빠는 앞으로 한 시간 정도는 더 책상 앞에 있을 것이다.

엄마가 몸을 일으키더니 침실의 화장대 앞으로 가서 앉았다. 조금 전까지는 걸쭉하고 투명한 액이었던 것이 엄마의 날카로운 손톱이 닿자마자 뱀의 허물처럼 변해서 아름답게 벗겨지기 시작했다. 얼굴의 껍질을 다 벗겨내자 엄마는 껍질의 부스러기들을 처리했다. 분명히 투명한데 그럼에도 하얀 부스러기들을 엄마는 텅 빈, 쭈그러진 알주머니처럼 쌓여 있는 껍질 더미 위에다 뿌리기 시작했다. 껍질을 한 겹 벗은 엄마의 얼굴은 조금 전보다 더 뽀얗고 더 부드럽고 더 아름다웠다. 눈은 더 커졌고 더 반짝거렸으며 코는 더 오뚝해졌고 입술의 윤곽은 더 선명해지고 그 색깔은 더 붉어졌다. 얼굴형조차도 더 예뻐졌다. 엄마가 젖가슴, 손, 발, 허벅지 등에선 왜 껍질을 벗겨내지 않는지 늘 이상하게 여겨졌다. 탈피를 끝낸 엄마는 다시 욕실로 가서 얼굴을 씻었고, 다시 화장대 앞으로 와서 몇 가지 크림을 순서대로 발랐다. 화장대 앞에서 날씬하고 매끈한 하얀 다리를 꼰 채 얼굴 살을 매만지는 엄마는 몹시 아름다웠다. 심각하게 벌어진 목욕 가운 사이로 엄마의 앙가슴이 살짝 드러나 있었다. 도발적이었다. 엄마의 얼굴은 이내, 반짝이기 시작했다. 이걸로 엄마의 기나긴 탈피는 끝났다. 엄마는 매일 밤 이런 탈피의 과정을 겪었다. 엄마가 예쁘고 날씬하고 아름다운 건 매일 밤 탈피를 하기 때문이다. 탈피를 끝낸 엄마는 다시 피아노를 쳤다.

아빠가 자리에서 일어났다. 창문을 닫기 위해서였다. 엄마가 피아노를 칠 때면 아빠는 창문을 닫았고, 엄마가 피아노 치기를 멈출 때면 창문을 열었다. 이렇게, 거실에 피아노 소리가 울려 퍼질 때면 아빠의 서재에 담배 연기가 마법사의 주문처럼 자욱하게 퍼져나갔고, 피아노 소리가 멎을 때면 아빠 서재의 자욱한 주문들이 창문 밖으로 빠져나가 거실로 옮아와서는 마리아 칼라스의 음성과 뒤섞였다. 아빠는 탈피를 몰랐다. 그래서 아빠는 못생겼다. 아빠는 키가 몹시 작았다. 엄마보다 훨씬 작았다. 그리고 밑변은 아주 길고 높이는 아주 낮은 직각 삼각형의 빗변처럼 처진 두 어깨는 결코 위로 올라갈 줄을 몰랐다. 수족은 또 기형적으로 컸다. 쌍꺼풀이 없는 조그만 눈에 콧대가 낮고 코끝이 뭉툭했으며, 입술이 두꺼웠고, 광대뼈가 많이 튀어나왔다. 얼굴은 그야말로 구릿빛이었는데, 이건 아빠가 늘 마법사의 주문 속에서 숨을 쉬며 책 더미 속에 파묻혀 있기 때문이다. 겸사겸사 알이 몹시 두터운 검은 뿔테 안경을 잠을 잘 때도, 목욕을 할 때도 끼고 있었다. 하여간 예뻐지려는 노력이라곤 조금도 하지 않는 위인이었다. 이런 몰골을 하고서도 아빠는 탈피엔 전혀 관심이 없다. 어쩌면 경멸하는지도 모른다. 하지만, 아빠가 엄마의 탈피를 말리지 않는 걸 보면, 그리고 엄마와 헤어지지 않는 걸 보면 아빠도 아름다움과 예쁨이 뭔지는 아는 사람이다. 아빠는 탈피 정도로는 해결이 안 될 것이다. 너무 못생겼으니까. 아빠에겐 총체적인 변태가 필요했다. 생각해보니 아빠는 못생긴 정도가 아니다. 아빠는 아예 인간이 아니라 짐승이고 괴물이다.

엄마와 아빠는 한 침대에서 잤다. 두 사람이 서로 아무리 몸부림을 쳐도 절대 떨어지지 않을 만큼 넓고 커버가 아주 화려하고 아름다운 침대였다. 초록빛 스탠드가 켜지면 괴물이 미녀를 겁탈했다. 겁탈이 끝난 뒤 미녀는 탈피가 막 끝났을 때의 관능적이지만 결코 천박하지는 않은 아름다움을 완전히 잃어버렸다. 미녀는 헝클어진 머리칼, 시뻘겋게 충혈된 흰자위를 하고 침대에서 일어났다. 앙가슴과 다리를 은근히, 그래서 도발적으로 드러내주던 목욕 가운은 거의 다 열려 있고 미녀의 몸 정중앙에서는 희뿌연 액이 묻은 검은 털이 우수수 떨어져 미녀의 발이 닿는 곳마다 수북이 쌓였다. 그리고 미녀의 몸에선 아주, 아주 좋지 않은 냄새가 났다. 고결한 관능의 미녀가 이렇게 추잡한 창녀로 변신해버린 건 순전히 괴물 탓이다. 그런데 괴물은 하나도 달라지지 않았다. 여전히 마법사의 주문의 흔적을 뿌리면서 거실과 서재를 매캐한 연기와 찜찜한 냄새로 뒤덮었다. 그리고 여전히 어깨가 축 처진 왜소한 몸과 너무도 못생긴 구릿빛 얼굴을 쳐들고 있었다. 엄마와 아빠는 각자 다른 욕실로 가 몸을 씻었다. 초록빛 스탠드는 이제 켜지지 않았다.

따뜻한 햇살이 쏟아지는 청명한 오후, 아이들이 가을 소풍을 나왔다.

감청색 교복에 하얀 티셔츠나 하얀 블라우스를 받쳐 입은 아이들은 탈색의 과정이 절정에 이른 플라타너스 곁을 지나고 있었다. 계집애들과 사내애들이 나란히 두 줄로 서서 아주 자주 대열을 흐트러뜨리면서 계단을 오르기 시작했고, 그들 곁엔 선생으로 보이는 어른이 애처로운 모습으로 무거운 걸음을 옮기고 있었다. 아이들은 연신 즐겁게 조잘거렸고 어른은 이따금씩 인상을 팍 구기면서 위압적인 한마디를 던지곤 했다. 아이들은 연신 자기들끼리 장난을 쳤고 어른은 이따금씩 아이들의 행복한 장난을 저지시켰다. 한마디로, 청명한 하늘 아래, 푸름이 가셔버린 플라타너스 나무 사이로 종종걸음을 치는 아이들의 감청색 교복은 예쁘고 사랑스러웠다.

이렇게 예쁘고 사랑스러운 풍경을 바라보는 자신의 상태가 이럴 줄은 몰랐다. 최악의 상태였다는 의미가 아니다. 그가 도무지 상상할 수 없었고 짐작할 수 없었던 것, 그의 의식 지평에 단 한 번도 떠오른 적이 없는 그런 것이었다는 의미이다. 하지만 과연 그랬던가, 라는 반추 작업을 시도해볼 순 있다. 이런 식으로 곰곰 따져보면 행여 꿈에서나 무의식 저편에서 이런 상태를 어렴풋이 예감했었는지도 모른다. 종종 그는 '벌레' '짐승'이라는 단어를 아주 물질적으로 느꼈었고, 어쩌면 현 상태와는 전혀 무관한지 모르겠으나, 하여간 동물원을 자주 찾았으며 동물들의 생태를 다루는 책이나 프로그램을 즐겨 보았다. 아무리 그래도 그것은 그의 몸과는 무관하게 떨어져 있는 대상이요 객체였으며, 때때로 그가 그것을 자신과 동일시할 때라도 그건 어디까지나 은유에 불과했다. 하지만 변태의 과정은 실제로 진행되고 있었다. 그가 그 사실을 깨달았을 때 남은 일이라곤 변태의 결과를 고스란히 받아들이는 것뿐이었다.

어느 날 그는 자신이 변할 수 있다고, 아니, 현재의 자신을 의지적으로 완전히 변화시킬 수 있다고 확신했다. 그가 변화된 자신으로서 상정했던 것은 수도승과 짐승이었다. 속세의 번잡함으로부터 완전히 담을 쌓고 수도원에 틀어박혀 평생 동안 성서를 베끼거나 아니면 철저하게 짐승이 되는 것이었다. 이 순간 그가 생각했던 짐승은 덩치와 힘을 가진 괴물의 형상을 하고 있었다. 그것이 아무리 기괴하게 조합되었다고 할지라도 중요한 것은 욕망과 에너지였다. 이렇게 보면 수도승과 짐승은 구태여 '승'이라는 문자가 겹치지 않더라도 그에겐 동일한 존재로 인식되었던 셈이다. 욕망의 극소화, 금욕을 향한 욕망은 결국 욕망의 극대화, 욕망의 괴물적인 비대화와 짝패이니 말이다. 그런데 변태의 결과는 수도승도 아니었고, 짐승도 아니었다. 그는 한 마리의 징그러운 벌레가 되어 있었다.

말하자면 변태가 거꾸로 진행된 것이었다. 정상적인, 아니 상식적인 변태는 삶의 공간을 땅에서 하늘로 옮기는 것이며, 몸 전체로 움직이다가 날개와 같이 몸의 특수한 일부분으로 움직이는 쪽으로 변화되는 것이다. 그러니까, 그에게는 구더기가 파리가 되고 애벌레가 나비가 되는 것의 반대 과정이 일어난 것이다. 한동안 그는 이걸 자궁 회귀 욕망의 돌연변이적인 실현이 아닐까 생각해보았다. 하지만, 이건 정상적인 유충의 모습으로 변형되었을 경우에만 적용될 수 있지, 그에게는 아니었다.

　그는 분명 애벌레의 모습을 한 벌레였지만 껍데기를 갖고 있었다. 이 껍데기는 그의 의지대로 벗고 쓰고 할 수 있는 것이 아니었다. 그것은 그의 몸에 찰싹 달라붙어 있다가 시간이 되면 저절로 그의 몸에서 떨어져나갔으며 또 시간이 되면 다시 그의 몸을 덮어버렸다. 껍데기가 그의 몸을 해방시켜주면 그는 필사적으로 방충망을 향해 기어가 바깥 풍경을 구경했으며, 껍데기가 아가리를 벌릴 때면 마치 자기력에 조정당하듯 그렇게 제 몸으로, 역시 필사적으로 껍데기 안으로 기어들어갔다. 그의 소원은 단 한 가지였다. 껍데기 자체가 아예 살덩어리, 혹은 좁은 의미의 몸과 분리되지 않는 그런 몸뚱어리를 가졌거나, 즉 갑충이 되거나 아니면 애초에 껍데기의 저 폭압에서 자유로운 몸뚱어리를 가졌거나, 즉 비록 날개가 돋을 가능성은 전혀 없을지라도 그래도 보기엔 애처롭지 않은 유충이 되거나.

　감청색의 아이들 무리가 계단을 채 다 올라가기도 전에 그는 껍데기를 향해 돌진하고 있었다. 내가 네놈의 몸 속으로 고분고분히 들어갈 줄 아느냐! 라고 욕을 하면서도 그의 몸뚱어리는 필사적으로 움직이고 있었던 것이다.

　절망적인 권태의, 절망적일 정도로 권태로운 절정이었다.

　절정의 바로 직전에 그 일이 있었다.

그렇다, 그저 그렇게 보였을 뿐이다. 그건 동굴이 아니었고, 그저 동굴같이 침침한 오피스텔이었을 뿐이다. 뱀들의 신비적인 교접이라니, 말도 안 된다. 그건 그저 처음 순간에 눈이 맞아버린 두 인간의 섹스에 불과했다. 그들은 서로의 몸을 덮고 있는 겉껍질을 벗기고서 서로의 몸을 핥았고 문질렀고 씹었고 또 긁었다. 그들의 국부가 제자리를 찾아 필사적으로 서로의 몸을 탐할 때 피진으로 벌겋게 달아오른 뒤 이제는 급기야 메말라가기 시작한 살갗들이 비늘처럼 뚝뚝 떨어져 그들의 침상에 쌓이고 있었다. 그들은 자기들이 정사를 벌이는지 메마른 살갗을 발라내고 있는지 생각할 겨를도 없이 핥고 문지르고 물고 뜯고 깨물고 씹고, 그리고 긁는 데만 열중했다. 인간의 온갖 욕망을 모조리 다 소진시켜버리는 길고도 격렬한 정사가 끝났을 때 그들 주위엔 타액과 정액과 분비액에 젖은 살 껍질이 널브러져 있었다. 그것은 꼭 수분을 머금은 비듬이나 마른버짐 같았다.

그는 자기의 몸을 살펴보았다. 벌겋게 부었던 자국은 흔적도 없어졌고 뽀얗게 돋아나던 각질 역시 말끔하게 사라져버렸다. 이렇듯, 건강하고 신선한 모유를 먹으며 자란 생후 일 개월 된 아기처럼 살갗이 보드랍고 뽀얗게 변한 채로 그는 침침한 오피스텔을 나왔다. 오피스텔에서는 이곳에 발을 들여놓을 때부터 들리던 무덤의 음산한 곡성이 여전히 들려오고 있었다. 그의 짝이 어떤 몰골이 되었는지, 그 자신과 마찬가지로 원래의 살갗을 벗어던지고 아기 피부를 갖게 되었는지는, 뒤를 돌아보지 않았기에 전혀 알 수 없었다. 여명이 밝아오는 새벽 거리를 걸으며 그는 몸이 한군데도 가렵지 않은 것이 얼마나 큰 축복인가 새삼 깨달았다. 애초부터 가려움증은 없었던 것처럼 여겨졌다. 아니, 가려움증은 정말로 애초부터 없었다. 피진은 환상이었던 것이다. 그의 모든 과거처럼.

이상했다.

하루 종일 비가 내렸고, 하루 종일 해를 볼 수 없었다. 그리고 아기
의 살갗처럼 보드랍고 뽀얗던 그의 살은 이제 이만하면 충분히 아름
답고 충분히 매혹적인데도 자꾸만 더 보드라워졌고 자꾸만 더 뽀얘
졌다. 까닭 모를 불안감에 휩싸인 그는 옷을 몇 겹으로 껴입고 그 위
에 코트를 걸쳤으며 자신의 살이 제 눈에 전혀 보이지 않도록 하기
위해 장갑을 꼈다. 이런 몰골로 방 안을 이리저리 거닐었다. 그러다
가 아무래도 이건 너무 우스꽝스럽다는 생각이 들어 무작정 밖으로
나갔다.

가을치고는 공기가 너무 찼다. 아닌 게 아니라 초겨울을 연상시키
는 매서운 칼바람이 불어오고 있었다. 그의 차림새가 그다지 이상해
보이지 않는 스산한 날씨였다. 그는 우산을 받쳐 든 채 걷기 시작했
다. 그다지 굵지는 않지만 참으로 끈질기고 집요한 빗줄기가 그의 우
산을, 그리고 인도 곁에 줄지어 서 있는 나무들의 변색되어가는 이파
리들을 툭툭 때렸다. 아주 시끄러웠다. 바깥이 시끄러운 것이 아니었
다. 가만 보니, 그의 몸이 시끄럽고 부산스러웠다. 살갗이 점점 더 보
드라워지다 못해 물렁물렁해지고 있었고, 살갗이 형질 변화하는 모
양새가 소리로 변해 그의 귀를 때렸던 것이다. 아무래도 모종의 통과
제의를 치른 뒤끝치고는 좀 볼썽사나운 정황이다. 그는 커다랗고 건
강한 웃음을 유발시키는 뭔가 극적인 반전을 기대했는지도 모르겠
다. 하지만 어쨌거나 이처럼 우스꽝스러운 하강은 좀 뜻밖이었다. 한
데, 진정으로 짐작과 다른 일, 참으로 엉뚱한 일은 다른 곳에서 일어

났다.

　그의 맞은편에서 아주 키가 큰 여인이 걸어오고 있었다. 무릎 아래까지 오는 푸른 바바리코트를 입고 허리를 벨트로 가볍게 묶은, 제법 긴 단발머리를 어깨에 닿을락 말락 늘어뜨린 여인이었다. 먼발치에서 그녀를 바라보면서 그는 '우산도 쓰지 않았군'이라는 평범한 생각을 함과 동시에 '장례식에 다녀오는 길이군. 소복을 입기 싫었으면 검은색 옷이라도 찾아 입을 것이지. 옷장에 검은 정장이 몇 벌이나 걸려 있는데 말야'라는 이상한 생각을 했다. 바로 이 두번째 생각이 그를 경악케 만들었다. 생각은 여기서 그치지 않았다. '그토록 사랑하던 남편의 시체가 타고 있는 도중에 믹서에서 막 빻아지는 커피 원두의 향내를 맡다니, 인간의 심리란 참 기묘해. 그나저나 뱃속에 든 아이는 어떡하나. 마흔이 다 되어 결혼을 해서 힘들게 얻은 아이니 낳긴 낳아야 하는데, 아니, 낳긴 낳을 텐데 혼자서 그 어린것을 어찌 키운담, 쯧쯧.' 자신의 생각이 여기에 이르자 그는 몹시 혼란스러워졌다. 평생 단 한 번도 만난 적이 없는 저 아름다운 여인의 소소한 신상과 미래를 그가 어떻게 알 수 있단 말인가. 혹시, 이건 지금껏 남의 사생활에 대해 이러쿵저러쿵 추측하길 좋아하고 상상하길 좋아하던 그의 버릇이 일종의 정신병 형태로 나타난 것이 아닐까. 하지만 중증에 이른 정신병으로 치부하기엔 의식이 전반적으로 너무도 선명했다.

　그의 머릿속에서 온갖 생각들이 교차하는 동안 푸른 바바리코트의 여인은 점점 더 가까이 다가오고 있었다. 그는 지금 당장 그녀에게 직접 물어보아야겠다는 생각에 그녀를 불렀다. 하지만 그녀는 그의 소리를 듣지 못하고 그냥 지나쳐버렸다. 그가 그녀와 나란히 서는 순간, 그는 까무러치게 놀라고 말았다. 이 미터에 가까운 그의 몸이 아주 조그맣게 줄어들어 있는 것이 아닌가. 뿐더러, 그가 쥐고 있던 우산이며 그의 몸을 감싸고 있던 옷가지들은 보도블록 한쪽에서 축축하게 뒹굴고 있고 그의 몸은 보도블록 사이에 처참하게 끼여 있는 것이 아닌가. 그 순간 그는 피진이라는 환상을 떠올렸다. 피진이 그야말로 환상으로, 아니, 잃어버린 환상으로 판명된 순간, 곧바로 너무도 낡아빠져서 이젠 더 이상 어떻게 새롭게 해볼 도리가 없는 '변신의 테마'가 환상이 아닌 실체로 실현되고 있음을 인정하지 않을 수 없었다.

'그 순간 갑자기'가 사건 전개와 세계 인식의 원칙이 되는 장르가 있다.

그런 소설에서처럼 모든 것이 순식간에 완전히 바뀌었으면 했다. 이 바뀜의 결과가 비록 '옛날 옛적에'로 시작되는 전래동화와 같이 '그리하여 그들은 행복하게 잘 살았습니다'가 되지는 못할지라도, 그럼에도, 흥부의 박이 터지고, 우렁이가 어여쁜 각시로 변하고, 파를 먹자마자 갑자기 사람들의 눈이 뜨여 사람이 소가 아니라 사람으로 보이는 그런 순간이 찾아와주었으면 했다. 내가 현재의 나 자신이길 멈추었으면 했다. 현재의 상황과는 다른 뭔가 더 높고 더 고급하고 더 고귀하고 더 고상한 상황이 어느 날, 어느 순간 갑자기 그렇게 펼쳐졌으면 했다. 탈피와 변태의 고통스러운 과정 없이 찰나적인 순간에 변화와 변형이 일어나주었으면 했던 것이다.

하지만 꿈에서도 그런 일은 일어나지 않았다. 아비는 한결같이 무지몽매하고 무식하고 난폭한 태생적인 농사꾼이었으며, 어미는 싸늘한 시체처럼 말이 없고 혹독한 고문 끝에 간신히 살아남은 가짜 마녀처럼 얼빠지고 무심한 시선을 하고 있었다. 열다섯에 집을 나간 누이는 몇 년째 소식이 없었으며 지저분하고 천박하고 시끄러운 동생들은 몸 안에 이를 득실득실 키워가면서 하루가 다르게 비대해져가고 있었다. 그리고 그 자신은 애처롭고 무뚝뚝하고 음산한 문제 청소년으로 인생을 질질 끌어가고 있었다. 그에겐 그러나 짐승 같은 욕망이 있었다. 아니, 그가 가진 것은 그것뿐이었다. 그는 그 욕망을 연약한 뼈다귀와 빈한한 살가죽 밑에 꼭꼭 숨긴 채 자신의 껍질 속에 처박혀 살았다. 아무도 그를 응시하지 않았고, 고로 아무도 그를 사랑하지 않았다.

하지만 그는 진정한 생은 어딘가 다른 곳에 있으리라고 믿었다. 언젠가는 천지가 개벽하듯 기필코 뭔가 거대한 변화가 찾아오리라고, 거대한 변신이 있으리라고 믿었다. 이 철없는 순수한 믿음으로 그는 꼴을 벴고, 밭을 갈았고, 모를 심었고, 쇠죽을 끓였고, 장작을 팼고, 토끼 먹이를 주었고, 또 추수를 거들었다. 싸늘한 겨울이 지나고 봄이 왔건만, 또한 여름이 지나고 가을이 왔건만 아무것도 달라지지 않았다. 그래도 그는 믿음을 버리지 않았다. 동화와 신화 속에서 현실이 재현되듯, 현실 속에서 동화와 신화가 생생하게 재현될 수 있으리라고 등신같이 믿었던 것이다.

방충망 사이로 긴 드라마 한 편이 보였다.

비록 한정된 시간 동안이나마 껍데기로부터 자유로워져 바닥을 길 수 있게 된 그는 힘들게 창턱으로 기어올라갔다. 촘촘한 방충망에 반쯤은 가려지고 반쯤은 투과되어 본래의 빛을 약간은 잃은 듯하지만,

그럼에도, 가을의 절정이었다. 찬란한 가을빛 사이로 감청색 교복에 하얀 블라우스를 받쳐 입은 계집애 하나가 달려가고 있다. 그러다가 계집애는 돌부리에 채어 넘어진다. 갑자기 사내애 하나가 나타나 넘어진 계집애를 일으켜 세운 뒤 무릎에 묻은 흙을 떨어준다. 아주 짧은 휴지. 계집애와 사내애는 어느새 훌쩍 자라 사춘기를 맞고 각기 제 갈 길을 간다. 아주 짧은 휴지. 각기 다른 곳에 차려진 서로 다른 두 쌍의 결혼식 장면. 이미 처녀가 된 계집애 곁엔 다른 남자가, 이미 총각이 된 사내애 곁엔 다른 여자가 서 있다. 아주 짧은 휴지. 불혹을 바라보는 지점에서 계집애와 사내애가 다시 만난다. 계집애는 지적이고 단아한 분위기가 몸에 밴 성숙한 여인이 되어 있고, 사내애는 키가 크고 많이 여위었으나 정신의 무게가 느껴지는 남자가 되어 있다. 짙은 푸른색의 바바리코트를 입은 여인과 역시 짙은 푸른색의 바바리코트를 입은 남자는 절정에 이른 가을의 거리를 서로 약간 떨어진 채 조용히 걷고 있다. 그들 앞에 뻗어 있는 거리의 길이만큼 그들의 말도 길어진다.

"이선생은 사람이 변할 수 있다고 믿습니까?"

"본인이 변화를 진정으로 원한다면 가능하지 않겠습니까?"

"다시 말해, 어떤 사람이 변화를 원하는데도 변화하지 않는다면 그건 변화를 향한 그의 의지가 박약하기 때문이라는 것이군요. 현재 자신의 모습에 대한 미련이 무의식 속에나마 남아 있어서 자기도 모르는 사이에 변화를 거부하는 타성을 작동시키기 때문이라는 논리도 성립할 수 있겠죠?"

"김선생 말씀대롭니다. 변화란 망각의 과정을 포함한 어떤 희생을 동반할 테니 인간은 본능적으로 그것에 맞서려고 할 겁니다. 특정한 인간의 급격한 변화는, 그것이 동화나 신화가 아니라 현실에서 정말로 일어날 수 있다면, 유기체의 생물학적 변화와 마찬가지로 일종의 '위기' 혹은 '크리티컬 포인트'를 갖게 마련일 겁니다. 물리적인, 아니, 생물학적 탈피나 변태의 과정이 심리적인 차원에서 보자면 심각한 충격, 그로 인한 상처 같은 것이 되겠죠."

"그렇다면 현실에서 한 인간의 변화란 그 자신이 예기하지 못했던 어떤 파국에 의해 성취되겠군요."

"그렇다고 봐야겠죠. 물론 다분히 의지적으로 그 파국을 불러들이는 수도 있겠습니다만. 인간도 생물체라 기본적으로 '삶'을 지향하지만, 유기체의 의식이 지나치게 비대해질 경우에는 자학과 같은 활동이 일어나지 않습니까."

"그럼, 우리는 서로를 자학했던 걸까…… 다시 말해, 우리에게, 말이 좀 이상하지만, 의지적인 파국이 왔던 걸까요?"

"우리에게…… 파국이 왔었던가요? 정말 그렇게 생각하세요?"

"난 내가 많이 변했고, 그건 우리의 관계가 단절되었기 때문이라고 생각해왔어요."

"그래 넌 많이 변했어. 전체적인 분위기가 아주 달라졌지. '그 이후' 너를 처음 봤을 땐 다른 사람인 줄 알았으니까. 이것 좀 봐, 걸음걸이도 달라졌어. 어린애처럼 방방 뛰면서 걷던 예전과는 달리 이렇게 조용, 조용히 걷잖아."

"그래? 어때, 변한 내 모습이 마음에 들어?"

"그렇게 묻는 걸 보니 하나도 변하지 않았구나."

"그렇지 않을걸."

"과연 그럴까, 바보야."

"그동안 어떻게 살았어, 응, 이 똥강아지야, 나 안 보고 싶었니?"

"그걸 말이라고 해?"

오래된 연인들. 긴 시간을 함께 지냈으며 그 시간보단 짧게, 하지만 그럼에도 긴 시간을 떨어져 있다가 다시 만난 연인들은 길게 이어지는 가을의 거리를 걷는 동안 어느새 옛날처럼 서로에게 말을 놓고, 그리고 어느새 두 몸 사이의 거리를 좁혀 하나가 된다. 아주 짧은 휴지도 없이, 두 몸 사이에서 하나의 작은 몸이 생겨난다. 아줌마와 아저씨가 된 계집애와 사내애의 행복한 사랑을 받으며 아이는 훌쩍 자라 결혼을 하고 또 아이를 낳는다. 아주 짧은 휴지. 어느 노부부, 참으로 오래된 연인들은 검버섯이 피기 시작한 서로의 여윈 손을 꼭 쥔 채 가을의 거리를 걸어간다. 그리고 아기자기한 일상적인 대화를 나눈다. 하루의 생명을 막 끝내려는 태양이 오래된 연인들의 조용한 산책에 아름다운 빛줄기를 조용하게 뿌려준다. 오래된 연인들은 평화로운 미소를 띠면서 밑도 끝도 없는 나락으로 아주 조용히 침잠한다, 여전히 서로의 손을 꼭 쥔 채.

오래된 연인들의 희뿌연 그림자가 창턱 위로 길게 드리워지는 아름다운 풍경을 보면서 그는 지옥으로 끌려들어가듯 껍데기 밑으로 기어들어갔다.

해가 이미 떨어지고 사위가 캄캄했다.

문제아는 신문지를 적당히 찢어 들고, 호주머니 속 물건이 제대로 있는지 확인한 뒤 뒷간으로 갔다. 가을도 이제 저물려는지 밤기운이 많이 찼다. 집에 온 뒤 아직 갈아입지 않은 교복 깃을 세우며 삐거덕거리는 뒷간의 나무 문을 열었다. 뒷간엔 그 흔한 백열등 하나 없다.

그래서 문을 닫기 전, 달빛이 변소의 내부를 비출 때 자신이 앉을 자리를 봐두어야 했다. 문제아의 목적은 다른 데 있었으므로 자신이 서 있을 자리를 가늠한 뒤 변소 안으로 들어가 문을 닫았다. 그리고 나무판자 몇 개를 갖다 붙이고 정중앙에 어그러진 직사각형의 구멍을 뚫어놓은 변소의 귀퉁이에 아주 살짝 몸을 기대고 선 뒤 라이터를 꺼내 담배에 불을 붙였다. 순간 변소의 내부가 환하게 밝아졌다. 문제아가 몸을 약간 굽힌 상태였기에, 무엇보다도 직사각형의 구멍 밑에 가득히 쌓여 있는 똥 무더기가 눈에 들어왔다. 똥 무더기는 지금이라도 당장 문제아가 발을 딛고 있는 판자 위로 흘러넘칠 것 같다. 문제아는 잽싸게 불을 껐다.

자주 있는 일은 아니지만, 이 순간 담배의 맛은 기가 막히다. 하지만 담배 연기를 들이켜고 내뱉는 그 황홀한 시간이 지나면 곧 똥 냄새가 문제아의 코를 찌르고 암모니아가 문제아의 몸을 압박해오고 또 발치 어딘가에서 구더기들이 꾸물대는 것이 너무도 선명하게 느껴진다. 이런 불쾌감을 막기 위해 문제아는 또다시 필사적으로 담배를 빨아들인다. 세 모금 정도를 빨고 나면 불안이 스멀거리기 시작한다. 바람에 사각거리는 감나무 이파리 소리에도 문제아는 너무 놀라 담배 연기를 거꾸로 들이켜곤 기침을 한다. 그러면, 그 기침 소리에 너무 놀라 온몸을 부르르 떨고 자기도 모르게 입을 틀어막는다. 한 손에 담배를 든 채 힘겹게 숨을 고른 뒤에 다시 담배 연기를 들이켠다. 온몸이 짜릿해오고, 문제아는 뭔가 징후를 느낀다.

담배꽁초가 똥통에 떨어지기가 무섭게, 바지 속으로 손이 들어가고 곧 짧고도 격렬한 자위가 시작된다. 언제나 우스꽝스럽지만 그 우스꽝스러움을 도대체 인식할 수 없는, 그래서 순수한 찰나적 순간.

곧 한 무더기의 정액이 뿜어져나온다. 이 순간이면 문제아는 언제나 변신의 가능성을 느낀다. 이 불안하고도 지긋지긋한, 너덜머리나는 삶이 완전히 바뀌어버릴 것만 같은 것이다.

똥을 닦는 데 쓰는 신문지를 적당히 비벼 분비물을 처리한다. 이 무렵이면 담배는 필터 끝까지 타들어가 있다. 숫제 손을 델 정도다. 새로 담배를 꺼내 문다. 욕망을 발산한 뒤의 담배 맛은 더 기가 막히다. 극도의 긴장 상태가 한풀 꺾이고 나른함이 찾아올 때면 문제아는 꼭 지금 당장 무너져버릴 것 같은 연약한 나무판자에 몸을 의지하여 담배를 들이켠다. 담배 연기가 암모니아 냄새 가득한 시커먼 공간을 가득 채운다…….

갑자기, 쾅 하는 소리가 나고 판자 속 어둠이 무자비하게 깨지고 만다. 술 취한 아비는 아들의 몸을 질질 끌고 나와 지게 작대기로 쥐어패기 시작한다. 대가리에 피도 안 마른 녀석이, 어쩌고 하면서. 어미는 잠깐 마루청으로 나왔다가 침침한 눈알을 하릴없이 움직이다가 다시 방으로 들어간다. 문제아는 지게 작대기에 맞아 벌겋게 부어오른 몸을 추스르며 골방으로 기어들어간다. 진흙과 지푸라기를 이겨 만든 울퉁불퉁한 흙벽엔 군데군데 신문지가 붙어 있고, 천장 위엔 메주가 대롱대롱 매달려 있다. 문제아는 제각기 한구석을 차지한 채 잠들어 있는 동생들 틈새에 끼여 메주 냄새를 맡으며 잠들어갔다.

그리고 꿈을 꾸었다. 자기가 사랑하던 모든 것들이 하나씩 둘씩 자기 곁을 떠나는 것이었다. 문제아가 몹시 사랑하며 돌봐주던 두 마리의 집토끼도, 아직 뿔도 돋지 않은 새끼 흑염소도, 또 이제 막 걸음마를 시작한 노란 송아지도. 집에서 유일하게 문제아에게 따사로운 시선과 손길을 주던 누나는 이미 오래전에 문제아 곁을 떠나서 집에 돌아오지 않고 있는 상태건만, 어찌 된 영문인지, 도저히 그럴 수 없건만, 다시 한 번 그의 곁을 떠나갔다. 지난여름 뙤약볕 속에서 문제아가 힘들게 심어놓은 들깨 모종과 옥수수와 고추가 가을의 된서리를 맞고서 힘없이 시들어져갔고, 메주 밑에서 노랗게 삭아가던 몇 권 되지도 않던, 그렇기에 더 소중했던 소설책들이 책장이 하나씩 뜯기고 그 책장들이 바싹 마른 낙엽처럼 바스러지더니 급기야 아예 흔적도 없이 사라져버렸다.

너무도 황망한 문제아는 아주 오랫동안 담배를 피워온 골초처럼 무의식적으로 담배를 찾았다. 하지만 아무것도 없었다. 몸을 움직여 담배를 찾을 힘도 없다. 결국 포기하고 모로 누운 자세로 벽에 붙은 신문지를 집요하면서도 몽롱한 시선으로 들여다보기 시작했다. 얼마나 지났을까. 신문지의 검은 활자와 검은 사진 위로 그 자신의 얼굴과 몸뚱어리가 보이기 시작했다. 너무도 예리한 통증에 시달리고 뜨거운 열로 펄펄 끓고 있는 몸은 신문지가 거울로 변한 것을 아주 당연하게 받아들였으며, 몸이 불그죽죽하고 커다란 괴물로 변해가는 것 또한 응당 그래야 할 것으로 받아들였다. 사랑하는 모든 것을 잃어버린 슬픔에 비하면 이것은 오히려 기쁜 일이었다.

잠에서 깬 문제아는 꿈의 전체적인 정조가 기쁨이었는지 아니면 슬픔이었는지 도대체 가늠할 수가 없었다. 흙벽의 신문지를 바라보았으나 까만 활자와 사진만이 보였다. 반신반의하며 몸을 움직여보았는데, 무리 없이 자신의 몸을 일으킬 수 있었다. 거울에 몸을 비추어 보니 영양실조의 흔적이 알알이 배어 있는 비썩 마른 몸 그대로였다. 동생들은 제각기 다른 방식으로, 즉 이를 갈거나 코를 골거나 허벅지를 벅벅 긁거나 사타구니 안쪽의 털들을 쥐고 있거나 침을 질질 흘리면서 늘어지게 자고 있었다. 역시 개꿈이었던 것이다. 하지만 문제아는 혹시나 싶어 마당으로 나가보았다. 토끼장에선 두 마리의 토끼가 눈을 말똥거리면서 배춧잎을 먹고 있었고, 바로 옆 우리에선 흑염소가 조용히 앉아 밤을 보내고 있었다. 외양간의 송아지도 역시 대낮의 산책을 기다리면서 유순한 눈을 깜박이며 얌전히 서 있었다. 문제아는 피식 웃으며 방으로 돌아와 다시 잠을 청했다.

아침, 늘 보는 풍경이 펼쳐지리라 생각했다. 아비는 어제 마신 술탓에 해가 중천에 뜨도록 안방에서 뒹굴고 있을 것이고 냉혈동물처럼 매사에 무관심하고 벙어리처럼 말이 없는 어미는 이미 하루 일을 시작했을 터이다. 동생들은 산이나 들판에서 뛰어놀고 있을 것이다. 누이는 여전히 돌아오지 않을 것이며 마루 한 귀퉁이에선 마른걸레가 뒹굴고 있고 흙발자국이 덕지덕지 찍혀 있는 마루청은 여전히 지저분할 것이며 마당에는 개똥이 뒹굴고 있을 것이다.

하지만, 문제아의 눈앞엔 완전히 다른 세계가 펼쳐졌다. 동생들이 보이지 않는 건 문제가 아니었다. 동생들은 언제나 일찍 일어나 아침 나들이를 나가니까. 하지만 문제아의 골방 천장에 달려 있던 메주가 온데간데없이 사라진 건 좀 놀라운 일이었다. 그뿐인가. 신문지가 덕지덕지 붙은 흙벽은 옅은 파스텔 톤의 벽지로 덮여 있었고, 고리가 떨어진 낡은 옷장은 원목 가구로 바뀌어 있었다. 문제아는 자신이 몸을 누인 것이 지금과 같이 푹신푹신한 침대가 아니라 울퉁불퉁한 온돌방의 바닥이었다는 사실은 이미 생각할 틈도 없이 밖으로 뛰쳐나갔다. 허름한 시골집은 화려하고 깨끗한 양옥집으로 바뀌어 있었고, 똥개와 집토끼와 흑염소와 송아지 대신에 문제아로선 이름도 알 수 없는 온갖 애완동물이 제각기 자기 집을 갖고 있었다. 뒷간은 온데간데없이 사라졌고 뒷간 곁에 서 있던 감나무는 커다란 목련나무로 바뀌어 있었다. 마당 주위에 얼기설기 엮어져 서 있던 울타리는 담쟁이덩굴이 고풍스럽게 휘감긴 높고 웅장한 담으로 변해 있었다.

망연자실해 있던 문제아를 깨운 것은 아비였다. 아비는 몇십 년 묵은 알코올의 불그죽죽한 기운을 싹 없앤 말끔한 얼굴을 하고 문제아 앞에 서 있었다. 만년 농사꾼이던 아비는 웬일인지 양복을 말끔하게 차려입고 있었는데, 오십 평생 양복만 입고 산 사람처럼 그 복장과 분위기에 꼭 맞았다. 아비는 태연하게 말했다. "오늘 학회가 있어서 빨리 나가봐야 한단다." 그러면서 아비는 도저히 아비의 물건이었던 적이 없는 윤이 나는 서류 가방을 챙겼다.

어미가 나왔다. 평생 동안 낮엔 논밭에서 뙤약볕과 또 혹한과 싸워왔고 밤엔 아비의 각종 폭력에 시달리느라 생명의 기운을 완전히 잃어버린 주름투성이 얼굴에 계집애처럼 작은 몸을 가졌던 어미는 도회지의 부유하고 교양 있는 부인과 같은 모습을 하고 있었다. 아비는 떠나기 전에 어미와 가벼운 입맞춤을 했는데, 이건 문제아가 이십 년이 좀 안 되는 평생 동안 처음 본 것이었다. 아비를 배웅한 어미가 아들에게 말했다. "어서 아침 먹으렴. 많이 늦었으니 차를 타고 가거라." 그때 문제아는 마당 저편에 오만하게 서 있는 승용차 한 대를 보았다. 어미는 칠이 다 벗겨진 검은 밥상이 아니라 역시나 문제아가 단 한 번도 앉아본 적이 없는 투명한 식탁에 아침을 차렸다. 바싹 말라버린 밥알이 가득한 식은 밥, 쉬어터진 김치, 건더기라고는 무와 파, 청양고추밖에 없는 된장국이 아니라 이제 막 푼 하얀 쌀밥에 막 구워낸 조그만 조기에 쇠고기와 버섯이 풍부하게 들어간 국이 나왔다. 바삭하게 구워낸 김과 오이소박이도 있었다. 어미는 아들을 남겨

두고 거실로 나갔다. 난데없이 이상한 소리가 들려왔다. 그렇다, 이 건 버스에서 흘러나오는, 라디오에서나 드물게 들어본 듯한 무슨 악기 소리다…… 어리벙벙한 상태로 문제아는 고급 승용차를 타고 학교로 갔다.

저녁, 집에 돌아와보니 아비는 마치 항상 그 자리에 있었던 것처럼 버젓이 박혀 있는 서재의 책상 앞에 앉아 무슨 외국어와 기호가 도배된 책에다 코를 박고 있었다. 어미는 원래부터 저렇게 아름답고 우아한 몸매와 뽀얗고 부드러운 피부를 가진 여자였던 양 피아노 앞에 앉아 아주 어려운 곡을 치고 있었다. 피아노도 또한 원래부터 여기가 제 자리였다는 듯 버젓이 버티고 서서 어미의 애무를 받고 있었다. 어미는 아들을 보자 피아노 앞에서 일어나 말했다. "저녁 먹어야지." 곧 어미는 분주하게 식탁을 차렸다. 아침과는 비교도 할 수 없을 만큼 대단한 진수성찬이었다. 문제아는 멍하게 저녁을 먹었지만 어미와 아비는 아주 태연자약, 구태의연했다. 식사가 끝나자 아비는 다시 서재로 들어갔다. 곧, 몸에 꼭 맞는 양장을 입고 붉은빛으로 염색한 파마머리에 앞치마를 두른 늙은 여인이 나타나 설거지를 하기 시작했다. 그 여인은 자세히 보니, 어제까지만 해도 마당의 텃밭을 가꾸며 그날그날을 연명하던, 만년 무명 저고리를 입고 하얗게 바랜 머리털에 쪽을 찌고 있던 옆집 노파였다. 어제 집에 돌아오는 길에 보았을 때만 해도 이가 다 빠져 발음이 숭숭 새어나오던 노파의 입 안은 금으로 도배가 되어 연신 번쩍거렸다. 늙은 여인, 아니 옆집의 노파는 부엌 정리가 끝나자, 소리 소문 없이 어디론가 사라졌다. 어미는 "샤워하거라"라는 말을 한 뒤 욕실로 들어가 욕조에 물을 받기 시작했다. 물이 어느 정도 차오르자 문제아는 어미의 손짓대로 욕실로 들어가, 살점과 근육이 너무도 분명하게 만져져서 꼭 남의 몸 같기만 한 자신의 몸을 씻었다. 나와보니, 어미는 목욕 가운을 입고 얼굴에 뭔가를 바른 채 거실에 누워 있었다. 아비는 여전히 서재에서 한 발짝도 나오지 않았다. 거실의 무슨 거창한 물건에서는 너무도 난해하고 고급스러운 무슨 음악이 울려 퍼지고 있었다.

조용하고 평화로운 풍경이었다. 머리 위로 메주가 둥둥 떠 있는 누추하고 빈한한 방구석에, 동생들의 팔다리와 머리통이 툭툭 맞부딪치곤 하던 그 방에 모로 누워 늘 꿈꾸어왔던, 암모니아 냄새와 구더기가 가득한 뒷간에서 담배를 피우면서 문제아가 늘 그려보았던 낯설지만 익숙한 풍경이었던 것이다. 하지만 모든 것이 짐작과는 달랐다. 달라도 너무 달랐던 것이다. 급기야 문제아는 비명을 지르고 말았다. 문제아의 비명이 너무도 고급스러운 조용한 음악을 완전히 깨버렸다. 이건 악몽이다, 악몽이야! 악몽이라고!!!

천만에, 이건 악몽이 아니다.

차라리 악몽이라고 믿고 싶은 고약한 현실일 뿐이다. 그는 껍데기에서 일시적으로 풀려난 몸뚱어리를 무의식적으로, 질감이 좋지 않은 방충망에 비벼대면서 생각했다. 생각이 중단되었을 때도 그는 여전히 방충망에 몸뚱어리를 비벼대고 있었다. 얼마나 비벼댔는지 방충망의 표면이 미끌미끌해졌다. 그러자 그는 본능적으로, 아니 이젠 거의 의도적으로 표면이 꺼칠꺼칠한 물건을 물색한 뒤 거기에 몸뚱어리를 갖다 대고 비비기 시작했다. 대단히 시원했다. 곧 희뿌연 살갗이 벗겨지고 누르스름한 체액이 흘러나왔다. 그럼에도 그는 마찰을 멈추지 않았다. 하지만 비벼대도 그 '어떤' 욕망은 해소되지 않았다. 이쯤 되면 껍데기가 자기를 부를 때도 되었건만 어쩐지 껍데기의 자력은 작용하질 않고, 그는 뭐라고 정확하게 규정지을 수 없는 그 '어떤' 욕망을 채우기 위해서 끊임없이 거친 표면을 찾았으며 하염없이 살을 비벼댔다. 살갗이 거의 다 마모되어가고 최후의 체액 방울이 뚝뚝 떨어지고 온몸의 따가움이 극에 달한 순간에도 그는 이 살인적인 작업을 멈출 수가 없었다.

그렇게 천장에 박혀 있는 자잘한 못에다 몸을 문질러대고 비벼대면서 누르스름한 체액을 뚝뚝 흘리다가 그는 뭔가를 생각했다. 내 몸뚱어리에서 나오는 이 희뿌연 살갗과 누르스름한 체액은 자체는 굉장히 낯설지만, 그리고 몸을 어디다가 비벼대는 행위도 낯설지만, 이 욕망과 이 쾌감은 분명히 낯익은 것이다. 머리는 그것의 실체를 기억해내기 위해 필사적으로 반추 작업을 시도하고 있었고, 몸뚱어리는 역시 필사적으로 제 살갗을 마모시키고 제 체액을 뿜어내고 있었다. 급기야 살점과 체액이 거의 다 사라졌을 무렵, 몸속의 각종 기관들이 진작 파열되어 숨쉬는 것조차 힘들어졌을 무렵, 그는 변신의 대가로 얻은 망각의 저편에 묻혀 있던 단어를 기억해냈다.

피진, 그것이었다.

곧 총체적인 가려움이, 길게 자란 손톱으로 제 몸을 사정없이 긁어대는 행위와 벌겋게 달아오른 살갗이, 그 살갗 위로 배어나오던 붉은 피가 떠올랐다. 고통스럽고도 짜릿한 마찰 작업은 계속되었다. 몸은 급기야 조그만 점으로 변해갔으며, 그가 살던 텅 빈 공간엔 가루처럼 바스러진 희뿌연 살점들이 즐비하게 쌓이고, 끈적끈적한 체액 방울들이 어느새 굳어져 아주 조그만 언덕을 이루고 있었다. 그는 지금 자신이 사라져가는 것인지, 아니면 점차 응고되어가는 저 살점과 체액을 통해 다시 태어나는 것인지 도무지 알 수 없었다. 어쨌거나 그의 몸뚱어리는 욕망을 해소하려는 절망적인 노력 속에서 시나브로 스러져가고 있었고, 천장에서 바라보는 방충망 너머로는 어느새 가을이 끝나고 겨울이 오더니 곧 봄이, 여름이 차례로 찾아오고 또다시 낙엽이 물들어가고 있었다. 두 그루의 플라타너스는 아주 미묘한 차이를 내며 조금씩 다른 속도로 싹을 돋워내더니 역시 다른 속도로 녹음을 이루고 역시 다른 속도로 탈색, 혹은 변색되어가고 있었다. 몸뚱어리의 마모가 소멸의 과정인지, 영원한 반복을 통한 불멸의 통과의례인지 도무지 알 수 없었다. 그가 경험적으로 확인하고 확신할 수 있는 유일한 것은 그저 '그것'이 반복되고 있다는 사실뿐이다. 이 모든 괴로움을 다시 되풀이해야 한다는 것, 실로 순수한 절망이었다.

*　*　*

절망적인 권태의, 또다시, 시작이었다.

실연(實演)되는 통속과 권태, 혹은 행위 예술이 된 소설

김형중

질문들

일단(이 글을 읽는 독자들이 일반적인 독서의 절차에 따라 해설보다 작품을 먼저 읽었을 거라는 가정하에), 독자들에게 몇 가지 질문을 던지면서 글을 시작해보자.

당신은 이 소설집에 실린 작품들이 읽을 만했습니까? 2부의 두 작품(「나의 가자미 색시」「눈꽃 놀이」)은 온갖 '클리셰'들로 치장된 통속 연애소설을 방불케 하지 않았습니까? 3부의 두 작품(「혀를 죽이다」「절망」), 그리고 4부의 「피진의 가을」은 끝까지 읽을 수 있었습니까? 그랬다면 그 권태를 어찌 견디셨습니까?

혹시 오해가 있을 듯싶어 미리 말하건대, 악의에 찬 해설로 독자들을 선동해 한 작가를 매장시켜버리고 말겠다고 이런 질문을 던지는 것은 아니다. 나는 김연경의 이번 소설집이 '걸작'까지는 아닐지라도 최소한 이즈음 발표된 한국 소설들 중 가장 '문제적'이라는 얘기를 하기 위해 이런 질문을 던지고 있다.

그럼에도 불구하고 (이미 질문의 방식에서 드러났겠지만) 나는 위의 질문이 유도하고 있는 답에 독자들 대부분이 수긍할 것이라고 생각하는데, 이 글이 해결해야 할 문제가 바로 이것이다. 그토록 식상하고, 관습적이고, 지루하고, 통속적인 작품들을 읽고 나서 어떻게 그 작품들이 우리 시대의 가장 '문제적'인 작품들의 목록 중 일부를 구성한다고 말할 수 있단 말인가? 그래서 나는 이 글을 전혀 논리에 닿지 않아 보이는 이 극단적인 두 평가 사이의 간극을 메우기 위해 쓴다.

클리셰 공포

사실 김연경은 최소한 이 작품집 전까지(나로서는 이 작품집에서도 그렇다고 생각하는데) 우리 문단에서 '클리셰' 공포증에 가장 심하게 시달리던 작가다. 몇몇 증거들을 제시해본다. 먼저 등단작 「「우리는 헤어졌지만, 너의 초상은」, 그 시를 찾아서」에서 발췌한 부분이다.

결국, 나는 전통적인 '3'을 거부한다. 매시각 곳곳에 3이 존재한다. 정형화된 세 번의 만남이란! '세 번의 만남'에서는 골방의 케케묵은 메주 냄새가 난다. 두 번의 만남에서 우리는 이미 닳고 닳은 짓을 했다. 세번째는? 오직 싸구려 멜로드라마를 하나 쓸 수 있을 뿐일 것이다. 그리고 그 돈으로는 싸구려 비누를 하나 살 수 있을 뿐이다.(「「우

리는 헤어졌지만, 너의 초상은」, 그 시를 찾아서」, 『고양이의, 고양이에
의한, 고양이를 위한 소설』, 문학과지성사, 1997, p. 79)

전형적 메타픽션metafiction인 이 소설에는 두 화자가 번갈아 등
장해서 동일한 사건(두 번의 만남)에 대해 이야기한다. 위 인용문은
남성 화자가 자신들의 만남을 두 번으로 제한한 이유를 토로하는 부
분인데 "정형화된 세 번의 만남"을 피하기 위해서가 바로 그 이유다.
남성 화자는 자신들의 만남이 얼마나 통속적이었는지, 그리고 세번
째의 만남까지 더해진다면 그것이 얼마나 지독한 클리셰가 될 것인
지를 역설한다. 발단, 전개 – 위기 – 절정, 결말로 이어지는 삼단 구성
의 식상함에 대한 은유로도 읽히는바, 작가 김연경이 이미 등단 무렵
부터 관습적이고 낡은 것들에 대해 강한 혐오를 가지고 있었음을 보
여주는 부분이다. 아무래도 이후의 작품들에서도 증거를 찾는 것이
공평할 듯하니 『미성년』의 몇 구절도 옮겨보자.

　……애초에 슬지를 나의 형상물로 만들려는 의도가 아니었는데, 이
　렇게 가다간 모처럼 점잖게 구성해놓은 얘기가 어쭙잖은 최루 소설
　로, 그것도 독자라 할 수 있는 타인은 끄덕도 않는데 작자인 나만이
　눈물을 흘리는 싸구려 감상 소설로 빠질 것 같으니, 아버지의 시선이
　등에 꽂힌 슬지가 아니라 은영의 피아노 학원에 나타난 슬지에 대해
　써야겠다는 생각이 들 무렵, 나는 노점 꽃가게를 지나, 지하로 들어가
　는 유리문 앞에 서 있다.(「피아노, 그린비의 상상」, 『미성년』, 문학과지
　성사, 2000, p. 45)

보고 싶어서요, 심심해서요, 외로워요…… 너무 따분하다. 어떤 긴장도 없지 않은가. 남녀의 관계에서 흔히 나오는 죽은 은유에 불과하다. 동사는 그대로인데 주어와 목적어만 바뀌는 생명 없는 문장, 클리셰의 연장이다. 동사 자체를 변화시킬 능력이 없으면 대체되는 주어와 목적어를 대단하게 만들든지 생생한 부사와 형용사로 열심히 장식을 해야 한다. 안 그러면 중학교 영어 교과서의 연습문제 1번 꼴이 된다.(「미성년」, 『미성년』, p. 133)

"싸구려 감상 소설"이나 "어쭙잖은 치루 소설"에 대한 경계심, 죽은 은유와 주어, 목적어만 바뀔 뿐인 식상한 문장들, 그래서 고작 "영어 교과서의 연습문제 1번 꼴이"되고 마는 문장에 대한 기피가 역력하다. 경장편 『그러니 내가 어찌 나를 용서할 수 있겠는가』에서도 사정은 마찬가지다.

요란한 구두 굽 소리. 화장실 문을 열고 하얀 변기 위에 앉는다. 그리고 은밀한 쾌락의 순간. 아무에게도 말할 수 없는, 그러나 누구나 다 알고 있는, 그러기에 말할 필요도 없는. 〔……〕(『그러니 내가 어찌 나를 용서할 수 있겠는가』, 문학과지성사, 2003, p. 48)

이 인용문은 특히 흥미로운데, 배변의 쾌감을 말하긴 말해야 할 텐데, 그 느낌을 독자들도 이미 알고 있는 판국에 문장으로 그것을 다시 쓴다는 것 자체가 이미 식상하다는 식의 얘기다. 그래서 이번엔 그 느낌을 표현하는 문장이 들어가야 할 자리에 아예 말줄임표를 붙임으로써 클리셰를 피한다. 이외에도 인용하기로 맘만 먹는다면 지면을 다 할애하더라도 모자랄 클리셰에 대한 혐오가 텍스트들의 곳곳에서 속출하는바, 이쯤 되면 김연경을 클리셰 공포증phobia 환자라 불러도 과언은 아니겠다.

바로 이 관습적인 것들에 대한 공포와 자의식이 그녀의 이전 작품들 '모두'를 소설 쓰기에 대한 소설(메타픽션), 그중에서도 '상호텍스트적intertextual' 텍스트 쪽으로 강하게 견인했던 듯싶다. 김연경에게 텍스트 외부의 삶이란 통속이자 관습 자체이다. 삶이 곧 클리셰인 것이다. 그래서 관습에의 공포를 텍스트로의 도피를 통해 해결하려는 듯, 텍스트 외부의 세계에 대해 철저하게 무관심한 태도를 보여준다. 다음은 김연경의 첫 소설집 『고양이의, 고양이에 의한, 고양이를 위한 소설』에 실렸던 단편 「다시 쓰는 「날개」」에서 발췌한 문장들이다.

아내여, 말해다오. 그대는 내 존재의 집이 될 수 없는가.(p. 155)

그때 나는 비로소, 사유의 실마리를 잃은 슬픔이 아니라, 봄을 여읜 설움에 잠길 수가 있다.(p. 157)

지금 그리고 그때! 갑자기 관용적 연결이 해체돼버리고 본래의 적나라한 의미를 드러내고야 만 now, and, then이 낯설게 하기의 극단으로 나를 몰고 간다.(p. 157)

하!하!하! 나는 유쾌하다. 위태롭게 휘청거리던 내 두 다리가 인식의 단절처럼, 일국의 문학사처럼 '뚝' 끊어져버릴 때 나는 한없이 유쾌하다.(p. 161)

더불어 튼튼한 내 아내는 하찮은 결핵균 따위에 생명을 잃어버리지 않을 자신이 있는 것이다. 황혼녘이 될 때까지 기다렸다가, 그때 미네

르바의 올빼미처럼 마음껏 날아오를 오만함이 있는 것이다.(p. 165)

빨리 여기를 떠나자. 내가 벗어놓은 내 백골도 알지 못하도록 잽싸게, 조용히 아내의 방을 떠나자.(p. 166)

새로운 페이지가 시작되려는 찰나, 나는 서울 꼭대기에서 남해 금산을 향해 달음박질치기 시작했다.(p. 177)

그래, 나는 이데올로기도, 예술 그 자신도 얻지 못했다.(p. 178)

님도 나를 떠나고 나도 님을 보냈다. 이런 공평무사(公平無私)가 또 있을까. 나는 지금 님이 침묵(沈默)하고 있는지 수다를 떨고 있는지 알 수 없고, 제 곡조(曲調)를 못 이기는 내 노래는 오직 내 존재만을 휩싸고 돈다.(p. 179)

유명한 철학자들(헤겔, 하이데거, 푸코)이나 문학 비평·이론가들(백낙청, 슈클로프스키), 그리고 시인들(이성복, 한용운, 윤동주, 김영랑)로부터 인용된 시구나 개념들, 명언들이 노골적으로 소설 표면을 장식한다. 이 어휘들은 모두 작품의 내적 필요에서 파생되었다기보다는 의도적으로 작품 외부의 다른 텍스트들을 지시함으로써 애초부터 관습적인 문장이 될 기회를 박탈당한다. 기존의 문장들, 즉 텍스트로 도피함으로써 관습적인 문장의 생산, 통속적인 텍스트 외부의 소설적 생산을 중지하는 셈이다.

이 작품이 가장 극단적인 예이기는 하지만 김연경의 소설들은 등단작에서부터 이번 작품집에 실린 최근작 「피진의 가을」까지 거의 모두가 상호텍스트성 기법을 활용한 메타픽션이었다. 마치 소설 쓰기 이외에는 지상에 어떠한 관심사도 존재하지 않는다는 듯이, 혹은 "텍스트를 벗어나 존재하는 것은 아무것도 없다Il n'y a pas de horstexte"는 데리다의 명제를 증명이라도 하려는 듯이, 김연경은 결코 텍스트 외부를 참조하지 않는다.

다시 의문은 증폭된다. 믿어지지 않지만 그토록 클리셰를 공포스러워했던, 그래서 기꺼이 삶으로부터 자취를 감추고 텍스트들의 미로 속으로 자신을 유폐하기도 했던 작가가 클리셰들의 조합 그 자체인 「나의 가자미 색시」와 「눈꽃 놀이」를 썼다. 의도가 있을 듯도 하다.

텍스트의 무의식

이왕에 공포증 운운하며 정신병리학적 용어를 끌어들였으니, 조금 더 나아가보자. 만약 김연경이 (마치 강박증 환자가 불안을 피해 강박사고나 강박행동으로 도피하듯이, 혹은 히스테리 환자가 외상적 기억과의 대면을 피해 신체적 증상 속으로 도피하듯이) 클리셰에 대한 공포 탓에 (상호)텍스트 속으로 도피했다면, 클리셰는 억압된 외상적 기억의 대응물이 될 것이고, (상호)텍스트는 증상의 대응물이 될 법도 하다.

그런데 증상에는 항상 균열이 있게 마련이고, 그래서 억압당한 것의 진상에 이르는 길이 나 있게 마련이다. 제아무리 철저하게 억압되었다 하더라도 억압된 것들은 반드시 귀환하기 때문이다. 환자의 증상에서도 그렇고 작가의 텍스트에서도 그렇다. 그리하여 김연경의 텍스트에도 억압된 텍스트의 무의식, 곧 클리셰가 귀환하는 장면들이 있다. 유년기의 기억을 묘사할 때, 가족에 대해, 그리고 가난에 대해 묘사할 때, 요컨대 통속을 피한다는 이유로 그토록 기피했던 텍스트 외부의 삶이 부지불식간에 텍스트에 잠입해 들어올 때 그렇다.

가령 초기작 「고양이의, 고양이에 의한, 고양이의 소설」에서 등장인물인 소설가 '스산'이 쓴 작중 소설은 이렇게 시작한다. "두 소녀의 아비는 언제나 술을 마셨습니다"(『고양이의, 고양이에 의한, 고양이의 소설』, p. 22). 그리고는 무능한 아버지와 가난을 혼자 책임지는 어머니, 철없는 두 딸의 이야기가 이어진다. 이야기는 상투적이고 관습적이다. 80년대 이후 가난을 다룬 대부분의 소설이 그랬듯이 말이다. 그러나 이 관습적인 이야기가 실은 작가 김연경의 자전적인 요소들에서 비롯된 것임을 추측해내는 데에는 별반 어려움을 겪지 않아도 좋다. 왜냐하면 이 통속적이고 식상한 가난한 가족 이야기는 다른 텍스트들에서도 마치 무의식이 의식에 대해 그러하듯이 부지불식간에 출몰하기 때문이다.

「피아노, 그린비의 상상」에서 화자가 산책길에 발견한 노점상의 풍경은 곧바로 "지금보다 훨씬 젊었던 시절에 기미 가득한 얼굴의 작달막한 엄마가, 눈을 제외한 모든 곳을 천 원짜리 인조 털보자기로 가리고, 목에다가 어디서 얻어 온 털 빠진 털목도리를 몇 겹으로 둘러맨 채, 저녁의 맹추위 때문에, 안 그래도 작은 몸뚱어리를 사정없이 웅크리고, 팔려고 내놓은 보리차와 소금 더미 뒤에, 딱딱한 돌의 자 위에 앉아 있던 그 싸늘한 장면"(『미성년』, p. 28)과 겹쳐진다. 길게 그 유년기 기억 속의 가련한(관습적인) 어머니 모습을 묘사해놓고, 화자는 무의식중에 중요한 비밀을 누설하는데 그 내용은 이렇다.

어째, 이건 흑백 필름이 아니었던 듯하다. 현재의 엄마를 닮지 않겠

314

다는 욕망을 진저리치는 자신에의 혐오감과 함께 암암리에 키워온 과거의 딸내미를, 현재의 그 딸내미가 재현시키고 있는 그 필름 속의 배경은 분명, 독기 어린 푸르스름한 빛을 띠고 있기 때문이다. 나의 엄마와는 다른 미래를 꿈꾸던 과거의 내가 현재의 과일 더미를 지나려는 지금, 손님이 나타난다.(『미성년』, p. 29)

이 인용문이 누설하고 있는 비밀은 두 가지다. 첫째 비밀. 화자는 "엄마를 닮지 않겠다는 욕망을 진저리치는 자신에의 혐오감과 함께 암암리에 키워"왔다는 점, 즉 아비는 무능력하고, 어미는 가난하지만 강하고, 딸들은 철없고, 그래도 미래는 희망이 있다고 되뇌는 낡은 우리 소설의 관습들을 철저히 부인하기로, 아니 억압하기로 맘먹었다는 점이다. 어미로 표상되는 생활계에 대한 부인은 소설에 있어서 통속과 관습에 대한 부인과 대응한다. 김연경에게 삶이란 곧 클리셰라고 했던 이유도 여기에 있다. 다른 말로 하면 김연경의 클리셰 공포 이면에는 너무나도 관습적이고 상투적인 가난과 가족의 기억이 자리하고 있다. 요컨대 삶이 자리하고 있다. 그 삶이 바로 김연경의 텍스트에서는 억압된 혹은 부지불식간에 출현하는 무의식, 곧 클리셰이다.

둘째 비밀. 이 비밀은 어머니의 기억이 더 자세하게 펼쳐지려는 찰나 느닷없이 나타난 마지막 문장의 그 '손님'과 관련된다. 이 손님은 마치 '자아의 억압'에 대한 의인화인 듯만 싶은데, 왜냐하면 이 손님(물론 소설가인 화자가 만들어낸 텍스트 내부의 손님)의 느닷없는 등장으로 하여 유년의 가난에 대한 관습화된 이야기는 효과적으로 억압되기 때문이다. 그로 하여 화자는 무의식으로서의 유년 체험으로부터 빠져나와 텍스트 속으로 다시 미끄러져 들어갈 수 있게 된다. 증상으로서의 텍스트 속으로 말이다. 결국 텍스트 외부에 존재하는 클리셰들(무의식, 외상적 기억, 삶)에 대한 공포, 그리고 그로 인한 텍스트(증상) 내부로의 도피라고 하는 김연경 소설들의 비밀이 이 구절을 통해 밝혀진다.

그렇다면 우리는 「다시 쓰는 「날개」」와 같은 텍스트성으로의 완전한 도피 시도에도 불구하고, 김연경 소설 속에 갈등은 '항상-이미' 잔존해 있었다고 봐야 한다. 텍스트의 무의식으로서의 삶, 작가를 클리셰 공포에 떨게 했던, 그리고 우리들 모두가 일상적으로 경험하고 있는 통속적인 삶에의 기억이 억압 저편으로부터 자꾸 회귀를 시도하기 때문이다. 그리고 그 회귀 시도가 가장 극명하게 드러난 작품이 「은유희」다.

억압된 것의 귀환

굳이 「은유희」가 아니더라도, 『미성년』에 실린 작품들 곳곳에서 삶과 텍스트, 현실과 허구 사이의 갈등은 점차적으로 부각되기 시작한다. 특히 작가 김연경 내부의 두 자아로 보이는 「미성년」의 현선과 지훈의 갈등이 그렇다. 텍스트들로 이루어진 가상의 세계에서 미성년으로 남아 있고자 하는 현선을 두고 지훈은 이렇게 말한다. "그 애가 문학 작품 속에선 이미 일종의 클리셰로 자리잡아버린 닳고 닳은 인간들에게 열중해 있는 한 진실한 삶이 들어오기는 힘들겠지만, 그 가공의 인물이 가공으로 인식되는 때가 언젠가는 온다"(『미성년』, p.

115). 또 이런 말도 한다. "너는 삶에 대한 사랑도 인간에 대한 사랑도 없어, 죽은 언어뿐이야"(p. 143). 이런 말들 속에서 김연경 내부에 존재하는 분열된 두 자아(혹은 텍스트의 의식과 무의식), 즉 통속을 피해 텍스트 속으로 도피하고자 하는 김연경과, 비록 통속적이고 관습적인 것이라 할지라도 삶으로 귀환하고자 하는 김연경 간의 갈등을 읽는 것은 그리 어려운 일이 아니다.

그리고 이 갈등은 급기야 작품 「은유희」에서 텍스트의 무의식 쪽의 완전한 승리로 귀결된다. 상투성과 비루함의 의혹에도 불구하고 삶은 억압으로부터 완전히 귀환한다. 강박증적일 정도로 강렬했던 클리셰 기피에도 불구하고 클리셰는 당당하게 김연경의 텍스트를 접수한다. 그리하여 「은유희」의 후반부는 귀환한 클리셰들이 활보하는 무대가 된다. 항상 텍스추얼textual한 삶의 태도를 유지했던 '은유희'는 자신 또한 통속적인 최루 소설, 비루하고 관습적인 연애소설의 주인공에 불과하다는 사실을 인정하는 것이다.

다음 장면을 읽어보자. 만약 이 구절을 어떠한 사전 정보 없이 작가나 문맥과는 유리된 채로 우연히 읽었다면 과연 어떤 느낌이었겠는가를 상상해가면서.

약간의 침묵이 흘렀다. 유희는 조용히 말했다. '보고 싶어'라고. 환은 아무 말 없이 전화를 끊었다. 5분 뒤에 그가 전화를 했고 그들은 만났다. 환이 유희의 허벅지에 커피를 엎질렀던 그 카페에서.

그는 냉담했다. 그녀는 아이를 가졌다, '그의' 아이를 가졌다고 말했다. 그는 아주 냉혹하게 '버려'라고 말했다. 유희는 뱃속에서 격렬한 진동을 느꼈다. 그녀는 환의 굳은 표정과 무뚝뚝한 자세를 보고서,

어김없이 파국을 예감했다. 그러나 그녀는 구차한 애원을 멈출 수 없었다. '배반당한 암컷은 이 유치한 패러다임으로부터 헤어나올 수 없던가.' 유희는 자꾸만 찌그러지는 자신의 초상에 고혹적인 입술을 떨다 못해, 건강한 이빨을 득득 갈았다. '마지막이야, 정말 마지막이야.' (p. 241)

남자가 여자의 허벅지에 커피를 엎지른 인연으로 만난 두 연인 (오! 이 식상한 우연!), 얼마간의 격렬한 사랑이 있고, 또한 그만큼 격렬한 다툼이 있고(오! 이 관습적인 사랑!), 그리고 남자가 여자를 떠난다. 그 후에야 여자는 자신이 그를 진정으로 사랑했음을, 그리고 자신의 뱃속에 이미 남자의 아이가 자라고 있음을 알게 된다(저런, 기구하기도 해라!). 전화를 걸어 그에게 말한다. '보고 싶어'(정말 이 대사 외에는 없었을까?). 그러나 때는 늦었다. 처음 둘이 만났던 바로 그 카페에서 다시 만난 남녀(오, 이 흔해빠진 수미쌍관법!). 여자가 말한다. '당신의 아이를 가졌어요'(한 천 번쯤은 들었을 법한!). 물론 (!) 남자는 아이를, 그리고 여자를 버린다. 여자의 분노와 절망은 그녀의 '고혹적인'(클리셰란 바로 이런 표현을 두고 하는 말일 게다) 입술을 떨게 할 만큼 강렬하다.

이렇게 텍스트로의 도피는 실패로 돌아가고, 억압되었던 삶의 상투성, 비루함, 식상함이 소설을 장악한다. 막을 수 없다. 한번 뚫린 저지선은 복구 불능이다. 일단 억압이 실패하면 무의식은 추호의 망설임 없이 의식을 장악한다. 김연경의 소설은 이제 삶으로, 낯익고 상투적인 통속 속으로 복귀할 수밖에 없다. 그러나 정말 그럴까?

실제로 그런 일은 아직 일어나지 않는다. 다행인지 불행인지 이때까지만 해도 김연경의 소설에는 최후의 보루가 있었다. 곧 텍스트의 무의식에 대한 방어기제가 존재하고 있었다. 은유희가 동속 멜로드라마의 주인공으로 소설 속에 등장하기 전, 소설의 초입에 김연경은 다음과 같이 메타픽션적인 장치를 마련해두고 있었던 것이다.

앞으로 이어질 이야기의 유치찬란함과 범속성 때문에 우리를 타박할지도 모르겠다. 그러나, 온갖 기우에도 불구하고 우리는 꿋꿋하게 써내려갈 것이다. 타인의 얘기를 꾸며내고 그럴싸하게 꾸며진 얘기를 들춰보며 키득거리는 것에는 지독한 즐거움이 있으니까.(『미성년』, p. 210)

무슨 말인가? 은유희의 통속 드라마는 액자 속의 이야기가 아닌가? 그리고 액자 밖의 화자, 곧 작가 김연경은 내가 이제부터 지독한 신파조의 이야기 하나를 들려줄 테니 한번 견뎌볼 테면 견뎌보라고 독자들을 조롱하고 있지 않은가? 그렇게 해서 작품 「은유희」는 통속 소설로의 전락을 피하면서 역설적으로 통속 소설의 클리셰를 비웃는 소설, 곧 김연경이 즐겨 쓰는 메타픽션이 된다.

그렇다고 이전의 다른 작품들과 「은유희」가 동류의 작품이라고 봐서는 곤란하다. 왜냐하면 최소한 독자는 (화자가 이 소설을 읽는 데 걸릴 거라고 가정한) "44분" 동안은 '실제로' 통속 소설을 읽어야 하기 때문이다. 통속을 몸소 견디고 '실연perform'된 통속을 체험해야 하기 때문이다. 이때부터다. 김연경의 소설이 일종의 행위 예술 performance의 경향을 띠기 시작하는 것이 말이다.

예컨대, 통속에 관한 행위 예술은 통속에 '대해' 말하지 않는다. 통속을 실연(實演)한다. 권태에 관한 행위 예술은 권태를 지시하거나 의미하지 않는다. 권태를 '행위'한다. 그러므로 독자는 「은유희」를 읽는 데 걸리는(혹은 걸릴 거라고 가정된) 44분 동안, 행위화된 통속을 체험하는 셈이다. 통속에 관해 씌어진 소설을 '읽는' 것이 아니라 통속 그 자체를 '겪는' 셈이다. 그러니 누군가 「은유희」를 읽고 지독한 통속과 클리셰에 질렸다면 이 소설 아니 '행위 예술'은 성공한 셈이다. 이 경우 차라리 메타픽션적인 도입부가 오히려 사족이나 군더더기처럼 여겨질 수 있겠다. 마치 행위 예술가가 행위 자체로써 말하지 않고 '지금부터 통속에 대한 행위 예술을 보여드리겠습니다'라고 작품의 전언을 설명해놓은 꼴이니 말이다. 그렇다면 이때 이미 김연경의 소설이 앞으로 취하게 될 태도는 자명한 것이었다고도 말할 수 있겠다. 「은유희」로부터 불필요한 도입부를 없애버리기. 그래서 소설 전체가 군더더기 없는 하나의 행위 예술이 되도록 하기.

퍼포먼스가 되어버린 소설

너무 길게 새 창작집 『내 아내의 모든 것』 얘기는 못하고 다른 얘기만 했다. 그러니 이제 다시 이 작품집에 관한 처음의 질문으로 돌아가보자.

당신은 이 소설집에 실린 작품들이 읽을 만했습니까? 2부의 두 작품(「나의 가자미 색시」 「눈꽃 놀이」)은 온갖 '클리셰'들로 치장된 통속 연애소설을 방불케 하지 않았습니까?

물론 작품은 읽을 만하지 못했을 것이다. 이전의 김연경의 세계를 잇고 있는 1부의 세 작품들보다도 특히 2부의 두 작품이 그랬을 터인데, 「나의 가자미 색시」야말로 「은유희」의 통속으로부터 도입부의 메타픽션적 요소마저 삭제해버린 '통속 멜로' 그 자체가 아니던가? 아이를 둘 지운 적이 있는 이혼녀와 젊고 아름다운 청년의 이국에서의 우연한 만남, 육체적 욕망을 초월한 사랑, 오로지 이타심으로 서로 기다리고 배려해주는 마음씀, 그리고 돌연한 이별과 우연한 해후, 다시 맺어지는 사랑, 포옹의 클라이맥스…… 멜로가 갖추어야 할 모든 클리셰가 이 작품 안에 있다.

　「눈꽃 놀이」는 또 어떤가? 김보연과 이승연이 나왔던 「고교 얄개」 시리즈의 21세기판 아니던가? 그랬으니 이 작품들이 읽을 만하지 못했다면 오히려 그것은 당연한 일이다. 그러나 이 말은 결코 김연경에게 가혹한 평가가 아니다. 바로 작가가 원한 바가 그것일 터이니 말이다. 통속성에 대한 개념적 이해가 아니라 정말 통속이 무엇인지, 그것이 얼마나 지겨운지, 그것이 또한 얼마나 우리 삶의 모습과 닮아 있는지, 그래서 바로 당신의 삶이 속해 있는 텍스트의 외부가 얼마나 무미건조한지를 뼈저리게 느끼고 체험해보라고 이 작품들을 썼을 터이니 말이다. 김연경은 통속성에 '관한' 소설을 쓴 것이 아니라, 통속성에 관한 행위 예술을 글로 '실연'한 것이었으니 말이다.

　3부의 두 작품(「혀를 죽이다」 「절망」), 그리고 4부의 「피진의 가을」은 끝까지 읽을 수 있었습니까? 그랬다면 그 권태를 어찌 견디셨습니까?

독자들은 어쨌는지 모르겠으나, 물론 나는 끝까지 읽었다. 아니 '겪었다.' 잘했다고 생각한다. 오로지 '허(虛)'를 죽이기 위해 씌어진 바퀴벌레와 파리와 고양이와 곰에 관한 지리멸렬한 이야기(「허를 죽이다」)도, 기대는 끝없이 유예되었지만 결국 아무 말도 남기지 않고 죽은 스승에 관한 황당한 이야기(「절망」)도, 변태(變態)에의 욕망은 거듭되는 피진(皮疹)의 테마와 함께 증폭되지만 나비는 한 마리도 날아오르지 않는 한국판 '고도를 기다리며'(「피진의 가을」)도 끝까지 '겪기'를 잘했다고 생각한다. 권태에 관한 퍼포먼스는 그것을 끝까지 체험해야 비로소 권태의 진면목을 느낄 수 있을 것이기 때문이다.

부디……

작가 김연경에 이르러 이렇게 소설은 퍼포먼스가 되었다. 그와 함께 김연경 소설에 내내 무의식의 형태로 잠복해 있던 클리셰들이 텍스트들을 완전히 장악했다. 텍스트에서 클리셰에 대한 불안과 공포는 사라진다. 그러나 텍스트 밖에서는, 그 불안과 공포가 여전히, 더욱 생생하게 살아남는데, 다름 아닌 독자들이 이제 그것을 '느껴야' 하기 때문이다. 그 불안과 공포는 이제 독자들에게 전이되기 시작한다. 누가 감히 김연경의 소설을 읽고 클리셰의 그 지독한 지리멸렬함에 치를 떨지 않을 수 있을 것인가? 누가 감히 김연경의 소설을 읽고 권태의 진면목을 느끼지 않을 수 있겠는가? 그리고 누가 감히 더 이상 소설이기를 그치고 행위 예술로의 변태를 시작한 김연경의 작품들이 이즈음 한국 문학에 출현한 가장 '문제적'이란 평가에 토를 달

322

수 있을 것인가?

그러나 이 행위 예술은 오로지 그깃을 건너내는 독자들의 동참을 통해서만 완성될 터이니, 독자 제현 모두 부디 김연경과 함께 끝까지 권태롭고 통속적이시기를…….

작가의 말

2004년 1월 5일, 감상적인 것

나의 아버지, 당신은 외양간에 쪼그리고 앉아 있는 커다란 눈의 늙은 송아지다. 그 큰 눈으로 누런 눈곱이 낀 굵은 눈물방울을 뚝뚝 흘리시는 분이다. 감상이란 본디 초라하고 빈한한 것이다. 하지만, 감상으로만 설명될 수 있는 어떤 양상이, 어떤 순간이 인간에겐 있는 법이다. 많이 늙으셨을 당신과 당신의 영원한 짝, 내 어머니의 모습을 볼 것이 두렵다.

1984년 5월, 내 고향의 봄

더러 악몽 대신 행복한 꿈을 꿀 때가 있다. 그곳엔 전깃불 대신 호롱불과 남폿불이 있고, 텔레비전 대신 할머니의 귀신 얘기와 여고생 이모의 노스트라다무스 얘기가 있다. 나는 새까맣고 조그맣고 깡마른 열 살짜리 계집아이다. 엉겨 붙은 머리카락 속에는 이가 득실거리고 때가 낀 얼굴에는 허연 마른버짐이 피어 있다. 먼 곳에서 아비는 시골에 남겨진 딸내미를 생각하며 밤마다 예의 그 감상의 눈물을 쏟고 있다. 열 살의 딸내미는 머릿속 이를 잡고 무덤 위 메뚜기와 방아깨비를 잡고, 붓꽃, 흑싸리, 개망초 따위를 꺾으며 마냥 즐겁기만 하다. 나는 이 시절을 내 인생의 황금 시대라 부른다.

1999년 7월, 어릿광대 영감쟁이

페테르부르크의 한 욕심 덩어리는 육십 평생 '나'의 유일성과 천재성을 증명하려고 발버둥쳤다. 스물다섯, 끊임없이 '나'의 존재를 증명하려는 욕망에 맞서 역설적으로, '나'의 유일성을 파괴하고자 하는 분신들이 '나'를 닮은 무수한 '거위떼' 모양을 하고 나타났다. 육십, 도스토예프스키의 거위떼는 옹색한 몰골을 한 중년 식객-악마로 변해버렸다. 그리고 노작가는 애초부터 예쁠 것 없었던 마흔이 다 된 아내와 똑똑할 것 없는 어린 자식들을 남긴 채 피를 토하며 죽어갔다.

2003년 11월 6일, 노벰버 레인

오늘, 눈이 아니라 비가 내려서 다행이다. 영하의 날씨에도 아랑곳없이 앙상한 나뭇가지에는 낙엽 몇 장이 파닥거리고 있어 역시나 다행이다. 소멸해가는 낙엽, 이 모든 청춘들의 끝자락을 바라보며 11월의 빗소리를 듣는다. 우스꽝스러운 감상벽은 내가 내 아비의 분신인 이상, 앞으로도 사라지지 않으리라.

모스크바, 2004년 2월